KB069776

80일간의
세계 일주

80일간의 세계 일주

쥘 베른 장편소설 고정아 옮김

열린책들 세계문학
모노 에디션

Le Tour du monde en quatre-vingts jours

LE TOUR DU MONDE EN QUATRE-VINGTS JOURS
by JULES VERNE (1873)

일러두기

1. 원서에 거리 단위 마일mile이 해리(海里)와 구분 없이 표기될 때는 마일로
통일해 표시한다. 마일을 미터로 환산하면 육로의 경우 1마일은 1,609미터, 해상의
경우 1해리는 1,852미터다.
2. 화폐 단위는 파운드나 달러 옆에 프랑으로 환산해 표기된 경우 프랑은 생략하고,
프랑으로만 표기된 경우 파운드로 환산해 표기한다. 작품 속 환율은 1프랑당
25파운드.
3. 번역과 교정 과정에서 발견한 몇몇 내용상 오류(연도, 날짜, 시간 계산 등)는 원서
내용대로 옮긴 것임을 밝혀 둔다.

1
필리어스 포그와 파스파르투가
주인과 하인이 되기로 합의하다

1872년, 벌링턴 가든스의 새빌로 7번지(1814년 셰리든[1]이 숨을 거둔 집이기도 하다)에 필리어스 포그 경이 살고 있었다. 그는 사람들의 이목을 끌 만한 일은 절대 하지 않을 것 같아 보였지만, 런던의 〈리폼 클럽〉[2]에서 제일 특이하고 주목받는 회원이었다.

영국의 명예를 드높이는 위대한 연설가 셰리든의 옛 저택에 살고 있는 필리어스 포그는 수수께끼 같은 사람이었다. 무척 정중하며, 영국 상류 사회에서 제일 잘생긴 신사에 속한다는 점 말고는, 도통 알 수 없는 인물이었다.

바이런을 닮았다고들 하지만 그건 얼굴이 닮았다는 얘기

1 Richard Brinsley Sheridan(1751~1816). 아일랜드 태생의 극작가이자 정치인. 쥘 베른이 셰리든의 사망 연도를 착각한 듯하다. 이하 〈원주〉라고 표시하지 않은 모든 주는 옮긴이의 주이다.
2 Reform Club. 실제로 영국 런던에 존재하는 클럽으로, 영국 선거 제도 개혁을 골자로 하는 법안 Reform Act 1832를 후원할 목적으로 1836년에 설립되어 지금도 존속하고 있다. 원래는 남성 전용 클럽이었지만, 1981년에 여성에게도 개방되었다. 클럽의 명성 때문에 여러 문학 작품과 영화의 배경으로 등장했다.

였고, 필리어스 포그는 머리에서 발끝까지 흠잡을 데가 없었다.[3] 콧수염과 구레나룻이 난 바이런, 무표정한 얼굴의 바이런, 늙지도 않고 천년은 살 것 같은 바이런의 모습이었다.

필리어스 포그가 영국 사람인 것은 분명하지만, 런던 출신은 아닐 수도 있었다. 런던의 증권 거래소에서도, 중앙은행에서도, 시티[4]의 어떤 창구에서도 그의 모습은 보이지 않았다. 런던의 강 유역이나 항만에 필리어스 포그 명의로 된 배가 들어온 적도 없었다. 이 신사는 어떤 행정 부처에도 몸담지 않았다. 그의 이름은 템플이나, 링컨스 인이나 그레이스 인의 그 어느 법학원[5]에서도 울려 퍼진 적이 없었다. 그는 대법원에서도, 여왕좌 법원에서도, 재무 항소 법원에서도, 종교 재판소에서도 변론한 적이 없었다. 사업가도, 중개인도, 상인도, 농부도 아니었다. 영국 왕립 연구소나, 런던 협회나, 장인(匠人) 협회나 러셀 협회나 서양 문학 협회나, 법률 협회나, 여왕 폐하의 직속 기관이었던 예술 과학 협회의 임원도 아니었다. 하모니카 협회에서 해충을 박멸할 목적으로 창설된 곤충 연구소에 이르기까지, 영국의 수도에 우글거리는 수많은 협회 중 그 어디에도 속해 있지 않았다.

필리어스 포그는 리폼 클럽의 회원이었고, 그게 전부였다. 이처럼 수수께끼 같은 신사가 이처럼 명망 있는 클럽의 회원이라는 사실에 놀랄 사람들에게는, 베어링 형제가 그를 공개

3 영국의 낭만 시인 바이런은 안짱다리여서 열등감에 시달렸다고 한다.
4 City. 런던 구시가지의 금융 및 상업 지역.
5 변호사를 양성하는 기관으로, 런던에 Inner Temple, Middle Temple, Lincoln's Inn, Gray's Inn, 네 곳이 있다.

적으로 신임한다고 밝히며 추천해서 입회하게 되었노라고 답해 줄 수 있으리라. 포그 씨는 베어링 형제의 은행에 계좌를 가지고 있었는데, 그 형제가 추천한다는 것은 곧 지불 능력을 절대적으로 보증한다는 의미이기 때문에, 필리어스 포그가 서명한 수표는 내보이기만 하면 언제든, 변함없이 현금이 넘쳐나는 그의 당좌 예금 계좌를 통해 곧바로 현금으로 바꿀 수 있었다.

이 필리어스 포그는 부자였을까? 그건 두말할 필요도 없었다. 하지만 어떻게 재산을 쌓았는지는 제아무리 정보에 밝은 사람이라도 알 도리가 없었고, 포그 씨한테 물어봐야 알려 줄 리도 없었다. 어쨌든 그는 낭비하는 사람도 아니고, 인색한 사람도 아니었다. 고귀하고 유용한 일이나 지원이 필요한 곳이라면 어디든지 조용히, 심지어 익명으로 도움을 주었다.

요컨대, 이 신사만큼 자신을 드러내지 않는 사람도 없었다. 그는 대단히 말수가 적었고, 조용한 만큼 더욱 수수께끼 같은 인물로 보였다. 하지만 규칙적인 일정에 따라 생활했다. 그가 하는 일은 자로 잰 것처럼 늘 똑같았기에, 의심에 찬 상상이 비집고 들어갈 틈이 없었다.

그가 여행을 하기는 했을까? 아마도 했을 것이다. 누구보다 세계 지도를 잘 갖추고 있는 걸로 봐서는. 아무리 외진 곳이라고 해도 그는 신통하게 알고 있었다. 어떤 때는 길을 잃거나 헤매는 여행자들에 대한 주제로 클럽에 떠도는 온갖 이야기의 잘잘못을, 몇 마디 말만으로 짧고 분명하게 바로잡았

13

다. 정말 가능성 있는 일이 무엇인지를 지적했고, 마치 사물을 꿰뚫어 보는 것처럼 말할 때가 종종 있었는데, 결과는 늘 그의 말이 옳은 것으로 판명 났다. 어쨌든 머릿속으로 세상 구석구석을 여행하고 다닌 사람이기는 했다.

그런데 확실한 것은, 필리어스 포그가 오랫동안 런던을 떠난 적이 없다는 사실이었다. 그를 조금 더 잘 아는 영광을 누리는 사람들의 말대로라면, 필리어스 포그가 집에서 클럽까지 올 때 이용하는 지름길 말고, 다른 데서 그를 보았다고 주장할 사람은 아무도 없었다. 그의 유일한 여가 활동은 신문을 읽고 휘스트 카드 게임을 하는 것이었다. 그의 기질과 너무도 잘 어울리게, 침묵 속에 진행되는 이 게임에서, 그는 자주 돈을 땄다. 하지만 게임에서 딴 돈이 그의 지갑으로 들어가는 일은 없었고, 상당한 금액을 자선 단체에 내놓았다. 또 한편으로 주목해야 할 일은, 포그 씨가 카드 게임을 하는 것은 즐기기 위해서지 돈을 따기 위해서가 아니라는 사실이었다. 게임은 그에게 결투이자 난관에 맞서는 투쟁이었지만, 움직이거나 이동하는 일도 없고 피곤하지도 않은 투쟁이었기에 그의 성격에 잘 맞았다.

알려지기로는, 필리어스 포그에게 부인이나 자식은 없었고(이런 일은 고결한 신사들에게 일어날 수 있는 일이다), 친척이나 친구도 없었다(사실 이런 경우는 드물다). 필리어스 포그는 새빌로의 집에서 혼자 살았고, 아무도 그 집에 발을 들여놓지 않았다. 집안 얘기를 하는 법도 없었다. 그의 시중을 들 하인은 한 명으로 충분했다. 점심 식사와 저녁 식사는 클럽에서 시계처럼 정확히 정해진 시간에 똑같은 방에서 똑같은 자리에 앉아서 했고, 동료들을 대접하는 일도 낯선 사람을 초대하는 일도 없었다. 정확히 자정이 되면 집으로 돌아가 잠자리에 들었으며, 리폼 클럽이 회원들에게 언제든 이용할 수 있게 제공하는 편안한 침실을 이용하는 일은 절대 없었다. 하루 스물네 시간 중 집에서 보내는 시간은 잠을 자고 씻고 단장하는 열 시간이 전부였다. 산책할 때는 변함없이 일정한 보폭으로 모자이크 타일을 깐 현관이나 원형으로 된 복도를 다녔는데, 푸른 유리로 된 복도의 둥근 천장은 붉은 반암으로 된 이오니아 양식의 기둥 스무 개가 떠받치고 있었다. 저녁이나 점심 식사 시간이면 조리실, 식료품 저장실, 식탁 준비실 및 클럽에 생선과 유제품을 공급하는 업체가 총동원되어 그의 식탁에 진수성찬을 올렸다. 검은색 정장에 부드러운 플란넬을 댄 구두를 신은 근엄한 클럽의 하인들은, 특제 도자기 그릇에 담은 음식을 작센 지방산 고급 식탁보가 깔린 식탁에 차렸다. 그가 마시는 셰리주, 포트와인, 혹은 계피, 고사리풀, 계수를 섞어 향을 우린 보르도 와인은, 이제는 사라지고 없는 클럽의 주형으로 뜬 크리스털 병에 담겨 나왔다. 마지막으로 그가 마시는 음료에 시원한 청량감을 주는 얼음은 거금을 들여 아메리카 대륙의 호수에서 공수해 온 것이었다.

이런 조건에서 사는 사람이라면 괴짜가 분명하지만, 괴벽에도 좋은 면이 있다는 것을 인정해야 할 터!

새빌로의 저택은 웅장하지는 않지만 굉장히 편리하게 되

어 있었다. 또한 이 집에 사는 사람의 습성으로 보면, 시중들 일도 아주 적었다. 하지만 필리어스 포그는 하나뿐인 하인에게 정확성과 규칙성을 깐깐하게 요구했다. 10월 2일 바로 그날, 필리어스 포그는 하인 제임스 포스터가 면도할 때 쓸 물의 온도를 화씨 86도(섭씨 30도)가 아닌 화씨 84도(섭씨 29도)로 내왔다는 이유로 해고했고, 그 후임으로 11시에서 11시 30분 사이에 오기로 한 사람을 기다리고 있었다.

필리어스 포그는 안락의자에 꼿꼿하게 앉아, 열병식에 선 군인처럼 두 다리를 모으고, 무릎에 손을 올리고, 등을 펴고, 고개를 높이 들고, 시곗바늘이 움직이는 것을 보고 있었다. 시, 분, 초, 요일, 일, 연까지 표시된 정교한 시계였다. 포그 씨는 평소 습관대로 집을 떠나 리폼 클럽으로 가야 했다.

이때, 누군가 필리어스 포그가 있는 작은 거실의 문을 두드렸다.

해고된 제임스 포스터가 나타나 말했다.

「새로 온 하인입니다.」

30대 남자가 들어와 인사했다.

「프랑스 사람이고, 이름이 존인가?」 필리어스 포그가 남자에게 물었다.

새로 온 남자가 대답했다.

「실례합니다만, 장이라고 합니다. 장 파스파르투[6]라고도 하죠. 천성적으로 일을 잘해 낸다고 해서 붙은 별명입니다. 저는 성실하다고 생각합니다만, 솔직히 말씀드리면 여러 가

6 Passepartout. 만능열쇠, 만능이라는 뜻의 프랑스어.

16

지 일을 전전했습니다. 유랑 극단 가수였고, 서커스 곡마사였고, 레오타르처럼 공중 곡예를 했고, 블롱댕처럼 줄을 타고 춤을 추기도 했습니다. 그러다가 재능을 더 유용하게 쓰고자 체조 교사로도 일했고, 마지막으로 파리에서 소방대원으로 일했습니다. 중대한 화재 몇 건을 진압하기도 했고요. 프랑스를 떠난 지는 5년 됐습니다. 가정생활을 맛보고 싶어 영국에 와서 하인으로 일했습니다. 그러다가 거처할 데가 없던 차에 필리어스 포그가 영국에서 가장 정확하고, 거처를 떠나는 일이 좀처럼 없는 분이라는 말을 듣고, 이곳에서 조용히 살며 파스파르투라는 이름까지 잊어버리기를 바라며 왔는데…….」

「파스파르투라는 이름이 좋겠군.」 필리어스 포그가 대답했다. 「자네를 추천받았네. 평가가 좋더군. 내가 제시한 조건은 알고 있나?」

「압니다, 주인님.」

「좋아. 지금 몇 신가?」

「11시 22분입니다.」 파스파르투가 주머니에 손을 깊숙이 찔러 넣어 커다란 은시계를 꺼내며 대답했다.

「자네 시계가 늦군.」 포그 씨가 말했다.

「죄송합니다만, 그럴 리가 없습니다.」

「자네 시계가 4분 느리네. 그건 상관없네. 시간차가 있다는 사실을 확인한 것으로 됐으니까. 그럼, 지금 1872년 10월 2일 수요일 오전 11시 26분부터 자네는 내 하인이 되었네.」

필리어스 포그는 이 말을 하고 나서 자리에서 일어나 왼손으로 모자를 들어 기계가 집어 올리듯 머리 위에 얹고는, 한 마디도 덧붙이지 않고 사라졌다.

파스파르투는 바깥문이 닫히는 소리를 들었다. 그건 주인이 나가는 소리였다. 그에 이어 두 번째로 닫히는 소리가 났다. 그건 전임자 제임스 포스터가 나가며 낸 소리였다. 파스파르투는 홀로 새빌로의 집에 남았다.

2
파스파르투는 마침내
이상적인 집을 찾았다고 확신하다

파스파르투는 조금 어리둥절해서 이렇게 중얼거렸다.

「정말이지, 새 주인 양반은 마담 투소 박물관에서 본 인물들만큼이나 활기차시군!」

런던에서 많은 사람들이 찾는 마담 투소 박물관의 〈인물들〉은 유명한 인물들을 본떠서 만든 밀랍 인형이었다. 사실말이 없는 것만 빼고는 인간과 다를 바 없으니, 파스파르투가 그렇게 말하는 것도 일리가 있었다.

파스파르투는 필리어스 포그를 언뜻 보았지만, 재빠르고 꼼꼼하게 미래의 주인을 관찰했다. 필리어스 포그는 마흔 살가량의 나이에, 기품 있고 잘생긴 외모, 살짝 살이 오른 풍채와 그에 어울리는 큰 키, 금빛 머리와 구레나룻, 관자놀이에주름 하나 없이 빳빳한 이마, 창백한 편인 얼굴, 나무랄 데 없는 치열을 가진 사람이었다. 관상학자들이 말을 내세우기보다 행동으로 옮기는 사람들의 공통적인 특성을 〈행동 속의정적〉이라고 부르는데, 포그 씨는 그 기질이 가장 높은 경지에 이른 사람 같아 보였다. 조용하고, 침착하고, 맑은 눈에 깜박이지 않는 눈꺼풀. 이는 영국에서 자주 만나게 되는 냉정한 영국인들의 전형이었고, 앙겔리카 카우프만[7]이 조금 학구적인 모습을 붓으로 놀랍게 옮겨 놓은 듯했다. 여러 행동으로 비추어 볼 때 이 신사는 모든 면에서 아주 균형 잡히고, 절제되고, 르 루아라든가 언쇼[8]의 정밀 시계만큼이나 완벽한 사람 같았다. 사실 필리어스 포그는 인간으로 구현된 정확함 그 자체였으며, 이는 〈그의 손짓과 발짓〉으로 분명히 드러났다. 손발은 인간에게 동물만큼이나 감정을 잘 드러내는 기관이기 때문이다.

필리어스 포그는 수학적인 정확함이 몸에 밴 사람답게 절대 서두르지 않고 늘 준비된 상태였으며, 걸음이나 동작을 낭비하는 법이 없었다. 한 걸음도 불필요하게 내딛지 않았고 언제나 지름길로 다녔다. 천장을 보며 시선을 분산시키지도 않았고 불필요한 동작은 절대 보이지 않았다. 감동에 젖거나 동요된 그의 모습을 본 사람은 아무도 없었다. 그는 이 세상에서 제일 느긋한 사람이었지만, 늘 제시간에 도착했다.

하지만 그가 혼자 산다는 것은 사회적 관계에서 동떨어져 있다는 의미임을 알 수 있을 것이다. 그는 살아가면서 다른 사람과 교제를 해야 한다는 것을 알고는 있지만, 그것이 늦어지면서, 결국 아무도 만나지 않게 되었다.

한편 파스파르투라는 별명이 붙은 장은 진정한 파리 토박

7 Angelica Kauffmann(1741~1807). 스위스 출신의 화가로, 영국 상류 사회의 초상화가로 명성을 떨쳤다.

8 Pierre Le Roy(1717~1785)는 프랑스 시계 제작자이고, Thomas Earnshaw (1749~1829)는 북아일랜드의 시계 제작자다.

이로, 5년째 영국에 살면서 런던에서 하인으로 일했다. 애착을 갖고 일할 수 있는 주인을 찾아다녔지만, 모두 헛수고로 돌아가고 말았다.

파스파르투는 연극에 등장하는 하인 프롱탱이나 마스카유[9]처럼 어깨를 으쓱대고 거들먹거리며 도도한 눈빛에 메마른 눈을 한 우스꽝스러운 철면피가 아니었다. 오히려 정직한 성품에 호감 가는 외모, 언제라도 맛을 보거나 키스할 준비가 된 약간 튀어나온 입술을 가지고 있었고, 부드럽고 친절했으며, 보기 좋은 친구의 얼굴처럼 머리가 동글동글했다. 파란 눈에 생기가 도는 안색, 볼 위의 광대뼈를 자기 눈으로 볼 수 있을 정도로 살이 오른 얼굴, 떡 벌어진 가슴, 튼튼한 허리, 단단한 근육에, 젊은 시절 열심히 운동해서 단련한 헤라클레스 같은 힘을 지닌 사람이었다. 갈색 머리는 약간 덥수룩했다. 고대 조각가들은 미네르바의 머리를 다듬는 방법을 열여덟 가지나 알고 있었다고 하는데, 파스파르투가 머리를 손질하는 방법은 딱 한 가지였다. 얼레빗으로 세 번 쓱쓱 빗으면 그만이었다.

이 남자의 활기찬 성격이 필리어스 포그의 성격과 어울린다는 말은, 아무리 무심한 사람의 입에서라도 나올 수 없을 것이다. 파스파르투는 그의 주인에게 꼭 필요한, 천성적으로 정확한 하인일까? 그건 그를 하인으로 써봐야 알 수 있을 것

9 프롱탱은 알랭르네 르사주의 작품 『튀르카레』(1709)에 등장하는 불량한 하인이고, 마스카유는 몰리에르의 『웃음거리 재녀(才女)들』(1659)에서 후작 행세를 하는 하인이다.

이었다. 우리도 알고 있듯이, 그는 꽤나 방랑하며 젊은 시절을 보냈기에 이제 휴식을 갈망하고 있었다. 그는 영국식 방법론과 영국 신사들의 그 유명한 냉철함에 대해 자랑하는 소리를 듣고 영국에 큰돈을 벌러 왔다. 하지만 지금까지 운이 따르지 않아 어디에도 정착할 수 없었다. 열 군데에서 일했지만, 어느 집 사람들이나 기이하고 변덕스럽고 모험을 좇거나 여러 나라를 찾아다녔다. 그런 생활은 파스파르투에게 맞지 않았다. 바로 직전에 있었던 집의 주인인 젊은 롱스페리 경은 국회 의원이었는데, 며칠 밤을 헤이마켓의 〈오이스터 룸〉[10]에서 보낸 뒤 경찰관의 어깨에 기대 집에 들어오기 일쑤였다. 파스파르투는 무엇보다 주인을 공경할 수 있기를 원했기에, 용감하게 예의를 갖춰 소견을 밝혔지만, 주인이 언짢아하는 바람에 결국 집을 나왔다. 그때 필리어스 포그 경이 하인을 구한다는 소식을 듣고 이 신사에 대한 정보를 구했다. 생활이 너무나 규칙적인 사람이라 외박도 하지 않고, 여행도 하지 않고, 단 하루도 집을 비우지 않는다고 하니, 그야말로 파스파르투에게 딱 들어맞는 주인이 아닐 수 없었다. 그는 자신을 소개했고, 우리가 아는 조건에 따라 하인이 되었다.

11시 30분 종이 울릴 때 새빌로의 집에 혼자 있던 파스파르투는 곧바로 집을 꼼꼼히 살피기 시작했다. 그는 지하실에서 다락방까지 훑고 올라갔다. 깨끗하고, 잘 정돈되고, 장식이 없고, 청교도적이고, 일하기 편하게 설계된 이 집이 마음에 들었다. 예쁜 달팽이집, 가스를 이용해 불이 환하게 들어

10 헤이마켓에 있던 선술집으로, 당시 신사들의 클럽으로 애용되었다.

오고 난방이 되는 달팽이집 같았다. 탄화수소가 불빛이나 난방이 필요한 곳이면 어디든 충분히 들어왔다. 파스파르투는 3층에 마련된 자기 방을 손쉽게 찾았다. 방은 마음에 들었다. 전기 벨과 음향관을 통해 중이층과 2층 방에서 호출하는 소리를 들을 수 있게 연결되어 있었다. 벽난로 위에 있는 전자시계는 필리어스 포그의 침실 시계와 맞춰져 있었고, 두 시계는 초까지 정확하게 동시에 움직였다.

「마음에 들어, 마음에 들어!」 파스파르투는 혼자 중얼거렸다.

시계 위에 붙은 주의 사항도 눈에 띄었다. 필리어스 포그가 규칙적으로 일어나는 오전 8시부터 리폼 클럽에 점심을 먹으러 집을 나서는 시간까지 해야 할 모든 일을 파악했다. 8시 23분에 차와 토스트 준비, 9시 37분에 면도용 물 준비, 9시 40분에 머리 손질 등. 그다음 오전 11시 30분부터, 이 일사불란한 신사가 일정하게 잠자리에 드는 자정까지 해야 할 모든 일이 미리 규칙에 따라 정해져 있었다. 파스파르투는 이 일과표를 숙지했고, 머릿속에 여러 가지 일을 기억할 수 있어서 무척 뿌듯했다.

주인어른의 옷장은 상당히 잘 갖추어져 있었고, 놀라울 정도로 옷이 많았다. 바지, 예복, 조끼 하나하나에 순서대로 번호가 매겨져 있었고, 출입 장부에 계절에 따라 순서대로 입을 날짜가 기입되어 있었다. 신발 또한 순서가 정해져 있었다.

요컨대 새빌로의 이 집은, 저명했지만 방탕했던 셰리든이 살던 당시에는 무질서의 사원이었을 테지만, 이제는 안락한 가구를 갖춘 편리한 거처임을 보여 주었다. 서재나 책은 아예 없었다. 포그 씨에게는 그것들이 필요치 않았을 것이다. 리폼 클럽에 포그 씨 마음대로 이용할 수 있는 서재가 둘 있기 때문이었다. 하나는 문학 전용 서재, 다른 하나는 법률과 정치 전용 서재였다. 포그 씨 침실에 있는 중간 크기의 금고는 화재나 절도에 대비해 제작되어 있었다. 집에 무기는 물론 사냥이나 전쟁용 장비도 없었다. 모든 것이 누구보다 평화를 사랑하는 사람임을 드러내 주었다.

파스파르투는 집 안을 구석구석 살핀 후 두 손을 비볐다. 그의 널찍한 얼굴이 환하게 밝아졌고, 만족해하며 그는 이렇게 되풀이해 말했다.

「마음에 들어! 바로 여기가 내 일터야! 포그 씨와 나는 호흡이 척척 맞을 거야! 틀어박혀 있기 좋아하고, 규칙적인 분이니까! 기계나 다름없는 사람이지 뭐야! 그래, 기계의 시중을 든다고 기분 나쁠 건 없어!」

3
필리어스 포그가 큰 대가를 치를
대화에 참여하다

필리어스 포그는 11시 30분에 새빌로의 집에서 나와, 왼발 앞으로 오른발을 575번 떼고, 오른발 앞으로 왼발을 576번 뗀 뒤 리폼 클럽에 도착했다. 거대한 클럽 건물은 3백만은 족히 들여 지은 것으로, 팰맬에 우뚝 서 있었다.

필리어스 포그는 곧장 식당으로 향했다. 식당의 창문 아홉 개는 가을이 되자 벌써 금빛으로 곱게 물든 나무가 늘어선 아름다운 정원 쪽으로 열려 있었다. 그는 늘 앉는 자리로 갔다. 그의 식기는 이미 준비되어 있었다. 점심 식사는 애피타이저, 최고급 재료로 만든 〈리딩소스〉로 향을 돋운 삶은 생선, 〈버섯〉을 곁들인 선홍색 로스트비프, 루바브와 녹색 구스베리를 넣은 파이, 체셔치즈 순으로 나왔다. 그는 식사하는 동안 리폼 클럽의 식탁을 위해 특별히 신경 써서 준비한 고급 차를 몇 잔 마셨다.

오후 12시 47분이 되자, 이 신사는 자리에서 일어나 넓은 휴게실로 향했다. 그곳은 고급 액자에 든 그림들로 장식된 호화로운 방이었다. 하인이 아직 페이지를 자르지 않은 『더 타임스』지[11]를 그에게 건넸다. 필리어스 포그는 신문의 페이지를 잘라 펼치는 번거로운 작업을 했는데, 정확한 손놀림은 그가 이 까다로운 작업에 얼마나 통달했는지를 보여 주었다. 필리어스 포그는 이 신문을 오후 3시 45분까지 읽었고, 그다음 『스탠더드』지를 저녁 식사 시간까지 읽었다. 저녁 식사 또한 점심 식사와 동일한 방식으로 나왔지만, 〈로열브리티시소스〉가 첨가되었다.

6시 20분 전, 이 신사는 다시 휴게실에 나타나 『모닝 크로니클』지를 읽는 데 열중했다.

30분 후, 여러 리폼 클럽 회원이 들어와 석탄불이 활활 타고 있는 벽난로 쪽으로 다가갔다. 그들은 포그 씨와 카드 게임을 하는 상대였다. 휘스트 카드 게임에 열정적인 이들은 엔지니어 앤드루 스튜어트, 은행가 존 설리번과 새뮤얼 폴런틴, 맥주 양조업자 토머스 플래너건, 영국 은행의 임원 고티에 랠프였다. 모두 부유하고 명망이 높으며, 산업계와 금융계의 거물이 회원으로 있는 이 클럽에서도 특히 뛰어난 인물들이었다.

「저, 랠프, 절도 사건은 어떻게 됐소?」 토머스 플래너건이 물었다.

「은행에서 그 돈은 못 찾을 겁니다.」 앤드루 스튜어트가 대답했다.

「오히려,」 고티에 랠프가 말했다. 「도둑을 잡게 될 것 같은

11 토머스 쿡의 실제 세계 여행기가 1872년 9월 20일에서 1873년 5월 23일까지 『더 타임스』지를 통해 소개되었다.

데요. 아주 노련한 형사들이 미국과 유럽에 파견되어 주요 항구의 출입구에서 감시하고 있으니 도둑이 수사망을 빠져나가기 힘들겠죠.」

「그런데 도둑의 인상착의는 파악되었나요?」 앤드루 스튜어트가 물었다.

「우선, 그 사람은 도둑이 아니에요.」 고티에 랠프가 심각한 어조로 대답했다.

「아니, 5만 5천 파운드 은행권을 절취한 그 작자가 도둑이 아니라뇨?」

「도둑이 아닙니다.」 고티에 랠프가 대답했다.

「그럼 사업가라는 말이오?」 존 설리번이 말했다.

「『모닝 크로니클』지는 신사라고 단언하더군요.」

이렇게 대답한 사람은 다름 아닌 필리어스 포그였다. 그는 주변에 쌓여 있는 신문의 홍수 속에서 그제야 고개를 들었고, 그와 동시에 동료들에게 인사를 했다. 동료들도 그의 인사에 답했다.

문제가 된 사건은 영국의 여러 신문이 앞다퉈 논쟁을 벌이고 있었는데, 사건이 일어난 것은 3일 전인 9월 29일이었다. 5만 5천 파운드나 되는 거액의 은행권 뭉치가 영국 은행 출납계장의 책상 위에서 사라진 사건이었다.

그와 같은 절도 사건이 그토록 손쉽게 벌어졌다는 사실에 놀라는 사람들에게 은행 임원 고티에 랠프는, 사건이 일어난 바로 그 순간 출납계장이 3실링 6펜스의 입금 장부를 적느라 바빴고, 그런 와중이어서 다른 일에 눈 돌릴 겨를이 없었을 것이라고만 답했다.

  하지만 여기에서 주목해야 할 것은(이는 본 사건을 더욱 잘 설명해 줄 수 있는 것이다), 〈영국 은행〉[12]이라고 하는 명망 있는 기관이 고객의 품위에 대단히 신경 쓰는 것처럼 보인다는 사실이다. 은행에는 경비도 없고, 재해 군인도 없고, 심지어 창구의 창살도 없었다! 금, 은, 지폐가 공공연하게 놓여 있었다. 이 말은 먼저 온 사람이 마음대로 들고 나갈 수도 있다는 의미였다. 어떤 고객이 들어오건 그의 정직함을 의심하는 일은 있을 수 없었다. 영국식 관례를 제대로 관찰한 사람 중 어떤 이는 이런 얘기까지 전한다. 그 사람은 어느 날 영국 은행에서, 출납원 책상 위에 있는 7파운드에서 8파운드가량 되는 금괴를 발견하고는 좀 더 가까이에서 보고 싶은 호기심이 생겼다. 그래서 금괴를 들고 자세히 들여다본 뒤 옆에 있는 사람에게 건넸고, 금괴를 받은 사람은 또 다른 사람에게 건네는 식으로 금괴는 손에서 손으로 넘어가 어두컴컴한 복도 끝까지 갔다가 30분 후에 제자리로 돌아왔는데, 출납원은 그동안 고개 한 번 들지 않았다는 것이다.

  하지만 9월 29일에는 일이 그렇게 흘러가지 않았다. 은행권은 되돌아오지 않았고, 〈객장〉에 걸린 웅장한 벽시계가 업무를 마치는 5시를 울렸을 때, 영국 은행은 5만 5천 파운드를 손실액으로 전표에 기입할 수밖에 없었다.

12 Bank of England. 1694년에 설립된 최초 주식회사 형태의 은행이자 영국의 중앙은행으로 1946년 국유화되었다. 영국이 국제 무대에서 패권을 잡았던 18세기 후반부터 제1차 세계 대전까지 세계의 중앙은행으로 국제 금융의 중심 역할을 했다.

절도 사건이 정식으로 접수되자, 정예 요원으로 선발된 형사와 수사관 들이 주요 항구가 있는 리버풀, 글래스고, 르아브르, 수에즈, 브린디시, 뉴욕 등에 파견되었다. 이들은 범인을 잡는 데 성공할 경우 2천 파운드의 포상금과 더불어 회수한 돈의 5퍼센트를 얹어 지급한다는 약속을 받았다. 사건 접수와 동시에 시작된 조사에서 나올 정보를 기다리는 동안, 이 수사 요원들은 항구에 도착하거나 항구에서 출발하는 모든 여행자를 꼼꼼히 관찰하라는 명령을 받았다.

　그런데 『모닝 크로니클』지가 보도한 대로, 이번 사건의 절도범이 영국 절도 조직 중 그 어디에도 속하지 않았을 거라 추측할 수 있는 이유가 있었다. 9월 29일에 옷을 잘 차려입은 예의 바르고 점잖은 신사가 절도 사건의 현장이었던 출납실에서 왔다 갔다 하는 모습이 목격되었던 것이다. 수사를 통해 이 신사와 흡사한 인상착의를 재구성할 수 있었고, 이 자료는 즉시 영국과 대륙에 파견된 모든 수사관에게 전달되었다. 이 때문에 고티에 랠프처럼 올곧은 사람들은 범인이 수사망을 빠져나가지 못할 거라 기대할 만한 근거가 충분하다고 생각했다.

　쉽게 짐작할 수 있듯이 이 사건은 런던을 비롯해 전 영국에서 화제가 되었다. 사람들은 런던 경찰이 범인을 잡을 수 있느냐 없느냐를 두고 논쟁하며 열을 올렸다. 그런 까닭에 리폼 클럽 회원들이 이 문제를 두고 논쟁한다고 해도 놀랄일은 없었다. 더구나 영국 은행의 임원 중 한 명이 리폼 클럽의 회원이었으니 말이다.

고명한 고티에 랠프는 현상금으로 내건 돈이 특히 수사 요원들의 열의와 지능을 자극할 수 있으리라 추정하며, 범인을 체포할 것이라는 데 한 치의 의심도 품지 않았다. 하지만 동료 회원인 앤드루 스튜어트는 이런 믿음에 동조하지 않았다. 토론은 휘스트 게임을 하려고 자리 잡고 앉은 신사들 사이에서 계속되었다. 스튜어트는 플래너건 앞에, 폴런틴은 필리어스 앞에 자리를 잡았다. 침묵을 지켜야 하는 게임이 진행되는 동안 아무도 말을 하지 않았지만, 게임이 한 세트 끝날 때마다 끊겼던 대화는 더욱 열띠게 이어졌다.

　「승산은 도둑한테 있다니까요. 아주 능수능란한 인간일 겁니다!」 앤드루 스튜어트가 말했다

　「무슨 소리! 그 작자가 도피할 나라는 없소.」 랠프가 대답했다.

　「저런!」

　「그 작자가 어디로 갈 수 있겠소?」

　「그거야 알 수 없죠. 세상은 넓으니까요.」 앤드루 스튜어트가 대답했다.

　「예전에는 그랬죠…….」 필리어스 포그가 나직하게 말했다. 그러고는, 〈카드를 뽑을 차례입니다〉라고 덧붙이며, 토머스 플래너건에게 카드를 내밀었다.

　토론은 카드 게임을 하는 동안 중단되었다. 하지만 앤드루 스튜어트가 곧바로 다시 말을 꺼냈다.

　「예전에는 그랬다니요! 그럼 세상이 작아지기라도 했다는 말입니까?」

「그럴 수도 있죠.」 고티에 랠프가 대답했다. 「포그 씨 생각에 동감입니다. 세상은 작아졌어요. 이제는 1백 년 전에 비해 열 배는 더 빨리 세상을 돌 수 있으니까요. 우리가 얘기하고 있는 사건만 해도, 세상이 좁아졌으니 더욱 빨리 범인을 찾을 수 있을 겁니다.」

「그렇다면 범인이 도주하기도 훨씬 용이하겠는걸요!」

「게임을 하실 차례입니다, 스튜어트 씨!」 필리어스 포그가 말했다.

하지만 의심에 찬 스튜어트는 납득할 수 없었고, 게임이 끝나자 말을 이었다.

「랠프 씨, 세상이 작아졌다고 하신 말씀은 웃자고 하신 얘기가 아닌가 싶습니다! 이제 지구를 도는 데 석 달이 걸리니까…….」

「80일이면 됩니다.」 필리어스 포그가 말했다.

「사실입니다, 여러분.」 존 설리번이 덧붙였다. 「로탈과 알라하바드 구간에 〈대인도반도 철도〉가 개통된 후 80일로 단축되었어요. 여기 『모닝 크로니클』지가 작성한 계산표가 있습니다.」

영국에서 수에즈까지, 몽스니와 브린디시 경유,
철도와 여객선 _____ 7일
수에즈에서 뭄바이까지, 여객선 _____ 13일
뭄바이에서 콜카타까지, 철도 _____ 3일
콜카타에서 홍콩까지, 여객선 _____ 13일

홍콩에서 요코하마까지, 여객선 _____ 6일

요코하마에서 샌프란시스코까지, 여객선 ___ 22일

샌프란시스코에서 뉴욕까지, 철도 _____ 7일

뉴욕에서 런던까지, 여객선과 철도 _____ 9일

총 _____ 80일

「그래요, 80일이군요!」 앤드루 스튜어트가 외쳤다. 흥분하는 바람에 그는 실수로 중요한 카드를 내놓고 말았다. 「하지만 악천후나 역풍이 분다든지, 배가 난파하거나 철로가 탈선하는 등의 상황은 포함하지 않은 거겠죠.」

「모두 포함된 겁니다.」 필리어스 포그가 계속 카드 게임을 하며 대답했다. 왜냐하면 열띤 토론 때문에 침묵 속에 진행되어야 하는 휘스트 게임의 규칙이 이미 무너졌기 때문이다.

「인도인이나 인디언이 철로를 탈취한다면요!」 앤드루 스튜어트가 소리쳤다. 「기차를 세우고, 짐을 약탈하고, 여행객들의 머리 가죽을 벗긴다면요!」

「그런 경우도 모두 포함되어 있습니다.」 필리어스 포그가 자기 패를 보여 주면서 대답하고는 덧붙여 말했다. 「으뜸 패 두 장.」

앤드루 스튜어트가 게임을 할 차례였다. 하지만 자기도 모르게 카드를 섞으며 말했다.

「이론적으로는 포그 씨 말이 맞지만, 실제로는⋯⋯.」

「실제로도 맞습니다, 스튜어트 씨.」

「실제로 직접 증명해 보일 수 있을지 궁금하군요.」

「그건 당신 결정에 달렸습니다. 함께 떠납시다.」

「천만에요!」 스튜어트가 소리쳤다. 「하지만 이 조건대로 여행하는 게 불가능하다는 데 4천 파운드를 걸겠습니다.」

「가능하고말고요.」 필리어스 포그가 대답했다.

「그렇다면 어디 해보십시오!」

「80일간의 세계 일주 말입니까?」

「네.」

「좋습니다.」

「언제요?」

「당장이요.」

「그건 정신 나간 짓입니다!」 상대방의 고집에 화가 나기 시작한 앤드루 스튜어트가 소리쳤다. 「자! 그냥 게임이나 합시다.」

「그럼 다시 패를 돌리시죠. 패를 잘못 돌렸으니까요.」 필리어스 포그가 대답했다.

앤드루 스튜어트는 흥분해 떨리는 손으로 카드를 다시 들었다가, 갑자기 탁자 위에 내려놓으며 말했다.

「그래요, 좋습니다. 포그 씨, 그래요, 4천 파운드를 걸겠습니다!」

「스튜어트 씨,」 폴런틴이 말했다. 「진정하세요. 신중한 처사가 못 됩니다.」

「내가 내기를 하겠다고 할 때는, 언제든 신중하게 하는 겁니다.」 앤드루 스튜어트가 대답했다.

「그렇게 하죠!」 필리어스 포그가 말했다. 그리고 동료들

쪽을 돌아보았다.

「베어링 형제 은행에 개설한 제 계좌에 2만 파운드가 있습니다. 그 돈을 기꺼이 걸겠습니다……」

「2만 파운드!」 존 설리번이 외쳤다. 「예기치 않게 여행이 지체되면 2만 파운드를 모두 잃게 되는데도요!」

「예기치 않은 일은 존재하지 않습니다.」 필리어스 포그가 간단히 대답했다.

「하지만 포그 씨, 80일은 최소한의 기간을 계산한 것일 뿐입니다!」

「최소한의 기간을 잘 이용하면 충분합니다.」

「하지만 그 기한을 넘지 않으려면, 기차에서 여객선으로, 여객선에서 기차로, 수학적으로, 그러니까 자로 정확하게 잰 것처럼 넘나들어야 해요!」

「수학적으로 정확하게 넘나들겠습니다.」

「농담이겠죠!」

「내기처럼 신중한 문제가 걸릴 경우, 점잖은 영국인이라면 절대 농담을 하지 않습니다.」 필리어스 포그가 대답했다. 「제가 80일 이내, 그러니까 1,920시간, 다시 말해 11만 5200분 이내에 세계 일주를 한다는 걸 놓고 2만 파운드를 걸겠습니다. 받아들이시겠습니까?」

「받아들입니다.」 스튜어트, 폴런틴, 설리번, 플래너건, 랠프가 합의를 본 뒤 대답했다.

「좋습니다.」 필리어스 포그가 말했다. 「도버행 기차가 8시 45분에 출발합니다. 저는 그 기차를 타겠습니다.」

「당장 오늘 저녁에요?」 스튜어트가 물었다.

「당장 오늘 저녁에요.」필리어스 포그가 대답했다. 그는 수첩의 달력을 보면서 덧붙였다. 「오늘이 10월 2일 수요일이니까, 12월 21일 토요일 저녁 8시 45분까지 리폼 클럽 휴게실로 돌아와야 합니다. 만약 그렇게 하지 못하면, 베어링 형제 은행의 계좌에 예치되어 있는 2만 파운드는 법적으로 여러분 소유가 됩니다. 여기 2만 파운드 수표가 있습니다.」

내기에 관한 계약서를 여섯 명의 내기 참여자가 그 자리에서 작성하고 서명했다. 필리어스 포그는 침착하게 있었다. 그가 내기를 한 이유는, 분명 돈을 벌기 위해서가 아니었다. 그의 재산 절반에 해당하는 2만 파운드를 내기 돈으로 건 이유는, 나머지 2만 파운드는 실행 불가능한 계획이라고 할 수는 없지만, 이 어려운 과제를 해내는 데 사용해야 하리라 예상했기 때문이었다. 한편 내기 상대들은 동요된 듯했다. 내기 액수 때문이 아니라, 이런 조건에서 내기를 해도 되는지 양심의 가책 같은 걸 느꼈기 때문이다.

그때 7시를 알리는 종이 울렸다. 동료들은 포그 씨에게 휘스트 게임을 그만두고 여행 준비를 하도록 권했다.

「저는 늘 준비가 되어 있습니다!」이 냉정한 신사는 그렇게 대답하고 나서 카드를 돌렸다.

「으뜸 패는 다이아몬드입니다.」필리어스 포그가 말했다. 「당신 차례예요, 스튜어트 씨.」

4
필리어스 포그가 하인 파스파르투를
깜짝 놀라게 하다

7시 25분, 필리어스 포그는 휘스트 게임에서 20기니가량을 따고 나서, 친애하는 동료들과 작별한 뒤 리폼 클럽을 떠났다. 그리고 7시 50분에 자기 집의 문을 열고 안으로 들어갔다.

파스파르투는 일과를 꼼꼼하게 숙지한 터라, 포그 씨가 정확한 일정의 틀을 깨고 생뚱맞은 시간에 나타나자 꽤나 놀랐다. 주의 사항대로라면, 새빌로의 주인장은 정확히 자정에 집에 돌아와야 했다.

필리어스 포그는 우선 자기 방으로 올라간 뒤 하인을 불렀다.

「파스파르투.」

파스파르투는 대답하지 않았다. 이게 자신을 부르는 소리가 맞는 것일까? 지금은 자기 이름을 부를 시간이 아니었다.

「파스파르투.」 필리어스 포그가 언성을 높이지도 않고 다시 불렀다.

파스파르투가 모습을 보였다.

「자네를 두 번 불렀네.」포그 씨가 말했다.

「하지만 자정이 아닌데요.」파스파르투가 회중시계를 보며 대답했다.

「나도 알고 있네.」필리어스 포그가 다시 말했다. 「자네를 나무라는 게 아냐. 우리는 10분 후에 도버와 칼레로 출발할 걸세.」

프랑스 하인의 둥근 얼굴에 찌푸린 표정이 나타났다. 제대로 듣지 못한 것이 분명했다.

「어디 가십니까?」그가 물었다.

「그래.」필리어스 포그가 대답했다. 「우리는 세계 일주를 할 거야.」

파스파르투는 튀어나올 듯이 눈을 부릅뜨고, 눈꺼풀과 눈썹을 치켜올렸다. 팔은 축 늘어지고, 온몸은 꺼질 듯이 처졌다. 기절할 정도로 놀란 상태에서 보일 수 있는 모든 증상을 보였던 것이다.

「세계 일주라니!」그가 중얼거렸다.

「80일간.」포그 씨가 대답했다. 「그러니까 잠시도 허비할 수 없네.」

「하지만 짐은 어떻게 하고요?」파스파르투가 자기도 모르게 고개를 절레절레 흔들면서 말했다.

「짐은 없어. 취침 도구 가방만 있으면 돼. 그 안에 모직 셔츠 두 개, 양말 세 켤레를 넣게. 자네 것도 마찬가지로 준비하고. 필요한 건 여행하면서 살 테니까. 내 우비와 여행용 담요를 꺼내게. 튼튼한 구두도 꺼내고. 하기야 걸을 일은 거의 없을 테지만. 어서 준비하게.」

파스파르투는 어떻게든 대답을 하고 싶었다. 하지만 할 수가 없었다.

그는 포그 씨의 방에서 나와 자기 방으로 올라가 의자에 털썩 주저앉고는, 자기 나라 말로 이런 상황에 맞는 전형적인 표현을 쓰며 말했다.

「아! 이런, 이건 심하잖아, 원! 나는 조용하게 살고 싶었단 말이야…….」

그러고는 기계적으로 떠날 준비를 했다. 80일간의 세계 일주라니! 주인어른 머리가 어떻게 된 거 아냐? 아냐…… 농담이겠지? 도버에 가는 건, 좋아. 칼레도 좋다 이거야. 어쨌거나, 5년 동안 고국 땅에 발을 들인 적 없는 이 선량한 청년한테 해가 될 건 없으니까. 혹시 알아? 파리까지 가게 되면, 저 양반도 거대한 프랑스의 수도를 신나서 보러 다닐지. 그렇지만 분명 걸음걸이까지 재고 아끼는 신사 양반이니까 거기서 멈추겠지…… 그래, 아마도 그럴 거야. 그래도 이제까지 런던에 틀어박혀 지내 온 저 신사가 집을 떠나 다른 나라로 가다니, 정말 믿을 수 없는 일이야!

8시에 파스파르투는 자기 옷과 주인의 옷을 넣은 단출한 가방을 준비했다. 그리고 여전히 마음이 뒤숭숭한 채 방에서 나와 조심스럽게 문을 닫고 포그 씨에게 갔다.

포그 씨는 준비를 마친 상태였다. 겨드랑이에는 여행에 필요한 모든 노선을 제공할 「브래드쇼의 대륙 철도 증기선 시간표와 안내서」를 끼고 있었다. 그는 파스파르투가 들고 있던 가방을 열더니, 세계 어느 나라에서나 통용되는 묵직한 영국 은행권 한 뭉치를 찔러 넣었다.

「아무것도 빠뜨리지 않았지?」 그가 물었다.

「네, 주인님.」

「내 비옷과 담요는?」

「여기 있습니다.」

「좋아, 이 가방을 들게.」

포그 씨는 가방을 파스파르투에게 넘겼다.

「그 가방을 조심해서 가지고 다니게.」 그가 덧붙였다. 「2만 파운드가 들었으니까.」

가방이 파스파르투의 손에서 미끄러져 떨어질 뻔했다. 마치 금화 2만 파운드가 들어 있기라도 한 것처럼 무겁게 느껴졌기 때문이다.

주인과 하인은 아래층으로 내려가, 현관문을 이중으로 잠갔다.

마차 정거장은 새빌로 도로의 맨 끝에 있었다. 필리어스 포그와 하인은 마차에 올랐고, 마차는 채링크로스역을 향해 쏜살같이 달렸다. 그 역은 사우스이스턴 철도의 분기점 중 하나였다.

8시 20분, 마차가 기차역 앞에 멈췄다. 파스파르투가 먼저 뛰어내리고, 주인이 뒤이어 내려 마부에게 요금을 냈다.

그때, 불쌍한 거지 여자가 아이의 손을 잡고 맨발로 진흙탕 속을 걸으며 포그 씨에게 다가와 돈을 구걸했다. 털이 빠져 깃털 한 가닥만 달랑 달린 추레한 모자를 쓰고, 넝마 위에

해진 헝겊으로 된 숄을 걸친 차림이었다.

포그 씨는 조금 전에 휘스트 게임에서 딴 20기니를 주머니에서 꺼내 거지에게 내밀며 말했다.

「받아요, 아주머니. 만나서 기쁘군요.」

그리고 그 앞을 지나갔다.

파스파르투는 눈에 촉촉하게 물기가 차오르는 것을 느꼈다. 주인이 그의 마음속으로 한 걸음 더 다가왔다.

포그 씨와 파스파르투는 곧장 역의 큰 대합실로 들어갔다. 거기에서 필리어스 포그는 파스파르투에게 파리행 1등석 표 두 장을 끊어 오라고 명령했다. 그리고 몸을 돌리는 순간, 리폼 클럽의 동료 다섯 명이 눈에 들어왔다.

「여러분, 저는 출발합니다.」 그가 말했다. 「이 여행을 하면서 여권에 여러 나라의 비자 날인을 받게 될 텐데, 돌아와서 그걸 보여 드리면 제 여행 경로를 심사하실 수 있을 겁니다.」

「오! 포그 씨.」 고티에 랠프가 정중하게 대답했다. 「그럴 필요 없습니다. 저희는 신사다운 포그 씨의 명예를 믿겠습니다!」

「그런 편이 더 낫기는 하죠.」 포그 씨가 말했다.

「언제까지 돌아오셔야 하는지 잊지 않으셨죠?」 앤드루 스튜어트가 주지시켰다.

「80일 후, 1872년 12월 21일 토요일, 저녁 8시 45분입니다. 그럼 그때 만납시다, 여러분.」 포그 씨가 대답했다.

8시 40분, 필리어스 포그와 하인은 같은 객실에 자리를 잡았다. 8시 45분, 경적이 울리자 기차가 움직이기 시작했다.

깜깜한 밤이 되었다. 이슬비가 내렸다. 필리어스 포그는 구석 자리에 몸을 기댄 채 아무 말도 하지 않았다. 아직도 정신이 혼미한 파스파르투는 은행권이 든 가방을 무의식적으로 꼭 껴안았다.

하지만 기차가 시드넘을 지나기도 전에 파스파르투는 절망에 가득 차, 그야말로 절규를 내질렀다!

「무슨 일인가?」 포그 씨가 물었다.

「그게…… 저…… 서두르느라…… 당황해서…… 깜빡했습니다…….」

「뭐지?」

「제 방의 가스등 끄는 걸 말입니다!」

「그렇다면,」 포그 씨가 냉정하게 대답했다. 「자네 계좌에 든 돈이 가스비로 활활 타버리겠군!」

5
새로운 주식이
런던 증권 거래소에 등장하다

필리어스 포그는 런던을 떠날 때, 자신의 여행이 불러일으킬 엄청난 반향을 아마 짐작조차 못 했을 것이다. 내기에 대한 소문은 먼저 리폼 클럽 내에 퍼져 나갔고, 고명한 클럽 회원들 사이에 엄청난 흥분을 야기했다. 이러한 클럽 회원들의 흥분은 기사를 통해 신문에 보도되었고, 그 소식은 런던을 비롯해 영국 전 지역으로 퍼져 나갔다.

〈세계 일주 문제〉에 대해 너도나도 의견을 달고, 토론하고, 분석했다. 마치 새로운 〈앨라배마호 사건〉[13]이라도 되는 것처럼 그 열기가 뜨거웠다. 한쪽은 필리어스 포그의 편을 들었고, 다른 쪽은(곧 이쪽의 수가 대부분을 차지하게 되었다) 그 의견에 반대하고 나섰다. 이론상, 아니면 종이에 일정을 계산해 나오는 수치라면 모를까, 실제로 세계 일주를 최소한

---

13 미국 남북 전쟁 당시 남부군의 전함으로, 여러 번 승리를 거두었지만 1864년 6월 19일 북군이 셰르부르 앞바다에서 격파했다. 전쟁 후 미국은 영국에서 건조된 앨라배마호 때문에 막대한 손해를 입었다며 영국 정부에 배상을 요구했고, 1871년 5월 워싱턴 조약에 따라 영국이 1550만 달러를 배상하는 것으로 종결되었다.

의 시간에, 현재 이용할 수 있는 교통수단을 이용해 마친다는 것은 불가능할 뿐만 아니라 미친 짓이라는 것이 그 이유였다!

『더 타임스』, 『스탠더드』, 『이브닝 스타』, 『모닝 크로니클』을 비롯해 20여 개의 신문들이 포그 씨에 반대하는 입장을 밝혔다. 오직 『데일리 텔레그래프』지만이 포그 씨를 지지할 뿐이었다. 필리어스 포그는 대체로 괴짜 혹은 미치광이 취급을 받았고, 내기에 응한 리폼 클럽 회원들은 정상적인 정신 상태가 아닌 포그 씨를 상대로 그런 내기를 했다는 이유로 비난받았다.

지나치게 호들갑스럽지만 그래도 논리적으로 이 문제를 다룬 몇몇 기사가 보도되었다. 지리에 관한 것이라면 무엇이든 영국 사람들의 관심을 끈다는 사실은 익히 알려진 바다. 그러니 지위 고하를 막론하고, 필리어스 포그에 관한 기사라면 모두들 눈에 불을 켜고 읽었다.

처음 며칠 동안은 몇몇 대범한 사람들(특히 여자들)이 포그 씨 편에 섰다. 특히 『일러스트레이티드 런던 뉴스』가 리폼 클럽 자료실에 보관된 포그 씨의 사진을 토대로 만든 초상화를 실은 이후 반응은 더욱 뜨거웠다. 몇몇 신사는 대담한 말을 하기도 했다. 「아니! 이 여행이라고 못 할 것도 없잖아? 이보다 더 기상천외한 일도 수두룩하게 봤는데!」 그렇게 말하는 사람들은 특히 『데일리 텔레그래프』지의 독자들이었다. 하지만 이 신문의 논조 역시 힘을 잃기 시작하는 것이 곧 감지되었다.

마침내 장문의 기사가 10월 7일 영국 왕립 지리학회지에 실렸다. 그 기사는 모든 관점에서 문제를 다루었고 이러한 시도가 미친 짓임을 증명해 보였다. 이 기사의 논리대로라면, 인재든 자연재해든 모든 조건이 여행자에게 불리하게 작용했다. 이 계획이 성공하려면 출발 시간과 도착 시간이 기적적으로 들어맞아야 하는데, 그렇게 들어맞는 일은 존재하지도 않고, 존재할 수도 없었다. 엄밀하게 따지자면, 주파 거리가 상대적으로 짧은 유럽에서는 기차가 정각에 도착한다고 기대할 수 있지만 인도를 횡단하는 데 3일이 걸리고, 미국을 횡단하는 데 7일이 걸리는데, 그사이에 무슨 문제라도 생기면 정각에 도착하리라 기대할 수 있겠는가? 그리고 기계 고장, 열차 탈선, 충돌 사고, 악천후, 폭설 같은 문제 모두가 필리어스 포그에게 불리하지 않겠는가? 증기선은 겨울 내내 매서운 바람이나 안개 상태에 따라 운항이 결정되지 않겠는가? 가장 성능이 좋은 대서양 횡단 여객선도 2~3일 연착되는 일이 생기지 않는가? 그런데 단 한 번이라도 기차나 배가 연착될 경우, 사슬처럼 연결되는 모든 운송 노선은 회복 불가능한 상태로 단절되고 만다. 필리어스 포그가 단 몇 시간이라도 늦어서 여객선 출발 시간을 맞추지 못하면, 다음 여객선을 기다릴 수밖에 없고, 그렇게 되면 여행 일정 전체가 돌이킬 수 없이 엉망진창 되고 만다.

영국 왕립 지리학회지의 기사는 큰 반향을 일으켰다. 거의 모든 신문이 그 기사를 옮겨 실었고, 필리어스 포그의 주가는 급격하게 떨어졌다.

이 신사가 출발하고 처음 며칠은 그가 도전한 여행의 성공 가능성을 놓고 굵직한 도박이 시작되었다. 영국의 도박 세계가 일반 내기꾼들의 세계보다 더 치밀하고 정교하다는 것은 잘 알려진 사실이다. 내기는 영국인의 핏속에 흐르는 기질이다. 따라서 단지 리폼 클럽의 여러 회원들이 필리어스 포그의 편이나 반대편에 서서 상당한 금액의 내기 돈을 건 것만이 아니라, 일반 대중도 그 내기에 가담했다. 필리어스 포그는 마치 경주마처럼 일종의 〈혈통서〉에 등록되었다. 그리고 그 서류를 바탕으로 주가가 정해져, 런던 증권 거래소에 즉시 상장되었다. 사람들은 현물이든 선물이든 〈필리어스 포그 주식〉을 매수하고 매도했고, 그 거래 금액은 어마어마했다. 하지만 그가 출발한 지 5일 후, 영국 지리학회지의 기사가 발표되자, 매도 주문이 빗발치기 시작했다. 필리어스 포그 주식은 추락을 거듭했다. 사람들은 주식을 무더기로 내놓았다. 처음에는 5주, 다음에는 10주, 그다음에는 20주, 50주, 100주까지, 팔려는 주식 수는 점점 늘어났다!

그의 편에 남은 사람은 중풍으로 온몸이 마비된, 노쇠한 앨버말 경 단 한 사람뿐이었다. 존경할 만한 이 노신사는 의자에 앉은 채 꼼짝도 하지 못하는 처지였기에, 세계 일주를 할 수만 있다면, 10년이 걸린다고 해도 그의 전 재산을 내놓았을 것이다! 그런 심정이었기에, 그는 필리어스 포그의 편에서 5천 파운드를 내기에 걸었다. 사람들이 필리어스 포그의 터무니없는 여행 계획이 얼마나 부질없는 짓인지 아무리 증명해 보여도, 그는 이렇게 대답할 뿐이었다.

「실행 가능한 일이라면, 영국인이 선구자가 되어 해내는 게 좋지!」

하지만 상황이 나쁜 쪽으로 흐르자 필리어스 포그를 지지하는 사람들의 수는 점점 줄어들어 결국 모든 이들이 필리어스 포그의 반대편으로 돌아섰다. 사실 그럴 만한 이유가 없는 것도 아니었다. 그를 지지하며 내기에 응하는 사람은 150 대 1이었다가, 200 대 1로 줄었는데, 세계 일주를 나선 지 7일 후, 뜻밖의 사건이 발생해 그를 지지하는 사람은 한 명도 남지 않게 되었다.

그날 밤 9시에 런던 경찰청장은 다음과 같은 전보를 받았다.

수에즈에서 런던으로.
런던 경시청, 중앙 부서, 로언 경찰청장 귀하.

저는 은행 강도, 필리어스 포그를 쫓고 있습니다.
뭄바이로 즉시 체포 영장을 보내 주십시오.
픽스 형사

이 전보는 즉각적으로 파급 효과를 일으켰다. 명망 있는 신사는 온데간데없이 사라져 버리고, 은행권 절도범이 그 자리를 대체했다. 리폼 클럽에 모든 동료 회원들의 사진과 함께 보관되어 있던 필리어스 포그의 사진이 조사 대상이 되었다. 사진은 진작에 수사를 통해 작성해 형사들에게 배포한 인상착의서의 남자를 하나하나 재현하고 있었다. 사람들은, 필리어스 포그가 수수께끼 같은 사람이고, 혼자 살며, 고립된 생활을 하고, 갑작스럽게 여행을 떠났다는 사실을 상기했다. 그러자 이 인물이 세계 일주를 한다는 명분을 내세워 터무니없는 내기를 건 것도 다름 아니라 영국 경찰관의 추적을 피하려는 목적이었음이 자명해 보였다.

6
픽스 형사가 초조해하다

필리어스 포그 씨와 관련된 전보가 발송된 상황은 다음과 같다.

10월 9일 수요일, 사람들은 수에즈 운하에서 오전 11시에 들어올 〈인도반도 및 동양 선박 회사〉의 여객선 〈몽골리아〉 호를 기다렸다. 이 철제 증기선은 프로펠러와 경갑판이 탑재되어 있고, 적재량 2천8백 톤에, 5백 마력을 냈다. 몽골리아호는 정기적으로 수에즈 운하를 통해 이탈리아 남부의 브린디시와 뭄바이 구간을 운항했다. 몽골리아호는 이 선박 회사에서 제일 빠른 증기선 중 하나로, 규정 속도가 브린디시와 수에즈 구간은 시속 10마일, 수에즈와 뭄바이 구간은 9.53마일이었지만, 실제는 늘 그보다 빨리 달렸다.

부두에서 몽골리아호가 도착하기를 기다리던 두 남자는, 이 도시로 모여든 현지인과 외국인의 무리 한가운데서 왔다 갔다 했다. 예전에 작은 마을에 불과했던 이 도시는 드 레셉스[14] 씨의 대대적인 사업으로 괄목할 만한 미래가 보장되어

14 Ferdinand Marie de Lesseps(1805~1894). 수에즈 운하 개발을 착상

있었다.

서성이던 두 남자 중 한 명은 수에즈 주재 영국 영사였다. 그는 영국 정부의 유감스러운 예측과 엔지니어 스티븐슨[15]의 불길한 예언에도 불구하고, 매일 영국 배들이 이 운하를 지나가는 모습을 보았다. 수에즈 운하가 개통되면서 영국에서 인도 사이의 항로는 희망봉을 경유해 가던 이전 항로보다 절반이나 줄어들었다.

또 다른 남자는 키가 작고 깡마른 체격에 꽤 똑똑해 보이고, 미간을 쉴 새 없이 찌푸려 예민한 인상을 주었다. 긴 속눈썹을 통해 날카로운 눈이 빛나고 있었지만, 필요한 경우라면 강렬한 눈빛을 감쪽같이 잠재울 수도 있었다. 그는 제자리에 있지 못하고 왔다 갔다 하면서 초조한 기색을 드러냈다.

남자의 이름은 픽스로, 영국 은행에서 절도 사건이 일어난 뒤 여러 항구에 파견되었던 영국 형사 중 한 명이었다. 픽스 형사는 신경을 곤두세우고 수에즈 항로를 거쳐 가는 모든 여행객을 감시하고, 만약 그중에 용의자처럼 생긴 사람이 있으면 체포 영장이 나올 때까지 미행해야 했다.

정확히 이틀 전, 픽스는 영국 경찰청장에게 절도 용의범의 인상착의서를 받았다. 은행 출납실에서 목격된 품위 있고 고상하게 옷을 차려입은 인물의 것이었다.

성공할 경우 약속된 막대한 포상금에 눈독을 들인 것이 분명한 이 수사관은 누가 봐도 초조한 기색을 보이며 몽골리아

한 프랑스의 외교관.

15 Georges Stephenson(1781~1848). 영국의 증기 기관차 발명가.

호가 도착하기를 기다렸다.

「저, 영사님,」 그가 열 번째 같은 질문을 했다. 「이 배가 연착하는 일은 없다고 하셨죠?」

「없습니다, 픽스 씨.」 영사가 대답했다. 「어제 포트사이드 앞바다를 지나갔다는 통보가 왔으니까요. 운하에서 160킬로미터 거리는 그 정도 성능의 선박으로 보면 아무것도 아닙니다. 다시 말씀드리자면, 몽골리아호는 규정 시간보다 24시간 빨리 도착할 경우 정부가 제공하는 25파운드의 상금을 늘 챙겨 왔습니다.」

「브린디시에서 직접 오는 여객선이죠?」

「인도로 가는 짐을 싣고, 브린디시에서 토요일 오후 5시에 출발한 바로 그 배입니다. 그러니까 침착하게 계세요. 연착되는 일은 없습니다. 그런데 인상착의서만 가지고, 설령 지금 찾고 있는 사람이 몽골리아호에 타고 있다고 해도, 어떻게 알아볼 수 있다는 건지 도무지 알 수가 없군요.」

「영사님,」 픽스가 대답했다. 「그런 인간들은 알아본다기보다 느낌으로 알 수 있습니다. 직감이 있어야 해요. 직감은 청각, 시각, 후각이 합쳐진 특별한 감각 같은 겁니다. 저는 평생 동안 그런 신사를 여러 명 체포했습니다. 제가 찾고 있는 범인이 배에 타고 있기만 하다면, 제 손아귀를 절대 빠져나갈 수 없습니다.」

「그렇게 되기를 바랍니다, 픽스 씨. 엄청난 절도 사건이니까요.」

「대단한 절도 사건이죠.」 흥분에 찬 픽스 형사가 대답했다.

「5만 5천 파운드라니! 그렇게 큰 사건을 맡는 경우는 그리 흔하지 않다고요! 요즘 도둑들은 쩨쩨해지고 있어요! 셰퍼드[16] 같은 족속은 자취를 감추어 가고 있다고요! 이제는 겨우 몇 실링 훔친 걸로 교수형을 당한다니까요!」

「픽스 씨,」 영사가 대답했다. 「반드시 성공하시기 바랍니다. 그러나 다시 말씀드리지만, 지금 상황에서는 어렵지 않을까 염려되는군요. 지금 가지고 계신 인상착의서를 보면, 이 도둑이 정직한 사람으로 보이지 않습니까?」

「영사님,」 픽스 형사가 단정적으로 대답했다. 「큰 도둑은 늘 정직한 사람과 다를 바 없어 보입니다. 막돼먹게 생긴 인간들이야 도리가 없지요. 도둑놈으로 잡혀가지 않으려면, 그저 성실하게 사는 수밖에 없다 이겁니다. 정직한 얼굴을 한 인간들이야말로 가면을 벗겨야 합니다. 어려운 일이라는 건 저도 인정합니다. 직업을 넘어 예술의 경지에 올라야 하는 일이죠.」

픽스는 자부심이 꽤 강한 사람인 것 같았다.

그러는 동안 부두는 차츰 활기를 띠었다. 여러 나라의 선원, 상인, 중개인, 하역 인부, 일꾼 들이 부두로 모여들었다. 분명 여객선이 곧 도착할 모양이었다.

날씨는 화창했지만, 동쪽에서 불어오는 바람 때문에 공기가 차가웠다. 이슬람교 사원의 첨탑이 흐릿한 햇살을 받아

---

16 Jack Sheppard(1702~1724). 영국의 악명 높은 강도로, 2년간 네 번 탈옥에 성공했다가 다시 체포되어 교수형을 당했다. 극적인 그의 삶은 소설, 연극, 노래 등 다양한 분야에 영감을 주었다.

도시 위로 어렴풋한 모습을 드러냈다. 남쪽으로는, 2천 미터 길이의 긴 방파제가 수에즈만 위로 팔처럼 길게 늘어져 있었다. 홍해의 해상에서는 고깃배나 연안 무역선 여러 척이 이리저리 흔들렸다. 그중 몇 척은 고대 갤리선의 우아한 모습을 나름대로 간직했다.

픽스는 사람들 사이를 이리저리 돌아다니면서, 직업적인 습관대로 지나가는 사람들을 재빨리 훑어보았다.

시간은 10시 30분이었다.

「배가 안 들어올 모양이로군!」 부두의 시계가 10시 30분을 알리는 소리를 들으며 픽스 형사가 소리 질렀다.

「근처에 있을 겁니다.」 영사가 대답했다.

「수에즈에는 얼마나 정박할까요?」 픽스가 물었다.

「네 시간입니다. 석탄을 싣는 데 걸리는 시간이죠. 수에즈에서 홍해 끝에 있는 예멘의 아덴 항구까지는 1,310마일인데, 거기까지 가려면 연료를 충분히 실어야 하거든요.」

「그럼, 배가 수에즈에서 뭄바이까지 곧바로 갑니까?」 픽스가 물었다.

「짐도 내리지 않고 곧장 갑니다.」

「그런데 말입니다.」 픽스가 말했다. 「만약 도둑이 이 노선을 운항하는 배를 타고 있다면, 수에즈에서 내릴 겁니다. 다른 노선을 통해 네덜란드나 프랑스령 아시아 국가로 가기 위해서요. 인도는 영국령이니 안전하지 않을 거라는 걸 잘 알고 있을 테니까요.」

「그리 노련한 사람이 아니라면, 그럴 수도 있겠죠.」 영사가 대답했다. 「아시다시피 범인이 영국인이라면, 외국으로 가는 것보다 런던에 숨기가 더 쉬울 테니까요.」

픽스 형사는 영사의 말을 듣고 곰곰이 생각에 잠겼다. 영사는 근처의 사무실로 되돌아갔다. 혼자 남은 형사는 도둑이 몽골리아호에 타고 있을 거라는 이상한 예감이 들어, 신경을 곤두세우며 초조하게 기다렸다. 사실 이 악당이 신세계에 가려는 목적으로 영국 땅을 떠났다면, 대서양 항로보다 감시가 덜하거나 감시하기가 더 어려운 인도 항로를 택했을 것이다.

픽스는 오랫동안 생각에 잠겨 있을 수 없었다. 날카로운 기적 소리가 여객선의 도착을 알렸기 때문이다. 하역 인부와 일꾼 무리가 지나가는 사람들의 몸을 밀며 부산스럽게 부두를 향한 발길을 재촉했다. 10여 척의 소형 배가 강가를 떠나 몽골리아호 앞으로 나아갔다.

곧 몽골리아호의 거대한 선체가 모습을 드러내며 운하로 들어왔다. 11시를 알리는 시계 종이 울리자, 증기 여객선은 정박지에 멈춰 섰고, 증기가 배기관을 통해 큰 소리를 내며 뿜어져 나왔다.

꽤 많은 승객들이 갑판에 나와 있었다. 몇몇은 그림 같은 도시의 전망을 감상하느라 갑판에 머물러 있었지만, 대부분의 승객은 몽골리아호에서 내려 옆에 대기하고 있는 소형 배에 올라탔다.

픽스는 육지에 발을 내딛는 모든 승객을 꼼꼼하게 살폈다.

그중 한 남자가 도와주겠다고 달려드는 일꾼들을 힘껏 제치고 픽스 쪽으로 다가와 아주 공손하게 영국 영사관의 위치를 물으며 여권을 내밀었다. 아마도 영국 비자 날인을 받으려는 모양이었다.

픽스는 본능적으로 여권을 받아 들고 재빨리 인상착의서를 훑어보았다. 순간 본능적인 동작이 나올 뻔했다. 여권을 든 손이 떨렸다. 여권에 적힌 사진이 런던 경찰청장이 보내 준 인상착의서와 동일했기 때문이다.

「이건 당신 여권이 아닌데요?」 픽스가 여행객에게 물었다.

「맞습니다.」 상대가 대답했다. 「제 주인님 여권입니다.」

「주인은 어디 계십니까?」

「배에 계십니다.」

「하지만,」 픽스 형사가 다시 말을 이었다. 「신원을 증명하려면 본인이 직접 영사관에 가야 합니다.」

「뭐라고요! 꼭 그래야 합니까?」

「반드시 그래야 합니다.」

「영사관은 어디에 있는데요?」

「저기, 광장 모퉁이에 있습니다.」 픽스 형사가 2백 보 정도 떨어진 건물을 가리키며 대답했다.

「그럼, 주인님을 모셔 와야겠군요. 번거롭게 한다고 언짢아하실 텐데!」

여행객은 그렇게 말하고 픽스에게 인사한 뒤, 증기선으로 돌아갔다.

7
여권이 수사에 아무 소용 없다는 사실이
다시 한번 입증되다

픽스 형사는 부두로 다시 내려가, 재빨리 영사관 쪽으로 향했다. 급한 용무라고 밝히자 곧 영사를 만날 수 있었다.

「영사님,」 픽스 형사는 곧장 본론으로 들어갔다. 「범인이 몽골리아호를 탔다고 믿을 만한 충분한 근거가 있습니다.」

픽스는 하인과 만난 일과 여권에 대해 얘기했다.

「좋습니다, 픽스 씨.」 영사가 대답했다. 「그 악당의 얼굴을 보는 것도 나쁘지는 않겠죠. 하지만 생각하시는 대로 그자가 범인이 맞다면, 영사관에 과연 나타날까요? 도둑은 흔적을 남기려 하지 않는 법이고, 꼭 여권 서류를 만들 필요도 없는 상황인데요.」

「영사님,」 픽스 형사가 대답했다. 「정말 영리한 작자라면, 여기에 나타날 겁니다!」

「여권에 비자 날인을 받으려고요?」

「네. 여권은 정직한 사람들에게는 번거로운 서류에 불과하지만, 악당들은 쉽게 도주하는 데 사용하니까요. 분명히 말씀드리는데, 이 용의자가 합법적인 절차를 밟는다 하더라도,

비자 날인을 해주지 마시길 바랍니다…….」

「안 해줄 이유가 있습니까? 정상적인 여권에 비자 날인을 거부할 권한은 없습니다.」영사가 대답했다.

「그렇지만 영사님, 런던에서 체포 영장을 받을 때까지 용의자를 여기에 반드시 잡아 두어야 합니다.」

「아! 그건 픽스 씨 사정이고요. 저는…….」

영사가 대답을 마저 하려고 할 때였다. 사무실 문을 두드리는 소리가 났고, 서기가 두 사람을 소개했다. 그중 한 사람은 픽스 형사와 얘기를 나누었던 하인이 분명했다.

사무실에 온 사람은 바로 주인과 하인이었다. 주인은 여권을 내밀며, 영사에게 비자를 날인해 달라고 간결하게 요청했다.

영사가 여권을 받고 꼼꼼히 읽는 동안, 픽스 형사는 사무실 구석에서 낯선 인물을 잡아먹을 듯이 살폈다.

영사가 여권을 확인한 뒤 물었다.

「필리어스 포그 경이십니까?」

「네, 영사님.」신사가 대답했다.

「이 사람은 하인이고요?」

「네. 프랑스 사람이고, 이름은 파스파르투라고 합니다.」

「영국에서 오셨습니까?」

「네.」

「어디로 가시죠?」

「뭄바이에 갑니다.」

「좋습니다. 비자 절차를 받을 필요가 없고, 그 때문에 여권을 제출할 필요가 없다는 사실을 알고 계십니까?」

「알고 있습니다, 영사님.」 필리어스 포그가 대답했다. 「하지만 수에즈를 거쳐 간 것을 증명할 비자를 날인해 주시기 바랍니다.」

「알겠습니다.」

영사는 여권에 서명하고 날짜를 기록한 뒤 비자를 날인했다. 포그 씨는 비자 수수료를 내고 무뚝뚝하게 인사한 뒤 하인을 거느리고 나갔다.

「어떻습니까?」 형사가 물었다.

「정직한 사람이 틀림없어 보이는데요.」 영사가 대답했다.

「그렇게 보일 수도 있지만, 중요한 건 그게 아닙니다.」 픽스가 대답을 이어 갔다. 「영사님, 저 차분한 신사가, 제가 받았던 인상착의서의 도둑과 꼭 닮았다고 생각하지 않으십니까?」

「그렇기는 하지만, 아시다시피 인상착의서라는 게…….」

「인상착의서는 정확합니다.」 픽스가 대답했다. 「하인은 주인보다 파악하기가 쉬운 것 같더군요. 또 프랑스 사람이니 잠자코 입을 다물고 있지는 못할 겁니다. 그럼 또 뵙겠습니다, 영사님.」

픽스 형사는 이렇게 말하고 나간 뒤 파스파르투를 찾기 시작했다.

하지만 포그 씨는 영사관을 나와 부두로 향했다. 그리고 하인에게 몇 가지 심부름을 시킨 뒤, 소형 배를 타고 몽골리아호의 객실로 되돌아와 수첩을 펼쳐 내용을 확인했다.

〈런던 출발, 10월 2일 수요일, 저녁 8시 45분.

파리 도착, 10월 3일 목요일, 오전 7시 20분.

파리 출발, 목요일 오전 8시 40분.

몽스니 거쳐 토리노 도착, 10월 4일 금요일, 오전 6시 35분.

토리노 출발, 금요일, 오전 7시 20분.

브린디시 도착, 10월 5일 토요일, 오후 4시.

몽골리아호 승선, 토요일, 오후 5시.

수에즈 도착, 10월 9일 수요일, 오전 11시.

총 소요 시간: 158 ½시간, 날짜로는 6 ½일.〉

포그 씨는 열이 구분된 여행 기록 수첩에 날짜를 기입했다. 10월 2일부터 12월 21일까지 날짜를 매긴 여행 기록 수첩의 열은 달, 날짜, 요일, 규정 도착 시간과 실제 도착 시간이 파리, 브린디시, 수에즈, 뭄바이, 콜카타, 싱가포르, 홍콩, 요코하마, 샌프란시스코, 뉴욕, 리버풀, 런던 등 대도시별로 구분되어 있었다. 따라서 얼마나 시간을 벌었는지, 혹은 얼마나 시간을 잃었는지 여정별로 확인할 수 있었다.

이런 여행 기록 방법은 모든 내용을 포함하고 있기 때문에, 포그 씨는 늘 예정보다 빠른지 늦은지 알고 있었다.

포그 씨는 10월 9일 수요일, 수에즈에 도착했다고 기록했다. 그 날짜는 예정 도착일과 일치했기에 시간을 번 것도 잃은 것도 아니었다.

기록을 마치자 객실에서 점심 식사를 주문했다. 시내 구경 같은 건 생각조차 하지 않았다. 여행하는 나라 구경도 하인한테 시키는 영국인다운 처사였다.

8
파스파르투가 지나치게
수다를 늘어놓다

픽스 형사는 잠시 후, 부두에 있는 파스파르투에게 다가갔다. 파스파르투는 구경하지 말아야 한다고는 생각하지 않았기에, 이리저리 다니며 둘러보았다.

「이봐요, 여권에 비자 날인은 받았나요?」 픽스가 파스파르투에게 접근하며 물었다.

「아! 선생님이시군요.」 프랑스 남자가 대답했다. 「영사관 위치를 알려 주셔서 감사합니다. 서류는 완벽하게 준비되었습니다.」

「관광 중이십니까?」

「네. 그런데 하도 바쁘게 다니다 보니 꿈속에서 여행을 하는 기분입니다. 그러니까, 저희가 있는 데가 수에즈죠?」

「수에즈입니다.」

「이집트고요.」

「분명 이집트입니다.」

「그러니까 아프리카죠?」

「아프리카입니다.」

「아프리카라니!」 파스파르투가 되풀이해서 말했다. 「믿을수가 없군요. 파리보다 먼 곳에 가게 되리라고는 상상도 하지 못했는데 말입니다. 그 황홀한 프랑스의 수도를 아침 7시 20분에서 8시 40분까지, 북역에서 리옹역으로 가는 동안 마차 창문 너머, 억수같이 퍼붓는 빗줄기 사이로 겨우 본 게 다였습니다! 안타깝습니다! 페르 라셰즈 묘지랑 샹젤리제 서커스를 다시 한번 보고 싶었는데 말입니다!」

「그러니까 꽤 급한 모양이로군요?」 픽스 형사가 물었다.

「저야 상관없지만 주인님이 급하시답니다. 그건 그렇고, 양말이랑 셔츠를 사야 하는데! 세면도구만 겨우 챙기고 여행 가방도 없이 출발했다니까요.」

「필요한 물건을 살 수 있는 시장까지 안내해 드리죠.」

「선생님은 정말 친절한 분이로군요!」 파스파르투가 대답했다.

두 사람은 길을 나섰다. 파스파르투는 계속 주절주절 얘기를 늘어놓았다.

「무엇보다 배를 놓치지 않도록 정신을 바짝 차려야 해요!」

「아직 시간이 있어요. 겨우 정온데요!」 픽스가 대답했다.

파스파르투가 커다란 회중시계를 꺼냈다.

「정오라뇨. 이런! 제 시계는 9시 52분인데요!」

「시계가 늦군요.」 픽스가 대답했다.

「내 시계가 늦다뇨! 증조할아버지 때부터 내려온 우리 집안의 가보라고요! 1년에 5분도 오차가 나지 않아요. 진짜 정밀 시계다 이겁니다!」

「어떤 시계인지는 알겠습니다.」픽스가 대답했다.「런던 시간을 가리키고 있어서 그래요. 런던이 수에즈보다 두 시간 정도 느리거든요. 다른 나라에 갈 때마다 정오에 시계를 현지 시각으로 맞춰야 해요.」

「내가! 내가 시계에 손을 댄다고요! 절대 안 됩니다!」파스파르투가 소리쳤다.

「그럼, 태양의 움직임과 맞지 않게 되는데요.」

「그건 태양 탓이죠! 태양이 틀린 거니까요.」

그렇게 말한 뒤, 씩씩한 하인은 회중시계를 조끼 주머니에 멋들어지게 다시 집어넣었다.

잠시 후 픽스가 말을 걸었다.

「그러니까 급하게 런던을 떠났다는 거죠?」

「그렇다고 봅니다! 지난 수요일 저녁 8시, 포그 씨는 평소와 다른 시간에 클럽에서 나와 집으로 왔고, 그로부터 45분 후 여행을 떠났거든요.」

「그런데 주인어른은 어디로 가는 중입니까?」

「늘 앞을 향해 가죠! 세계 일주를 하시거든요!」

「세계 일주요?」픽스가 소리를 내질렀다.

「네, 80일 동안이요! 내기를 했다고 하는데, 우리끼리 얘기지만 저는 어림도 없다고 생각합니다. 상식적으로 말이 안 되잖아요. 다른 뭔가가 있어요.」

「아! 포그 씨는 특이한 분인가요?」

「그렇게 생각합니다.」

「부자고요?」

「그럼요. 빳빳한 새 은행권을 엄청나게 많이 가지고 다닌다니까요! 여행하면서 돈을 아끼지 않아요! 이것 보세요! 우리가 뭄바이에 예정보다 아주 일찍 도착하면 엄청난 보너스를 주겠다고 몽골리아호 기관사한테 약속했어요!」

「주인 양반을 안 지 오래됐습니까?」

「저요?」파스파르투가 대답했다. 「하인으로 들어간 바로 그날 여행길에 올랐다고요.」

이 대답이 이미 흥분할 대로 흥분한 픽스 형사에게 어떤 생각을 갖게 했는지 상상하기는 어렵지 않다.

런던에서 급하게 여행을 떠난 것 하며, 절도를 저지른 직후여서 큰돈을 챙겨 나올 수 있었던 것 하며, 먼 나라로 서둘러 가려고 괴상망측한 내기를 핑계로 댄 것 등 모든 정황이 픽스가 생각했던 것들을 그대로 입증했고, 또 입증할 수 있을 것이었다. 픽스는 프랑스 하인에게 계속 말을 시켰다. 그리고 이 젊은 친구가 자기 주인에 대해서 아는 게 하나도 없고, 그의 주인은 런던에 혼자 살며, 부자라고는 하지만 어떻게 돈을 모았는지 아는 사람은 아무도 없고, 누구도 가까이 다가갈 수 없는 사람임을 알아냈다. 그와 동시에 필리어스 포그가 수에즈에 내리지 않고 정말 뭄바이로 갈 것이라는 사실을 확실히 알게 되었다.

「뭄바이는 멉니까?」파스파르투가 물었다.

「꽤 멀지요.」픽스 형사가 대답했다. 「배로 열흘은 가야 해요.」

「뭄바이는 어디에 있습니까?」

「인도요.」

「아시아인가요?」

「그럼요.」

「제길! 그런데 말입니다…… 걱정스러운 일이 하나 있어요…… 제 방의 등이요!」

「등이라뇨?」

「가스등이요. 끄고 나오는 걸 깜빡해서 내 계좌의 돈이 가스비로 활활 타고 있다니까요. 그런데 계산을 해봤더니, 24시간에 2실링이라고 치면 내 수입보다 6펜스 초과하는데, 여행이 예정보다 더 길어지기라도 한다면 어떻게 될지 짐작이 되시겠지요…….」

픽스는 가스비 얘기를 알아들었을까? 그럴 리는 없을 것이다. 그는 파스파르투의 얘기는 듣지 않고, 앞으로 해야 할 일을 결정했다. 프랑스 하인과 그는 시장에 도착했다. 픽스는 파스파르투가 장을 보도록 했고, 몽골리아호의 출발 시간을 놓치지 말라고 당부한 뒤 서둘러 영사관으로 돌아갔다.

픽스는 이제 심증을 굳힌 상태여서 냉정함을 되찾았다. 그가 영사에게 말했다.

「영사님, 추호의 의심도 없습니다. 그 사람이 틀림없는 범인입니다. 80일간 세계 일주를 하겠다고 해서 괴짜 취급을 받고 있더군요.」

「영리한 인간이로군요.」 영사가 대답했다. 「양 대륙 수사관의 추적을 모두 따돌리고 런던으로 돌아올 생각인 거예요!」

「두고 보면 알게 되겠죠.」픽스가 대답했다.

「그런데 확실한 겁니까?」영사가 다시 한번 물었다.

「확실합니다.」

「그렇다면 그 절도범이 왜 수에즈에 들러 비자를 받으려고
했을까요?」

「왜냐고요? 그거야 알 수 없죠, 영사님. 하지만 제 얘기를
들어 보십시오.」픽스 형사가 대답을 이어 갔다.

그는 포그 씨의 하인과 나눈 대화에서 구미를 돋울 만한
부분을 골라 간략하게 전했다.

「그러니까 추정을 종합해 보면 그 사람이 범인일 수밖에
없는 거로군요. 이제 어떻게 하실 겁니까?」영사가 물었다.

「뭄바이로 체포 영장을 보내 달라고 런던에 급전을 보낸
뒤 몽골리아호를 타고 인도까지 절도범을 쫓고, 영국령인 인
도 땅에 도착하면 한 손에는 체포 영장을 들고 다른 손으로
는 놈의 어깨를 움켜잡아야죠.」

픽스 형사는 냉철하게 이 말을 내뱉은 뒤 영사와 작별하고
전보실로 향했다. 그는 런던 경찰청장에게, 앞에서 소개되었
던 전보를 보냈다.

15분 후 픽스는 작은 가방에 돈을 넉넉히 챙겨 들고 몽골
리아호에 올랐고, 이 쾌속 증기선은 홍해를 가르며 전속력으
로 나아갔다.

9
홍해와 인도양이 필리어스 포그의
계획에 유리하게 작용하다

수에즈와 아덴 간 거리는 정확히 1,310마일로, 선박 회사
의 운항표에는 이 구간을 통과하는 데 138시간을 할당했다.
몽골리아호는 보일러 불을 활활 태우며, 규정 시간보다 일찍
도착하기 위해 속력을 높였다.

브린디시에서 탑승한 승객들은 대부분 목적지가 인도였
다. 뭄바이로 가는 사람도 있고, 콜카타로 가는 사람도 있었
지만 콜카타에 가는 경우도 뭄바이를 경유했다. 인도반도 전
역을 관통하는 철도가 놓여 실론섬[17]까지 멀리 돌아갈 필요
가 없어졌기 때문이다.

몽골리아호에 탄 승객 중에는 여러 분야의 공무원들과 다
양한 계급의 장교들이 있었다. 장교 중 한쪽은 영국군에 속
해 있었고, 다른 쪽은 영국 인도 회사의 토착민 군부대를 지
휘했다. 이제는 영국 정부가 구 동인도 회사에 대한 권리와
책임을 맡았지만, 모두 높은 봉급을 받았다. 소위는 280파운
드, 여단장은 2천4백 파운드, 장군은 4천 파운드를 받았다.[18]

17 스리랑카의 옛 지명.

따라서 그들은 호화로운 몽골리아호를 이용했다. 공직자들의 무리에는 거금을 들고 새로운 사업을 찾아 나선 영국의 청년 사업가들이 섞여 있었다. 선상 사무장은 선박 회사에서 신임하는 사람으로 선장과 다름없었는데, 승객을 극진히 대접했다. 아침 식사에 이어 오후 2시에 점심 식사, 5시 30분에 저녁 식사, 저녁 8시에 야식이 나왔다. 정육실에서 나른 고기와 식재료실에 마련된 재료를 이용해 만든 신선한 고기 요리와 갖가지 음식으로 식탁의 다리가 휠 정도였다. 여자 승객들은 하루에 두 번 옷을 갈아입었다. 파도가 잠잠하면 악기를 연주하고 춤을 추기도 했다.

하지만 홍해는 좁고 긴 만으로 이루어져 있어서 해상 상태가 꽤 변덕스럽고 툭하면 악화되었다. 아시아 쪽이나 아프리카 쪽에서 바람이 불 때면, 프로펠러가 달린 몽골리아호의 길쭉한 유선형 엔진 부분이 측면에서 부는 바람을 헤치고 가느라 배가 힘겨워했다. 그럴 때면 여자 승객들은 배 위에서 사라졌다. 피아노 소리가 멈췄고, 노래와 춤도 동시에 멈췄다. 하지만 돌풍이 불고 파도가 거칠게 일어도 강력한 엔진이 탑재된 몽골리아호는 지체하는 일 없이 바브엘만데브 해협을 향해 달렸다.

그동안 필리어스 포그는 무슨 일을 하고 있었을까? 계속 불안해하고 초조해하며, 바람의 방향이 바뀌어 배의 엔진에

---

18 민간 공무원의 봉급은 훨씬 높았다. 말단 사무원도 480파운드를 받았고, 판사는 2천4백 파운드, 최고 판사는 1만 파운드, 주지사는 1만 2천 파운드, 총독은 2만 4천 파운드 이상이었다 — 원주.

무리를 주지 않을까, 거친 파도가 이리저리 몰아쳐서 엔진 고장을 일으키지 않을까, 온갖 악천후로 몽골리아호가 다른 항구에 묶여 여행 일정에 차질이 생기지 않을까 걱정할 거라 생각할 수도 있을 것이다.

하지만 그런 일은 전혀 없었다. 만일 이 신사가 돌발 상황에 대해 걱정했다 하더라도 밖으로 드러내지는 않았을 것이다. 언제나 평정심을 잃지 않았고, 리폼 클럽에서 무슨 일이 생기든 동요하지 않는 사람이었기에, 어떤 사건이나 사고가 생겨도 놀라는 일이 없었다. 항해용 정밀 시계만큼이나 무감정한 사람이었다. 갑판에 나타나는 일도 거의 없었다. 인류역사의 첫 무대였던 곳인 만큼 수많은 추억이 깃들어 있는 홍해를 살펴볼 생각도 거의 하지 않았다. 해안가에 흩어져 있는 도시들은 이따금 지평선 때문에 그림 같은 윤곽이 드러나곤 해 궁금증을 자아냈지만, 포그 씨는 구경하러 나오는 일이 없었다. 아라비아만에 닥칠 위험을 상상해 본 적도 없었다. 스트라본, 아리아누스, 아르테미도로스, 이드리시 같은 고대 역사가들이 늘 공포에 떨며 이곳에서 일어났던 위험천만한 일들을 전했고, 항해가들은 속죄의 제물을 바치며 무사히 항해를 마치게 해달라고 기원한 뒤라야 나설 수 있는 곳이었는데도 말이다.

몽골리아호의 선실 안에서 꼼짝도 하지 않는 이 기이한 남자가 한 일은 도대체 무엇이었을까? 첫 번째는 하루 네 끼의 식사였다. 배가 이리저리 흔들리는 요동도, 놀라울 정도로 규칙적인 생활을 하는 이 기계 같은 사람을 불안하게 만들지는 못했다. 두 번째는 휘스트 게임이었다.

그렇다! 이 배에서도 자신만큼이나 지독하게 게임을 즐기는 상대를 만났던 것이다. 고아에 있는 사무실로 되돌아가는 세금 징수원, 뭄바이로 돌아가는 데시무스 스미스 목사, 바라나시에 있는 부대로 돌아가는 영국군 여단장이 게임 상대들이었다. 세 남자는 포그 씨만큼이나 휘스트 게임에 빠져 있었기 때문에, 몇 시간이고 게임을 했고, 포그 씨만큼 과묵했다.

파스파르투 또한 뱃멀미로 고생하는 일이 없었다. 배 앞쪽의 선실을 쓰고 있던 그도 주인처럼 열심히 끼니를 챙겨 먹었다. 확실히 이런 환경의 여행이 그의 마음에 들지 않는 건 아니라고 해야겠다. 그는 여행을 충분히 즐겼다. 잘 먹고, 잘 자고, 외국 구경도 하고, 이 터무니없는 여행도 뭄바이에서 끝날 거라 속으로 확신했다.

수에즈를 떠난 다음 날인 10월 10일, 파스파르투는 이집트에 도착했을 때 배에서 내린 자신에게 친절히 영사관을 알려 준 남자를 갑판에서 다시 만나자 꽤나 반가웠다. 파스파르투는 한껏 부드럽게 미소를 지으며 남자에게 다가갔다.

「제가 잘못 본 게 아니라면, 수에즈에서 친절하게 안내해 주신 그분이 맞죠?」

「그렇습니다.」 픽스 형사가 대답했다. 「저도 알아보겠습니다! 특이한 영국 분의 하인…….」

「그렇습니다, 그런데 성함이……?」

「픽스입니다.」

「픽스 씨.」파스파르투가 대답했다. 「배에서 다시 만나다니 반갑습니다. 그런데 어디 가십니까?」

「그게, 저도 뭄바이로 갑니다.」

「잘됐네요! 뭄바이 여행은 해본 적이 있으십니까?」

「여러 번 했지요.」픽스가 대답했다. 「이 선박 회사의 직원이라서요.」

「그럼 인도에 대해 아시겠군요?」

「그게…… 그렇죠…….」픽스는 자세히 얘기를 나누고 싶지 않아 얼버무려 대답했다.

「인도는 신기한 곳이죠?」

「아주 신기한 곳이죠! 이슬람교 사원, 이슬람교 첨탑, 절, 탁발승, 불탑, 호랑이, 뱀, 무희! 그런데 인도를 구경할 시간이 있어야 할 텐데요?」

「저야 구경하고 싶죠, 픽스 씨. 정신이 온전한 사람이라면, 80일간 세계 일주를 한다는 명목으로 여객선에서 기차로, 기차에서 여객선으로 갈아타며 살 수 없다는 걸 잘 아실 겁니다! 아뇨, 이런 곡예 같은 여행도 뭄바이에서 끝날 겁니다. 꼭 그럴 겁니다.」

「그런데 포그 씨는 건강하십니까?」픽스가 최대한 자연스러운 말투로 물었다.

「아주 잘 지내십니다, 픽스 씨. 저도 그렇고요. 저는 배 속에 거지가 들었는지 돼지처럼 먹는다니까요. 바닷바람을 쐬어서 그런가 봐요.」

「주인어르신은 갑판에서 한 번도 못 뵈었네요.」

「절대 안 나오세요. 궁금해하지도 않으시고요.」

「그런데 파스파르투 씨, 80일간의 세계 일주라는 게 뭔가 비밀스러운…… 예를 들면, 외교적인 임무를 숨기고 있을 수도 있겠지요!」

「픽스 씨, 그런 건 모르겠고요, 솔직히 말씀드리지만, 그걸 알아보고 싶은 마음도 없습니다.」

파스파르투와 픽스는 그 후로도 자주 만나 얘기를 나누었다. 픽스 형사는 포그 씨의 하인과 친해지려고 했다. 그렇게 해두면 언젠가 쓸모가 있을 터였다. 그래서 픽스는 몽골리아호의 바에서 파스파르투에게 위스키나 에일 맥주를 사주었다. 이 선량한 청년은 예의상 거절하는 법 없이 응했고, 신세만 지지 않으려고 술을 사기도 했다. 또한 픽스를 아주 친절한 신사라고 생각했다.

그동안 여객선은 빠르게 나아갔다. 13일에 지나간 도시 모카는 폐허가 된 담벼락으로 둘러싸여 있었고, 담 위로는 푸릇푸릇한 대추야자나무가 몇 그루 삐져나와 있었다. 멀리 보이는 산에는 커피나무가 거대한 숲을 이루며 자라고 있었다. 파스파르투는 유명한 이 도시를 감상할 수 있어서 반가웠다. 둥글게 에워싸고 있는 담벼락과 그릇 손잡이 같은 모양으로 남은 폐허가 된 요새가 거대한 커피 잔 같다고 생각하기도 했다.

밤새도록 몽골리아호는 아랍어로 〈눈물의 문〉이라는 뜻을 가진 바브엘만데브 해협을 건너갔다. 다음 날인 14일, 아덴의 정박지에서 북서쪽에 있는 스티머포인트에 기항했다. 연료를 다시 채워 넣어야 했기 때문이다.

보급소에서 꽤 떨어진 거리에 있는 배의 연료를 채우는 일은 막중한 일이었다. 이 선박 회사가 연료비로 지출하는 비용만 해도 1년에 80만 파운드에 달했다. 여러 항구에 연료를 보관하는 창고를 지어야 하고, 바다에서 멀리 떨어진 광산에서 석탄을 실어 와야 하기 때문에 석탄 1톤당 3.2파운드나 들어 연료 수송과 보관에 많은 돈이 들 수밖에 없었다.

몽골리아호는 뭄바이까지 가는 데 아직 1,650마일을 달려야 했지만, 연료실에 석탄을 채우려면 스티머포인트에 네 시간 머물러야 했다.

하지만 이렇게 시간을 지체한다고 해서 필리어스 포그의 여행 계획에 차질이 생기는 것은 아니었다. 그것도 계산에 넣어 두었기 때문이다. 게다가 몽골리아호가 아덴에 도착한 것은 10월 15일 오전이 아니라 14일 저녁이었다. 그러니까 열다섯 시간을 번 셈이었다.

포그 씨와 하인은 육지로 내려왔다. 이 영국 신사는 여권에 비자 날인을 받으려 했다. 픽스는 들키지 않도록 조심하며 영국 신사의 뒤를 쫓아갔다. 포그 씨는 비자를 받자 배로 돌아와 중단했던 휘스트 게임을 다시 시작했다.

파스파르투는 늘 그렇듯 새로운 도시의 사람들 사이를 누비고 다녔다. 아덴의 인구는 2만 5천 명으로 소말리아인, 인도의 바이샤 계급 상인, 파르시,[19] 유대인, 아랍인, 유럽인 등이 섞여 있었다. 파스파르투는 이 도시를 인도양의 지브롤터

19 이슬람교도의 박해를 피해 인도에 정착한 조로아스터교도.

로 통하게 하는 요새와 위풍당당한 저수조를 감상했다. 솔로몬왕의 토목 기사가 일했던 이 저수조에서, 2천 년이 지난 지금 영국 토목 기사들이 여전히 일하고 있었다.

「신기해, 정말 신기해!」 파스파르투가 배로 돌아오며 중얼거렸다. 「새로운 것을 보고 싶다면, 여행이 쓸모없는 일은 아니란 말이야.」

저녁 6시가 되자, 몽골리아호가 프로펠러의 날개를 돌려 정박해 있던 아덴 항구의 물살을 가르며 인도양을 향해 달렸다. 아덴에서 뭄바이까지 가는 운항 시간은 168시간이 할당되어 있었다. 그런데 인도양이 순항을 도왔다. 바람이 계속 북서쪽에서 불었던 것이다. 북서풍을 받은 돛은 증기 기관에 힘을 보탰다.

힘을 받은 여객선은 흔들림도 적었다. 여자 승객들은 새로 화장을 고치고 옷을 갈아입은 뒤 갑판으로 나왔다. 노래와 춤이 다시 시작되었다.

여행은 최상의 조건 속에서 끝나갔다. 파스파르투는 우연히 픽스라는 좋은 여행 동무를 만난 것이 흐뭇했다.

10월 20일 일요일 정오 무렵, 인도 해안이 보이기 시작했다. 두 시간 뒤 물길 안내인이 몽골리아호에 올라탔다. 지평선으로는 아스라이 보이는 언덕이 하늘을 배경으로 조화롭게 펼쳐져 있었다. 곧이어 도시를 뒤덮은 여러 겹의 종려나무가 강렬한 풍경을 그려 냈다. 배는 살세트, 콜라바, 엘레판타, 부처섬으로 둘러싸인 항만으로 미끄러져 들어갔고, 4시 30분에 뭄바이 항구에 정박했다.

그때 필리어스 포그는 그날 서른세 번째 게임을 끝냈다. 한편이 된 사람과 대담한 작전을 펼쳐 열세 패를 땄고, 결국 모든 패를 거머쥐는 놀라운 완승을 거둠으로써 이 아름다운 항해의 끝을 장식했다.

몽골리아호는 뭄바이에 10월 22일에만 도착하면 충분한데 10월 20일에 도착했다. 그러니까 런던을 출발한 이래 이틀이라는 시간을 번 것이다. 필리어스 포그는 여행 기록 수첩의 이익 칸에 꼼꼼히 2일이라고 기록했다.

10
파스파르투가 신발만 잃어버린 데 그쳐
가슴을 쓸어내리다

인도는 누구나 알고 있듯, 북쪽이 평평한 바닥 같고, 남쪽은 뾰족하게 생긴 거대한 역삼각형의 반도로, 넓이는 364만 제곱킬로미터이며, 1억 8천만 명의 인구가 불균등하게 흩어져 살고 있다. 영국 정부는 이 거대한 나라의 일정 부분을 실질적으로 다스렸는데, 콜카타에는 총독이, 마드라스와 뭄바이, 벵골에는 주지사가, 아그라에는 총독 보좌관이 행정을 맡고 있었다.

하지만 엄밀히 말해, 영국이 지배하는 인도의 넓이는 겨우 182만 제곱킬로미터이고, 인구는 1억에서 1억 1천만 명이었다. 그러니까 인도 땅의 상당 부분이 영국 왕의 통치권에서 벗어나 있었고, 그 결과 사납고 거친 몇몇 힌두족 토후들은 여전히 절대적인 독립을 유지하고 있었다.

그 유명한 동인도 회사는 첫 영국 관공서로, 1756년 마드라스시 관할 부지에 들어설 때부터 대대적인 세포이 반란[20]

20 인도 용병이 1857~1858년 영국 군인의 차별에 항의하여 벌인 반란으로, 동인도 회사의 해체 원인이 되었다.

이 일어날 때까지 절대 권력을 쥐고 있었다. 동인도 회사는 다른 지방의 힌두족 토후에게 거의 공짜에 가까운 대여료를 내고 영역을 확장해 나갔다. 총독을 비롯해 민간인 직원이나 군인 직원의 임명권도 행사했다. 하지만 동인도 회사는 이제 사라졌고, 인도에서 영국이 소유하는 모든 것은 직접 여왕 관할이 되었다.

그와 함께 인도반도의 양상, 풍습, 민족학적 구분이 나날이 변했다. 예전엔 이곳을 여행하려면 걸어가거나, 말, 이륜 수레, 외바퀴 손수레, 가마 같은 탈것을 타거나, 사람의 등에 업혀 가거나, 문이 두 개 달린 4인승 마차를 타는 등 온갖 고전적인 방법을 동원해야 했다. 그런데 지금은 증기선이 엄청난 속도로 인더스강과 갠지스강을 누비고, 인도 전역을 아우르는 철도가 깔려서 콜카타에서 뭄바이까지 기차로 단 3일이면 충분했다.

철도 노선이 인도 땅을 직선으로 관통하지는 않는다. 직선거리는 1천 마일에서 1천1백 마일이지만, 기차가 평균 속도로 달릴 경우 3일이나 걸릴 거리는 아니다. 하지만 이 구간은 실제 거리보다 적어도 3분의 1이 더 늘어나 있다. 왜냐하면 인도반도 북부에 있는 알라하바드까지 이어지는 오르막길에 철로가 나 있기 때문이다.

〈대인도반도 철도〉의 주요 지점을 중심으로 노선을 살펴보면 다음과 같다. 뭄바이섬을 떠난 기차는 살세트섬을 통과해, 타나 맞은편에 있는 본토 대륙으로 들어가 서고츠산맥을 넘은 뒤, 부란푸르까지 북동쪽으로 달리다가 거의 독립적인 영토에 가까운 분델칸드를 가로지르고, 알라하바드까지 오르막길을 지나 동쪽으로 굽이쳐 돌다가 바라나시에서 갠지스강과 만나는데, 갠지스강을 벗어나면 남동쪽으로 다시 내려가 바르다만과 프랑스령 도시 찬데르나고르[21]를 통과한 뒤, 종착역인 콜카타에 도착한다.

몽골리아호의 승객들이 뭄바이에 내린 시간은 오후 4시 30분이었다. 콜카타행 열차는 정각 저녁 8시에 출발할 예정이었다.

포그 씨는 함께 휘스트 게임을 했던 사람들과 작별하고 배에서 내린 뒤, 하인에게 사야 할 물건을 자세히 설명하고는 기차역에 저녁 8시 전까지 반드시 돌아오라고 당부했다. 그리고 천문 시계의 추가 움직이듯 째깍째깍 규칙적인 걸음을 내디디며 여권 사무실로 향했다.

포그 씨는 이번에도 아니나 다를까 뭄바이의 경이로운 볼거리는 구경할 생각조차 하지 않았다. 시청, 웅장한 도서관, 요새, 부두, 목화 시장, 노천 시장, 이슬람교 사원, 유대교 사원, 아르메니아 정교회, 다각형의 탑 두 개로 장식된 말라바르 언덕의 화려한 힌두교 사원 등 명소가 많이 있는데도 말이다. 엘레판타섬에 있는 석굴 사원의 걸작품도, 항구 남동쪽에 숨겨진 신비로운 지하 무덤도, 살세트섬에 있는 불교 건축의 경이로운 유적지 칸헤리 석굴도 둘러보지 않을 것이다!

21 찬다나가르라고도 함. 1673년 프랑스의 동인도 회사가 진출한 상업 거점이었다.

절대로, 아무것도! 필리어스 포그는 여권 사무실에서 나온 뒤 잠자코 기차역으로 가서 저녁을 시켜 먹었다. 레스토랑의 급사장은 여러 요리 가운데 〈지역 특산 토끼고기〉로 만든 와인스튜가 훌륭하다며 추천했다.

필리어스 포그는 토끼고기와인스튜를 시키고서 꼼꼼히 맛을 보았다. 하지만 소스에 강한 향신료가 들어간 요리는 역겨웠다.

그는 종을 울려서 급사장을 부른 뒤 뚫어지게 쳐다보며 말했다.

「급사장, 이게 토끼입니까?」

「그렇습니다, 손님. 밀림에서 잡은 토끼입니다.」 급사장이 뻔뻔스럽게 대답했다.

「이 토끼를 잡을 때 야옹 소리를 내지 않던가요?」

「야옹이라뇨! 아, 손님! 토끼라니까요! 맹세코…….」

「급사장 선생,」 포그 씨가 차갑게 말을 이어 갔다. 「맹세는 필요 없고 이 말을 기억하시오. 옛날에 인도에서는 고양이를 신성한 동물로 여겼습니다. 그때가 좋은 시절이었어요.」

「고양이한테 좋은 시절이었단 말씀이십니까, 손님?」

「여행하는 사람한테도 좋은 시절이었을 거요!」

포그 씨는 이렇게 시식 평을 전한 뒤 조용히 저녁을 계속 먹었다.

포그 씨가 내린 후, 픽스 형사도 몽골리아호에서 내려 뭄바이 경찰서장에게 달려갔다. 그는 자신이 훌륭한 수사관이라고 소개한 뒤, 어떤 임무를 맡고 있고, 절도 용의자에 대한 수사 상황이 어떻게 진행되고 있는지 설명했다. 런던에서 체포 영장이 도착했을까? 아직 영장은 오지 않았다. 사실 포그 씨가 출발한 뒤 발송된 영장은 아직 도착할 수가 없었다.

픽스는 몹시 당황했다. 그래서 현지 경찰서장에게 포그 씨의 체포 영장을 발급받으려 했지만, 경찰서장은 거부했다. 본 사건은 영국 행정부 관할이므로, 영국 정부만 합법적인 체포 영장을 발부할 수 있다는 이유였다. 이처럼 원칙을 깐깐하게 따지고, 합법성을 고집하는 태도는 지극히 영국적인 관례로, 개인의 자유라는 문제에서 임의적인 제재를 허용하지 않았다.

픽스는 더 이상 고집부리지 않았다. 영국에서 오는 영장을 기다리는 수밖에 도리가 없다는 사실을 깨달았기 때문이다. 하지만 털끝도 건드릴 수 없는 영악한 절도범이 뭄바이에 머무르는 동안 절대로 시야에서 놓치지 않으리라 결심했다. 그는 필리어스 포그가 뭄바이에 머물 것이라는 데 아무런 의심도 품지 않았다. 파스파르투도 그렇게 얘기하지 않았던가. 그렇게 되면 체포 영장이 도착할 시간을 벌 수 있을 것이다.

하지만 파스파르투는 몽골리아호에서 내려 주인어른의 여러 가지 주문을 받은 뒤, 뭄바이는 수에즈나 파리처럼 잠시 들러 가는 곳이고, 여행이 이 도시에서 끝나지 않을 것이며, 적어도 콜카타나 더 먼 곳까지 계속되리라는 사실을 확실히 깨달았다. 그리고 포그 씨가 건 내기가 정말 진지한 내기는 아니었는지, 또 운명의 여신이 조용하게 살려고 했던 자신을 80일간의 세계 일주로 내몬 것은 아닌지 자문하기 시작했다!

파스파르투는 셔츠와 양말을 산 다음 뭄바이의 거리를 돌아다녔다. 그곳은 인종 전시장이나 다름없었다. 여러 국적의 유럽인을 비롯해, 뾰족한 모자를 쓴 페르시아인, 둥근 터번을 쓴 인도 상인, 사각 모자를 쓴 파키스탄의 신드 지방 사람, 치렁치렁한 옷을 입은 아르메니아인, 검정 모자를 쓴 파르시가 섞여 있었다. 이곳에서는 마침 조로아스터교도의 직계 후손인 파르시의 유명한 축제가 열렸다. 조로아스터교도는 인도에서 제일 부지런하고, 개화되고, 수완이 좋고, 엄격한 종족으로 현재 뭄바이의 부유한 토착 무역상 계층을 형성했다. 이날 파르시는 종교적인 사육제 같은 행사를 벌였다. 행렬이 지나가고 여흥거리도 있었다. 금실과 은실로 수를 놓아 짠 얇은 분홍색 베일을 두른 무희들이 비올라와 북소리에 맞춰 완벽히 절제된 동작으로 멋지게 춤을 추었다.

파스파르투가 신기한 축제를 구경하느라 두 눈과 두 귀를 볼거리와 들을 거리에 무방비 상태로 열어 둔 채, 어리바리한 풋내기 꼴을 하고 있는 건 당연한 일이었다.

그런데 자신은 물론이고 주인어른의 여행까지 위태롭게 만들 정도로 호기심이 지나쳐, 가야 할 곳보다 더 멀리 가버린 게 문제였다.

파스파르투가 파르시 축제를 둘러본 다음 기차역으로 가던 중, 말라바르 언덕의 경이로운 힌두교 사원 앞을 지나는 순간, 사원 안을 보려는 위험천만한 생각을 하게 되었던 것이다.

그가 모르는 것이 두 가지 있었다. 첫째, 몇몇 힌두교 사원에 기독교인들이 출입하는 것이 엄격히 금지되어 있다는 것. 둘째, 힌두교도라도 문 앞에서 신발을 벗고 들어가야 한다는 것. 여기서 주목해야 할 것은, 영국 정부가 영리한 정치를 하려는 이유로 국교를 존중하고 또 존중하게 만들겠다는 취지로 쓸데없는 것까지 시시콜콜 따져 종교적 관습을 어기는 사람은 신분을 가리지 않고 엄중히 처벌한다는 사실이었다.

파스파르투는 별생각 없이 여느 관광객처럼 말라바르 언덕의 사원 안으로 들어가 눈이 부실 정도로 화려한 브라만의 금속 조각 장식을 바라보다가 갑자기 성스러운 타일 위로 고꾸라졌다. 사제 세 명이 성난 눈길로 쳐다보며 파스파르투에게 달려와 신발과 양말을 벗기더니, 거칠게 고함을 지르며 마구 두들겨 패기 시작했다.

힘이 세고 몸이 날랜 이 프랑스 남자는 벌떡 일어났다. 그리고 긴 옷 때문에 움직임이 굼뜬 상대편을 주먹과 발로 한 차례씩 공격하자, 그중 두 명이 쓰러졌다. 파스파르투는 걸음아 날 살려라 하며 사원 밖으로 달려 나갔다. 멀리서 세 번째 힌두교 사제가 쫓아오며 사람들을 선동해 불러 모았다.

8시 5분 전, 그러니까 기차가 출발하기 5분 전, 파스파르투는 모자도 쓰지 않은 맨머리에 맨발로, 몸싸움을 하느라 심부름한 물건이 든 가방도 잃어버린 채 역에 도착했다.

픽스는 기차가 출발할 플랫폼에 있었다. 역까지 포그 씨를 따라온 픽스는 이 약삭빠른 남자가 뭄바이를 떠날 것이라는 사실을 알아차렸다. 그는 콜카타까지, 아니 필요하다면 더 멀리까지 쫓아가리라 마음먹었다. 파스파르투는 그늘진 곳에 있는 픽스를 못 보았지만, 픽스는 파스파르투가 주인에게 간략하게 추려 설명한 그의 모험담을 엿들었다.

「다시는 이런 일을 당하지 않길 바라네.」 필리어스 포그는 짧게 대답하고, 아무 말 없이 기차에 올라 자리에 앉았다.

가엾은 청년은 맨발인 채로 당황해 어쩔 줄 몰라 하며, 아무 말 없이 주인을 따라 기차에 올랐다.

픽스는 다른 칸에 오르려는 순간 어떤 생각이 떠올라 여행 계획을 갑자기 변경했다.

「아냐, 나는 남겠어.」 그가 중얼거렸다. 「인도 땅에서 범죄를 저질렀으니까…… 놈을 잡은 거나 다름없어.」

증기 기관차는 곧 우렁찬 기적 소리를 울리고 컴컴한 어둠 속으로 사라졌다.

11
필리어스 포그가 엄청난 값을 내고
탈것을 구입하다

기차는 예정 시간에 출발했다. 기차에는 일반 여행객, 장교, 민간 공무원을 비롯해, 사업상 인도의 동부 지방으로 가는 아편과 인디고 염료 상인이 타고 있었다.

파스파르투는 주인과 같은 객실에 앉아 있었다. 세 번째 여행객이 객실 안쪽 맞은편에 자리를 잡았다.

그 사람은 여단장으로 있는 프랜시스 크로마티 경으로, 수에즈에서 뭄바이까지 여행하는 동안 포그 씨의 휘스트 게임 상대 중 한 명이었는데, 바라나시 근처에 주둔하고 있는 부대로 돌아가는 중이었다.

프랜시스 경은 키가 큰 금발의 50대 남자로, 지난 세포이 반란 때 혁혁한 공을 세웠다. 그는 진정한 인도 토박이라고 할 만한 사람이었다. 어릴 때부터 인도에서 살았고, 태어난 나라에는 거의 간 적이 없었다. 교육을 많이 받아 인도의 풍습이나 역사, 제도에 대해 얼마든지 알려 줄 수 있었다. 필리어스 포그가 묻기만 한다면 말이다. 하지만 이 영국 신사는 아무것도 묻는 법이 없었다. 필리어스 포그는 여행을 하는 것이 아니라, 지구의 둘레를 따라가고 있었다. 이론 역학에 따라 지구의 궤도를 주파하는 무거운 물체였다. 지금은 머릿속으로 런던에서 출발한 이후 소요된 시간을 계산하고 있었는데, 만일 불필요한 동작을 하는 게 버릇인 사람이라면 두 손을 비비댔을 것이다.

프랜시스 크로마티 경이 포그 씨를 관찰한 것은 손에 카드를 들고 있을 때나 중간중간 게임이 끝났을 때뿐이었지만, 이 길동무가 별난 사람인 것은 알아차릴 수 있었다. 따라서 이 차가운 외면 아래 과연 인간의 심장이 뛰고 있는지, 또 필리어스 포그에게 자연의 아름다움이나 심적인 열망에 예민한 영혼이 있는지 프랜시스 크로마티 경이 자문하는 것도 일리가 있었다. 그에게는 정말 궁금한 문제였다. 이 여단장이 지금껏 만났던 온갖 별난 사람 중에서 그 누구도 정확한 과학의 산물 같은 필리어스 포그와 겨룰 만한 사람은 없었다.

필리어스 포그는 프랜시스 크로마티 경에게 자신의 세계 일주 계획은 물론, 어떤 조건 속에서 여행을 하는지 숨기지 않았다. 여단장은 이번 세계 여행을 두고 벌인 내기가 실용적인 목적도 없고, 이성적인 사람이라면 모름지기 갖게 될 〈여행에서 배워야 한다〉는 생각도 빠져 있는 괴상한 짓에 불과하다고 생각했다. 이 괴상한 영국 신사가 사는 방식대로라면, 그를 위해서나 남을 위해서 아무것도 하지 않고 세상을 떠날 것임에 분명했다.

뭄바이를 떠난 지 한 시간 후, 기차는 고가 철교를 넘어 살세트섬을 지나 본토 대륙에 진입했다. 칼리안역에서 오른쪽으로 갈라지는 노선은 칸달라와 푸나를 거쳐 인도의 남동쪽으로 향했다. 기차는 포웰역에 닿았다. 이 지점에서 복잡하게 갈라진 서고츠산맥으로 들어갔다. 화산암 고원과 현무암으로 된 이 산맥에서 제일 높은 봉우리는 나무들로 빽빽했다.

이따금 프랜시스 크로마티 경과 필리어스 포그가 몇 마디 주고받았다. 여단장은 자꾸 끊기는 대화를 이어 가려고 이번에는 이런 말을 했다.

「포그 씨, 이곳에 몇 년 전에 왔다면 시간이 오래 걸려서 여행 일정에 차질이 생겼을 겁니다.」

「왜죠, 프랜시스 경?」

「산맥이 시작되는 곳에서 철도가 끊어져, 가마를 타거나 조랑말을 타고 건너편 비탈에 있는 칸달라역까지 넘어가야 했거든요.」

「그렇게 시간이 걸린다고 해도 제 여행 일정에는 아무 문제 없었을 겁니다.」 포그 씨가 대답했다. 「그런 장애가 생길 수 있다는 걸 예측하지 않은 건 아니니까요.」

여단장이 다시 말을 이었다.

「하지만 포그 씨, 여기 젊은 친구가 뜻밖의 일을 겪어서 큰일 날 뻔하지 않았습니까.」

파스파르투는 여행용 담요로 발을 둘둘 말고 곤히 잠을 자고 있었다. 누가 자기 얘기를 할 거라고는 꿈에도 생각지 않았다.

「영국 정부가 그런 종류의 위반 행위에 대해 지극히 엄격한 데는 이유가 있습니다.」 프랜시스 크로마티 경이 말했다.

「영국 정부는 무엇보다 힌두교의 관례를 존중하기를 요구합니다. 만약 포그 씨의 하인이 잡히기라도 했다면……..」

포그 씨가 대답했다.

「만약 잡히기라도 했다면 판결을 받고 형벌을 마친 뒤 조용히 유럽에 돌아와야겠죠. 그 일이 어떻게 주인의 여행에 차질을 준다는 건지 이해할 수가 없군요!」

여기에서 대화는 다시 끊어졌다. 기차는 밤새도록 고츠산맥을 넘어 나시크를 지났다. 다음 날인 10월 21일에는 비교적 평평한 칸데시 지방을 가로질러 달렸다. 잘 경작된 밭 사이로 마을이 여기저기 흩어져 있고, 그 위로는 사원의 첨탑이 유럽의 교회 종탑처럼 솟아올라 있었다. 여러 갈래로 난 작은 물줄기의 대부분은 고다바리강의 지류이거나 그 지류에서 갈라져 나온 부지류로, 이 지방의 비옥한 땅에 물을 대고 있었다.

잠에서 깬 파스파르투는 눈을 뜨고 직접 보면서도, 〈대인도반도 철도〉의 기차를 타고 인도 땅을 지나고 있다는 사실을 믿을 수가 없었다. 사실 같지 않았던 것이다. 하지만 이보다 더 사실일 수는 없었다! 영국 기관사가 운전하고, 영국 석탄을 태워 달리는 기차는 목화나무, 커피나무, 너트메그나무, 정향나무, 붉은 후추가 자라는 나무의 농장 위로 증기를 뿜어냈다. 증기는 나선형으로 휘감기며 종려나무 주위로 퍼져 나갔다. 종려나무 사이로 그림처럼 예쁜 방갈로, 버려진 불교 사원, 인도 건축에서 볼 수 있는 수만 가지 장식으로 꾸민 경이로운 사원이 나타났다. 그다음으로는 거대한 평야가 끝도 없이 펼쳐졌고, 뱀과 호랑이가 우글대는 밀림이 나왔다. 짐승들은 기차가 뿜어 대는 날카로운 소리에 화들짝 놀랐다. 이어서 나타난 숲은 가운데로 지나가는 철로 때문에 양쪽으로 갈라졌다. 여전히 숲에 살고 있는 코끼리들은 생각에 잠긴 눈을 하고서, 연기를 이리저리 휘날리며 지나가는 기차를 쳐다보았다.

이날 아침, 기차는 말레가온역을 지나 칼리신[22]의 추종자들이 많은 피를 뿌렸던 음산한 땅을 지나갔다. 거기서 멀지 않은 곳에 엘로라 마을과 웅대한 석굴 사원이 있었고, 조금 더 가자 유명한 아우랑가바드가 나왔다. 아우랑가바드는 난폭한 군주였던 아우랑제브[23] 통치 시절의 수도였지만, 지금은 니잠 왕국에서 떨어져 나온 지방의 주도에 불과했다. 서그의 우두머리이자 〈교살자들의 왕〉이라는 별칭을 얻었던 페링게아가 군림했던 곳이다. 이 암살자들은 신출귀몰한 집단으로, 죽음의 여신인 칼리를 섬기며 나이를 가리지 않고 닥치는 대로 희생자의 목을 비틀어 죽였지만 피를 흘리는 법은 없었다. 한때는 이 지역 어느 곳이든 땅을 파면 시체가 나왔다. 영국 정부는 이 살인범들을 대대적으로 소탕했지만, 무시무시한 집단은 여전히 살아남아 활동을 계속했다.

22 힌두교 시바신의 아내이자 죽음의 여신. 칼리를 숭배하는 이들은 많은 사람을 제물로 바쳤다.
23 무굴 제국의 6대 황제. 국왕인 아버지를 유폐하고, 형제들과 권력 다툼을 벌여 1687년 황제로 즉위했다. 엄격한 이슬람 정책을 펴서 힌두교를 탄압했고, 수차례의 전쟁으로 높은 세금을 부과하고 재원을 고갈시켜 결국 무굴 제국의 쇠퇴를 가져왔다.

오후 12시 30분에 기차가 부란푸르역에 멈췄다. 파스파르투는 역에서 가짜 진주로 장식된 가죽 슬리퍼를 엄청난 돈을 주고 구입했는데, 신발을 신을 때는 우쭐한 기분이 들었다.

　　여행객들은 서둘러 점심을 먹었고, 기차는 타프티강과 나란히 난 철로를 따라 아수르구르역을 향해 다시 출발했다. 타프티강은 수라트 근처에서 캄베이만으로 흘러들어 가는 작은 강이었다.

　　이제 파스파르투의 머리에 어떤 생각이 가득 들어 있는지 알아보는 것이 좋겠다. 파스파르투는 뭄바이에 도착할 때까지 여행이 거기에서 끝날 거라고 믿었다. 그렇게 믿는 것도 무리는 아니었다. 하지만 전속력으로 인도를 가로지르는 기차를 타고 있는 지금은, 생각이 완전히 바뀌었다. 그의 천성이 빠르게 되돌아왔다. 젊은 시절의 자유분방한 생각이 떠올랐고, 주인의 계획을 진지하게 받아들였으며, 내기가 현실적으로 해볼 만하다고 믿게 되었다. 그래서 세계 일주를, 주어진 시간을 최대한 이용해 할 수 있다고 믿기에 이르렀다. 파스파르투는 벌써부터 연착되지는 않을지, 도로에 문제가 생겨 사고가 나지는 않을지 걱정하기 시작했다. 자기가 이번 내기와 관련 있는 사람이라는 느낌이 들었고, 전날 기웃거리고 돌아다니느라 용서할 수 없는 실수를 저질러 내기를 위태롭게 만들 수도 있었다는 생각이 들자 온몸이 부들부들 떨렸다. 또한 포그 씨보다 침착하지 못해서 걱정이 더 많았다. 파스파르투는 지금까지 소요한 날을 계산하고 또 계산했고, 기차가 정차하는 것에 저주를 퍼부었으며, 기차가 느리다고 불평하면서, 내심 포그 씨가 기관사에게 웃돈을 얹어 주지 않은 탓이라고 원망했다. 이 선량한 청년은 그런 일이 여객선에서는 가능했어도 일정 속도로 달려야 하는 철도에서는 불가능하다는 사실을 알지 못했다.

저녁이 되자, 기차는 칸데시 지방과 분델칸드 지방을 가르는 수트푸르산맥에 들어섰다.

다음 날인 10월 22일, 프랜시스 크로마티 경이 시간을 묻자 파스파르투는 자기 시계를 확인한 뒤 새벽 3시라고 대답했다. 하지만 이 시계는 늘, 서쪽으로 경도 77도 부근에 있는 그리니치 천문대의 본초 자오선에 맞춰져 있었으므로, 현지 시간보다 네 시간이 늦었다.

따라서 프랜시스 경은 파스파르투가 알려 준 시간을 바로 잡아 주었고, 예전에 픽스가 지적했던 것과 똑같은 얘기를 덧붙였다. 그는 파스파르투에게 새로운 자오선을 지날 때마다 시간을 조정해야 한다는 점과, 지금 동쪽으로 계속 가고 있으므로, 즉 태양을 향해 가고 있으므로 경도 1도당 4분씩 시간이 빨라진다는 점을 납득시키려고 했다. 하지만 소용없는 일이었다. 이 고집불통 청년은 여단장의 말을 알아들었는지 못 알아들었는지 시곗바늘을 앞당기지 않겠다고 고집을 부렸고, 여전히 런던 현지 시각을 고수했다. 어쨌든 무해한 고집이었으니 아무도 다치게 할 일은 없었다.

오전 8시, 로탈역을 15마일 앞두고, 기차가 방갈로와 인부들의 오두막집으로 둘러싸인 넓은 공터 한가운데에서 멈췄다. 차장이 객차 통로를 지나가며 큰 소리로 말했다.

「승객 여러분은 여기서 내리십시오.」

필리어스 포그는 프랜시스 크로마티 경을 쳐다보았지만, 크로마티 경은 타마린드와 대추야자 숲 한복판에 왜 기차가 멈춰 섰는지 모르겠다는 표정이었다.

파스파르투도 두 사람 못지않게 놀라서 철로 쪽으로 나갔다가 이내 돌아와 큰 소리로 말했다.

「철로가 끊어졌어요!」

「그게 무슨 소리인가?」 프랜시스 크로마티 경이 물었다.

「그러니까 기차가 앞으로 나갈 수 없다는 겁니다!」

여단장은 곧 기차에서 내렸다. 필리어스 포그가 그의 뒤를 따랐지만, 서두르지는 않았다. 두 사람이 차장에게 말했다.

「여기가 어디요?」 프랜시스 크로마티 경이 물었다.

「콜비 마을입니다.」 차장이 대답했다.

「여기서 멈추는 거요?」

「아마도요. 철로가 아직 완공되지 않아서……」

「아니! 철로가 완공되지 않았다고요?」

「네, 여기서 알라하바드 사이에 50마일가량 철로를 더 깔아야 해요. 알라하바드부터는 철로가 다시 시작됩니다.」

「신문에서는 철로가 완공되었다고 보도했는데!」

「어쩌겠습니까, 신문이 잘못 보도한걸요.」

「당신들이 뭄바이에서 콜카타까지 가는 표를 팔았잖소!」 프랜시스 크로마티 경은 화가 슬슬 치밀기 시작했다.

「그렇기는 하지만,」 차장이 대답했다. 「승객들은 콜비 마을에서 알라하바드까지 알아서 가야 한다는 걸 잘 알고 있습니다.」

프랜시스 크로마티 경은 노발대발했다. 파스파르투는 생각 같아서는 차장을 때려눕히고 싶었지만 그렇게 할 수는 없었다. 그는 주인어른의 얼굴을 감히 쳐다보지도 못했다.

「프랜시스 경,」 필리어스 포그가 담담하게 말했다. 「괜찮으시다면 알라하바드까지 갈 수 있는 수단을 구하도록 하죠.」

「포그 씨, 여기서 지체하면 분명 계획에 차질이 생기겠죠?」

「아닙니다, 프랜시스 경. 예상한 일입니다.」

「뭐라고요! 그럼 철로가 끊어진 것도 알고…….」

「그건 알 도리가 없었지만, 이동하는 중에 장애물이 조만간 나타날 거라는 건 알고 있었습니다. 하지만 그렇다고 차질이 생기지는 않습니다. 이틀을 벌어 놓았으니 그걸로 상쇄하면 됩니다. 25일 정오에 콜카타에서 홍콩으로 가는 증기선이 있습니다. 오늘이 22일이니까, 제시간에 콜카타에 도착할 수 있습니다.」

그렇게 장담하는데 프랜시스 경은 뭐라고 할 말이 없었다.

철로 공사가 이 지점에서 중단되었다는 사실만큼 확실한 건 없었다. 신문은 자꾸 앞서가는 시계처럼, 섣불리 철로가 완공되었다고 보도했던 것이다. 대부분의 승객들은 철로가 중간에 끊겨 있다는 사실을 알고 있었기에, 기차에서 내린 뒤 마을에서 구할 수 있는 운송 수단을 찾느라 분주하게 움직였다. 바퀴가 네 개 달린 팔키가리, 등에 혹이 있는 제부 소가 끄는 수레, 이동식 사원과 비슷한 여행용 장식 마차, 가마, 조랑말 등 모든 수단이 총동원되었다. 포그 씨와 프랜시스 크로마티 경도 마을을 샅샅이 뒤지며 탈것을 구하려 했지만, 아무것도 찾지 못하고 돌아왔다.

「걸어서 가겠습니다.」 필리어스 포그가 말했다.

그때 파스파르투가 얼굴에 오만가지 인상을 쓰고 주인이 있는 곳으로 돌아왔다. 가죽 슬리퍼가 멋지기는 하지만 움직이는 데 불편했기 때문이다. 그는 주인과 떨어져 다른 곳에서 탈것을 찾아다녔다. 그가 조금 머뭇거리며 말했다.

「주인어른, 제가 탈것을 구한 것 같습니다.」

「어떤 건가?」

「코끼리요. 여기서 1백 보쯤 떨어진 데 사는 인도 사람이 키우는 코끼리입니다.」

「코끼리를 보러 가세.」 포그 씨가 대답했다.

5분 후, 필리어스 포그, 프랜시스 크로마티 경, 파스파르투는 높은 울타리로 둘러싸인 우리 옆에 있는 오두막집에 도착했다. 오두막집에는 한 인도 남자가 있었고, 우리에는 코끼리 한 마리가 있었다. 부탁하자 인도 남자가 포그 씨와 두 동반자를 우리로 안내했다.

우리에는 주인의 손에 자란, 반쯤은 가축이라 할 코끼리가 있었다. 주인은 그 코끼리를 짐 운반용이 아닌 코끼리 싸움용으로 키우고 있었다. 그렇기 때문에, 천성적으로 순한 코끼리의 성질을 조금씩 광포한 성질로 바꾸어 갔다. 이런 상태를 인도어로 〈무트시〉라고 부른다. 성질을 바꾸는 방법은

석 달 동안 설탕과 버터를 먹이는 것이다. 이렇게 먹인다고 해서 소정의 목적을 달성할 것 같지는 않지만, 코끼리 사육자들은 이 방법으로 성공을 거두었다. 포그 씨에게는 너무나 다행스러운 일이었다. 대면하고 있는 코끼리는 막 성질 개조식이 요법을 시작해, 아직 〈무트시〉에 이르지는 않았기 때문이다.

키우니(이 코끼리의 이름이었다)는 다른 코끼리처럼 오랫동안 빨리 걸을 수 있었다. 필리어스 포그는 달리 탈것이 없었기 때문에 키우니를 이용하기로 결정했다.

하지만 인도에서는 코끼리의 수가 줄고 있어 값이 비쌌다. 서커스장에서 코끼리 싸움을 시키는 데 쓸 수 있는 건 수컷뿐이었으므로, 수코끼리는 특히나 인기가 있었다. 그런데 사육하는 상태에서는 번식을 거의 하지 않기 때문에, 사냥을 해서 구할 수밖에 없었다. 또한 코끼리는 인도 사람들이 극진하게 돌보는 동물이었다. 포그 씨가 인도 남자에게 코끼리를 빌리겠다고 하자, 인도 남자는 딱 잘라 거절했다.

포그는 고집을 꺾지 않았고, 시간당 10파운드라는 어마어마한 가격에 코끼리를 빌리겠다고 제안했다. 이번에도 거절이었다. 20파운드? 다시 한번 거절했다. 40파운드? 여전히 거절했다. 파스파르투는 값을 높일 때마다 펄쩍펄쩍 뛰었다. 하지만 인도 남자는 호락호락 넘어가지 않았다.

하지만 제시한 가격은 상당했다. 알라하바드까지 가는 열다섯 시간 동안 코끼리를 이용할 경우, 코끼리 주인은 6백 파운드나 벌어들일 수 있었다.

필리어스 포그는 전혀 동요하지 않고 인도 남자에게 이번에는 코끼리를 사겠다며, 1천 파운드를 제안했다.

인도 남자는 코끼리를 팔 생각이 없었다! 어쩌면 이 영악한 남자가 짭짤한 돈벌이 냄새를 맡았는지도 모른다.

프랜시스 크로마티 경은 포그 씨를 옆으로 데리고 가서, 일을 더 크게 벌이기 전에 곰곰이 생각해 보게 했다. 필리어스 포그는 이 여행 동반자에게, 자신은 곰곰이 생각하지 않고 행동하는 일은 없으며, 결국 2만 파운드가 걸린 내기와 관련된 문제이고, 이 코끼리가 꼭 필요하기 때문에 제값보다 스무 배를 더 내야 한다면 그렇게 주고서라도 이 코끼리를 손에 넣겠다고 대답했다.

포그 씨는 다시 인도 남자 쪽으로 다가갔다. 탐욕으로 이글거리는 남자의 작은 눈은 이렇게 줄다리기를 하는 이유가 결국 돈을 더 받아 내기 위한 속셈이었음을 짐작케 했다. 필리어스 포그는 1천2백 파운드를 제시했다가, 1천5백 파운드, 1천8백 파운드, 급기야는 2천 파운드를 제시했다. 평소에 불그스름한 파스파르투의 안색이 충격으로 창백해졌다.

2천 파운드를 부르자 인도 남자가 받아들였다.

파스파르투가 소리쳤다.

「제 가죽 슬리퍼를 걸고 맹세컨대, 코끼리 고기에 터무니없이 엄청난 돈을 부른 거라고요!」

코끼리 거래는 끝났고, 이제 안내할 사람을 구하는 일만 남았다. 이 일은 훨씬 수월했다. 똑똑해 보이는 젊은 파르시 남자가 안내를 맡겠다고 했다. 포그 씨는 응낙하고 보수를 넉넉히 주겠다고 약속했다. 그 말을 들은 파르시 남자는 두 배나 똑똑해 보였다.

그는 코끼리를 곧바로 데리고 나와 장비를 달았다. 파르시 남자는 〈마후트〉라고 부르는 코끼리 사육사의 일을 완벽하게 알고 있었다. 덮개 같은 걸로 코끼리 등을 덮고, 양옆에 등받이가 고정된 의자 같은 걸 두 개 놓았는데 별로 편안해 보이지는 않았다.

필리어스 포그는 예의 그 가방에서 은행권을 꺼내 인도 남자에게 값을 치렀다. 파스파르투의 눈에 그 모습은 마치 자기 내장을 끄집어내는 것처럼 보였다. 포그 씨는 프랜시스 크로마티 경에게 알라하바드역까지 태워 주겠다고 제안했다. 여단장은 승낙했다. 여행객을 한 명 더 태운다고 해도 이 거대한 동물은 지치지 않을 것이었다.

생필품은 콜비 마을에서 샀다. 프랜시스 크로마티 경은 코끼리 몸에 단 의자 하나에 자리를 잡았고, 필리어스 포그는 다른 의자에 앉았다. 파스파르투는 주인어른과 여단장 사이 코끼리 등에 깔린 덮개 위에 걸터앉았다. 파르시 청년은 코끼리의 목 위에 올라앉았다. 9시에 마을을 떠난 코끼리는 지름길을 따라 라타니아나무가 무성한 숲으로 사라졌다.

12
필리어스 포그 일행이 위험을 무릅쓰고
인도의 숲으로 들어가다

안내인은 이동 거리를 줄이려고, 철로 공사가 한창인 오른쪽 길을 포기했다. 오른쪽 길은 빈디아산맥의 갈래가 복잡하게 얽혀 있어서 필리어스 포그에게 유리한 지름길이 아니었다. 이 지역의 큰길과 샛길을 환히 알고 있는 파르시 청년이 숲을 가로질러 가면 20마일가량 줄일 수 있다고 주장하자, 모두 그의 결정을 믿고 맡겼다.

등받이 의자에 목까지 바짝 당겨 앉은 필리어스 포그와 프랜시스 크로마티 경의 몸은 우악스러운 코끼리 걸음 때문에 몹시 흔들렸다. 마후트는 코끼리의 걸음을 재촉했다. 필리어스 포그와 프랜시스 크로마티 경은 지극히 영국적인 신사답게 현 상황을 감수했고, 대화도 거의 하지 않았는데, 사실 서로 쳐다보기도 힘든 상황이었다.

반면 파스파르투는 코끼리의 등 바로 위에 앉아 있어서 충격을 있는 대로 받았다. 그는 주인이 충고한 대로 이빨 사이로 혀가 끼이지 않게 조심했다. 만일 그랬다가는 혀가 싹둑 잘려 나갔을 것이다. 이 선량한 청년은 코끼리 목 위로 튀어

올랐다가, 코끼리 엉덩이 쪽으로 발랑 넘어졌다가, 마치 점 프대 위에 선 광대처럼 공중 곡예를 선보였다. 그렇게 재주를 넘는 와중에도 파스파르투는 농담을 하고, 웃고, 이따금 가방에서 설탕 조각을 꺼냈다. 영리한 키우니는 코끝으로 설탕을 받아먹으면서도 일정한 보폭을 그대로 유지했다.

두 시간 후, 안내인은 코끼리를 멈추게 하고 휴식 시간을 한 시간 주었다. 코끼리는 근처 늪에서 목을 축인 뒤 나뭇가지와 관목을 게걸스럽게 먹어 댔다. 프랜시스 크로마티 경은 이렇게 멈추었다고 불평하지 않았다. 몹시 지쳤던 것이다. 그런데 포그 씨는 막 자고 나온 사람처럼 거뜬해 보였다.

「저런 강철 같은 사람이 다 있나!」 여단장이 감탄스럽게 포그 씨를 바라보며 말했다.

「단단히 벼른 강철이죠.」 파스파르투가 간단한 점심 식사를 준비하며 대답했다.

정오가 되자 안내인은 출발 신호를 했다. 곧 주위는 아주 야생적인 모습을 드러냈다. 거대한 숲에 이어 타마린드나무와 작은 종려나무가 섞인 잡목림이 나왔고, 메마른 큰 평원이 이어졌다. 평원에는 잎이 성긴 관목이 비죽비죽 솟아 있고, 오톨도톨한 심성암 덩어리가 여기저기 흩어져 있었다.

이 분델칸드의 고지대는 여행객들이 거의 찾지 않는 곳으로, 광신적인 힌두교 신도들이 아주 끔찍한 관례를 저지르고 있었다. 영국 정부는 토후들의 영향권에 있는 지방에 제대로 자리를 잡고 지배할 수가 없었다. 토후들은 빈디아산맥에서 접근하기 어려운 은신처에 있어서 접촉하기가 힘들었던 것이다.

사나운 인도 사람들의 모습이 여러 번 보였다. 그들은 네
발 달린 짐승이 재빨리 지나가는 모습을 보며 화가 난 몸짓
을 보였다. 파르시는 토착민들과 마주치는 것이 좋지 않다고
판단해, 되도록 그들을 피해 다녔다. 이 지역을 지나는 동안
동물의 모습은 많이 보이지 않았다. 원숭이 몇 마리가 고작
이었다. 온몸을 뒤튼 채 인상을 쓰고 달아나는 원숭이를 보
며 파스파르투는 재미있어했다.

파스파르투는 여러 가지 생각을 했지만, 걱정되는 것이 하
나 있었다. 알라하바드역에 도착하면, 포그 씨가 코끼리를
어떻게 처리할까? 코끼리를 데려갈까? 그건 불가능하다! 코
끼리를 구입하느라 큰돈을 썼는데 수송비까지 들여야 한다
면 파산하게 될지도 몰랐다. 코끼리를 팔아야 할까, 자유롭
게 풀어 주어야 할까? 이렇게 뛰어난 동물은 돌봐 줄 가치가
있었다. 만약 포그 씨가 코끼리를 파스파르투에게 선물한다
면 정말 난처할 것이었다. 파스파르투는 걱정하지 않을 수
없었다.

저녁 8시경에 빈디아산맥의 큰 줄기를 넘었다. 여행자들
은 북쪽 비탈 아래에 있는 폐허가 된 방갈로 안에서 쉬었다.

하루 종일 지나온 거리는 대략 25마일로, 알라하바드역까
지 가려면 그만큼 더 가야 했다.

밤이 되자 추웠다. 파르시가 방갈로 안에 마른 나뭇가지로
불을 피우자 꽤 따뜻해졌다. 저녁 식사는 콜비 마을에서 산
식료품으로 해결했다. 여행자들은 몹시 지쳐서 기진맥진한

상태로 저녁을 먹었다. 띄엄띄엄 몇 마디 말로 시작된 대화는 곧 코 고는 소리로 끝이 났다. 안내인은 키우니 옆에서 망을 봤다. 키우니는 커다란 나무줄기에 기대선 채로 자고 있었다.

이날 밤에는 아무 일도 일어나지 않았다. 치타와 표범이 포효하는 소리가 이따금 정적을 깨뜨렸고, 원숭이가 날카롭게 내지르는 소리가 뒤섞였다. 하지만 이 육식 동물들은 으르렁대는 소리만 낼 뿐, 방갈로에 있는 사람들을 해치러 나오지는 않았다. 프랜시스 크로마티 경은 피곤에 지쳐 쓰러진 군인처럼 곤한 잠에 빠져 있었다. 파스파르투는 깊은 잠을 자지 못하고, 어제처럼 곤두박질하던 꿈을 다시 꾸었다. 반면 포그 씨는 새빌로에 있는 조용한 자기 집에서 자는 것처럼 평온하게 잠을 잤다.

다음 날 아침 6시에 모두 길을 나섰다. 안내인은 그날 저녁에 알라하바드에 도착하기를 바랐다. 그렇게 하면, 포그 씨는 여행을 시작한 이후 벌었던 이틀 중 일부분만 잃게 될 것이다.

빈디아산맥의 마지막 내리막길에 접어들자 키우니는 다시 빠르게 걷기 시작했다. 정오에 안내인은 칼린거 마을로 방향을 돌렸다. 마을은 갠지스강의 지류에서 다시 갈라져 나온 부지류인 카니강 변에 있었다. 안내인은 여전히 사람이 사는 곳을 피해 다녔다. 큰 강물이 모이기 시작하는 황량한 평원이 더 안전하다고 느꼈기 때문이다. 알라하바드역은 북동쪽으로 12마일도 되지 않았다. 일행은 바나나나무 아래서 잠시 쉬었다. 〈크림처럼 맛이 기가 막히다〉고 하는 바나나 열매는 빵 못지않은 영양식으로 많은 사랑을 받았다.

오후 2시, 안내인은 앞으로 수 마일을 가로질러 가야 하는 빽빽한 숲 안으로 들어섰다. 그는 나무 뒤에 숨어 여행하는 것을 선호했다. 어쨌든, 지금까지 해로운 상대를 만난 적도 없었고, 여행은 아무 탈 없이 끝날 수 있을 것 같아 보였다. 그런데 그 순간 코끼리가 불안한 몸짓을 보이며 갑자기 멈춰 섰다.

시간은 오후 4시였다.

「무슨 일인가?」 의자에 앉아 있던 프랜시스 크로마티 경이 고개를 들며 물었다.

「모르겠습니다, 선생님.」 파르시는 잎이 무성한 나뭇가지 뒤에서 웅성거리는 소리에 귀를 귀울이며 대답했다.

잠시 후, 웅성거림은 좀 더 뚜렷하게 들려왔다. 아직 꽤 먼 곳에서 들려오는 그 소리엔 사람 목소리와 구리로 된 악기 소리가 뒤섞여 있었다.

파스파르투는 눈과 귀를 곤두세웠다. 포그 씨는 아무 말도 하지 않고 침착하게 기다렸다.

파르시가 뛰어내려 코끼리를 나무에 묶고, 숲에서 나무가 제일 빽빽하게 난 곳으로 달려갔다가 돌아와 말했다.

「브라만 사제 행렬이 이쪽으로 오고 있습니다. 가능한 한 눈에 띄지 않게 조심해야 합니다.」

안내인은 나무에 묶어 놓은 코끼리의 끈을 풀어 잡목 숲으로 데리고 가면서, 여행자들에게 절대 내리지 말라고 당부했다. 안내인은 도망가야 할 경우 재빨리 코끼리에 올라탈 준비를 갖추고 있었다. 그는 두꺼운 나뭇잎에 완전히 가려져 있기 때문에, 힌두교 신도의 무리가 알아채지 못하고 지나갈 수 있으리라 생각했다.

사람 목소리와 악기 소리가 부조화를 이루며 가까이에서 들려왔다. 단조로운 노래가 북소리와 징소리에 뒤섞였다. 곧 행렬의 앞부분이 나무 아래로 모습을 보였다. 포그 씨 일행이 있는 곳에서 쉰 걸음 거리였다. 나뭇가지 사이로, 이 종교 행사에 참가한 이들의 기묘한 모습을 쉽게 알아볼 수 있었다.

행렬 맨 앞줄에서는 삼각형 모자를 쓰고 반짝이는 장식이 달린 긴 옷을 입은 사제들 주변을 남녀노소가 둘러싼 채 장례곡 같은 가락을 읊조렸고, 일정한 간격을 두고 북소리와 징소리가 끼어들었다. 그 뒤로 큰 바퀴가 달린 가마가 등장했는데, 바큇살과 바퀴 테는 뱀이 뒤얽힌 모양을 하고 있었다. 화려한 장식을 덮어씌운 제부 소 두 마리가 끄는 가마 위에는 흉측한 조각상이 하나 있었다. 조각상에는 팔이 네 개 달려 있었다. 몸은 짙은 붉은색으로 칠해져 있고, 눈은 얼이 빠진 듯하며, 머리카락은 헝클어져 있었다. 혀는 축 늘어져 있고, 입술은 헤나 염료와 구장나무잎에 여러 잎과 열매를 섞어 만든 염료로 칠해져 있었다. 목에는 죽은 사람의 머리를 이어 만든 목걸이가 걸려 있고, 허리에는 절단된 손으로 만든 허리띠가 걸쳐져 있었다. 조각상은 머리가 잘린 채 쓰러져 있는 거인을 밟고 서 있었다.

프랜시스 크로마티 경이 이 조각상을 알아보고 중얼거

렸다.

「칼리신이로군, 사랑과 죽음의 여신.」

「죽음의 여신이란 건 동의하지만, 사랑의 여신은 아닙니다, 절대로요!」 파스파르투가 말했다. 「고약한 여자 같으니!」

안내인은 파스파르투에게 조용히 하라는 신호를 보냈다.

조각상 주위로 늙은 고행자 무리가 몸을 뒤흔들고 미친 듯이 날뛰며 경련을 일으켰다. 그들은 황토색 천으로 몸에 줄무늬를 만들고, 십자가 모양으로 몸에 상처를 내 피가 뚝뚝 떨어지게 했다. 힌두교의 거대한 행사가 있을 때 어리석게 흥분해 날뛰는 이들은, 크리슈나신의 가마 바퀴 아래로 여전히 앞다퉈 몸을 던졌다.[24]

그 뒤로는 화려한 동양 전통 복장을 한 사제 몇 명이 겨우 몸을 가누는 여자를 끌고 갔다.

여자는 젊었고, 유럽 여자처럼 피부가 하였다. 여자의 머리와 목, 어깨, 귀, 팔, 손, 손가락과 발가락에는 보석과 목걸이, 팔찌, 귀고리, 반지가 치렁치렁 달려 있었다. 금실로 짠 튜닉[25]에 얇은 모슬린이 덮여 있고, 그 아래로 허리선이 드러나 보였다.

여자의 뒤로는, 극명한 대조를 이루는 모습이 보였다. 호위병이 장식 없는 긴 칼을 허리띠에 차고, 금과 은이 박힌 긴

24 크리슈나는 힌두교의 중요한 신 중 하나. 크리슈나 신상을 나르는 수레에 몸을 던져 죽으면 구원을 받는다는 믿음 때문에, 광신도들은 이런 관습을 따랐다.
25 허리 밑까지 내려오는 블라우스 모양의 여성용 상의. 무희의 짧은 웃옷을 가리키는 경우도 있다.

총으로 무장한 채 가마 위의 시체를 운반하고 있었다.

토후의 화려한 옷을 입힌 남자 노인의 시체였다. 마치 살아 있는 사람처럼, 진주로 수를 놓은 터번을 머리에 쓰고, 명주실과 금실로 짠 옷을 입고, 다이아몬드가 박힌 캐시미어 허리띠를 두르고, 인도 토후의 멋진 무기를 차고 있었다.

그 뒤로는 음악을 연주하는 사람들과 행렬의 마지막 열을 맡은 광신도 무리가 따랐다. 광신도들이 질러 대는 소리는 가끔 귀를 멍하게 만드는 악기 소리까지 뒤덮을 정도로 시끄러웠다.

프랜시스 크로마티 경은 기이하고도 슬픈 표정으로 화려한 행렬을 쳐다보다가 안내인 쪽으로 몸을 돌려 말했다.

「서티[26]로군!」

파르시는 그렇다는 뜻으로 머리를 끄덕이고 손가락을 입술에 댔다. 긴 행렬이 천천히 나무 아래로 지나간 뒤, 곧이어 마지막 열이 숲속으로 사라졌다.

점점 노랫소리가 잠잠해졌다. 아직도 멀리서 고함 소리가 들려왔지만, 마침내 모든 소동이 끝나고 정적이 흘렀다.

필리어스 포그는 프랜시스 크로마티 경이 입 밖으로 꺼낸 단어를 들었기에, 행렬이 사라지자마자 질문을 했다.

「서티가 뭡니까?」

「서티는 말입니다, 포그 씨,」 여단장이 대답했다. 「사람을 제물로 바치는 겁니다. 하지만 자발적으로 자기 목숨을 바치

---

26 인도에서 죽은 남편과 함께 살아 있는 아내를 불태우던 풍습 〈사티〉를 영어식으로 말한 것. 이런 악습은 1829년 금지 법령으로 폐지되었다.

는 겁니다. 방금 전에 본 여자는 내일 새벽에 불에 타 죽게 될 겁니다.」

「아! 이런 불한당들!」 파스파르투가 화를 참지 못하고 소리를 질렀다.

「그럼 그 시체는요?」 포그 씨가 물었다.

「토후의 시체입니다. 여자의 남편이죠.」 안내인이 대답했다. 「분델칸드의 독립국 토후예요.」

「아니!」 필리어스 포그가 목소리에 아무 감정도 싣지 않고 말을 이어 갔다. 「이런 야만적인 풍습이 아직도 인도에 남아 있다니. 영국인들이 없애지 못했습니까?」

「인도 대부분의 지역에서는,」 프랜시스 크로마티 경이 대답했다. 「이렇게 제물을 바치는 풍습이 사라졌지만, 여기처럼 험준한 지역, 특히 이 분델칸드 지방 같은 곳에는 영국인의 힘이 미치지 못합니다. 빈디아산맥의 북쪽 너머는 어디든 살인과 약탈이 끊이지 않고 있어요.」

「불쌍한 여자 같으니! 산 채로 불에 타 죽다니!」 파스파르투가 중얼거렸다.

여단장이 말을 이었다.

「그래, 불에 타 죽는 거지. 그런데 여자가 불에 타 죽지 않으면 친척들이 그 여자에게 얼마나 끔찍한 짓을 할지, 여러분은 믿을 수 없을 겁니다. 친척들은 여자의 머리를 밀어 버리고, 먹을 거라곤 겨우 쌀 몇 줌만 주고는, 정숙하지 않은 짓을 한 여자처럼 취급해 내쫓아 버려, 결국 어느 구석에서 옴에 걸린 개처럼 죽게 만들 겁니다. 그렇게 끔찍하게 살아야 한다는 생각에, 남편을 잃은 여자들은 불 속으로 몸을 던집니다. 사랑이나 광신적인 신앙 때문이라기보다는요. 하지만 이따금 정말 자발적으로 희생하는 경우도 있습니다. 그걸 막으려면 정부가 적극적으로 개입해야 합니다. 몇 년 전 제가 뭄바이에 있을 때 일인데, 젊은 과부 하나가 뭄바이를 떠나 독립국의 토후를 몰래 찾아가 불길에 자기 목숨을 바쳤습니다.」

여단장이 이야기를 들려주는 동안, 안내인은 머리를 끄덕였고, 이야기가 끝나자 이렇게 말했다.

「내일 새벽에 제물로 바칠 여자는 자발적으로 온 게 아니에요.」

「그걸 어떻게 알지?」

「분델칸드 사람들은 다 아는 얘기예요.」 안내인이 대답했다.

「그런데 이 불운한 여자는 아무 저항도 하지 않는 것 같던데.」 프랜시스 크로마티 경이 느낀 바를 말했다.

「대마와 아편 연기로 여자를 몽롱하게 만들어서 그래요.」

「그런데 놈들이 여자를 어디로 데려가는 거지?」

「필라지 사원이요. 여기서 2마일 정도 떨어진 곳에 있어요. 여자는 오늘 밤을 보내고 제물로 바쳐질 때까지 거기에 있게 돼요.」

「제물로 바치는 시간은?」

「내일, 해가 뜨자마자요.」

안내인은 이렇게 대답하고 나서 울창한 덤불숲에 숨겨 놓앴던 코끼리를 끌고 나와 목 위에 올라탔다. 하지만 안내인이 특이한 휘파람 소리로 코끼리를 몰고 가려는 순간, 포그 씨가 제지하며 프랜시스 크로마티 경에게 말했다.

「우리가 여자를 구하면 어떨까요?」

「여자를 구하다니요, 포그 씨!」 여단장이 소리쳤다.

「아직도 열두 시간의 여유가 있습니다. 여자를 구하는 데 그 시간을 쓸 수 있습니다.」

「아! 당신도 심장을 가진 남자로군요!」 프랜시스 크로마티 경이 말했다.

「가끔은요.」 필리어스 포그가 간단히 대답했다. 「시간이 있을 때 말입니다.」

13
행운의 여신은 용기 있는 자에게
미소를 보낸다, 파스파르투가
이를 다시 한번 증명하다

제물로 희생될 여자를 구하겠다는 계획은 대담하고, 곳곳에 위험이 도사리고 있으며, 어쩌면 불가능한 일일지도 몰랐다. 포그 씨는 목숨을 잃을 수도 있고, 붙잡혀서 여행을 망칠 수도 있지만, 망설이지 않았다. 프랜시스 크로마티 경의 표정에서도 결연한 동조 의사를 읽을 수 있었다.

파스파르투는 준비된 상태였기에, 필요하면 언제든 투입할 수 있었다. 파스파르투는 여자를 구하겠다는 주인의 생각에 흥분했다. 이렇게 얼음처럼 차가운 주인의 겉모습 아래에 있는 심장과 영혼을 느꼈다. 그러자 필리어스 포그에 대한 애정이 싹텄다.

안내인이 어떻게 결정하느냐만 남아 있었다. 그는 이번 계획에 어떤 입장을 취할 것인가? 힌두교도 편을 들지 않을까? 보수를 받는 입장이었으니, 적어도 중간 입장은 취해야 한다.

프랜시스 크로마티 경이 안내인에게 솔직한 생각을 물었다.

「여단장님,」 안내인이 대답했다. 「저는 파르시입니다. 저 여자도 파르시입니다. 그러니 명령만 내리십시오.」

「좋네.」 포그 씨가 대답했다.

「하지만 아셔야 할 것이 있습니다.」 파르시 안내인이 다시 말을 꺼냈다. 「저희가 목숨을 잃을 수도 있지만, 만일 잡히면 끔찍한 형벌이 기다리고 있다는 걸요. 이상입니다.」

「알겠네.」 포그 씨가 대답했다. 「어두워지기를 기다렸다가 행동에 옮겨야 할 것 같은데?」

「저도 같은 생각입니다.」 안내인이 대답했다.

이 선량한 인도 청년은 제물로 끌려온 여자에 대해 몇 가지 정보를 알려 주었다. 파르시 혈통이며, 뛰어난 미모로 유명한 인도 여인으로, 부유한 뭄바이 무역상의 딸이라고 했다. 여자는 뭄바이에서 순전히 영국식 교육을 받아서 행동거지나 학식을 보면 유럽인이라고 믿을 정도라고 했다. 이름은 아우다였다.

고아가 된 여자는 강제로 분델칸드의 늙은 토후에게 시집을 왔는데, 결혼하고 석 달 만에 과부가 되었다. 남편이 죽은 후 어떤 일이 기다리고 있는지 알고 있었기에, 여자는 도망쳤지만 곧 잡혀 왔고, 여자가 죽을 경우 이익을 얻게 되는 토후의 친척들이 여자를 제물로 바쳤다. 여기서 도망칠 수 있는 가능성은 없어 보였다.

이 이야기를 들은 포그 씨와 그 일행은 여자를 구하겠다는 결심을 더욱 굳게 다졌다. 안내인은 코끼리를 몰고 최대한 필라지 사원 가까이 다가가기로 결정했다.

30분 후, 일행은 사원에서 5백 걸음 떨어진 잡목림 아래서 휴식을 취했다. 사원은 볼 수 없었지만, 광신도들의 함성이 또렷이 들려왔다.

일행은 붙잡힌 여자에게 갈 수 있는 방법을 논의했다. 안내인은 여자가 갇혀 있을 필라지 사원에 대해 잘 알고 있었다. 놈들이 마약에 취해 곯아떨어졌을 때 사원 문을 통해 들어갈까, 아니면 벽에 구멍을 내야 할까? 결정은 실제로 행동으로 옮기는 시간과 장소에서 내릴 수 있지만 분명한 것은, 여자를 오늘 밤에 구해야 한다는 사실이었다. 때를 놓치면 여자는 다음 날 제물로 희생될 것이니, 그때는 인간의 힘으로 여자를 구할 방법이 없었다.

포그 씨 일행은 밤이 되기를 기다렸다. 그리고 저녁 6시경, 주위가 어둑해지자 곧바로 사원 주변에서 정찰하기로 결정했다. 힌두교 고행자들의 마지막 외침이 잦아들고 있었다. 이 인도인들은 관습대로 〈항〉을 마시고 깊은 잠에 빠져들 것이었다. 항은 액체 형태의 아편에 대마 우린 것을 섞어 만든 마약이었다. 이들이 마약에 취해 잠든 틈을 타 사원에 몰래 들어갈 수도 있을 것이었다.

파르시는 포그 씨, 프랜시스 크로마티 경, 파스파르투를 데리고 소리 나지 않게 조심하며 숲을 가로질러 앞으로 나아갔다. 나뭇가지 아래로 10분간 기어가자, 작은 강가에 이르렀다. 사원 안에 쇠막대 끝에 송진을 바른 횃불이 타고 있어서, 장작더미가 수북이 쌓여 있는 모습을 볼 수 있었다. 그것은 값비싼 백단나무를 쌓아 올린 더미였는데, 이미 향유를 뿌려 놓은 상태였다. 장작더미 위에 놓인 방부 처리한 토후의 시체는 다음 날 아내와 함께 불타게 될 것이었다. 장작더미에서 1백 걸음 정도 거리에 사원이 있었다. 사원의 첨탑은 어둠 속에서 나무의 꼭대기를 뚫고 솟아 있었다.

「이리 오세요!」 안내인이 낮은 소리로 말했다.

그러고는 더욱 조심스럽게 일행을 이끌고 키 큰 풀을 헤치며 살금살금 들어갔다.

나뭇가지 사이로 부는 바람 소리만이 정적을 깨뜨릴 뿐이었다.

곧 안내인이 풀숲의 반대편 끄트머리에서 멈췄다. 송진 횃불 몇 개가 주위를 비추었다. 땅바닥에는 마약에 취해 축 늘어져 자고 있는 무리가 널려 있었다. 마치 죽은 병사들로 뒤덮인 전투지 같았다. 남녀노소 구분 없이 뒤섞여 있고, 마약에 취한 몇 명이 아직도 여기저기서 중얼대고 있었다.

뒤쪽 나무 무더기 사이로 필라지 사원이 흐릿하게 모습을 보였다. 하지만 안내인은 크게 실망했다. 그을린 연기를 내뿜으며 타는 횃불에 비췄을 때 보니 토후의 호위병이 맨칼을 들고 왔다 갔다 하며 사원 문에서 불침번을 서고 있었기 때문이다. 사원 안에서도 사제들이 불침번을 서고 있을 것이었다.

파르시 청년은 사원 문을 억지로 열고 들어갈 수는 없다는 것을 알고 있었기에 더 이상 앞으로 나가지 않고 일행을 데리고 뒤로 물러났다.

필리어스 포그와 프랜시스 크로마티 경도 안내인과 마찬가지로, 이쪽에서 할 수 있는 일이 없다는 사실을 깨달았다.

일행은 자리에 멈춰 서 목소리를 낮춰 이야기를 나누었다.

「기다립시다.」여단장이 말했다. 「아직 밤 8시밖에 되지 않았으니, 시간이 지나면 호위병도 졸음을 이길 수 없을 겁니다.」

「그럴 수도 있습니다.」파르시가 대답했다.

필리어스 포그와 일행은 나무 밑에 누워 기다렸다.

시간은 길게만 느껴졌다! 안내인은 이따금 자리를 떠나 숲 주변을 살피러 갔다. 토후의 호위병은 여전히 횃불을 밝힌 채 불침번을 서고 있었고, 흐릿한 불빛이 사원의 창문을 통해 새어 나왔다.

필리어스 포그 일행은 그렇게 자정까지 기다렸으나 상황은 달라지지 않았다. 호위병은 여전히 밖을 지키고 있었다. 호위병이 잠에 빠지기를 기대하는 것은 무리였다. 아마도 〈항〉의 취기가 호위병에게는 퍼지지 않은 것 같았다. 따라서 다른 방법을 모색해야 했다. 사원 벽에 구멍을 뚫어 들어가야 했다. 문제는 사원 안에 있는 사제들이 문밖을 지키는 호위병처럼 한눈팔지 않고 희생자를 감시하는가였다.

마지막 토의를 마친 뒤 안내인은 출발 준비가 되었다고 말했다. 포그 씨, 프랜시스 경, 파스파르투가 그 뒤를 따랐다. 그들은 사원 뒷벽을 통해 안으로 들어가려고 길을 꽤 돌아갔다.

밤 12시 30분경, 중간에 어느 누구도 마주치지 않고 무사히 사원 벽에 도착했다. 뒷벽까지 호위병들이 감시하지는 않았다. 하지만 창문이나 문이 하나도 없었다.

어두운 밤이었다. 하현달이 지평선에서 막 떠올랐으나 커다란 구름에 둘러싸여 있었다. 키 큰 나무들이 달빛을 가려 주위는 더 어두웠다.

벽에 도달한 것으로 끝이 아니었다. 벽에 구멍을 뚫어야 했다. 필리어스 포그와 일행이 가진 도구라곤 주머니칼이 전부였다. 그런데 아주 다행스럽게도, 사원 벽은 벽돌과 목재를 섞어 만든 것이어서 구멍을 뚫기가 어렵지 않았다. 벽돌 하나를 빼면, 다른 벽돌은 쉽게 빠질 것이었다.

일행은 최대한 소리를 내지 않으며 작업을 시작했다. 한쪽에서는 파르시가, 다른 쪽에서는 파스파르투가 벽돌을 떼어 내며 60센티미터 너비의 구멍을 만들어 갔다.

한창 작업 중인데 갑자기 사원 안에서 외침 소리가 들렸고, 즉각 밖에서 다른 외침 소리가 답했다.

파스파르투와 안내인은 하던 일을 중단했다. 벽돌 떼는 소리에 놈들이 놀란 것일까? 그 소리에 잠에서 깬 것일까? 본능적으로 둘은 냅다 뛰었다. 그와 동시에 필리어스 포그와 프랜시스 크로마티 경도 도망을 쳤다. 그들은 다시 나뭇가지 아래에 몸을 바짝 웅크린 채, 만약 지금이 경보가 울린 상황이라면 경보가 해제될 때까지 기다렸다가 작업을 재개하기로 했다.

그런데 공교롭게도 호위병이 사원 뒤쪽에 나타나 자리를 잡는 바람에 그쪽으로 갈 수가 없었다. 작업을 중단하고 기다리던 네 남자가 얼마나 실망했는지는 말로 표현할 수 없을 정도였다. 이제 희생자가 있는 곳으로 가는 것이 불가능한 상황에서, 어떻게 여자를 구할 수 있을까? 프랜시스 크로마티 경은 주먹을 잘근잘근 씹었다. 파스파르투는 길길이 날뛰었으며, 안내인은 파스파르투를 붙잡고 있느라 애를 먹었다. 침착한 포그 씨는 감정을 내비치지 않고 기다렸다.

「떠나는 수밖에 없겠죠?」여단장이 낮은 목소리로 물었다.

「떠나는 수밖에 없습니다.」안내인이 대답했다.

「잠깐만요.」포그 씨가 말했다. 「내일 정오 전에 알라하바드에 도착하기만 하면 됩니다.」

「하지만 뭘 기대하시는 겁니까?」프랜시스 크로마티 경이 대꾸했다. 「몇 시간 후면 날이 밝을 테고, 그러면…….」

「우리를 비켜 간 행운이 결정적인 순간에 나타날 수도 있습니다.」

여단장은 필리어스 포그의 눈을 보며 그가 무슨 생각을 하고 있는지 읽으려 했다.

이 냉철한 영국 신사가 기대하는 게 뭘까? 화형이 시작되는 순간 젊은 여자에게 달려가 살인마들의 손에서 낚아채기라도 하려는 것일까?

그건 정신 나간 짓이다. 설마 이 남자가 그 정도로 정신 나간 짓을 하겠는가? 어쨌든 프랜시스 크로마티 경은 이 끔찍한 장면이 대단원에 이를 때까지 기다리기로 했다. 하지만 안내인은 일행을 피신해 있던 곳에 머물게 하지 않고, 숲속 공터의 앞쪽으로 다시 데려갔다. 거기에서는 나무 덤불에 몸을 숨기고, 잠들어 있는 무리를 지켜볼 수 있었다.

그러나 나무의 아래쪽 가지에 걸터앉아 있던 파스파르투

는 섬광처럼 스치고 지나갔다가 결국 머릿속에 각인된 생각을 곱씹고 있었다. 그는 혼잣말을 하기 시작했다. 「그건 미친 짓이야!」 그러다 이번에는 이렇게 중얼거렸다. 「까짓것, 안 될 게 뭐 있어? 가능성은 있어. 어쩌면 그 방법밖에 없을지도 몰라. 놈들이 저렇게 취해서 고꾸라져 있잖아!」 파스파르투는 혼자서 이런 생각을 하고 있었다. 낮은 나뭇가지 위로 유연한 뱀처럼 미끄러져 내려오자, 나뭇가지 끝이 땅 쪽으로 휘어졌다.

시간이 흘러 곧 날이 밝을 것임을 예고했다. 하지만 사방은 여전히 어두웠다.

바로 그때였다. 잠들어 있던 무리가 부활한 것 같았다. 그들이 살아 움직이기 시작했다. 북소리가 울려 퍼지고 노랫소리와 외침 소리가 다시 터져 나왔다. 가엾은 여자가 죽게 될 시간이 다가온 것이었다.

과연 사원의 문이 열렸다. 한층 강한 빛이 사원 안에서 새어 나왔다. 포그 씨와 프랜시스 크로마티 경은 강렬한 빛을 받고 있는 희생자를 확실히 볼 수 있었다. 두 사제가 희생물이 될 여자를 밖으로 끌고 나왔다. 불운한 여자는 최후의 순간 자기 보호 본능을 발휘해 마취 상태에서 깨려고 몸을 흔들며 살인마의 손아귀에서 벗어나려고 했다. 프랜시스 크로마티 경은 심장이 두근거려서, 자기도 모르게 필리어스 포그의 손을 붙잡았다. 그 순간 필리어스 포그의 손에 칼이 있는 걸 느낄 수 있었다.

이때, 무리가 술렁였다. 대마 연기에 취해 다시 몽롱해진 젊은 여자가 울부짖으며 찬송가를 부르는 힌두교 고행자들 사이를 지나갔다. 필리어스 포그 일행은 무리의 뒤쪽에 끼여서 여자를 따라갔다.

2분 후, 그들은 강가에 도착했고, 장작더미에서 쉰 걸음도 채 떨어지지 않은 곳에 멈춰 섰다. 장작더미 위에는 토후의 시체가 놓여 있었다. 어스름한 여명 속에, 희생자가 꼼짝도 하지 않고 남편의 시체 옆에 누워 있는 모습이 보였다. 이어서 횃불 하나가 다가왔고, 기름을 잔뜩 먹인 장작은 즉시 활활 타올랐다.

바로 그때, 프랜시스 크로마티 경과 안내인은 앞뒤 가리지 않고 장작더미 속으로 뛰어들려는 필리어스 포그를 붙들었다. 하지만 필리어스 포그는 두 사람을 물리쳤다. 그때 눈앞의 광경이 갑자기 바뀌었다. 공포에 찬 비명 소리가 들려오고, 군중은 모두 겁에 질려 땅에 엎드렸다.

늙은 토후는 죽지 않았던 것이다. 토후가 유령처럼 벌떡 일어나 젊은 여자를 안아 올리고, 귀신처럼 연기가 휘몰아치는 장작더미에서 내려오는 것이 아닌가!

고행자, 호위병, 사제 할 것 없이 모두 공포에 사로잡혀 땅에 머리를 조아리고는 감히 눈을 들어 올려 그런 기적을 쳐다볼 엄두도 내지 못했다.

정신을 잃은 희생자는 강인한 팔에 들려 있었다. 여자는 무게가 없는 것처럼 보였다. 포그 씨와 프랜시스 크로마티 경은 그대로 서 있었다. 파르시는 고개를 숙인 채였고, 파스파르투는 아마도 더 놀랐을 것이다!

되살아난 남자가 포그 씨와 프랜시스 크로마티 경이 서 있는 곳에 다가오더니 다급하게 말했다.

「도망갑시다!」

파스파르투였다. 그는 연기가 자욱하게 피어오를 때 장작 쪽으로 숨어 들어갔던 것이다! 파스파르투는 아직 어두운 틈을 타 죽음의 문턱에 있던 젊은 여자를 구해 냈다. 그리고 대담한 역할을 성공적으로 해낸 뒤 공포에 찬 군중 사이를 지나왔다!

잠시 후, 네 사람은 숲속으로 사라졌고, 코끼리가 이들을 빠른 걸음으로 실어 날랐다. 하지만 비명 소리와 아우성에 이어 총알 한 발이 필리어스 포그의 모자를 관통했다. 계략이 들통 난 것 같았다.

불타오르는 장작더미에서 늙은 토후의 시체가 보였던 것이다. 사제들은 공포에서 깨어나 정신을 차리고 여자가 납치된 것을 알아차렸다. 그들은 즉시 숲으로 달려왔다. 호위병들이 사제들의 뒤를 따랐다. 호위병들은 무기를 발사했지만, 제물을 납치한 이들은 재빨리 도망쳐, 잠시 후 총알과 화살의 사정거리를 넘어선 곳에 이르렀다.

14
필리어스 포그는 수려한
갠지스강의 계곡을 내려가면서도
감상할 생각조차 하지 않다

대담한 납치 계획은 성공적으로 끝났다. 한 시간이 지난 후에도, 파스파르투는 자신이 거둔 성공에 신나 계속 키득거렸다. 프랜시스 크로마티 경은 용감한 청년의 손을 꽉 쥐었다. 주인은 파스파르투에게 〈잘했네〉라고 말했다. 이 신사의 입에서 나온 이 짧은 말은 엄청난 찬사나 마찬가지였다. 파스파르투는 모든 공을 주인님에게 돌린다고 대답했다. 그의 입장에서는 〈재미있는〉 생각을 했을 뿐이다. 예전에 체조 강사였고, 소방대원이었던 파스파르투가 잠시 동안이었지만 매력적인 여인의 남편이자, 방부 처리된 늙은 토후 행세를 하다니, 생각할수록 자꾸만 웃음이 나왔다.

젊은 인도 여인은 무슨 일이 있었는지 의식하지 못했다. 여행 담요에 둘둘 말린 상태로, 코끼리 몸에 매달린 의자에 놓여 있었으니 말이다.

하지만 코끼리는, 파르시가 노련하게 지시하는 대로 아직도 어두운 숲을 빠르게 달렸다. 필라지 사원을 떠난 지 한 시간 후에는 광활한 평원을 가로질렀다. 7시가 되자 휴식을 취

116

했다. 젊은 여인은 여전히 탈진 상태였다. 안내인이 그녀에게 물과 브랜디를 몇 모금 마시게 했지만, 마약 기운이 아직 남아 있어서 깨어나려면 시간이 좀 더 필요했다.

프랜시스 크로마티 경은 대마 연기를 마셨을 때 어떤 현상이 일어나는지 알고 있었기 때문에 여자의 상태에 대해 조금도 걱정하지 않았다.

여단장은 젊은 인도 여인의 회복에는 아무 걱정도 하지 않았지만, 앞으로 어떤 일이 닥칠지 걱정되었다. 그는 망설이지 않고 필리어스 포그에게 걱정거리를 얘기했다. 만약 아우다 부인이 인도에 남게 된다면, 다시 살인마들의 손아귀에 떨어지게 될 것이다. 이 광신자들은 인도 전역에 포진하고 있어서, 영국 경찰이 있다고 해도 마드라스, 뭄바이, 콜카타 그 어디에서든 희생자를 다시 붙잡고 말 것이다. 프랜시스 크로마티 경은 이 말을 뒷받침하기 위해 최근에 일어났던 비슷한 사건을 예로 들었다. 이 젊은 여인이 인도를 떠나지 않는 한 절대 안전할 수 없다는 것이 그의 생각이었다.

필리어스 포그는 프랜시스 경의 지적을 참고해 대책을 마련하겠다고 대답했다.

10시쯤, 안내인은 알라하바드에 도착했다고 알렸다. 이 역에서부터 끊어졌던 철로가 연결되는데, 기차로 알라하바드에서 콜카타까지 가는 데 걸리는 시간은 하루가 조금 못 되었다.

필리어스 포그는 제시간에 도착해야 바로 다음 날인 10월 25일에 출발하는 여객선을 타고 홍콩으로 갈 수 있었다.

젊은 여인을 기차역의 대합실에 내려놓았다. 파스파르투는 여자에게 필요한 세면도구와 옷과 숄, 모피 등 구할 수 있는 것은 뭐든 사 오라는 명령을 받았다. 주인은 그에게 무제한의 신용장을 발급해 주었던 것이다.

파스파르투는 곧 출발해 시내의 거리를 뛰어다녔다. 알라하바드는 신의 도시였다. 두 개의 신성한 강, 갠지스강과 야무나강이 합류하는 곳이라는 이유로 인도 사람들이 가장 경배하는 도시 중 하나였고, 그 때문에 인도 전역에서 순례자들이 신성한 강을 찾아 몰려들었다. 그런데 『라마야나』[27]의 전설에 따르면, 갠지스강의 원천은 하늘에 있는데, 브라만[28]의 은총으로 강물이 땅으로 내려오게 되었다고 한다.

파스파르투는 물건을 사러 다니면서 시내를 둘러보았다. 과거에 이 도시를 방어했던 위풍당당한 요새는 지금 국가 관할의 감옥이 되었다. 과거에는 산업과 무역이 활발했지만, 이제 이 도시에서 산업과 무역 활동은 찾을 수 없었다. 파스파르투는 마치 런던의 리젠트 스트리트[29]에 오기라도 한 것처럼, 신상품을 파는 가게를 찾았지만 헛일이었다. 겨우 찾아낸 것은 깐깐한 유대인 노인이 꾸려 가는 작은 가게였다. 거기에서 파스파르투는 자기가 필요한 물건과 스코틀랜드산 직물로 만든 드레스, 커다란 망토, 수달 모피로 안을 댄 멋진

27 산스크리트어로 된 고대 인도의 대서사시. 힌두교 비슈누신의 화신인 라마의 무용담을 그린 작품으로, 후세 인도를 비롯해 주변국의 문학에 큰 영향을 끼쳤다.

28 힌두교에서 만물을 창조한 신.

29 런던에서 가장 번화한 고급 쇼핑가.

외투를 겁도 없이 75파운드나 주고 샀다.

아우다 부인이 정신을 차리기 시작했다. 필라지 사원의 사제들이 마시게 했던 마약 기운이 점점 사라지면서, 인도 여인의 눈에는 다시 그윽한 빛이 돌았다.

시인이기도 했던 인도의 왕 우사프 우다울은 아내인 아흐메나가라 왕비의 매력을 이렇게 찬양했다.

양쪽으로 곱게 가르마를 탄 그녀의 빛나는 머리칼은 생기와 윤기로 반짝이는 섬세하고 흰 두 뺨의 우아한 곡선을 드러내네. 칠흑같이 검은 눈썹은 사랑의 신 카마의 활처럼 둥글고 힘차며, 비단처럼 부드러운 속눈썹 아래 비치는 맑고 큰 두 눈의 검은 눈동자 속에는 히말라야의 성스러운 호수처럼 천상의 빛에서 나온 맑디맑은 광채가 헤엄치네. 작고 고른 흰 이는 미소 짓는 입술 사이로 반짝거려, 마치 살짝 벌어진 석류꽃이 품고 있는 이슬방울 같다네. 대칭을 이루는 곡선의 귀여운 귀, 발그레한 손, 연꽃 봉오리처럼 볼록하고 부드러운 작은 발은 실론에서 가장 아름다운 진주와 골콘다[30]에서 가장 아름다운 다이아몬드가 빛을 발하는 듯하도다. 한 손으로도 감쌀 수 있는 가늘고 유연한 허리는 둥근 엉덩이의 우아한 곡선과 꽃다운 젊음이 드러내는 가장 완벽한 보물인 풍만한 젖가슴을 돋보이게 하네. 튜닉의 부드러운 주름 아래로 보이는 모습은 불멸의 조각

30 예로부터 다이아몬드 산지로 유명했던 16~17세기 인도 골콘다 왕조의 수도로, 폐허가 된 요새와 이슬람 술탄의 보물이 많이 남아 있다.

가 비슈바카르만[31]의 성스러운 손이 순은으로 빚어 놓은 것 같구나.

하지만 이렇게 온갖 수사를 동원하지 않더라도, 죽은 분델 칸드 토후의 아내였던 아우다 부인은, 유럽식으로 표현하자면, 매력적인 여자였다. 대단히 정갈한 영어를 구사하는 걸 보면, 이 젊은 파르시 여인이 철저히 영국식 교육을 받아 변모했다는 안내인의 말이 과장은 아니었다.

하지만 기차는 알라하바드역을 떠나려 했다. 파르시 청년은 기다렸다. 포그 씨는 약속한 보수를 한 푼도 보태지 않고 정확히 계산했다. 파스파르투는 주인이 헌신적인 안내인의 도움을 얼마나 받았는지 알고 있었기에 약간 놀랐다. 파르시 청년은 자진해서 필라지 사원 일에 나서 목숨을 잃을 뻔했다. 만약 나중에 힌두교도가 이 일을 알면 그들의 복수를 피하기 어려울 것이었다.

키우니 문제도 남아 있었다. 그렇게 비싸게 주고 산 코끼리를 어떻게 할 것인가?

하지만 필리어스 포그는 이미 이 문제에 대해 결정을 내린 상태였다.

「파르시,」 그가 안내인에게 말했다. 「자네는 헌신적으로 일을 해주었네. 자네에게 보수는 지급했지만, 헌신적인 노고에 대한 대가는 지불하지 않았어. 이 코끼리를 가지겠는가? 자네에게 주겠네.」

31 인도의 창조신.

안내인의 두 눈이 반짝거렸다.

「이렇게 큰 재산을 주시다니!」안내인이 소리쳤다.

「받게, 안내인.」포그 씨가 대답했다.「그걸 준다고 해도 자네에게 진 빚은 다 못 갚을 거야.」

「잘됐어!」파스파르투가 외쳤다.「받아, 친구! 키우니는 착하고 용감한 짐승이야!」

그리고 코끼리에게 다가가서 설탕 조각을 몇 개 내밀며 말했다.

「먹어, 키우니, 어서, 어서!」

코끼리는 만족스러워하는 소리를 몇 번 냈다. 그러고는 파스파르투의 허리를 코로 감아 자기 머리 높이까지 들어 올렸다. 파스파르투는 하나도 겁내지 않고 코끼리를 다정하게 쓰다듬었다. 코끼리는 파스파르투를 다시 땅 위에 부드럽게 내려놓았다. 예의 바른 코끼리가 내미는 코에, 예의 바른 청년의 투박한 손이 답했다.

잠시 후, 필리어스 포그와 프랜시스 크로마티 경과 파스파르투는 편안한 객실에 자리를 잡았다. 아우다 부인은 객실에서 제일 좋은 자리에 앉았다. 기차는 전속력으로 바라나시를 향해 달렸다.

알라하바드에서 바라나시까지는 기껏해야 80마일밖에 되지 않아서 두 시간이면 도착할 수 있었다.

기차가 달리는 동안, 젊은 여인은 완전히 의식을 되찾았다. 〈항〉의 마취 기운이 사라졌던 것이다.

달리는 기차의 객실에서, 몸에 유럽식 옷을 걸친 채, 생판 모르는 여행객들과 함께 있는 자신을 발견한 여자는 얼마나 놀랐겠는가!

우선 일행은 인도 여인에게 친절을 아끼지 않으며 리큐어[32]를 몇 모금 마시고 정신이 들도록 했다. 이어서 여단장이 그간 일어난 일을 들려주었다. 그리고 필리어스 포그가 그녀를 구하려고 용감하게 자기 목숨까지 내놓으며 헌신한 것과 대담한 파스파르투의 계획으로 구출 작전이 성공적으로 마무리되었음을 강조해 말했다.

포그 씨는 한마디도 하지 않고 잠자코 듣기만 했다. 파스파르투는 무척 부끄러워하며 〈그 얘기는 하실 필요 없다니까요!〉라는 말을 되풀이했다.

아우다 부인은 자기 목숨을 구해 준 이들에게 말보다는 눈물로 진심 어린 감사를 표했다. 여인의 아름다운 눈은 입술보다 감사의 마음을 잘 전달했다. 이어서 서티가 일어났던 장면이 떠올랐다. 그녀는 아직도 많은 위험이 도사리고 있는 인도 땅을 다시 바라보았다. 그녀는 여전히 공포에 휩싸여 몸을 부들부들 떨었다.

필리어스 포그는 아우다 부인의 머리에 어떤 생각이 떠오르는지 알 수 있었다. 그는 부인을 안심시키려고 홍콩까지 데려다주겠다면서, 이번 사건이 잠잠해질 때까지 머무르면 어떻겠냐고 제의했다. 하지만 말투는 아주 건조했다.

아우다 부인은 고마워하며 제안을 받아들였다. 마침 홍콩에 친척이 살고 있는데, 자기처럼 파르시이고, 손꼽히는 무

32 알코올에 시럽과 향료를 섞어 만든 술.

역상이라고 했다. 홍콩은 중국 연안에 있는 도시지만 영국령이었다.

오후 12시 30분에 기차는 바라나시역에 정차했다. 브라만교 전설에 따르면, 이 도시는 옛 카시 왕국이었던 곳으로, 마호메트의 무덤처럼 천정(天頂)과 천저(天底) 사이의 공간에 떠 있었다고 한다. 그러나 좀 더 현실적인 시대인 지금, 동양학자들이 인도의 아테네라고 하는 바라나시는 평범하게 땅 위에 자리 잡고 있을 뿐이었다. 파스파르투의 눈에는 잠시 벽돌집, 버들가지와 흙을 섞어 만든 오두막집이 들어왔지만, 이 지방의 특징이 전혀 없고 황량해 보이기만 했다.

프랜시스 크로마티 경은 이곳에서 여행을 멈춰야 했다. 그의 부대가 바라나시에서 북쪽으로 몇 마일 떨어진 곳에 주둔하고 있었기 때문이다. 여단장은 필리어스 포그에게 작별 인사를 하며, 모든 일이 잘되기를 기원한 뒤, 여행을 다시 하게 된다면 조금 덜 유별나고, 조금 더 유익하기를 바란다고 말했다. 포그 씨는 길동무였던 여단장의 손가락을 살짝 잡으며 악수했다. 아우다 부인이 전하는 작별 인사는 좀 더 다정했다. 그녀는 프랜시스 크로마티 경의 은혜를 절대 잊지 않겠다고 했다. 파스파르투는 진심이 담긴 여단장의 악수를 받고 영광스러워했다. 그는 감격에 겨워 언제 어디에서 여단장을 위해 헌신할 수 있을지 자문했다. 그리고 그들은 헤어졌다.

바라나시에서부터 철로는 갠지스강의 계곡과 나란히 이어졌다. 날이 맑아서 객차의 창문 너머로 다채로운 비하르의 풍경이 드러났다. 그다음에는 초목으로 뒤덮인 산, 보리밭,

옥수수밭, 밀밭, 초록빛 악어가 우글거리는 강과 연못, 손질이 잘된 마을, 아직도 푸르른 숲 들이 이어졌다. 코끼리와 큰 혹이 달린 제부 소 몇 마리가 신성한 강물로 목욕을 하러 왔다. 계절이 바뀌어 제법 추운 날씨였지만, 남녀 힌두교도들이 경건하게 성스러운 목욕재계를 하고 있었다. 불교를 철저히 배격하는 이 신자들은 브라만교의 열렬한 신봉자였다. 브라만교는 태양신 비슈누, 자연력의 화신 시바, 사제와 입법가의 최고 우두머리인 브라만 등 세 형상으로 구현된다. 하지만 브라만과 시바와 비슈누의 눈에 이제 〈영국화된〉 인도는 어떻게 비칠까? 증기선이 윙윙거리고 지나가며 갠지스강 물을 휘저어, 강 표면을 스치듯 날아가는 갈매기와 강가에 떼지어 있는 거북과 강을 따라 늘어선 힌두교 신자들을 깜짝 놀라게 하고 있으니!

이런 전경이 번개처럼 빠르게 지나갔다. 이따금 기차가 뿜어내는 흰 증기 구름이 풍경을 가려 자세히 볼 수 없었다. 승객들이 겨우 볼 수 있었던 것은 바라나시에서 남동쪽으로 20마일 거리에 있는 추나르 요새, 비하르 토후의 옛 성채, 로즈워터로 유명한 가지푸르와 공장들, 갠지스강 왼편에 세워진 콘윌리스 경[33]의 무덤, 요새 도시 북사르, 인도의 주요 아편 시장이 있는 거대 상공업 도시 파트나, 유럽적인 것을 넘어 맨체스터나 버밍엄처럼 영국적인 도시 몽기르 등이었다. 몽기르는 주물 공장, 칼을 비롯해 농기구나 공구를 만드는

---

33 Lord Charles Cornwallis(1738~1805). 영국의 군인이자 정치가로, 두 차례 인도 총독으로 임명되었고, 임지에서 사망했다.

날붙이 공장으로 유명했다. 공장의 높은 굴뚝이 브라만의 하늘에 검은 매연을 뱉어 내는 모습은 꿈의 나라에 주먹을 한 방 날리는 것이 아니고 무엇이랴!

곧이어 밤이 되었다. 호랑이와 곰과 늑대 들이 기관차를 피해 도망치며 포효하는 가운데, 기차는 전속력으로 달렸다. 어둠 속에서는 벵골 지방의 경이로운 풍경을 하나도 볼 수 없었다. 골콘다, 폐허가 된 구르, 예전에 수도였던 무르시다바드, 바르다만, 후글리, 프랑스의 근거지인 찬다나가르 중 어느 하나도. 만일 파스파르투가 찬데르나고르에서 나부끼는 조국 프랑스의 국기를 보았다면 무척이나 뿌듯했을 것이다!

마침내 아침 7시가 되자 콜카타에 도착했다. 홍콩으로 떠나는 여객선은 정오가 되어야 닻을 올릴 예정이었다. 따라서 필리어스 포그는 앞으로 다섯 시간의 여유가 있었다.

이 영국 신사는 여행 일정표에 런던을 떠난 지 23일째가 되는 10월 25일 인도의 수도 콜카타에 도착할 계획을 세웠는데, 예정된 바로 그날 도착했던 것이다. 따라서 예정보다 늦지도 빠르지도 않았다. 런던과 뭄바이 구간에서 이틀이라는 시간을 벌었지만, 우리도 알고 있는 이유로 인도 대륙을 횡단하며 그 시간을 모두 써버렸다. 하지만 필리어스 포그는 그 시간을 아까워하지 않을 것이다.

15
다시 몇천 파운드를 써버려
은행권이 든 가방이 홀쭉해지다

　기차가 역에 멈춰 섰다. 파스파르투가 먼저 기차에서 내리고, 그 뒤를 포그 씨가 따라 내렸다. 포그 씨는 젊은 여자 동행인이 플랫폼에 내리는 것을 도와주었다. 포그 씨는 곧장 여객선으로 갈 작정이었다. 아우다 부인이 여객선에서 편히 쉴 수 있게 하기 위해서이기도 했고, 아직까지 인도가 부인에게 위험한 곳인 만큼 곁에 있고 싶었기 때문이다.

　포그 씨가 역에서 나가려는 순간, 경찰이 다가와 말했다.

　「필리어스 포그 씨?」

　「접니다.」

　「이 사람은 하인입니까?」 경찰이 파스파르투를 가리키며 덧붙였다.

　「네.」

　「두 분 모두 따라오십시오.」

　포그 씨는 놀란 기색이라고는 전혀 보이지 않았다. 경찰관은 법의 대리인이고, 모든 영국인에게 법은 신성했다. 파스파르투는 프랑스식 습관대로 따지고 싶었지만, 경찰관이 경찰봉으로 제지했다. 포그 씨는 파스파르투에게 복종하라는 눈짓을 보냈다.

「여기 젊은 부인과 함께 가도 되겠습니까?」 포그 씨가 물었다.

「그렇게 하십시오.」 경찰관이 대답했다.

경찰관은 포그 씨와 아우다 부인과 파스파르투를 〈팔키가리〉가 있는 곳으로 데려갔다. 팔키가리는 말 두 마리가 끄는 4인용 사륜마차다. 마차가 출발했다. 마차가 달리는 20분 동안 아무도 말을 꺼내지 않았다.

마차는 우선 〈암흑의 도시〉를 지나갔다. 좁은 길가를 따라 늘어선 초라한 오두막집에서는 다양한 인종이 누더기를 걸치고 더러운 몰골로 우글대고 있었다. 이어서 마차는 유럽인 구역을 지나갔다. 벽돌로 지은 집은 야자나무가 그늘을 드리우고, 돛대가 비죽비죽 솟아 있었다. 아침 시간이었지만, 우아한 옷차림의 남자들이 멋지게 치장한 말들을 타고 다녔다.

팔키가리가 수수해 보이는 건물 앞에 섰다. 건물은 주거 용도로 쓰는 것 같지 않았다. 경찰관이 죄수들을 내리게 했다. 사실 그들은 죄수라는 명칭이 어울리는 상황에 처해 있었다. 경찰은 그들을 쇠창살이 박힌 창문이 있는 방으로 데려가 이렇게 말했다.

「8시 30분에 오바디아 판사 앞에 출두하게 될 겁니다.」

그리고 방에서 나가 문을 잠갔다.

「아이고! 우리가 체포되다니!」 파스파르투가 소리를 지르고, 의자에 털썩 주저앉았다.

아우다 부인은 곧바로 포그 씨에게 낮은 목소리로 말했다. 감정을 억누르려고 했지만 소용없었다.

「저를 버리셔야 해요! 저 때문에 기소되신 거예요. 저를 구해 주셨기 때문에!」

필리어스 포그는 그럴 수 없다고 대답했다. 서티 일 때문에 기소되다니! 용인할 수 없는 일이었다! 소송을 제기한 이들이 어떻게 감히 법정에 나타나겠는가? 착오가 분명했다. 포그 씨는 어떤 일이 있어도 젊은 여인을 포기하지 않을 것이며, 홍콩으로 데려가겠노라는 말을 덧붙였다.

「하지만 배는 정오에 떠나는걸요!」 파스파르투가 출발 시간을 일깨웠다.

「정오 이전에 배를 타게 될 거야.」 침착한 신사가 간단히 대답했다.

그 말이 너무 확신에 차 있어서, 파스파르투는 혼자서도 그 말을 중얼거리지 않을 수 없었다.

「그래! 확실히! 정오 이전에 배를 타게 될 거야!」 하지만 말은 그렇게 해도 전혀 장담할 수 없었다.

8시 30분이 되자, 방문이 열렸다. 아까 그 경찰관이 다시 나타나서 죄수들을 옆방으로 데려갔다. 그곳은 법정이었다. 유럽인과 인도인이 섞인 꽤 많은 방청객이 이미 자리를 잡고 앉아 있었다.

포그 씨, 아우다 부인, 파스파르투는 재판장과 서기 맞은편에 마련된 긴 의자에 나란히 앉았다.

재판장인 오바디아 판사가 들어오고, 그 뒤를 서기가 바로 따라 들어왔다. 판사는 포동포동하게 살찐 남자였다. 판사는 못에 걸린 가발을 꺼내 서둘러 머리에 썼다.

「첫 번째 소송 사건.」 판사는 곧 머리에 손을 얹고 말했다. 「아니! 이건 내 가발이 아니잖아!」

「그렇습니다, 오바디아 판사님, 제 가발인데요.」 서기가 대답했다.

「오이스터퍼프 서기, 판사가 서기 가발을 쓰고 어떻게 옳은 판정을 내릴 수 있겠나!」

두 사람은 서로 가발을 바꿔 썼다. 이렇게 시간을 끄는 동안, 파스파르투는 초조해서 어쩔 줄 몰랐다. 법정에 있는 커다란 괘종시계의 바늘이 끔찍하게 빠른 속도로 움직이는 것처럼 보였기 때문이다.

「첫 번째 소송 사건!」 오바디아 판사가 다시 말을 꺼냈다.

「필리어스 포그?」 오이스터퍼프 서기가 말했다.

「출석했습니다.」 포그 씨가 대답했다.

「파스파르투?」

「출석했습니다.」 파스파르투가 대답했다.

「좋아요!」 오바디아 판사가 말했다. 「이틀 전부터 피고인을 찾으려고 뭄바이의 모든 기차를 감시했습니다.」

「대체 무슨 죄목으로 저희를 기소한 겁니까?」 파스파르투가 참지 못하고 소리쳤다.

「그건 차차 알게 될 겁니다.」 판사가 대답했다.

「판사님!」 그때 포그 씨가 말했다. 「저는 영국 시민으로서, 권리가⋯⋯.」

「체포 당시 부당한 대우를 받았습니까?」 오바디아 판사가
물었다.

「아닙니다.」

「좋아요! 원고를 들여보내요.」

판사가 명령하자 문이 열렸고, 집행관이 힌두교 사제 세
명을 데리고 들어왔다.

「바로 그 일 때문이야!」 파스파르투가 중얼댔다. 「젊은 부
인을 불에 태우려던 몹쓸 놈들이야!」

사제들이 판사 앞에 서자, 서기가 큰 소리로 신성 모독죄
를 근거로 한 고발장을 읽었다. 필리어스 포그와 그의 하인
이 브라만의 성지를 훼손했다는 이유로 기소되었다는 내용
이었다.

「들었습니까?」 판사가 필리어스 포그에게 물었다.

「네, 판사님.」 포그 씨가 자신의 손목시계를 보며 대답했
다. 「그리고 시인합니다.」

「아! 시인한다고요?」

「시인합니다. 그리고 이번에는 이 자리에 있는 사제 세 명
이 필라지 사원에서 하려고 했던 일에 대해 시인하기를 바랍
니다.」

사제들은 서로를 쳐다보았다. 피고의 말을 전혀 이해하지
못하는 표정이었다.

「틀림없이!」 파스파르투가 흥분에 차서 소리쳤다. 「필라지
사원에서 저들이 희생자를 불에 태우려고 했습니다!」

사제들은 다시 한번 어리둥절해했고, 오바디아 판사는 엄

청나게 놀랐다.

「희생자라뇨?」 그가 물었다. 「누구를 불에 태운다는 겁니까? 뭄바이 한복판에서요?」

「뭄바이?」 파스파르투가 외쳤다.

「물론이죠. 필라지 사원이 아니라, 뭄바이의 말라바르 언덕에 있는 사원을 말하는 겁니다.」

「그리고 증거물로, 신성 모독자의 구두를 제출합니다.」 서기가 책상 위에 신발 한 켤레를 놓으며 덧붙였다.

「내 구두다!」 파스파르투가 너무 놀란 나머지 자기도 모르게 탄성을 내질렀다.

주인과 하인이 얼마나 어리둥절했을지는 짐작이 갈 것이다. 두 사람은 뭄바이 사원에서 있었던 일을 까맣게 잊고 있었는데, 바로 그 일 때문에 콜카타 법정에 서게 된 것이었다.

속사정을 들여다보자면, 픽스 형사가 이 사건을 자기에게 유리하게 이용하려고 벌인 일이었다. 그는 출발 시간을 열두시간 미루고 말라바르 언덕의 사원으로 가서 사제들을 꼬드겼다. 영국 정부가 종교를 모독하는 범죄를 엄중히 처벌한다는 사실을 알고 있었기에, 손해 배상을 충분히 받아 낼 수 있다고 약속했다. 그리고 다음 열차 편에 사제들을 태우고 신성 모독죄를 저지른 이들을 추적했다. 하지만 필리어스 포그와 그의 하인이 젊은 인도 여인을 구출하느라 시간을 지체해서, 픽스와 힌두교 사제들이 그들보다 먼저 콜카타에 도착했다. 전보로 소식을 들은 법관은 피고인이 기차에서 내릴 때 체포하라는 명령을 내렸다. 인도의 수도 콜카타에 필리어스 포그가 아직 도착하지 않았다는 사실을 알았을 때, 픽스 형사의 실망이 얼마나 컸을지 짐작할 수 있으리라. 이 은행 강도가 대인도반도 열차가 정차하는 역 어딘가에 내려 인도 북부 지방으로 도망갔다고 믿었을 것이다. 그는 24시간 동안 초조해 죽을 것 같은 심정으로 필리어스 포그가 기차역에 나타나기를 기다렸다. 오늘 아침 필리어스 포그가 기차에서 내리는 모습을 보았을 때 픽스 형사의 기쁨은 실로 엄청났다. 어떻게 젊은 여자를 동반하고 나타났는지는 알 수 없었지만 말이다. 픽스 형사는 경찰관 한 명을 보냈다. 그렇게 해서 필리어스 포그와 파스파르투와 분델칸드 토후의 젊은 부인이 오바디아 판사의 법정에 서게 된 것이었다.

만일 파스파르투가 자기 일에 덜 몰두했더라면, 방청석 구석에 앉아 있는 픽스 형사를 알아보았을 것이다. 그가 왜 관심을 갖고 재판을 지켜보고 있는지는 쉽게 이해할 수 있다. 왜냐하면 뭄바이나 수에즈에서처럼, 콜카타에 아직 체포 영장이 도착하지 않았기 때문이다!

한편 오바디아 판사는 파스파르투의 입 밖으로 새어 나온 자백을 법적 증거로 받아들였다. 파스파르투는 자기가 부주의하게 뱉은 말을 주워 담을 수만 있다면, 가지고 있는 걸 모두 내놓아도 모자랄 심정이었다.

「기소 내용을 인정합니까?」 판사가 물었다.

「인정합니다.」 포그 씨가 냉정하게 대답했다.

판사가 말을 이었다.

「영국 법령이 인도 국민의 모든 종교를 평등하고 엄정하게 보호하는바, 파스파르투 씨가 10월 20일 뭄바이에 있는 말라바르 언덕 사원의 포석을 신발도 벗지 않은 불경한 발로 침범했다는 사실을 인정하고 있기에, 파스파르투에게 15일의 감금형과 3백 파운드의 벌금형을 선고한다.」

「3백 파운드요?」 파스파르투가 벌금 액수에만 신경을 곤두세우며 소리쳤다.

「정숙하십시오!」 집행관이 날카롭게 소리쳤다.

「그리고,」 오바디아 판사가 덧붙여 말했다. 「하인과 주인이 공모했다는 물리적인 증거는 없으나, 주인은 고용한 하인의 행동거지에 책임을 져야 하므로, 필리어스 포그 역시 일주일의 감금형과 150파운드의 벌금형을 선고한다. 서기, 다음 소송 사건!」

구석에 있던 픽스는 말로 표현할 수 없을 정도로 흡족해했다. 필리어스 포그가 콜카타에 일주일간 잡혀 있다니, 그 기간이면 체포 영장이 도착하고도 남을 것이었다.

파스파르투는 너무 놀라 머리가 멍해졌다. 이번 판결로 주인은 망하고 말았다. 2만 파운드가 걸린 내기에서 지다니. 이건 모두 넋 놓고 구경하느라 그 빌어먹을 사원에 발을 들여놓았기 때문이다!

필리어스 포그는 이번 판결이 자기와 상관없는 일이기나 한 것처럼 눈썹 하나 찌푸리지 않았다. 하지만 서기가 다음 소송 사건을 낭독하는 순간 그가 자리에서 일어나 말했다.

「보석금을 내겠습니다.」

「그럴 권리가 있습니다.」 판사가 대답했다.

픽스는 등골이 서늘한 느낌이 들었다. 하지만 판사가 〈필리어스 포그와 그의 하인이 외국인임을 감안할 때〉, 한 사람당 1천 파운드라는 어마어마한 보석금을 내야 한다고 말하는 순간, 자신감을 회복했다.

필리어스 포그가 형을 치르지 않는다면, 2천 파운드를 내야 하는 것이다.

「지불하겠습니다.」 이 영국 신사가 말했다.

그리고 파스파르투가 들고 있던 가방에서 은행권 뭉치를 꺼내 서기의 책상 위에 내려놓았다.

「이 돈은 출옥할 때 돌려받을 겁니다.」 판사가 말했다. 「그런데 보석금을 냈으니 두 사람을 석방합니다.」

「가세.」 필리어스 포그가 하인에게 말했다.

「하지만, 적어도, 제 구두는 주어야지요!」 파스파르투가 분노에 찬 몸짓을 보이며 소리쳤다.

파스파르투는 구두를 돌려받았다.

「구둣값 한번 되게 비싸네!」 그가 중얼거렸다. 「한 짝에 1천 파운드도 넘게 들다니! 신기도 불편한데 말이야!」

파스파르투는 황송한 마음으로 필리어스 포그를 따랐고, 필리어스 포그는 젊은 여인에게 손을 내밀었다. 픽스는 여전히, 이 절도범이 결국은 2천 파운드를 포기하지 못하고, 일주일의 감금형을 치르기를 기대했다. 따라서 그는 포그의 뒤를 쫓기로 했다.

포그 씨는 마차를 세우고 아우다 부인, 파스파르투에 이어 올라탔다. 픽스는 마차 뒤를 따라 뛰었다. 마차는 곧 콜카타

부두에 섰다.

약 1킬로미터 거리에 있는 정박지에 〈랑군〉호가 닻을 내리고 있었고, 출발지를 알리는 깃발이 돛대 위에서 펄럭였다. 11시를 알리는 소리가 났다. 포그 씨는 출발 시간보다 한 시간 일찍 도착했다. 픽스는 포그 씨가 마차에서 내려 아우다 부인과 하인을 동행해 소형 배에 오르는 모습을 지켜보았다. 픽스 형사는 발로 바닥을 힘껏 내리치며 소리쳤다.

「저 악당이 출발하다니! 2천 파운드나 잃고서! 도둑놈처럼 돈을 펑펑 잘도 써대는군! 아! 필요하다면 세상 끝까지 놈을 쫓고야 말겠어. 하지만 이렇게 돈을 펑펑 쓰고 다닌다면, 훔친 돈을 다 날려 버리게 될 텐데!」

픽스 형사가 이렇게 생각하는 것도 무리는 아니었다. 필리어스 포그는 런던을 떠난 이후, 여행 경비며 사례금을 비롯해, 코끼리를 사고, 보석금에 벌금을 내느라 5천 파운드 이상을 길바닥에 뿌렸다. 따라서 훔친 돈을 회수했을 때 형사에게 돌아갈 사례금 액수도 계속 줄어들고 있었다.

16
픽스가 얘기를 듣고도 시치미 떼다

랑군호는 인도반도 및 동양 선박 회사가 중국과 일본 항로에서 운항하는 여객선 중 하나다. 프로펠러가 달린 철제 증기선으로, 총중량이 1,770톤, 정격 출력 4백 마력을 낸다. 속도로 보면 몽골리아호와 맞먹었지만, 안락한 시설 면에서는 뒤처졌다. 따라서 아우다 부인은, 필리어스 포그가 바라던 만큼 안락한 시설을 누릴 수 없었다. 어쨌든 콜카타에서 홍콩까지 3천5백 마일을 11일에서 12일 안에 도착하는 것이 중요했다. 그리고 젊은 여인은 까다로운 승객이 아니었다.

항해를 시작한 처음 며칠간, 아우다 부인은 필리어스 포그를 좀 더 폭넓게 알 수 있었다. 그리고 어떤 경우든, 포그 씨에게 깊은 감사를 표했다. 침착한 신사는 아우다 부인의 말을 듣고 있었다. 적어도 그렇게 보였다. 극도로 냉철하게, 감정을 드러내는 소리나 동작을 보이지도 않았다. 그는 젊은 여인에게 부족한 것이 없는지 살폈다. 몇 시간마다 규칙적으로 그녀에게 다가왔고, 말은 하지 않았지만 적어도 여인의 말을 들어 주었다. 그는 최대한 깍듯하면서도 우아하게 예의를 갖춰 의무를 다했지만, 이런 용도로 제작된 자동인형 같은 모습이었다. 아우다 부인은 어떻게 받아들여야 할지 몰랐다. 하지만 파스파르투는 주인이 별난 데가 있다고 설명했다. 또한 이 신사가 세계 일주를 걸고 어떤 내기를 하고 있다는 사실도 알려 주었다. 아우다 부인은 미소를 지었다. 그래도 포그 씨는 자신의 목숨을 구해 준 은인이었다. 따라서 생명의 은인이 아무리 별난 사람이라고 해도 감사하는 마음은 변함이 없었다.

아우다 부인은 얼마 전에 인도 안내인이 포그 씨 일행에게 들려주었던 그녀에 대한 애처로운 이야기가 사실이라고 했다. 그녀는 인도의 토착 종족 중 최고층 신분이었다. 여러 파르시 무역상이 인도에서 면화 사업으로 큰 재산을 쌓았는데, 그중 한 명이 잠셋지 제지브호이[34] 경이었다. 그는 영국 정부로부터 귀족 작위를 받았고, 아우다 부인은 뭄바이에 살고 있는 이 부유한 인물의 친척이었다. 아우다 부인이 찾아가려는 사람은 제지브호이 경의 사촌인 명문가의 제지흐였다. 그에게 가면 피난처와 도움을 제공받을 수 있을까? 아우다 부인은 확신할 수 없었다. 그 말을 듣고 포그 씨는, 아우다 부인이 걱정할 일은 없으며, 모든 일이 수학적으로 잘 해결될 것이라고 말했다! 수학적이라는 말은 포그 씨가 즐겨 쓰는 말이었다.

아우다 부인은 〈수학적으로〉라는 이 지독한 부사를 이해

---

34 Sir Jamsetjee Jejeebhoy(1783~1859). 1857년 8월 6일 영국 정부로부터 준남작 칭호를 받은 파르시 무역상.

했을까? 그건 알 수 없다. 어쨌든, 그녀의 커다란 두 눈, 〈히말라야의 성스러운 호수처럼 맑은〉 두 눈이 포그 씨를 뚫어지게 바라보았다! 그러나 못 말리는 포그 씨는 늘 그렇듯 말이 없었고, 이 호수에 뛰어들 남자처럼 보이지도 않았다.

랑군호의 항해 제1부는 순조로운 조건 속에서 마무리되었다. 날씨는 항해하기에 적당했다. 선원들이 〈벵골의 물길〉이라고 부르는, 거대한 벵골만의 이 구역은 여객선이 항해하기에 순조로웠다. 랑군호는 곧 안다만 제도를 지나갔다. 주요 섬에 그림처럼 펼쳐진 새들피크 봉우리는 높이가 731미터로, 항해사들이 멀리서도 쉽게 알아볼 수 있었다.

해안이 꽤 가까이에서 길게 펼쳐졌다. 섬에 살고 있는 미개 파푸아족의 모습은 전혀 보이지 않았다. 이 종족은 가장 미개한 인간으로 분류되고 있지만, 인류학자들은 그런 분류가 잘못되었다고 주장한다.

해안을 따라 펼쳐지는 섬의 풍경은 장관이었다. 라타니아나무, 빈랑나무, 대나무, 너트메그나무, 티크나무, 거대한 미모사, 나무 모양의 고사리풀이 서 있는 거대한 숲이 섬의 앞쪽을 뒤덮고, 뒤쪽은 산이 우아한 곡선을 그리며 이어져 있었다. 해안에는 진귀한 바다제비가 수천 마리씩 떼를 지어 모여 있었다. 바다제비의 둥지는 중국에서 고급 식재료로 인기가 많았다. 하지만 눈을 즐겁게 해주는 안다만 제도의 다양한 풍광은 재빨리 지나갔다. 랑군호는 중국해로 들어가는 관문이 될 믈라카 해협[35]을 향해 물살을 빠르게 헤치며 나아

35 인도네시아 수마트라섬과 말레이반도 사이에 있는 해협.

갔다.

인도에서 홍콩으로 항해하는 동안, 공교롭게 세계 일주 여행에 말려든 픽스 형사는 무슨 일을 하고 있었을까? 픽스 형사도 콜카타에서 홍콩으로 가는 랑군호에 올라탈 수 있었다. 체포 영장을 홍콩에서 받을 수 있게 조치를 취한 뒤였다. 마침내 체포 영장이 도착하기만 한다면 말이다. 파스파르투의 눈에 띄지 않게 배에 탄 것처럼, 도착할 때까지 아무에게도 들키지 않고 무사히 항해를 마칠 수 있기를 바랐다. 사실, 파스파르투를 만난다면 자기가 왜 이 배에 타고 있는지 설명하기가 쉽지 않을 것이었다. 뭄바이에 있다고 생각했던 그가 이 배에 나타나면 파스파르투는 이상하게 생각할 것이다. 하지만 픽스 형사는 그럴듯한 상황을 만들어 이 선량한 프랑스 청년과 다시 친분을 쌓았다. 어떻게 된 일일까? 그건 잠시 후에 알게 될 것이다.

지금 픽스 형사의 모든 희망과 욕망은 이 세상에서 단 한 지점, 홍콩에 쏠려 있었다. 여객선이 싱가포르에 정박하기는 하지만 아주 잠깐 머물다 떠나기 때문에 작전을 펼치기 힘들었다. 따라서 절도범을 체포해야 할 곳은 홍콩이었다. 만약 절도범이 도망간다면 영영 놓치고 말 것이었다.

사실 홍콩은 아직 영국령이었지만, 이 노선상에 있는 마지막 영국령이었다. 홍콩 너머 중국, 일본, 미국은 포그 씨에게 어느 정도 안전한 도피처를 제공할 수 있었다. 만약 픽스 형사가 홍콩에서 문제의 체포 영장을 손에 쥐게 된다면, 포그를 체포한 뒤 홍콩 경찰 손에 넘길 것이었다. 그런 일이야 전혀 어려울 게 없었다. 하지만 홍콩을 벗어나면 체포 영장만으로는 충분하지 않을 것이다. 범죄인 인도[36] 절차가 필요한 것이다. 그러는 과정에서 연착이다 지연이다 등의 장애가 생기면, 약삭빠른 도둑은 분명 그 기회를 이용해 도망치고 말 것이다. 만일 홍콩에서 체포하지 못한다면, 다시 체포하기가 아예 불가능하거나 굉장히 어려워지고, 성공 가능성은 희박해진다.

픽스는 선실에서 몇 시간 동안 머물며 생각에 생각을 거듭했다.

〈그렇다면, 그렇다면, 체포 영장이 홍콩에 도착하면 놈을 잡는 거고, 만약 체포 영장이 도착하지 않는다면, 이번에는 무슨 수를 쓰더라도 놈의 출발을 지연시켜야 해! 뭄바이에서도 놓쳤고, 콜카타에서도 놓쳤잖아! 홍콩에서도 기회를 놓치면, 내 명성에 금이 가고 말아! 사생결단으로 반드시 놈을 잡아야 해. 그런데 무슨 수로 이 망할 놈의 포그가 출발하지 못하게 시간을 끌지?〉

최종적으로 픽스는 모든 것을 파스파르투에게 털어놓아, 그가 모시고 있는 주인이 어떤 인간인지 밝히기로 마음먹었다. 파스파르투는 분명 주인과 공범이 아니었다. 파스파르투가 이런 비밀을 알게 된다면 범죄에 연루될까 두려워 픽스 편에 설 것이다. 하지만 이 방법은 다른 방법이 없을 때 쓸 수 있는 최후의 모험이었다. 파스파르투가 주인에게 한마디라

36 범인이 다른 국가로 도주했을 때, 외교상 절차를 통해 범죄 행위를 저지른 국가로 인도받는 것.

도 하면, 사건은 돌이킬 수 없이 꼬이고 말 것이다.

픽스 형사는 필리어스 포그와 동행해 랑군호에 오른 아우다 부인을 보는 순간 너무나 당황스러워 새로운 각도에서 상황을 조합해 보았다.

〈저 여자는 뭐지? 무슨 사정으로 포그와 동행하게 되었을까? 두 사람이 만난 건 분명 뭄바이랑 콜카타 사이야. 하지만 인도 대륙의 어느 지점이었을까? 젊은 여자가 필리어스 포그랑 우연히 만난 것일까? 아니면, 괴도 신사가 저 매력적인 여자와 재회하려는 목적으로 인도를 거쳐 가는 여행을 계획한 것일까? 여자가 매력적이기는 했어!〉 픽스는 콜카타 법정의 관중석에서 여자를 자세히 관찰했다.

이 정도면 픽스 형사의 머리가 얼마나 복잡할지 짐작할 수 있을 것이다. 그는 혹시 이번 사건에 납치도 포함되어 있는 건 아닐까 자문했다. 그렇다! 분명 여자를 납치한 것이다! 이런 생각은 픽스의 머리에 깊이 자리 잡아서, 이 상황을 이용해 얻을 수 있는 모든 이점을 찾아냈다. 여자가 결혼했든 하지 않았든 납치했다면, 홍콩에서 납치범으로 잡아넣을 수 있고, 그렇게 되면 돈을 내고 풀려날 수는 없을 것이었다.

하지만 랑군호가 홍콩에 도착하기를 기다리고만 있을 수는 없었다. 이 포그라는 놈은 요리조리 배를 갈아타는 재주가 있으니, 사건에 손을 대기도 전에 멀리 도망쳐 버릴 수 있었다.

따라서 영국 경찰에 이를 통보하고, 랑군호가 도착해 승객이 내리기 전에 배의 위치를 알리는 것이 중요했다. 하지만 이보다 더 쉬운 일도 없었다. 여객선이 싱가포르에 정박할 때, 홍콩으로 전신을 보낼 수 있기 때문이었다.

하지만 행동에 나서기 전에 더욱 확실히 작전을 펼치기 위해서, 픽스는 파스파르투에게 정보를 캐기로 결심했다. 이 청년의 입을 열게 하는 일이 그리 어렵지 않다는 것을 알고 있었기에, 숨어 있으려고 했던 생각을 다시 고쳐먹었다. 이제 시간을 낭비할 수 없었다. 오늘은 10월 30일이고, 내일이면 랑군호가 싱가포르에 닻을 내리게 될 것이었다.

따라서 바로 이날, 픽스는 자신의 선실에서 나와 갑판으로 올라가, 〈마치 처음 보는 것처럼〉 최대한 놀라는 표정을 지으며 파스파르투에게 다가갈 작정이었다. 파스파르투는 갑판 앞쪽에서 산책 중이었다. 픽스 형사는 서둘러 파스파르투에게 다가가 소리쳤다.

「당신이, 랑군호에 타고 있다니!」

「픽스 씨가 이 배에 타고 있다니!」 깜짝 놀란 파스파르투가 대답했다. 파스파르투는 몽골리아호를 타고 여행할 때 친절하게 대해 준 상대에게 고마움을 느끼고 있었다. 「세상에! 뭄바이에서 헤어졌는데, 홍콩으로 가는 길에 또 만나다니요! 그런데 선생님께서도 세계 여행을 하시는 겁니까?」

「아뇨, 아뇨.」 픽스가 대답했다. 「홍콩에 내릴 생각입니다. 최소한 며칠은 있을 거예요.」

「아!」 파스파르투가 잠깐 어리둥절한 표정을 지으며 말했다. 「그런데 콜카타를 떠난 뒤, 어떻게 배에서 선생님을 한 번도 못 봤을까요?」

「그게, 몸이…… 뱃멀미를 앓았어요……. 그래서 계속 선실에 누워 있었죠……. 뱅골만은 인도양처럼 별 탈 없이 지나지를 못하네요. 그런데 주인어른, 필리어스 포그 씨는 어떠십니까?」

「아주 건강하세요. 여행 계획만큼 정확하시고요. 단 하루도 늦지 않았다니까요! 아! 픽스 씨, 이건 모르실 겁니다. 저희랑 같이 여행하는 젊은 여자 분도 한 명 있어요.」

「젊은 여자요?」 픽스 형사는 파스파르투가 무슨 말을 하는지 전혀 알아듣지 못하겠다는 표정으로 완벽하게 연기하며 대답했다.

파스파르투는 그동안 있었던 얘기를 픽스에게 들려주었다. 뭄바이 사원에서 일어났던 일, 2천 파운드를 주고 코끼리를 산 일, 서티 사건, 아우다 부인을 구출한 일, 콜카타 법정에서 받은 판결, 보석금을 내고 풀려난 일 등을 낱낱이 보고했다. 픽스는 후반부의 이야기는 알고 있었지만 전혀 모르는 척 들었고, 파스파르투는 잔뜩 호기심에 찬 얼굴로 이야기를 듣고 있는 상대에게 그동안 겪었던 모험담을 신나서 읊어 댔다.

「그런데 말입니다,」 픽스가 물었다. 「주인어른이 그 젊은 여자를 유럽으로 데려갈 생각입니까?」

「아닙니다, 픽스 씨, 전혀 아니에요! 여자분의 친척한테 데려다주려는 거예요. 홍콩의 갑부 무역상이래요.」

「그럼 전혀 손쓸 수가 없는데!」 픽스 형사가 실망감을 숨기며 혼잣말을 했다. 「진 한잔 할까요, 파스파르투 씨?」

「좋습니다, 픽스 씨. 랑군호에서 이렇게 만났는데 당연히 한잔해야지요!」

17
싱가포르에서 홍콩까지 가는 동안
일어난 갖가지 일들

이날 이후 파스파르투와 픽스 형사는 자주 만났지만, 픽스 형사는 함께 있을 때 극도로 조심했고, 이야기를 털어놓게 하려고 애쓰지도 않았다. 픽스는 포그 씨를 랑군호의 큰 휴게실에 있을 때 한두 번 언뜻 보았을 뿐이다. 아우다 부인을 동반하고 나타나거나, 변함없는 습관대로 휘스트 게임을 할 때였다.

파스파르투는 주인과 여행하는 길에 픽스를 또 한 번 만나자, 이 기막힌 우연에 대해 대단히 진지하게 생각하기에 여념이 없었다. 사실, 누구라도 놀랐을 것이다. 아주 친절하고 분명 아주 호의적인 이 신사를, 수에즈에 내렸을 때 처음 만났는데 뭄바이로 향하는 몽골리아호에 타고 있었고, 그다음에는 뭄바이에 있겠다고 하더니 홍콩으로 가는 랑군호에서 또 만났다. 다시 말하면, 포그 씨의 여행 일정을 그대로 따르고 있는 것이었다. 이건 생각을 해봐야 할 문제였다. 우연의 일치일 수도 있지만, 우연치고는 기이했다. 이 남자가 누구한테 앙심을 품고 있나? 파스파르투는 픽스가 자기 일행과 동시에 홍콩을 떠날 것이고, 아마도 같은 배로 떠날 것이라는 데, 자기 가죽 슬리퍼를 걸고 내기할 준비가 되어 있었다. 그렇다. 그는 가죽 슬리퍼를 소중히 간직하고 있었다.

파스파르투가 1세기 동안 생각한다고 해도, 픽스 형사가 어떤 임무를 띠고 있는지는 짐작도 하지 못할 것이다. 절대, 필리어스 포그가 도둑처럼 〈미행〉당하며 세계를 돌고 있으리라고는 상상도 못할 것이다. 하지만 파스파르투는 모든 일에 타당한 이유를 찾으려 했다. 따라서 갑자기 낌새를 알아차린 파스파르투는 왜 픽스가 계속 주변에서 얼쩡거리는지 이유를 따져 보았는데, 그 추론이 꽤나 그럴듯했다. 파스파르투의 생각으로는, 픽스가 리폼 클럽의 동료들이 포그 씨의 뒤를 쫓으라고 보낸 탐정이었고, 또 탐정일 수밖에 없었다. 조건대로 여행 경로를 따라 세계 일주를 제대로 하고 있는지 확인하기 위해서 말이다.

「확실해! 확실해!」이 선량한 청년은 자신의 통찰력에 뿌듯해하며 반복해서 말했다. 「리폼 클럽 신사들이 우리 뒤를 쫓으라고 보낸 스파이가 분명해! 당당하지 못하게! 포그 씨가 얼마나 성실하고 정직한데! 탐정을 시켜 염탐하게 하다니! 리폼 클럽의 신사 여러분, 큰 대가를 치르게 될 겁니다!」

파스파르투는 자기가 알아낸 사실에 황홀할 지경이었지만, 주인에게는 아무 말도 하지 않기로 마음먹었다. 내기 상대가 보이는 불신에 포그 씨가 상처를 입을까 걱정되었기 때문이다. 하지만 기회가 되면 픽스에게 품위를 지키는 선에서 우회적으로 비웃어 주리라 다짐했다.

10월 30일 수요일 오후, 랑군호는 말레이반도와 수마트라섬을 가르는 믈라카 해협으로 들어갔다. 작은 섬들은 산이 많아 대단히 가파르면서 대단히 아름다워, 배를 타고 지나가는 승객들의 눈길이 커다란 수마트라섬으로 향하지 못하게 사로잡았다.

다음 날 새벽 4시, 랑군호는 규정 시간보다 반나절 빨리, 석탄 연료를 싣기 위해 싱가포르에 닻을 내렸다.

필리어스 포그는 여행 기록 수첩의 이익 칸에 반나절을 기록했다. 이번에는 아우다 부인과 동행해 육지에 내렸다. 아우다 부인이 몇 시간이라도 산책하고 싶다고 밝혔기 때문이다.

픽스는 포그 씨의 행동 하나하나가 수상해 보여 들키지 않게 조심하며 뒤를 따랐다. 한편, 파스파르투는 픽스가 행동 개시에 나선 것을 보며 내심 비웃으면서 평소처럼 심부름을 하러 갔다.

싱가포르섬은 크지도 않고, 위풍당당한 면모도 보이지 않았다. 섬의 윤곽을 만들어 줄 산이 없었다. 하지만 밋밋한 가운데 매력이 있었다. 아름다운 도로가 깔린 공원 같았다. 뉴홀랜드[37]에서 수입한 우아한 말이 끄는 예쁜 마차가 아우다 부인과 필리어스 포그를 숲속으로 데리고 갔다. 숲에는 반짝이는 잎이 무성한 종려나무와 살짝 벌어진 꽃봉오리에서 씨가 자라는 정향나무가 많았다. 그곳에서는 후추나무 덤불이 유럽의 시골에서 볼 수 있는 가시 달린 울타리를 대신하고

37 New Holland. 오스트레일리아의 옛 지명.

있었다. 사고종려나무와 멋진 가지가 달린 커다란 고사리풀이 열대 지방의 풍경을 다채롭게 만들었다. 반짝이는 잎이 달린 너트메그나무는 코끝을 싸하게 만드는 향기로 공기를 가득 메웠다. 원숭이들은 무리를 이루어 경계심을 보이며 인상을 잔뜩 찌푸린 채 숲을 지키고 있었다. 어쩌면 밀림에 호랑이가 살고 있을지도 몰랐다. 상대적으로 크기가 작은 이 섬에 어떻게 사나운 짐승이 끝까지 살아남을 수 있었는지 놀라는 사람이 있다면, 그 짐승들이 말레이반도에서 해협을 헤엄쳐 왔노라고 대답해 주겠다.

두 시간 동안 시골길을 돌고 난 뒤 아우다 부인과 필리어스 포그는 시내로 돌아왔다. 포그는 풍경을 건성으로 쳐다보기만 했다. 시내는 무겁게 내려앉은 집들의 거대한 집합체였다. 집을 둘러싼 정원에는 망고스틴과 파인애플을 비롯해 진기한 온갖 과일들이 자라고 있었다.

10시가 되자, 두 사람은 배로 돌아왔다. 여전히 픽스 형사가 두 사람의 뒤를 따랐는데, 마차 삯으로 예상 밖의 지출을 했을 것이다.

파스파르투는 랑군호의 갑판에서 그들을 기다렸다. 이 선량한 청년은 망고스틴을 수십 개 사가지고 왔다. 망고스틴은 중간 크기 사과만 하고 겉은 진한 갈색이지만 안은 선명한 붉은색을 띠었는데, 하얀 속살을 깨물면 무엇과도 비교할 수 없는 진미를 미식가들에게 선사했다. 파스파르투는 아우다 부인에게 망고스틴을 선사할 수 있어서 무척 기분이 좋았고, 아우다 부인은 파스파르투에게 아주 우아하게 고마움을 표했다.

11시가 되자, 석탄을 가득 채운 랑군호는 닻줄을 풀었다. 그리고 몇 시간 후, 세상에서 제일 늠름한 호랑이가 살고 있는 숲을 품고 있는 말레이반도의 높은 산들이 까마득히 보이기 시작했다.

싱가포르와 홍콩섬의 거리는 1천3백 마일 정도였다. 홍콩은 중국 연안에서 떨어져 있는 영국령의 작은 섬이었다. 필리어스 포그는 아무리 늦어도 6일 안에 홍콩에 도착해야 했다. 그래야 11월 6일, 일본의 주요 항구 중 하나인 요코하마로 출발하는 배를 탈 수 있었다.

랑군호는 거의 만원이었다. 싱가포르에서 많은 승객들이 탔는데 인도인, 실론인, 중국인, 말레이시아인, 포르투갈인이 많았다. 그들 중 대부분은 2등석 승객이었다.

지금까지 맑았던 날씨가 하현달이 되면서 변했다. 파도가 거칠게 몰아쳤다. 가끔씩 바람이 크게 일었지만, 다행히 남동풍이라 증기선이 달리는 데 도움이 되었다. 항해가 순조로울 때는, 선장이 돛을 올리게 했다. 랑군호는 정사각형의 돛이 달린 범선으로, 주로 가운데 큰 돛 두 개와 윗돛을 이용해 항해했는데, 그렇게 하면 증기와 바람의 이중 작용으로 속도가 훨씬 빨라졌다. 이런 방법으로 배는 격한 파도를 헤치며 안남[38]과 코친차이나[39] 연안을 따라 나아갔다. 승객에게는 종

---

38 베트남의 다른 지명. 19세기 프랑스의 식민지로 삼등분된 베트남의 중부 지방을 가리키는 명칭이기도 했다.

39 인도차이나반도에 있는 베트남 남부의 옛 지명.

종 아주 피곤한 항해였다.

하지만 바다 탓이라기보다는 랑군호의 문제 때문이었다. 승객 대부분이 뱃멀미에 시달리며 피로를 느끼는 이유는 여객선에 있었다.

중국 해역을 운항하는 인도반도 및 동양 선박 회사의 배들은 구조적으로 심각한 결함이 있었다. 적재했을 경우의 흘수선(吃水線)[40]과 배의 중간에서 수직으로 잰 높이, 즉 선교(船橋)[41] 꼭대기에서 선골(船骨)[42] 바닥까지 높이의 비율이 잘못 계산되는 바람에, 파도에 대한 저항력이 약했다. 물이 새어 들어올 수 없는 선체의 밀폐 공간만으로는 충분하지 못했다. 선원들이 사용하는 표현대로라면, 배는 〈익사 상태〉나 다름없었다. 이런 구조 때문에, 갑판을 덮치는 큰 파도가 조금만 일어도 배가 중심을 잃고 흔들렸다. 〈앵페라트리스〉호와 〈캉보주〉호 같은 프랑스 수송선에 비해, 모터나 증기 기관은 몰라도 구조적으로는 매우 뒤떨어졌다. 측량 기사의 계산에 따르면, 프랑스의 수송선은 선체 무게와 동일한 무게의 파도를 뒤집어써야 배가 가라앉지만, 〈골콘다〉호나 〈코레아〉호나 〈랑군〉호 같은 인도반도 및 동양 선박 회사의 배들은 선체 무

40 선체가 물에 잠기는 부분의 깊이를 나타내는 선으로, 배와 수면이 만나는 선을 가리킨다. 끽수선이라고도 한다. 안전한 운항을 위해 최대한 적재할 수 있는 기준인 만재 흘수선을 국제 조약으로 정해 규제하고 있다.

41 항해나 통신을 지휘하는 곳으로, 일반적으로 배의 상갑판 중앙 앞에 높게 자리 잡고 있다. 브리지라고도 한다.

42 선박 바닥의 중앙을 받치는 길고 긴 부분으로, 배 앞쪽(이물)에서 뒤쪽(고물)까지 선체를 받치는 역할을 한다. 용골(龍骨) 혹은 킬keel이라고도 한다.

게의 6분의 1밖에 되지 않는 파도를 뒤집어써도 배 뒤쪽이 가라앉았다.

따라서 날씨가 좋지 않으면 운항에 각별히 주의해야 했다. 어떤 때는 증기 출력을 줄이고 돛을 줄여서 속도를 늦춰야 했다. 그 때문에 항해 시간이 지체되었다. 필리어스 포그는 어떤 식으로도 그런 문제에 대한 감정을 드러내지 않았지만, 파스파르투는 엄청나게 마음을 졸였다. 파스파르투는 화가 나서 선장과 기관사와 선박 회사를 비난했고, 승객 수송과 관련된 모든 사람들에게 저주를 퍼부었다. 어쩌면 새빌로의 집에서 가스등이 그의 계좌에 있는 돈을 태우고 있다는 생각에 그처럼 안절부절못했는지도 모른다.

「그런데 홍콩에 급하게 가야 합니까?」 픽스 형사가 어느 날 파스파르투에게 물었다.

「아주 급히요!」 파스파르투가 대답했다.

「포그 씨가 요코하마로 가는 배를 서둘러 탈 것 같습니까?」

「굉장히 서두르실 겁니다.」

「그러니까 이제는 이 별난 세계 여행이 가능하다고 믿는 거로군요?」

「물론이죠. 그러는 픽스 씨는요?」

「저요? 저는 믿지 않지요!」

「농담도 잘하시지!」 파스파르투가 윙크를 날리며 대답했다.

이 말에 픽스 형사는 생각에 잠겼다. 이유는 모르겠지만,

마지막 말이 마음에 걸렸다. 이 프랑스 남자가 낌새를 챈 걸까? 픽스는 어떻게 생각을 정리해야 할지 알 수 없었다. 비밀로 숨기고 있는 형사 신분을 파스파르투가 어떻게 알아차린 것일까? 하지만 저렇게 말하는 걸 보면, 파스파르투한테 분명 무슨 꿍꿍이속이 있는 것 같았다.

어느 날, 이 정직한 프랑스 청년은 더 과감한 말을 하기도 했다. 그건 자기도 모르게 나온 실수였다. 파스파르투는 입을 다물지 못했다.

「있잖아요, 픽스 씨.」 파스파르투가 짓궂은 어투로 길동무에게 물었다. 「홍콩에 도착하면, 거기 남으실 테니 작별하게 되겠죠?」

「그거야,」 픽스가 아주 난처해하며 대답했다. 「저도 모르죠! 어쩌면…….」

「아!」 파스파르투가 말했다. 「계속 동행하신다면야 저한테는 기쁜 일이죠! 이 선박 회사의 직원이신데 도중에 멈추실리가요! 뭄바이까지만 가신다고 했는데, 이제 홍콩에 가시잖아요! 미국은 거기서 멀지 않고, 또 미국에서 유럽은 지척이죠!」

픽스는 상대를 뚫어지게 쳐다보았다. 상대는 세상에서 제일 친절한 얼굴을 하고 있었다. 픽스는 같이 웃는 쪽을 택했다. 하지만 신난 상대는 계속해서 물었다.

「이런 일을 하면 돈을 많이 벌죠?」

「그렇기도 하고 아니기도 하죠.」 픽스가 눈썹 하나 까딱하지 않고 대답했다. 「일이 잘될 때도 있고 잘 안 될 때도 있어서요. 하지만 제 돈을 들여 여행하는 건 아니니까요!」

「아! 그거야 저도 잘 알고 있죠!」 파스파르투가 더 호탕하게 웃으며 큰 소리로 말했다.

대화를 마치고, 픽스는 선실로 들어와 곰곰이 생각했다. 상대가 알아차린 게 분명했다. 무슨 방법을 썼는지는 몰라도, 그 프랑스 녀석이 자신이 경찰이라는 사실을 알아차린 것이었다. 그렇다면 주인한테 얘기했을까? 이 모든 일에서 그가 맡은 역할은 무엇이었을까? 공모를 했을까, 안 했을까? 내 계획이 탄로 났으니 실패로 돌아간 걸까? 픽스 형사는 그렇게 몇 시간 동안 골똘히 생각하며, 모든 수고가 수포로 돌아갔다고 믿었다가, 포그 씨가 상황을 모르고 있기를 바라기도 했다가, 생각이 오락가락해서 어떤 입장을 택해야 할지 알 수가 없었다.

하지만 머릿속이 다시 고요해지면서, 그는 파스파르투에게 솔직히 대하기로 결심했다. 생각처럼 홍콩에서 포그 씨를 잡을 상황이 못 되고, 포그 씨가 영국령을 완전히 떠날 준비를 한다면, 픽스는 파스파르투에게 모든 얘기를 할 것이다. 만약 하인이 주인과 공범이라면 주인도 모든 사정을 알고 있을 테니, 체포 계획은 실패로 돌아갈 것이다. 혹시 하인이 이번 절도 사건과 아무 상관 없다면, 절도범을 저버리는 쪽이 그에게는 이로울 것이다.

픽스와 파스파르투의 상황은 각각 그러했다. 그런데 필리어스 포그는 이 두 사람의 상황과 상관없이 위풍당당하고 태평했다. 그는 합리적으로 세계를 돌며 자신의 궤도를 완성할 뿐, 자기 둘레를 도는 소행성은 신경 쓰지 않았다.

하지만 그의 옆에는, 천문학자처럼 표현하자면 불안한 천체가 있었다. 이 신사의 가슴을 흔들어 놓을 게 틀림없는 천체였다. 하지만 그런 일은 일어나지 않았다! 아우다 부인의 매력도 신사의 마음을 움직일 수는 없었다. 파스파르투는 무척이나 놀랐다. 만약 천문학에서 말하는 섭동(攝動)[43]이 포그 씨의 마음에 존재한다 해도, 그 힘을 측정하기는 해왕성의 발견을 가능케 했던 천왕성의 섭동력을 계산하는 것보다 더 어려웠을 것이다.

그렇다! 파스파르투는 젊은 여인의 눈에서 주인에 대한 감사의 마음을 읽었기에, 전혀 흔들리지 않는 주인의 모습을 보면서 매일매일 놀랄 뿐이었다! 확실히 필리어스 포그는 영웅적인 행동을 해야 할 때만 마음이 움직이고, 사랑에서는 그렇지 않았다! 이 여행의 성공 가능성 때문에 생길 법한 초조함도 전혀 찾아볼 수 없었다. 하지만 파스파르투는 계속되는 불안감 속에서 지냈다.

하루는, 기관실의 난간에 기대어 강력한 기계를 쳐다보고 있었다. 배가 앞뒤로 거칠게 흔들릴 때마다 프로펠러가 물 밖에서 헛도는 바람에, 기계에서 귀를 찢을 듯한 굉음이 났다. 그때 증기가 밸브에서 새어 나왔다. 그 광경을 보자, 이 선량한 청년은 화가 치밀어 올랐다.

「밸브에 압력이 꽉 차지 않아서 그래!」 파스파르투가 소리질렀다. 「앞으로 나가지를 않잖아! 영국인들이 하는 일이 다

43 어떤 천체의 평형 상태를 다른 천체의 인력이 교란시키는 현상.

그렇지! 아! 이게 미국 배였다면, 사람들이 문제가 생겼다고 펄쩍 뛰고 난리였겠지만, 어쨌든 배는 더 빨리 갈 수 있을 거 아니냐고!」

18
필리어스 포그, 파스파르투, 픽스가
각자 자기 일에 골몰하다

항해 마지막 며칠 동안 날씨가 좋지 않았다. 바람이 아주 거세졌다. 북서쪽으로 방향을 튼 바람은 여객선의 진행 방향과 반대였다. 랑군호는 불안하게 좌우로 요동쳤고, 승객들은 세찬 바람 때문에 바다에서 그칠 줄 모르고 몰아치는 긴 파도를 원망했다.

11월 3일과 4일의 날씨는 폭풍우나 다름없었다. 돌풍이 격렬하게 바다를 후려쳤다. 랑군호는 프로펠러를 겨우 10회전으로 유지하면서, 파도와 비스듬한 상태가 되게 만드는 방식으로, 반나절 동안 돛을 줄이고 속도를 늦춰 표류하듯 항해해야 했다. 모든 돛을 바짝 당겨 폭을 좁게 만들었지만, 선구(船具)[44]가 돌풍을 받으며 여기저기서 휙휙거리는 소리를 냈다.

여객선의 체감 속도는 현저히 줄어들었고, 홍콩에 도착하는 시간은 규정 시간보다 스무 시간이나 지체될 것으로 보였다. 만약 폭풍우가 그치지 않는다면 지체되는 시간은 더 늘

44 도르래, 활대, 밧줄 등 범선 따위의 장비를 가리키는 말.

어날 수도 있었다.

필리어스 포그는 자신에게 맞서 직접 공격을 가하는 것처럼 보이는 성난 바다를, 늘 그렇듯 담담하게 바라보았다. 그의 얼굴은 단 한 순간도 어두워지지 않았지만, 스무 시간이 지체된다면 요코하마행 여객선의 출발 시간을 놓치게 되므로 여행 일정에 차질이 생길 수 있었다. 하지만 냉정한 이 남자는 초조함이나 불안함 따위는 느끼지 않았다. 마치 이번 폭풍우가 여행 일정에 있고, 예견한 것처럼 보일 정도였다. 아우다 부인은 이 여행 동반자와 거친 날씨 이야기를 하면서, 포그 씨가 예전과 마찬가지로 침착하다고 생각했다.

픽스는 이런 상황을 똑같은 눈으로 보지 않았다. 오히려 그 반대였다. 폭풍우가 그에게는 반가웠다. 만약 랑군호가 폭풍우를 피해 여유 있게 가야 했다면, 좋아서 펄쩍펄쩍 뛰었을 것이다. 어떻게든 시간이 지체되는 것은 반가운 일이었다. 포그 씨를 홍콩에 며칠간 묶어 둘 수 있기 때문이었다. 마침내 하늘은 돌풍과 폭풍우를 몰고 와 그의 게임에 편을 들어 주었다. 픽스는 몸이 조금 아팠지만, 그게 대수인가! 뱃멀미가 나는 것도 상관없었다. 몸은 뱃멀미 때문에 뒤틀어지며 아팠지만, 마음은 무한한 기쁨으로 충만했다.

한편 감정을 잘 숨기지 못하는 파스파르투가 얼마나 화난 채로 이 고난의 날씨를 보냈을지 짐작할 수 있으리라. 지금까지는 모든 것이 척척 잘 돌아갔는데! 육지와 바다가 주인에게 헌신하는 것처럼 보였다. 증기선과 기차가 주인에게 복종했다. 바람과 증기가 주인의 여행을 돕기 위해 연합했다.

그런데 마침내 그런 생각이 오산이었다고 경종을 울린 걸까? 파스파르투는 내기 돈 2만 파운드를 자기 주머니에서 꺼내야 할 것처럼, 살맛이 나지 않았다. 이 폭풍우가 짜증을 일으키고, 이 돌풍이 화를 돋우었기에, 이 복종할 줄 모르는 바다를 후려치고 싶은 심정이었다! 불쌍한 녀석! 픽스는 자신의 기쁨을 파스파르투 앞에서 감추려 조심했다. 그건 잘한 일이었다. 만약 파스파르투가 픽스의 은밀한 즐거움을 눈치챘다면, 픽스는 호된 시련의 시간을 보내야 했을 테니 말이다.

파스파르투는 폭풍우가 몰아치는 동안 계속 랑군호의 갑판에 있었다. 아래 선실에 머물러 있을 수가 없어서였다. 그는 돛대 위로 기어 올라갔다. 파스파르투는 원숭이처럼 날렵하게 다니며 모든 일을 도와 선원들을 놀라게 만들었다. 선장이며 항해사며 선원들에게 백 번이고 질문을 했다. 이들은 어쩔 줄 모르며 당황해하는 젊은 남자를 보면서 웃음을 참을 수 없었다. 파스파르투는 폭풍우가 얼마나 계속될지 꼭 알고 싶어 했다. 그래서 사람들은 파스파르투에게 기압계를 다시 확인해 보게 했다. 기압계는 좀처럼 위로 올라가려 들지 않았다. 흔들어 보아도 기압계는 꿈쩍하지 않았다. 아무 책임도 없는 기압계를 이리저리 흔들고 욕을 퍼부어 봐야 소용없었다.

드디어 폭풍우가 잠잠해졌다. 바다의 상태는 11월 4일 오후를 기점으로 변했다. 바람은 남쪽으로 나침반의 2포인트[45]

45 포인트는 32방위로 나눈 나침반 두 눈금 사이의 거리로, 1포인트는 $11°5'$이다.

만큼 움직였고, 다시 배가 순항할 수 있게 되었다.

파스파르투는 시간이 지나면서 평온을 되찾았다. 가운데 큰 돛과 아래 돛을 다시 펼칠 수 있었기 때문에, 랑군호는 속도를 내어 앞으로 나아갔다.

하지만 잃어버린 시간을 모두 되찾을 수는 없었다. 어쩔 수 없지만 사실 그대로 받아들여야 했다. 육지는 11월 6일 새벽 5시가 되어서야 보이기 시작했다. 필리어스 포그의 여행 계획으로는 11월 5일에 도착해야 했는데 실제로는 11월 6일에야 도착했다. 그러니까 24시간이 지연되어 요코하마로 출발하는 배를 놓쳐 버린 것이었다.

6시가 되자 물길 안내인이 랑군호에 올라와 홍콩항까지 배를 인도하기 위해 선교에 자리를 잡았다.

파스파르투는 이 물길 안내인에게 요코하마행 여객선이 홍콩을 떠났는지 묻고 싶어 죽을 지경이었다. 하지만 마지막 순간까지 일말의 희망이라도 간직하고 싶어 감히 물을 수가 없었다. 그는 이런 걱정거리를 픽스에게 털어놓았다. 약삭빠른 여우처럼 교활한 픽스는, 포그 씨가 별 탈 없이 다음 배편을 탈 수 있을 거라고 말하며 파스파르투를 위로하려 했다. 그런데 오히려 이 말에 파스파르투는 새파랗게 질려 화를 냈다.

파스파르투가 물길 안내인에게 감히 물어볼 엄두를 내지 못한 것과 달리, 포그 씨는 「브래드쇼의 대륙 철도 증기선 시간표와 안내서」를 확인한 후, 이 물길 안내인에게 요코하마행 여객선이 홍콩을 떠났는지 차분하게 물어보았다.

「내일 아침 만조 때 출발합니다.」물길 안내인이 대답했다.

「아!」포그 씨는 놀란 표정이라고는 보이지 않고 그렇게만 말했다.

옆에 있던 파스파르투는 물길 안내인을 껴안고 싶은 심정이었지만, 픽스는 물길 안내인의 목을 비틀고 싶었을 것이다.

「그 증기선 이름이 뭡니까?」포그 씨가 물었다.

「〈카르나티크〉호입니다.」물길 안내인이 대답했다.

「어제 출발 예정이지 않았습니까?」

「그렇습니다만, 보일러 하나가 고장 나서 수리하느라 출발이 내일로 미루어진 겁니다.」

「고맙소.」이렇게 대답하고 포그 씨는 자동인형 같은 걸음걸이로 랑군호의 연회석으로 내려갔다.

한편 파스파르투는 물길 안내인의 손을 잡고 힘차게 악수하며 말했다.

「물길 안내인 선생님, 정말 친절한 분이시군요!」

물길 안내인은 사실대로 대답했을 뿐인데 왜 이런 칭찬을 받는지 전혀 알 수 없었을 것이다. 기적이 울리자, 물길 안내인은 다시 선교로 올라가 다른 배들을 피하며 여객선을 지휘했다. 홍콩의 작은 해협은 중국 정크선, 탕카선,[46] 고깃배, 온갖 종류의 선박이 가득 메우고 있었다.

오후 1시가 되자 랑군호는 부두에 닿았고, 승객들은 배에서 내렸다.

이번에는 필리어스 포그에게 특별히 운이 따랐다는 사실

46 홍콩 첫 정착민의 후손인 탕카족이 타고 다니는 달걀 모양의 작은 배.

을 인정해야 한다. 보일러를 수리할 필요가 없었다면 카르나 티크호는 예정대로 11월 5일 출발했을 것이고, 그 배를 타고 일본에 가려고 했던 승객들은 다음 배편이 출발할 때까지 일주일을 기다려야 했을 것이다. 포그 씨가 예정보다 24시간 늦게 홍콩에 도착한 것은 사실이지만, 여행 일정에는 아무 차질도 생기지 않았다.

사실 요코하마에서 샌프란시스코까지 태평양을 횡단하는 증기선은 홍콩의 여객선과 직접 연결되기 때문에, 홍콩에 배가 도착하지 않고서는 떠날 수 없었다. 분명 요코하마에 24시간 늦게 도착하겠지만, 태평양을 22일간 횡단하는 다음 구간에 쉽게 만회할 수 있을 것이다. 따라서 필리어스 포그는 24시간을 제외하면, 런던을 떠난 후 35일간 예정대로 여행을 하고 있었다.

카르나티크호가 내일 오전 5시에 출발 예정이므로, 포그 씨는 자기 용무를 볼 시간이 열여섯 시간이나 남아 있었다. 그 용무란 곧 아우다 부인과 관련된 일이었다. 포그 씨는 배에서 내린 뒤, 젊은 부인에게 팔짱을 끼게 하고서 가마가 있는 쪽으로 안내했다. 그가 가마꾼들에게 호텔을 소개해 달라고 했더니, 가마꾼들은 클럽 호텔을 가리켰다. 가마가 출발했고, 그 뒤를 파스파르투가 따랐다. 20분 후 가마는 목적지에 도착했다.

방 하나는 젊은 부인이 쉴 수 있게 잡았고, 필리어스 포그는 부인에게 부족한 게 없는지 살폈다. 그러고 나서 아우다 부인에게 홍콩에 살고 있다는 친척을 즉시 찾으러 가겠다고 말했다. 그 친척에게 부인을 맡겨야 했기 때문이다. 파스파르투에게는 자기가 돌아올 때까지 젊은 부인이 혼자 있지 않게 호텔에 남아 있으라고 명령했다.

영국 신사는 마차를 타고 증권 거래소로 갔다. 증권 거래소 직원들이라면, 홍콩에서 제일 부유한 무역상 중 하나라는 제지흐를 분명히 알고 있을 것이었다.

포그 씨가 다가가 물어본 사람은 역시나 그 파르시 무역상을 알고 있었다. 그런데 제지흐 씨는 2년 전에 중국을 떠난 상태였다. 재산을 모으고 나서 유럽으로 건너갔다는 것이었다. 네덜란드로 간 것 같다고 했다. 홍콩에서 사업을 하는 동안 네덜란드와 많은 거래를 했기 때문이다.

필리어스 포그는 클럽 호텔로 되돌아왔다. 그리고 곧 아우다 부인에게 방에 들어가도 되는지 허락을 구한 뒤, 바로 본론으로 들어가, 제지흐 씨가 홍콩에 살고 있지 않으며, 아마도 네덜란드에 사는 모양이라고 전했다.

이 말을 들은 아우다 부인은 아무 대답도 못한 채 손을 이마에 대고는 한동안 생각에 잠겼다. 얼마 후 부드러운 목소리로 말했다.

「전 어떻게 해야 할까요, 포그 씨?」

「아주 간단합니다.」 영국 신사가 대답했다. 「유럽으로 가는 겁니다.」

「하지만 그렇게 폐를 끼쳐서야…….」

「폐를 끼치다니요? 부인이 함께 간다고 해도 여행 일정에는 아무 지장이 없습니다…… 파스파르투?」

「네, 주인님?」 파스파르투가 대답했다.

「카르나티크호로 가서, 선실 세 개를 예약하게.」

파스파르투는 자기에게 너무나 친절하게 대해 주는 젊은 부인과 함께 여행을 계속한다는 사실에 기뻐하며, 곧바로 클럽 호텔을 떠났다.

19
파스파르투가 주인의 일에
지나치게 관심을 갖다

홍콩은 작은 섬에 불과한데, 1842년 아편 전쟁이 끝난 뒤 난징 조약에 따라 영국령이 되었다. 그리고 몇 년 만에 영국의 천재적인 식민지 개척자가 홍콩에 주요 도시를 건설하고, 빅토리아 항구를 만들었다. 홍콩섬은 중국 남부 광둥성의 주장강 하구에 있고, 주장강의 다른 편에 있는 포르투갈령 마카오와 60마일 거리였다. 홍콩은 무역 경쟁에서 마카오를 반드시 물리쳐야 했기 때문에, 지금은 중국 화물 수송의 대부분이 이 영국 도시에서 이루어지고 있었다. 독,[47] 병원, 부두, 창고, 고딕 성당, 총독 관저, 마카담식 포장도로 등 모든 것이 영국과 흡사했다. 영국의 켄트주나 서리주의 상업 도시 중 하나가 지구를 뚫고 거의 대척점에 있는 중국의 이 지점으로 솟아오른 것처럼 보일 정도였다.

파스파르투는 주머니에 손을 집어넣고 빅토리아 항구로 가면서, 가마와 여전히 중국에서 인기 있는 장막을 씌운 이륜 손수레, 바쁘게 거리를 오가는 중국인과 일본인과 유럽인

47 dock. 선박을 만들거나 수리하기 위해 조선소, 항만 등에 세운 시설.

들을 구경했다. 이 훌륭한 청년이 그렇게 산책하면서 본 것은, 조금 차이는 있지만 뭄바이나 콜카타나 싱가포르와 비슷한 풍경이었다. 영국 도시들이 마치 길게 연결된 띠처럼 세계를 돌며 이어지고 있었다.

파스파르투는 빅토리아 항구에 도착했다. 거기 광둥성 주장강 하구에는 영국, 프랑스, 미국, 네덜란드 등 온갖 국적의 전함과 상선, 일본이나 중국의 소형선, 중국 정크선, 삼판선,[48] 탕카선 등이 북적거렸고, 물 위를 떠다니며 꽃밭을 이루는 꽃배들도 있었다. 파스파르투는 산책을 하면서 노란색 옷을 입고 있는 중국 사람을 여러 명 보았는데, 모두 상당히 나이가 든 노인이었다. 파스파르투는 〈중국풍으로〉 면도를 하려고 중국 이발소에 들어갔다. 거기에서 영어를 꽤 잘하는 홍콩판 피가로[49]라 할 중국 이발사가, 파스파르투가 본 노인들은 적어도 80세 이상이며, 그 나이가 되면 황제의 색인 노란색 옷을 입을 특권을 갖게 된다고 설명해 주었다. 파스파르투는 왠지 꽤 재미있다는 생각이 들었다.

면도가 끝나자 파스파르투는 카르나티크호가 정박해 있는 부두로 갔다. 거기서 이리저리 왔다 갔다 하는 픽스를 보았지만, 전혀 놀라지 않았다. 픽스 형사의 얼굴에는 굉장히 낙담한 표정이 그대로 묻어나 있었다.

48 중국 및 동남아시아 연안에서 사용하는 바닥이 평평한 목조선. 낚시나 수송에 이용되기도 하고 수상 생활자들의 거주 공간으로도 이용된다.

49 피에르 보마르셰의 희곡 『세비야의 이발사』와 『피가로의 결혼』에 등장하는 이발사로, 아는 것도 많고 재치가 넘쳐 위기를 극복하며 귀족 사회를 조롱한다.

「좋아!」 파스파르투가 혼잣말을 했다. 「리폼 클럽 신사분들한테는 상황이 나쁘게 돌아가고 있으니까 그렇겠지!」

그는 픽스의 짜증 난 표정은 못 본 척하고, 유쾌한 미소를 지으며 다가갔다.

픽스 형사는 자기 자신을 계속 따라다니는 불운을 두고 저주를 퍼부었는데, 거기에는 그럴 만한 이유가 있었다. 체포 영장이 아직 오지 않았던 것이다! 체포 영장이 그의 뒤를 따라오는 것은 분명했지만, 체포 영장을 손에 넣으려면 이 도시에 며칠씩 머물러야 했다. 홍콩은 여행 경로상 영국령 땅으로는 마지막 지점이므로, 여기서 필리어스 포그를 체포하지 못하면 영영 놓쳐 버리고 말 것이었다.

「아니, 픽스 씨, 미국까지 저희와 함께 가시기로 결심하셨습니까?」 파스파르투가 물었다.

「네.」 픽스가 이를 꽉 깨물며 대답했다.

「그것 보세요!」 파스파르투는 일부러 크게 웃으면서 소리쳤다. 「선생님이 저희와 헤어지지 못할 거라는 걸 진작부터 알고 있었어요. 자, 선실을 예약하러 갑시다!」

그래서 두 사람은 선박 회사 사무실로 들어가 네 사람분의 선실을 예약했다. 하지만 회사 직원은 카르나티크호의 수리가 끝났기 때문에, 예고되었던 내일 아침이 아니라 당장 오늘 저녁 8시에 출발할 것이라고 했다.

「그거 잘됐네요!」 파스파르투가 대답했다. 「주인님한테 잘된 일이에요. 어서 가서 알려 드려야지.」

그 순간, 픽스는 극단의 선택을 했다. 파스파르투에게 모

두 털어놓기로 마음먹었던 것이다. 필리어스 포그를 홍콩에
며칠 붙잡아 놓으려면 그것만이 유일한 방법일지도 몰랐다.

픽스는 선박 회사의 사무실에서 나오자, 그의 길동무에게
술집에 가서 시원하게 목을 축이자고 제안했다. 파스파르투
는 시간 여유가 있어 픽스의 초대를 받아들였다.

부두의 술집 한 곳이 영업을 하고 있었다. 산뜻해 보이는
술집이었다. 두 사람은 술집 안으로 들어갔다. 넓은 가게는
잘 꾸며져 있고, 구석에는 쿠션으로 장식한 간이침대가 놓여
있는데, 침대 위에서 여러 명이 열을 지어 자고 있었다.

등나무로 된 작은 탁자들이 놓인 넓은 가게에서는, 서른
명 남짓한 사람들이 술을 마시고 있었다. 에일이나 포터 같
은 영국 맥주를 마시는 사람도 있었고, 진이나 브랜드 같은
독한 술을 마시는 사람들도 있었다. 그런데 그 사람들 대부
분이 적토로 만든 긴 파이프에 장미 추출액을 섞은 아편 알
갱이를 꾹꾹 눌러 담아 피우고 있었다. 그러다가 맥이 풀려
탁자 밑으로 미끄러지면, 종업원들이 와서 다리와 머리를 들
어 간이침대에 비슷한 상태로 누워 있는 사람들 옆에 나란히
눕혔다. 침대에는 그렇게 술과 아편에 취한 스무 명가량이
나란히 정렬되어 몽롱한 상태로 누워 있었다.

픽스와 파스파르투는 아편 소굴에 들어왔다는 사실을 알
아차렸다. 추레한 꼴에 얼이 빠지고 비쩍 마른 몸으로 아편
을 빨고 있는 이들에게 돈벌이에 혈안이 된 영국 상인은 매
년 1천만 파운드도 넘는 죽음의 마약, 아편을 팔고 있었다!
그것은 인간성 중 가장 해로운 악덕을 이용한 서글픈 벌이

였다.

중국 정부가 엄격한 법을 적용해 이런 병폐를 바로잡으려 노력했지만 허사였다. 초기에는 부유층에만 한정되었던 아편이 하층 계급에까지 퍼지고, 그 여파는 걷잡을 수 없이 번져 나갔다. 중국에서는 언제 어디서나 아편을 피운다. 남녀할 것 없이 이 안타까운 열정에 빠져들고, 일단 아편에 중독되면 헤어 나올 수가 없다. 아편을 끊으면 끔찍한 위경련을 겪게 된다. 아편에 심하게 중독된 사람은 하루에 여덟 대까지 피울 수 있지만, 5년 안에 사망하고 만다.

그런데 홍콩까지 퍼져 있던 이 아편 소굴 중 한 곳에 픽스와 파스파르투가 술을 한잔 마시겠다고 들어온 것이었다. 파스파르투는 돈이 없었지만, 기회가 되면 보답하겠다 생각하고, 길동무 픽스의 친절한 초대에 기꺼이 응했다.

두 사람은 포트와인을 두 병 주문했다. 프랑스인인 파스파르투는 와인을 벌컥벌컥 들이켰지만, 픽스는 자제하면서 상대를 아주 유심히 관찰했다. 두 사람은 이런저런 얘기를 나누었다. 특히 픽스가 카르나티크호에 타기로 한 것이 얼마나 멋진 생각이었는지에 초점을 맞췄다.

배가 예정보다 몇 시간 앞서 출발한다는 얘기가 나오자, 파스파르투는 주인에게 알리러 가려고 자리에서 일어섰다. 와인병은 비어 있었다.

픽스가 파스파르투를 붙들었다.

「잠깐만요.」

「무슨 일입니까, 픽스 씨?」

「중요한 얘기를 해야겠습니다.」

「중요한 얘기라뇨!」 파스파르투가 술잔에 남아 있던 와인 몇 방울을 탈탈 털어 넣으며 큰 소리로 말했다. 「그 얘기는 내일 하죠. 오늘은 시간이 없어서요.」

「그냥 앉아 있어요.」 픽스가 대답했다. 「댁의 주인과 관련된 얘깁니다.」

파스파르투는 이 말을 듣자 상대를 뚫어지게 쳐다보았다. 픽스의 표정이 심상치 않아 보였다. 파스파르투는 다시 자리에 앉아 물었다.

「할 얘기라는 게 뭔데요?」

픽스는 파스파르투의 팔에 손을 얹으며 목소리를 낮추고 물었다.

「내가 누군지 짐작하셨죠?」

「아무렴요!」 파스파르투가 미소를 지으며 말했다.

「그래서 전부 얘기하려는 겁니다…….」

「이제는 나도 다 알고 있어요, 친구! 아! 이제는 놀랄 일도 아닌걸요! 그래도, 얘기해 보세요. 하지만 이 말은 먼저 드리고 싶네요. 그 신사분들, 쓸데없이 큰돈을 쓰신 겁니다!」

「쓸데없다뇨?」 픽스가 말했다. 「말씀을 막 하시는군요! 얼마나 큰돈인지 모르고 하는 소리겠죠!」

「알다마다요.」 파스파르투가 대답했다. 「2천 파운드!」

「5만 5천 파운드!」 픽스가 파스파르투의 손을 잡으며 말했다.

「뭐라고요!」 파스파르투가 소리쳤다. 「포그 씨가 그렇게 큰돈을! 5만 5천 파운드라니! 그렇다면! 더더구나 한시라도 꾸물거리면 안 되지.」

이렇게 말하고 파스파르투는 다시 자리에서 일어섰다.

「5만 5천 파운드라고요!」픽스가 브랜디 한 병을 주문하고 파스파르투를 억지로 다시 자리에 앉히며 말했다. 「만약 내가 성공한다면, 2천 파운드를 포상금으로 받아요. 나를 도와주는 조건으로 5백 파운드를 준다면 어떻게 하겠소?」

「도와 달라고요?」파스파르투가 눈이 휘둥그레져서 소리쳤다.

「그래요, 포그 씨를 며칠간 홍콩에 잡아 둘 수 있게 도와주시오!」

「네? 지금 무슨 말씀을 하시는 겁니까? 아니! 그 신사분들이 제 주인어른을 뒤쫓게 하고, 주인어른의 정직성을 의심하는 걸로도 부족해서, 이제는 훼방 놓을 생각까지 하다니! 부끄러운 줄 알아야죠!」

「아니! 무슨 소리를 하는 겁니까?」픽스가 물었다.

「정말 야비하다는 말을 하고 있는 겁니다. 포그 씨의 옷을 벗기고, 주머니에서 돈을 뺏는 거나 마찬가지잖아요!」

「네, 내가 하려는 말이 그겁니다!」

「그건 함정이에요!」파스파르투는 픽스가 따라 주는 술을 별생각 없이 마시고 취기가 올라 큰 소리로 말했다. 「이게 함정이 아니고 뭐냐고요! 그러고도 신사들이라니! 동료라니!」

픽스는 더 이상 무슨 말인지 알아들을 수가 없었다.

「동료 좋아하네!」파스파르투가 소리쳤다. 「리폼 클럽 회원 양반들! 이것 보세요, 픽스 씨, 우리 주인님은 정직한 분이에요. 일단 내기를 했으면 정직하게 이길 생각을 하는 분이란 말입니다.」

「댁은 내가 뭐 하는 사람이라고 생각하는 거요?」 픽스가 파스파르투를 뚫어지게 쳐다보며 물었다.

「이것 참! 리폼 클럽 회원들이 고용한 탐정이잖아요. 주인님 여행길을 감시할 임무를 맡았잖아요. 그게 모욕적이다 이겁니다! 얼마 전에 댁이 뭐 하는 사람인지 눈치챘지만, 포그 씨한테는 꼭꼭 숨기고 있었다고요.」

「포그 씨는 모른다고요?」 픽스가 격앙된 어조로 물었다.

「전혀요.」 파스파르투는 술잔을 다시 비우며 대답했다.

픽스 형사는 손을 이마에 얹었다. 그는 다시 말을 꺼내기에 앞서 머뭇거렸다. 어떻게 해야 할까? 파스파르투는 분명 착각하고 있었지만, 그 때문에 픽스는 계획을 실행하기가 더 어려워졌다. 이 청년은 아주 솔직했고, 픽스가 염려했던 것과 달리 주인과 공범이 아니라는 것이 명백했다.

〈그래, 녀석이 주인과 공범이 아니니까 날 도울지도 몰라.〉 픽스는 속으로 생각했다.

픽스 형사는 다시 한번 마음의 결정을 했다. 더 이상 기다릴 시간이 없었다. 무슨 수를 쓰더라도, 포그 씨를 홍콩에서 반드시 체포해야 했다. 그는 퉁명스럽게 말했다.

「내 말 잘 들어요. 나는 댁이 생각하는 그런 사람이 아니에요. 리폼 클럽 회원들이 고용한 탐정이 아니란 말이오…….」

「쳇!」 파스파르투가 조롱하듯 픽스를 보며 말했다.

「나는 런던 경찰의 임무를 맡고 있는 형사요…….」

「당신이…… 형사라니!」

「그래요, 증명을 해 보이죠. 이게 내 신분증이오.」

픽스 형사는 지갑에서 런던 경찰청장의 서명이 있는 신분증을 꺼내 파스파르투에게 보여 주었다. 파스파르투는 깜짝 놀라 한 마디도 하지 못하고 픽스를 쳐다보았다.

「포그 씨의 내기는,」 픽스가 다시 말을 꺼냈다. 「구실에 불과해요. 당신이나 리폼 클럽 회원 모두 속고 있는 거라고요. 포그 씨는 당신이 아무것도 모른 채 협조하게 하는 것이 이로웠으니까.」

「그건 왜죠?」 파스파르투가 소리쳤다.

「잘 들어요. 지난 9월 28일, 영국 은행에서 5만 5천 파운드가 도난당했고, 범인의 인상착의서가 작성되었어요. 그 인상착의서가 여기 있어요. 속속들이 포그 씨와 닮았잖아요.」

「말도 안 돼요!」 파스파르투가 튼실한 주먹으로 탁자를 쾅 내리치며 소리 질렀다. 「주인님은 이 세상에서 제일 정직한 분이에요!」

「그걸 어떻게 압니까?」 픽스가 물었다. 「포그 씨를 제대로 알지도 못하잖아요! 하인으로 들어온 바로 그날 여행을 떠났고, 포그 씨는 말도 안 되는 이유로 여행 가방도 없이, 막대한 액수의 은행권을 챙겨서 서둘러 출발했잖아요! 그런데도 당신은 포그 씨가 정직한 사람이라고 두둔할 생각을 하다니!」

「그래요! 그래요!」 이 불쌍한 청년은 기계적으로 되풀이해서 말했다.

「댁도 공범으로 체포되고 싶소?」

파스파르투는 두 손으로 머리를 감쌌다. 뭐가 어떻게 된 건지 알 수가 없었다. 그는 감히 형사의 얼굴을 볼 엄두도 내지 못했다. 포그 씨가 도둑이라니. 아우다 부인을 구한 관대하고 용감한 사람이! 하지만 모든 정황이 불리하게 돌아가지 않는가! 파스파르투는 머릿속에 스며들어 오는 의심을 떨쳐버리려 애썼다. 주인이 범죄자라는 사실을 믿고 싶지 않았다.

「그럼, 나한테 바라는 게 뭡니까?」 파스파르투는 가까스로 자제하며 픽스 형사에게 말했다.

「말씀드리죠.」 픽스가 대답했다. 「지금까지 포그 씨의 뒤를 쫓아왔지만 런던에 요청한 체포 영장을 아직 받지 못했어요. 그러니까 포그 씨를 홍콩에 붙들어 둘 수 있게 나를 도와줘야겠어요…….」

「내가요! 내가…….」

「그럼 영국 은행에서 약속한 포상금 2천 파운드를 당신과 나누겠어요!」

「절대 못 해요!」 파스파르투는 이렇게 대답하고 다시 일어나려 했지만, 정신이 혼미하고 힘이 빠져 도로 주저앉았다. 그리고 더듬거리며 말했다.

「픽스 씨, 댁의 말이 모두 사실이라고 하더라도…… 주인님이 댁이 찾고 있는 도둑이라고 해도…… 그건 아닐 테지만…… 전이나…… 지금이나 나는 그분의 하인입니다……. 주인님이 선하고 너그러운 분이란 걸 내 눈으로 봤다고요……. 그분을 배신하라니…… 절대 못 해요……. 아니, 이 세상의 금을 몽땅 준다고 해도…… 그렇게 번 돈으로는 먹고살지 않는 고장 출신이라 이겁니다!」

「거절하는 거요?」

「거절합니다.」

「그럼 내가 아무 말도 안 했다 치고, 술이나 마십시다.」 픽스가 대답했다.

「그래, 마십시다!」

파스파르투는 점점 취기가 올랐다. 픽스는 무슨 수를 쓰더라도 파스파르투를 주인과 떼어 놓아야 한다는 사실을 깨닫고 끝장을 보려 했다. 탁자 위에는 아편이 들어 있는 파이프가 있었다. 픽스가 파스파르투의 손에 파이프를 슬쩍 건네자, 파스파르투가 파이프를 들고 입으로 가져가 불을 붙인 뒤 몇 모금 빨고는, 마약 기운에 어지러워하며 쓰러졌다.

「드디어,」 쓰러진 파스파르투를 보며 픽스가 말했다. 「포그 씨는 카르나티크호의 출발 시간을 제때 통보받지 못하겠군. 만약 떠난다 해도, 이 망할 프랑스 놈은 두고 가야 할걸!」

픽스는 술값을 내고 밖으로 나갔다.

20
픽스가 직접
필리어스 포그와 접촉하다

포그 씨는 자신의 앞일을 위태롭게 만들 수도 있는 일이 일어나는 동안, 아우다 부인과 함께 홍콩의 거리를 산책했다. 아우다 부인이 유럽까지 데려다주겠다는 자신의 제의를 받아들인 이후, 긴 여행에 필요한 잡다한 것들을 하나하나 신경 써야 했다. 포그 씨 같은 영국 남자라면 손에 가방 하나만 달랑 들고도 세계 여행을 할 수 있지만, 여자는 그런 상태로 긴 여행에 나설 수 없었다. 따라서 여행에 필요한 옷과 물건들을 사야 했다. 포그 씨는 늘 그렇듯 침착하게 일을 처리했다. 젊은 부인이 그런 배려에 송구스러워하며 미안하다고 하거나 괜찮다고 거절할 때마다 포그 씨는 한결같이 이렇게 말했다.

「내 여행을 위해서예요, 예정에 있던 일입니다.」

물건을 산 뒤 포그 씨와 젊은 부인은 호텔로 돌아와 식당에서 잘 차려진 저녁 식사를 했다. 식사를 마치자 아우다 부인은 조금 피곤해, 늘 침착한 은인과 〈영국식으로〉 악수를 한 뒤 자기 방으로 올라갔다.

이 훌륭한 신사는 저녁 내내 『더 타임스』와 『일러스트레이티드 런던 뉴스』를 읽는 데 몰두했다.

그가 무슨 일에 놀라는 사람이었다면, 잠잘 시간이 됐는데도 하인이 나타나지 않는 것을 그대로 넘기지 않았을 것이다. 하지만 요코하마로 출발하는 배가 다음 날 아침이 되기 전에는 홍콩을 떠나지 않으리라는 사실을 알고 있었기에, 포그 씨는 달리 신경 쓰지 않았다. 다음 날, 파스파르투는 포그 씨가 초인종을 울렸는데도 나타나지 않았다.

하인이 호텔에 돌아오지 않은 것을 알고 이 훌륭한 신사가 무슨 생각을 했는지는 아무도 알 수 없을 것이다. 포그 씨는 그저 가방을 들고, 아우다 부인에게 통보하고, 사람을 시켜 가마를 불렀다.

시간은 오전 8시였다. 카르나티크호가 수로에서 빠져나갈 수 있는 만조는 오전 9시 30분이 되어야 한다고 했다.

가마가 호텔 문에 도착하자, 포그 씨와 아우다 부인은 편안한 가마 안으로 올라탔고, 수레에 실은 여행 가방이 뒤를 따랐다.

30분 후, 두 여행자는 부두에 내렸다. 거기에서 포그 씨는 카르나티크호가 전날 출발했다는 사실을 알게 되었다.

포그 씨는 부두에서 배와 하인을 동시에 찾을 거라 생각했지만, 결국 둘 다 놓친 상태로 남을 수밖에 없었다. 하지만 그의 얼굴에 실망하는 표정이라고는 나타나지 않았다. 아우다 부인이 걱정스러운 표정으로 쳐다보자, 포그 씨는 이렇게 대답할 뿐이었다.

「사소한 사건입니다, 부인. 그뿐입니다.」

그때, 포그 씨를 유심히 지켜보던 사람이 다가왔다. 픽스 형사였다. 그는 포그 씨에게 인사하고 이렇게 말했다.

「저처럼 어제 도착한 랑군호에 타고 계셨던 분이죠?」

「그렇습니다.」 포그 씨가 냉정하게 대답했다. 「하지만 제가 아는 분인지…….」

「죄송합니다, 선생님의 하인을 여기서 만날 줄 알았습니다.」

「어디 있는지 아세요?」 젊은 부인이 다급하게 물어보았다.

「뭐라고요!」 픽스가 놀란 척하며 대답했다. 「같이 계신 게 아닙니까?」

「아뇨.」 아우다 부인이 대답했다. 「어제부터 보이지 않아요. 혼자서 카르나티크호에 탄 게 아닐까요?」

「혼자서요?」 픽스 형사가 대답했다. 「이렇게 여쭤 봐서 죄송하지만, 그 배를 탈 생각이셨습니까?」

「네.」

「저도 그랬습니다, 부인. 보시다시피 낙심이 큽니다. 카르나티크호가 수리를 마치고는 아무한테도 알리지 않고 예정보다 열두 시간 먼저 홍콩을 떠났답니다. 다음 배편을 이용하려면 일주일을 기다려야 합니다.」

〈일주일〉이라는 단어를 발음하면서, 픽스는 기쁨으로 가슴이 벅차오르는 것을 느꼈다. 일주일이다! 포그를 홍콩에 일주일간 묶어 둘 수 있다! 그 시간이면 체포 영장을 받을 수 있을 것이다. 그러니까, 행운의 여신은 법의 대리인에게 미소를 보낸 것이다.

하지만 필리어스 포그가 침착한 목소리로 말하는 얘기를 듣고서, 아마 픽스 형사는 몽둥이로 맞은 것 같은 느낌이 들었을 것이다. 포그 씨가 말했다.

「하지만 카르나티크호 말고도 다른 배들이 홍콩 항구에 있는 것 같은데요.」

그렇게 말하고 나서 포그 씨는 아우다 부인에게 팔짱을 끼게 하고 출발하는 배를 찾으러 독 쪽으로 갔다.

너무 놀라 혼미해진 픽스가 뒤를 따랐다. 마치 포그 씨와 실로 연결된 것 같았다.

그러나 그때까지 미소를 지었던 행운의 여신이 픽스를 완전히 버린 것처럼 보였다. 포그 씨는 필요하다면 요코하마까지 갈 배를 빌리겠다며 세 시간 동안 부두를 이리저리 돌아다녔다. 하지만 짐을 내리거나 싣는 배만 보일 뿐 출항할 수 있는 배는 없었다. 픽스는 희망을 되찾기 시작했다.

그렇지만 포그 씨는 실망하지 않았고, 마카오까지 가서라도 배를 찾아볼 생각이었다. 그때 외항에 있던 선원 한 명이 다가왔다.

「배를 찾으십니까?」 선원이 모자를 벗으며 포그 씨에게 말했다.

「당장 출발할 수 있는 배가 있소?」 포그 씨가 물었다.

「네, 선생님, 물길 안내선 43호가 있습니다. 최고로 성능이 좋은 배입니다.」

「잘 달립니까?」

「정확하게는 시속 8에서 9마일입니다. 보시겠습니까?」

「그럽시다.」

「마음에 드실 겁니다. 바다 구경을 하시려고요?」

「아뇨, 여행할 겁니다.」

「여행이요?」

「요코하마까지 데려다 줄 수 있겠소?」

이 말을 들은 선원은 두 팔을 늘어뜨리고 눈을 크게 뜬 채 그대로 있었다.

「농담이시겠죠?」 그가 말했다.

「아뇨! 카르나티크호를 놓쳤는데, 아무리 늦어도 14일에는 요코하마에 도착해야 샌프란시스코로 갈 배를 탈 수 있어요.」

「죄송합니다.」 물길 안내인이 대답했다. 「하지만 그건 불가능해요.」

「하루에 1백 파운드를 주겠소. 제시간에 도착하면 사례금으로 2백 파운드를 얹어 주리다.」

「진담이십니까?」 물길 안내인이 물었다.

「그렇소.」 포그 씨가 대답했다.

물길 안내인은 옆으로 물러섰다. 그리고 바다를 바라보았다. 어마어마한 돈을 벌고 싶은 욕심과 그렇게 멀리까지 모험에 나서는 데 대한 두려움 사이에서 갈등하는 것이 분명했다. 픽스는 불안해 죽을 지경이었다.

그동안 포그 씨는 아우다 부인 쪽으로 몸을 돌리고 물었다.

「두렵지 않으십니까, 부인?」

「함께잖아요. 두렵지 않아요, 포그 씨.」젊은 여인이 대답
했다.

물길 안내인은 다시 포그 씨 쪽으로 다가가 두 손으로 모
자를 빙빙 돌렸다.

「어떻습니까?」포그 씨가 물었다.

「선생님,」물길 안내인이 대답했다. 「제 부하나 저나 선생
님이나 겨우 20톤밖에 안 되는 배로 그렇게 멀리까지, 그것
도 이 시기에 나서서 위험에 처하게 만들 수는 없습니다. 게
다가 제시간에 도착할 수도 없을 겁니다. 홍콩에서 요코하마
까지 1,650마일이나 되니까요.」

「1천6백 마일밖에 안 됩니다.」

「그게 그거지요.」

픽스는 크게 숨을 내쉬었다.

「하지만,」물길 안내인이 덧붙였다. 「달리 해결할 방법이
있을 수도 있습니다.」

픽스는 더 이상 숨을 쉴 수가 없었다.

「어떻게요?」필리어스 포그가 물었다.

「일본 남쪽 끝에 있는 나가사키까지 1천1백 마일인데, 상
하이까지는 홍콩에서 겨우 8백 마일입니다. 상하이 노선을
이용하면, 중국 연안에서 멀지 않고 물살도 북쪽으로 흐르니
까 큰 이점이 있을 겁니다.」

「미국 편 배를 탈 수 있는 곳은 요코하마지 상하이나 나가
사키가 아닙니다.」필리어스 포그가 대답했다.

「왜 아닙니까?」물길 안내인이 대답했다. 「샌프란시스코

로 가는 배는 요코하마에서 출발하는 게 아닙니다. 요코하마랑 나가사키에 들르기는 하지만, 출발하는 항구는 상하이예요.」

「지금 그 말이 사실입니까?」

「그럼요.」

「그렇다면 배가 언제 상하이를 떠납니까?」

「11일 저녁 7시요. 그러니까 4일 후죠. 4일이면 96시간이니까, 평균 시속 8마일로, 만약 운이 따르고, 만약 바람이 남동풍으로 머물고, 만약 바다가 잠잠하다면, 상하이까지 8백 마일을 제시간에 건너갈 수 있습니다.」

「그럼 떠날 수 있다는 겁니까?」

「한 시간 후에요. 식량을 사고 출항 준비도 해야 하니까요.」

「그렇게 하죠……. 당신이 배 주인이오?」

「네, 존 번스비라고 합니다. 〈탕카데르〉호 선주입니다.」

「선금을 받겠소?」

「괜찮으시다면.」

「선불로 2백 파운드를 드리겠소…….」 그리고 픽스 쪽으로 몸을 돌리며 덧붙였다. 「혹시 원하신다면…….」

「선생님,」 픽스가 결심하고 대답했다. 「마침 부탁하려던 참이었습니다.」

「좋습니다. 30분 후에 승선합시다.」

「하지만 그 불쌍한 청년은…….」 아우다 부인은 파스파르투를 몹시 걱정하며 말했다.

「제가 할 수 있는 일은 다 하겠습니다.」 필리어스 포그가 대답했다.

픽스가 초조하고 불안하고 화가 난 상태로 물길 안내선으로 가는 동안, 포그 씨와 아우다 부인은 홍콩 경찰서로 향했다. 거기서 포그 씨는 파스파르투의 신상 명세를 전달하고, 본국으로 올 수 있게 충분한 돈을 남겼다. 프랑스 영사관에 가서도 같은 조치를 취했다. 그리고 가마를 타고 호텔에 돌아가 보관해 두었던 짐을 찾아 외항으로 돌아왔다.

3시 종이 울렸다. 물길 안내선 43호 선원들은 식량을 싣고 출항 준비를 마쳤다.

〈탕카데르〉호는 20톤 규모의 작고 산뜻한 스쿠너[50]로, 앞이 뾰족해서 조정하기가 아주 쉬웠고, 물살을 가뿐하게 헤치고 나갔다. 경주용 요트라고 할 수 있을 정도였다. 반짝이는 구리, 매끄럽게 전기 도금한 철제 부품, 상아처럼 하얀 갑판은 선주인 존 번스비가 배를 얼마나 잘 관리하고 있는지 보여 주었다. 두 개의 돛대는 뒤쪽으로 조금 기울어져 있었다. 스쿠너에는 뒷돛, 앞돛, 뱃머리의 삼각돛, 그 앞의 작은 삼각돛들, 윗돛을 갖추었고, 앞돛대 아래에 가로돛을 달아 뒤에서 부는 바람을 받으며 달릴 수 있었다. 빠른 속도를 낼 수 있는 장비를 갖춘 셈이었다. 실제로 이 배는 물길 안내선 〈경주〉에서 여러 번 상을 탄 경력이 있었다.

탕카데르호의 승무원은 선주인 존 번스비 외에 네 사람이 더 있었다. 이들은 온갖 기상 조건에서도 배들을 찾으러 바

50 두 개 이상의 돛대(마스트)에 세로돛(종범)을 단 배.

다로 나서는 용감한 선원들이어서, 이 지역의 바다를 훤히 알고 있었다. 존 번스비는 마흔다섯 살가량의 나이에, 건장했고, 햇볕에 그을려 까무잡잡한 피부, 매서운 눈, 기운 넘치는 얼굴에, 균형 잡힌 체격, 능숙한 솜씨를 갖추고 있어서, 아무리 두려운 일이 생겨도 믿을 수 있는 남자였다.

필리어스 포그와 아우다 부인이 배에 올라탔다. 픽스는 이미 배에 타고 있었다. 스쿠너 뒤쪽 승강구의 덮개를 통해 내려가자 네모난 선실이 나왔다. 방의 내벽은 액자 모양으로 우묵하게 패어 있고, 그 위에 원형으로 침상이 놓여 있었다. 그리고 방 한가운데에 있는 탁자를 흔들리는 램프가 비추고 있었다. 방은 작지만 깨끗했다.

「더 좋은 방을 드리지 못해서 죄송합니다.」 포그 씨가 픽스에게 말했고, 픽스는 아무 대답도 하지 않고 몸을 숙여 인사했다.

픽스 형사는 포그 씨의 호의를 받으며 굴욕을 당하는 기분이 들었다.

〈분명 아주 친절한 악당이야. 그래도 악당은 악당이라고!〉 그는 생각했다.

오후 3시 10분이 되자, 돛이 올랐다. 영국 깃발이 스쿠너의 활대에서 펄럭였다. 승객들은 갑판 위에 앉아 있었다. 포그 씨와 아우다 부인은 혹시 파스파르투가 나타나지 않았는지 보려고 부두 쪽으로 마지막 눈길을 던졌다.

픽스는 두려움을 느끼지 않을 수 없었다. 운이 작용해서 자신이 부당하게 다루었던 그 불운한 청년을 여기로 데려올 수도 있기 때문이었다. 그렇게 되면 자초지종이 밝혀질 것이고, 픽스 형사는 불리한 입장에 처할 것이다. 하지만 프랑스 청년은 나타나지 않았다. 분명 마약 기운 때문에 아직 정신을 못 차리고 있을 것이다.

드디어, 존 번스비 선주가 넓은 바다를 향해 출발했다. 탕카데르호는 뒷돛, 앞돛, 뱃머리의 삼각돛들 아래로 바람을 받으며 물결을 타고 앞으로 나아갔다.

21
탕카데르호의 선주가
2백 파운드를 잃을 뻔하다

20톤짜리 소형 배로 8백 마일을, 그것도 1년 중 바다 사정이 제일 좋지 않은 이 계절에 항해하는 것은 모험이었다. 중국 주변의 바다는 거센 바람 때문에 난항을 겪기 일쑤였고, 특히 춘분과 추분 무렵에는 더욱 심했다. 지금은 11월 초였다.

승객들을 데리고 가는 선주로서는, 요코하마까지 가는 일이 돈을 두둑하게 벌 수 있기에 해볼 만한 모험이었을 것이다. 하지만 바다와 배 사정을 생각하면, 이런 조건 속에서 장거리 항해에 나서는 것은 경솔한 도전일 수도 있었다. 상하이까지 거슬러 올라가는 일 자체가 이미 대담하고 무모한 행동이었다. 하지만 존 번스비는, 갈매기처럼 경쾌하게 물결을 타고 달리는 탕카데르호에 대한 믿음이 있었다. 어쩌면 그의 생각이 틀리지 않을 수도 있었다.

출발한 날 늦은 오후 내내, 탕카데르호는 홍콩의 변덕스러운 항로를 항해했는데, 돛을 이리저리 조정해 바람을 타거나 뒤에서 바람을 받으며 멋지게 헤쳐 나갔다.

「전속력을 내달라고 굳이 말하지 않아도 되겠군요.」스쿠 너가 육지에서 멀리 떨어진 넓은 바다로 들어서는 순간, 필 리어스 포그가 말했다.

「제게 맡기십시오.」존 번스비가 대답했다.「돛은 최대한 바람을 받을 수 있게 해두었습니다. 윗돛은 덧붙이지 않을 겁니다. 배의 속도를 떨어뜨려 방해만 될 테니까요.」

「그건 선장이 하는 일이고, 내 일은 아니니, 선장을 믿고 맡기겠소.」

필리어스 포그는 꼿꼿하게 몸을 펴고, 다리를 넓게 벌리 고, 선원처럼 균형을 잘 잡으며, 파도가 거칠게 이는 바다를 별다른 말 없이 바라보았다. 젊은 여인은 배 뒤편에 앉아서 벌써 어둠이 깔리기 시작한 바다를 바라보며, 연약한 배를 타고 용감하게 모험에 나선 데 감동을 느꼈다. 머리 위로는 흰 돛들이 펄럭이고 있었는데, 마치 커다란 날개처럼 그녀를 허공으로 데려가는 듯했다. 배는 바람을 받고 두둥실 하늘을 나는 것처럼 보였다.

밤이 되었다. 달은 상현달로 변하고 있었다. 미약한 달빛 은 곧 수평선의 안개 속으로 꺼질 것이다. 구름이 동쪽에서 밀려와 이미 하늘 한쪽을 뒤덮고 있었다.

선장은 위치 표시등을 켰다. 육지와 가까워 배가 많이 다 니는 바다에서는 반드시 취해야 할 조치였다. 배가 충돌하는 일도 드물지 않았고, 지금 속도에서 충돌이 일어난다면 스쿠 너는 아주 작은 충격에도 부서져 버리고 말 것이었다.

픽스는 뱃머리에서 생각에 잠겼다. 포그 씨가 얘기를 잘

하지 않는 사람이라는 걸 알고 있었기 때문에 따로 떨어져 있었다. 또한 포그 씨와 얘기를 나누고 싶은 생각도 없었다. 그런데 그의 호의를 받아들이기까지 하다니. 픽스는 앞으로의 일도 생각했다. 분명 포그 씨는 요코하마에 멈추지 않고, 곧바로 샌프란시스코행 배를 타고 미국에 갈 것이다. 넓은 미국 땅에서는 안전하게 처벌을 피할 수 있을 테니까 말이다. 필리어스 포그의 계획은 너무나 단순해 보였다.

평범한 악당처럼 영국에서 미국으로 직접 가는 배를 타는 대신, 포그라는 작자는 멀리 돌아가는 노선을 택해 지구 4분의 3을 돌아 좀 더 안전하게 미국 대륙에 가려고 한다. 그렇게 경찰의 추적을 피하고 나서 훔친 은행 돈을 안전하게 쓸 심산이다. 하지만 일단 미국 땅에 도착하면, 픽스가 무슨 일을 할 수 있을까? 포그 씨를 포기할 것인가? 아니다, 절대 그럴 수 없다! 범죄인 인도 증서를 받기 전까지, 한 발짝도 미국 땅을 떠나지 않을 것이다. 그게 픽스의 의무였고, 그는 의무를 끝까지 완수할 것이다. 어쨌든, 상황은 다행스럽게 돌아갔다. 파스파르투가 주인 곁에 있지 않기 때문이었다. 특히나 픽스가 고백한 상황이니 주인과 하인이 다시는 만나지 않는 것이 중요했다.

필리어스 포그 역시 기이하게 사라진 하인을 생각하고 있었다. 곰곰이 생각해 보니, 뭔가 중간에 오해가 생겨서 이 불쌍한 청년이 마지막 순간에 카르나티크호에 올라탔을 수도 있을 것 같았다. 아우다 부인도 같은 생각이었다. 자기에게 많은 도움을 주었던 이 충직한 하인이 사라진 것이 마음 깊이 안타까웠다. 요코하마에서 파스파르투와 재회할 수 있을 것이다. 만약 카르나티크호를 타고 갔다면 쉽게 알아볼 수 있을 것이다.

10시쯤 바람이 일기 시작했다. 돛을 줄이는 것이 신중한 방법일 수도 있겠지만, 선장은 하늘의 상태를 유심히 관찰한 뒤, 돛을 펼친 상태 그대로 두었다. 게다가, 탕카데르호는 흘수가 커서 돛을 잘 지탱할 수 있었고, 돌풍이 닥칠 경우 재빨리 돛을 내릴 수 있게 준비되어 있었다.

자정이 되자 포그 씨와 아우다 부인은 선실로 내려갔다. 픽스는 두 사람보다 먼저 선실에 내려와 침상 하나를 차지하고 누워 있었다. 선장과 선원들은 밤새도록 갑판에 머물러 있었다.

다음 날인 11월 8일, 해가 뜰 무렵까지 스쿠너는 1백 마일 이상을 달렸다. 속도 측정기로 여러 번 잰 평균 시속은 8에서 9마일 사이였다. 탕카데르호는 모든 돛을 펼치고 순풍을 받으며 나아갔고, 이 때문에 최고 속도를 낼 수 있었다. 바람이 계속 이런 상태로 불어 준다면 승산이 있었다.

탕카데르호는 하루 종일 해안에서 멀리 떨어지지 않게 거리를 유지하면서 항해에 유리한 조류를 타고 나아갔다. 왼편의 해안에서 떨어진다고 해도 기껏해야 5마일 거리였다. 들쑥날쑥한 해안선은 이따금 여명을 통해 모습을 드러냈다. 육지에서 바람이 불어왔고, 그 때문에 바다는 잠잠했다. 스쿠너가 항해하기 좋은 조건이었다. 톤수가 작은 배들은 특히 높은 파도를 만나면 속도가 뚝 떨어져서 난항을 겪었다. 선원들 표현대로라면, 〈배를 죽이는〉 상황이었다.

정오 무렵, 바람이 조금 가라앉으며 남동풍을 재촉했다. 선장은 윗돛을 설치하게 했지만, 두 시간 뒤에는 바람이 다시 일어 내려야 했다.

포그 씨와 젊은 여인은 다행스럽게도 뱃멀미에 시달리지 않았고, 선원들이 먹는 통조림과 비스킷을 맛있게 먹었다. 픽스는 함께 나누어 먹자는 그들의 초대에 응할 수밖에 없었다. 안전을 위해 배의 바닥에 무거운 짐을 싣는 것처럼, 자기 위장도 만약을 위해 채울 필요가 있다는 걸 알기 때문이었다. 하지만 짜증이 치밀어 올랐다! 이 작자의 돈으로 여행하고, 식량을 나눠 먹는 자신의 모습이 떳떳하지 않았기 때문이다. 그렇지만 그는 허겁지겁 집어 먹고 말았다.

식사가 끝나자, 픽스는 포그 씨를 따로 불러 얘기를 해야겠다고 생각해 이렇게 말했다.

「선생님…….」

〈선생님〉이라는 단어가 그의 입술을 할퀴듯이 나왔다. 그는 이 〈선생님〉의 덜미를 휘어잡고 싶었지만 꾹 참았다.

「선생님, 배에 태워 주셔서 얼마나 감사한지 모르겠습니다. 비록 제가 가진 돈으로는 성의를 표하기 부족하지만, 제 몫을 지불하고 싶은데…….」

「그 얘기는 그만둡시다, 선생님.」 포그 씨가 대답했다.

「하지만, 저는 꼭…….」

「아닙니다.」 포그 씨가 대꾸를 허용하지 않겠다는 말투로 다시 사양했다. 「어차피 써야 할 경비였으니까요.」

픽스는 몸을 굽혀 인사하고는, 숨이 막힐 것 같아 배 앞쪽에 가서 길게 누운 뒤, 하루 종일 한 마디도 하지 않았다.

하지만 배는 빠르게 나아갔다. 존 번스비는 큰 기대를 걸고 있었다. 몇 번이나 포그 씨에게 상하이에 바라던 시간에 도착할 수 있을 거라고 말했다. 포그 씨는 기대하겠노라고만 대답했다. 이 소형 배의 선원들은 열성을 다했다. 모두 사례금 생각에 한껏 고무되어 있었다. 따라서 정성을 다해 팽팽하게 묶지 않은 돛줄 하나 있을 수 없었다! 단단하게 당기지 않은 돛 하나 있을 수 없었다! 키잡이 잘못으로 침로를 이탈해 비난받는 일도 있을 수 없었다! 로열 요트 클럽의 경기에 출전한다 해도 이보다 일사분란하게 작업할 수는 없을 것이다!

저녁에 선장은 속도계를 검침해 홍콩에서 출발해 220마일 항해했음을 확인했다. 필리어스 포그는 요코하마에 도착했을 때, 여행 기록 수첩에 지체된 시간을 적을 일이 없을 것이라 기대할 수 있었다. 런던을 떠난 이후 처음으로 겪을 수도 있었던 심각한 사고가 아무 탈 없이 지나갈 것 같았다.

이른 새벽에 탕카데르호는 포르모사섬[51]과 중국 연안 사이에 있는 대만 해협으로 당당히 들어가, 북회귀선을 가로질러 갔다. 이 해협은 역류 때문에 소용돌이가 많이 생겨서 항해하기가 무척 힘들었다. 스쿠너는 고군분투했다. 빠른 물살이 이리저리 몰아쳐서 앞으로 나가기가 힘들었다. 갑판에 서 있기도 매우 힘들어졌다.

51 오늘날의 타이완.

해가 뜨자, 바람이 더욱 거세졌다. 하늘에는 돌풍이 몰려올 조짐이 보였다. 게다가 기압계는 앞으로 대기가 변할 것을 예고했다. 오전부터 기압계가 불규칙하게 움직였고, 수은주가 변덕스럽게 흔들렸다. 또한 〈폭풍을 감지한〉 큰 파도가 바다의 남동쪽으로 넘실거리는 모습이 보였다. 전날 저녁 무렵, 해는 붉은 안개 속으로, 빛을 뿜어내며 반짝이는 바닷속으로 저물었다.

선장은 오랫동안 불길한 하늘을 살피고는, 이를 악물고 알아들을 수 없는 소리를 중얼거렸다. 잠시 후, 옆에 있는 포그 씨에게 나지막하게 말했다.

「전부 말씀드릴까요?」

「전부.」 필리어스 포그가 대답했다.

「그게, 앞으로 돌풍이 닥칠 것 같습니다.」

「북풍입니까, 남풍입니까?」 포그 씨가 간략하게 물었다.

「남풍입니다. 보세요, 태풍이 불 조짐이 보이죠!」

「남쪽에서 오는 태풍이라면 그대로 갑시다. 진행 방향과 같으니 뒤에서 배를 밀어 줄 것 아니오.」 포그 씨가 대답했다.

「그렇게 하시겠다면야,」 선장이 대답했다. 「저야 더 드릴 말씀이 없지요!」

존 번스비의 예감은 틀리지 않았다. 지금보다 이른 때였다면, 유명 기상학자의 표현대로 태풍이 반짝이는 전기 불꽃의 폭포처럼 흩어져 지나갔겠지만, 겨울이 되면 맹렬한 기세로 휘몰아칠 우려가 있었다.

선장은 미리 필요한 조치를 취했다. 돛이란 돛은 모두 죄고, 돛의 활대를 갑판 위에 내렸다. 상부 돛대의 돛을 접었다. 아래 활대를 집어넣었다. 승강구의 뚜껑을 꼭꼭 닫았다. 이제는 선박의 늑재에 물 한 방울 들어갈 수 없었다. 폭풍이 불 때 다는 질긴 천으로 된 삼각돛 하나만 뱃머리의 삼각돛으로 달아, 뒤에서 오는 바람을 계속 받을 수 있게 했다. 그리고 기다렸다.

존 번스비는 승객들에게 선실로 내려가라고 권했다. 하지만 선실은 좁아 공기도 탁하고, 파도에 많이 흔들리기 때문에, 그 안에 갇혀 있는 게 좋을 리 없었다. 포그 씨도, 아우다 부인도, 픽스 형사도 갑판을 떠나지 않기로 했다.

저녁 8시쯤, 거센 비바람이 배를 덮쳤다. 작은 천 조각 하나만 달고 있는 탕카데르호는 바람에 날려 깃털처럼 떠올랐다. 폭풍우가 몰아칠 때의 바람은 뭐라 정확히 표현할 방법이 없었다. 바람의 속도가 전속력으로 달리는 기관차보다 네 배 빠르다고 말해도, 사실을 전하는 데 미흡할 것이다.

하루 종일 배는 괴물 같은 파도에 밀려 북쪽으로 달렸지만, 다행히 파도와 같은 속도를 유지할 수 있었다. 뒤에서 솟아오른 산더미 같은 파도가 작은 배를 삼킬 뻔한 적이 수도 없이 많았지만, 선장이 능숙하게 키를 조정해서 재난을 막을 수 있었다. 승객들은 이따금 파도를 고스란히 맞았지만, 초연하게 받아들였다. 픽스는 속으로 분통을 터뜨렸을지 몰라도, 대담한 아우다 부인은 존경할 만한 냉정함을 보이는 옆의 여행 동반자를 계속 바라보며, 그에 못지않게, 곁에서 용감히 태풍을 견뎌 냈다. 한편 필리어스 포그는, 태풍이 그의 여행 계획에 포함되어 있기나 한 것 같은 모습이었다.

그때까지 탕카데르호는 계속 북쪽으로 달렸지만, 저녁이 되면서 염려한 대로 바람이 나침반의 3포인트만큼 방향을 돌려 북서풍으로 바뀌었다. 스쿠너는 측면에 파도를 맞아 심하게 요동쳤다. 배의 모든 부분이 얼마나 견고하게 연결되어 있는지 모르는 이들이었다면, 배를 후려치는 파도를 보고 공포를 느꼈을 것이다.

밤이 되자 폭풍우는 더욱 거세졌다. 어두워지기 시작하고 태풍이 더욱 심해지자, 존 번스비는 심한 두려움을 느꼈다. 이제 항구에 가서 닻을 내려야 하지 않을까 생각하고는 선원들과 의논했다.

의논을 마친 존 번스비가 포그 씨에게 다가가 말했다.

「제 생각에는, 어느 항구라도 들어가야 할 것 같습니다.」

「내 생각도 그렇소.」 필리어스 포그가 대답했다.

「아! 그럼 어디로 갈까요?」

「내가 아는 항구는 하나뿐이오.」 필리어스 포그가 침착하게 대답했다.

「거기가…….」

「상하이.」

이 말을 들은 선장은 처음 얼마간 그 대답이 의미하는 바와, 그 대답 속에 고집과 끈기가 담겨 있다는 사실을 이해하지 못했다. 잠시 후 그가 큰 소리로 말했다.

「그래요! 선생님이 옳습니다. 상하이로 갑시다!」

따라서 탕카데르호는 변함없이 북쪽을 향해 달렸다.

정말이지 끔찍한 밤이었다! 작은 스쿠너가 뒤집히지 않은 게 기적이었다. 두 번 위기가 있었다. 만약 선박을 묶어 둘 때 쓰는 튼튼한 밧줄이 없었다면, 모든 것이 통째로 날아갔을 것이다. 아우다 부인은 기진맥진했지만, 신음 소리 한 번 내지 않았다. 포그 씨는 맹렬한 파도에 맞서 아우다 부인을 보호하기 위해 몇 번이나 달려가야 했다.

다시 날이 밝았다. 태풍은 여전히 맹렬한 기세로 휘몰아쳤다. 하지만 바람이 다시 남동풍으로 바뀌었다. 그건 배가 운항하는 데 유리한 변화였다. 바람의 방향이 바뀌며 생긴 파도가 기존의 파도와 부딪쳐 기복이 심해졌다. 탕카데르호는 기복이 심한 파도를 헤치고 새로운 길을 만들어 갔다. 탕카데르호만큼 튼튼하지 않은 소형 배였다면, 서로 다른 방향의 파도가 부딪쳐서 생기는 충격에 부서졌을 것이다.

가끔 흩어진 안개 사이로 해안이 보였지만, 배는 하나도 눈에 띄지 않았다. 탕카데르호만이 망망대해에 떠 있었다.

정오가 되면서 태풍이 소강상태를 보이는 조짐이 보이더니, 수평선 위로 해가 내려오면서 더욱 확실해졌다.

태풍이 그나마 짧게 몰아치다 가라앉은 것은 그 기세가 강했기 때문이다. 완전히 녹초가 된 승객들은 조금 먹을 수도, 쉴 수도 있었다.

밤에는 상대적으로 평온했다. 선장은 낮게 돛을 펴게 했다. 배는 상당히 빨리 달렸다. 다음 날인 11일, 동이 터서 해안을 식별할 수 있게 되자, 존 번스비는 상하이까지 1백 마일도 남지 않았다고 확신할 수 있었다.

1백 마일은 하루 종일 부지런히 달리면 갈 수 있는 거리였다! 요코하마로 가는 배를 놓치지 않으려면, 포그 씨는 그날 저녁 상하이에 도착해야 했다. 만약 태풍 때문에 시간을 잃지 않았다면, 지금쯤 상하이에서 30마일 거리에 있을 것이었다.

바람은 현저히 잦아들었다. 다행히 파도도 바람과 함께 가라앉았다. 선장은 스쿠너의 돛을 모두 올리게 했다. 윗돛, 돛대 버팀줄에 다는 삼각돛, 뱃머리 삼각돛 등을 모두 달았다. 뱃머리 아래서 바다가 흰 거품을 뿜어냈다.

정오가 되자, 탕카데르호는 상하이에서 45마일 거리에 있었다. 상하이 항구까지 아직 여섯 시간을 달려야 하는 거리였고, 요코하마행 배가 출발하기 전에 도착해야 했다.

배에 탄 사람들의 두려움은 컸다. 무슨 수를 쓰더라도 제시간에 도착해야 했다. 모든 사람들의 심장이 초조함으로 쿵쾅거렸다. 물론 필리어스 포그는 예외였다. 이 작은 스쿠너는 평균 시속 9마일을 유지해야 했다. 그런데 바람이 계속 잦아들었다! 바람이 불규칙했고, 해안에서 변덕스러운 돌풍이 불어왔다. 돌풍이 지나가자, 곧 주름이 펴지듯 파도가 잠잠해졌다.

하지만 배가 아주 가벼운 데다 올이 촘촘한 천으로 된 돛이 높게 달려 있어서, 거친 바람을 잘 받아 냈다. 게다가 6시경에는 조류가 도와주어, 존 번스비는 상하이 연안까지 10마일도 남지 않았다고 계산할 수 있었다. 상하이는 하구 위쪽으로 12마일 정도 떨어진 곳에 있었다.

7시가 되었지만, 배는 상하이에서 여전히 3마일 거리에 있었다. 선장의 입에서 욕설이 튀어나왔다. 예정보다 일찍 도착할 경우 받게 될 2백 파운드가 날아갈 판이었다. 그는 포그 씨를 쳐다보았다. 포그 씨는 침착했다. 하지만 포그 씨도 전 재산이 날아갈 위험에 처해 있었다.

바로 그때, 뭉게뭉게 피어오르는 연기를 휘날리며 검은색 긴 방추형 물체가 바다 위에 나타났다. 규정 시간에 항구를 떠난 미국 여객선이었다.

「제길!」 존 번스비가 필사적으로 키를 밀면서 소리쳤다.

「신호탄!」 필리어스 포그가 짧게 말했다.

구리로 된 작은 대포가 탕카데르호 앞에 길게 놓여 있었다. 대포는 안개가 낄 때 신호를 보내는 장치였다.

포탄에 화약을 꽉꽉 채우고 선장이 활활 타는 석탄으로 불을 붙이려는 순간, 필리어스 포그가 말했다.

「깃발을 반기(半旗)로.」

깃발이 돛대의 절반 높이로 내려왔다. 반기는 조난을 당했을 때 보내는 신호였다. 탕카데르호에 탄 사람들은, 미국 배가 이 신호를 보고 방향을 돌려 구조하러 와주길 바랐다.

「발사!」 포그 씨가 말했다.

작은 구리 대포에서 발사된 포탄이 하늘에서 터졌다.

22
파스파르투는 지구 반대편에서도
주머니에 돈을 가지고 있는 것이
현명하다는 사실을 경험하다

카르나티크호는 11월 7일 저녁 6시 30분에 홍콩을 떠나 일본을 향해 전속력으로 달렸다. 배는 화물과 승객을 가득 실었지만 배 뒤편의 선실 두 개는 비어 있었다. 필리어스 포그의 이름으로 예약된 방이었다.

다음 날 아침, 갑판 앞쪽에 있던 사람들은 한 승객의 모습을 보고 놀라지 않을 수 없었다. 그는 게슴츠레 뜬 눈에 후들거리는 걸음걸이로 헝클어진 머리를 하고 2등실 승강구에서 나와 갑판에 쌓인 예비 부품 더미까지 비틀거리며 걸어와 주저앉았다.

이 승객은 바로 파스파르투였다. 이런 일이 일어난 사정은 다음과 같다.

픽스가 마약 소굴을 떠나고 잠시 후, 두 명의 종업원이 곯아떨어진 파스파르투를 들어서, 아편을 피우는 사람들이 있는 침대에 눕혔다. 하지만 세 시간 뒤, 파스파르투는 머리에 박힌 한 가지 생각 때문에 계속 악몽을 꾸다가 깨어나 마약 기운에서 벗어나려 애썼다. 임무를 다하지 못했다는 생각에 몽롱한 상태에서도 정신이 번쩍 들었다. 그는 술과 마약에 취한 자들이 누워 있는 침대에서 나와 비틀거리며 벽에 의지해 몸을 가누며 가다가 넘어졌다 일어나기를 반복했지만, 계속 저항할 수 없는 본능에 밀리듯 마약 소굴에서 빠져나와 잠꼬대를 하듯 외쳤다. 「카르나티크호! 카르나티크호!」

카르나티크호가 연기를 날리며 막 출발하려고 했다. 파스파르투가 몇 걸음만 떼면 되는 거리였다. 그는 배에 연결된 이동식 다리로 몸을 날려 배 안으로 넘어 들어가, 배 앞쪽에 쓰러져 정신을 잃었다. 바로 그 순간 카르나티크호는 닻줄을 풀었다.

이런 광경에 익숙한 선원들이 이 가엾은 청년을 2등실로 데리고 내려갔다. 파스파르투는 다음 날 아침, 중국 땅에서 150마일 떨어진 곳을 항해할 무렵에야 잠에서 깨어났다.

그렇게 해서 이날 아침 파스파르투가 카르나티크호의 갑판에 있게 된 것이다. 그는 바다에서 불어오는 시원한 바람을 흠뻑 들이마셨다. 맑은 공기가 술기운을 털어 냈다. 파스파르투는 기억의 조각을 짜맞추기 시작했지만 쉽지 않았다. 하지만 마침내 전날 일어났던 장면들, 픽스의 비밀 고백, 아편 소굴 등이 기억났다.

〈끔찍하게 취했던 게 분명해! 포그 씨한테는 뭐라고 말하지? 어쨌든, 배는 놓치지 않았어. 그게 중요하지.〉

그러고는 픽스를 생각했다.

〈그 작자는 떨어져 나갔겠지. 나한테 그런 말을 하고도 카르나티크호까지 따라붙지는 못했을 거야. 주인님이 영국은행에서 돈을 훔쳤다면서 뒤를 쫓는 형사고, 탐정이라고! 웃기고 있네! 포그 씨가 도둑이면, 나는 살인범이겠다!〉

파스파르투는 이 얘기를 주인에게 해야 할까? 이 사건에서 픽스가 어떤 역할을 하는지 알리는 게 좋을까? 주인이 런던에 도착할 때까지 기다려서, 런던 경찰관이 세계를 돌며 주인님을 쫓아다녔다고 말해 망신을 주는 게 낫지 않을까? 그렇다, 그게 나을 것이다. 어쨌든, 고민해야 할 문제다. 제일 급한 일은 포그 씨를 만나 말로 옮길 수도 없을 정도로 민망한 행동을 보인 데 대해 용서를 구하는 것이었다.

파스파르투는 자리에서 일어섰다. 파도가 높게 일어, 여객선이 심하게 흔들렸다. 이 의젓한 청년은 아직 다리가 풀린 상태였지만, 겨우겨우 배 뒤쪽에 도달했다.

갑판에서는 주인이나 아우다 부인 닮은 사람을 찾을 수 없었다.

〈그래, 아우다 부인은 이 시각이면 아직 주무시고 계실 거야. 포그 씨는 휘스트 게임을 하고 계시겠지, 평소처럼······.〉

파스파르투는 휴게실로 내려갔다. 포그 씨는 거기에 없었다. 파스파르투가 할 수 있는 일은 하나였다. 여객선 사무장에게 포그 씨의 선실이 어디인지 묻는 일이었다. 그러나 여객선 사무장은 그런 이름의 승객은 모른다고 대답했다.

「죄송합니다만,」 파스파르투가 고집을 부리며 말했다. 「키가 크고, 침착하고, 과묵한 신사분이에요. 젊은 부인과 동행이신데요······.」

「이 배에 탄 젊은 부인은 없어요.」 사무장이 대답했다. 「여기 승객 명단이 있으니까, 그 여자분이 있는지 보시라고요.」

파스파르투는 명단을 살폈다. 주인의 이름은 거기 없었다.

그는 현기증을 느꼈다. 잠시 후 어떤 생각이 뇌리를 뚫고 지나갔다.

「아, 참! 이 배가 카르나티크호 맞습니까?」 그가 소리쳤다.

「네.」 사무장이 대답했다.

「요코하마로 갑니까?」

「그럼요.」

파스파르투는 잠시 배를 잘못 탄 거라 두려워했던 것이다! 하지만 그가 카르나티크호에 타고 있다면, 주인도 이 배에 타고 있어야 했다.

파스파르투는 의자에 털썩 주저앉았다. 벼락을 맞은 기분이었다. 그런데 갑자기 번쩍 눈앞이 환해졌다. 카르나티크호의 출발 시간이 앞당겨져서 주인에게 알려야 했는데 그렇게 하지 않았던 기억이 난 것이다! 따라서 포그 씨와 아우다 부인이 이 배를 놓친 것은 순전히 그의 탓이었다!

그의 탓이 맞기는 했다. 하지만 그와 주인을 떼어 놓아서, 주인을 홍콩에 붙잡아 두려고 술에 취하게 만든 그 배신자의 탓이 더 컸다. 지금 포그 씨는 분명 파산 상태이고, 내기에서 돈을 잃고 체포되어, 어쩌면 감옥에 있을지도 몰랐다! 이런 생각에 파스파르투는 머리를 쥐어뜯었다. 아! 만일 픽스가 그의 손아귀에 걸리기만 하면, 대가를 톡톡히 치르게 하리라!

괴로움에 짓눌렸던 순간이 지나자, 파스파르투는 마침내

냉정을 되찾고 현 상황을 분석했다. 상황은 그리 호락호락하지 않았다. 이 프랑스 남자는 일본으로 가는 배에 있었다. 일본에 도착할 것은 분명하지만, 거기서 어떻게 돌아갈 것인가? 주머니는 텅 비어 있었다. 1실링도, 1페니도 없었다! 그래도 뱃삯과 식비는 예약할 때 지불한 상태였다. 그러니까 앞으로 5일에서 6일은 걱정이 없었다. 이 배를 타고 가는 동안, 그가 얼마나 먹고 마셨는지는 글로 표현하기 힘들 정도였다. 그는 주인 몫을 먹고, 아우다 부인 몫을 먹고, 자기 몫까지 먹었다. 마치 앞으로 도착하게 될 일본이 먹을 것 하나 없는 사막이라도 되는 양 먹어 댔다.

13일 아침 만조 무렵, 카르나티크호는 요코하마 항구에 들어갔다.

요코하마는 태평양 노선의 주요 기항지였다. 북미, 중국, 일본, 말레이 제도를 오가며 우편과 승객을 나르는 모든 증기선들이 이곳에 들렀다 떠났다. 요코하마는 대도시 에도[52]에서 가까운 에도만에 있었다. 에도는 일본 제국의 제2수도로, 세속의 천황인 쇼군[53]의 거주지였고, 신의 후손으로 받드는 종교적 천황 미카도가 사는 대도시 교토와 경쟁 관계였다.

카르나티크호는 요코하마 부두에 정박했다. 근처에는 방파제와 세관이 있었고, 각국에서 온 배들이 정박해 있었다.

파스파르투는 태양의 후손이 산다는 이 흥미로운 땅에 시

52 도쿄의 옛 지명.
53 에도 시대(1603~1867) 막부(무사 정권)의 수장으로, 천황의 신하이지만 실질적으로 통치하며 권력을 휘둘렀다. 메이지 유신(1868)으로 천황 체제로 전환되었고, 일본의 근대화가 시작되었다.

큰둥하게 발을 내디뎠다. 운을 안내자 삼아, 무턱대고 시내 거리를 돌아다니는 수밖에 뾰족한 수가 없었다.

파스파르투의 발길이 먼저 닿은 곳은 완전히 유럽적인 구역이었다. 높이가 낮은 집들은 베란다로 장식되어 있었고, 그 아래에는 우아한 기둥이 받치고 있었다. 이 구역을 메우고 있는 거리, 광장, 독, 창고 등 모든 공간이 통상 조약에 따라 개방된 곳부터 강 사이에 있었다. 여기는 홍콩이나 콜카타처럼 다양한 인종이 한데 섞여 북적거렸다. 미국인, 영국인, 중국인, 네덜란드인이 무엇이든 팔고 살 준비를 하고 있었다. 그러나 이 프랑스 청년은 아프리카 호텐토트족의 땅에 던져지기라도 한 것처럼 낯설었다.

파스파르투에게도 방법이 있기는 했다. 요코하마에 있는 프랑스 영사관이나 영국 영사관을 찾아가는 것이었다. 하지만 주인과 얽혀 있는 지극히 사적인 얘기를 털어놓고 싶은 생각은 없었다. 영사에게 도움을 호소하기 전에 모든 운을 시험해 보고 싶었다.

그래서 유럽인 구역을 돌아보았다. 하지만 운이 어떤 식으로도 도움을 주지 않아, 결국 일본인 구역으로 들어갔다. 필요하다면 에도까지 갈 결심을 했다.

요코하마의 현지인 구역은 벤텐이라고 불렸는데, 이웃 섬에서 받드는 바다의 여신 이름이라고 했다. 그곳에는 전나무와 삼나무가 늘어선 멋진 가로수 길과 기이한 건축 양식으로 만든 신성한 문, 대나무숲과 갈대숲에 숨어 있는 다리, 수백 년 된 삼나무가 만드는 거대하면서도 음울한 그늘의 보호 아래 있는 절, 불교 승려와 유교 신도가 속세의 사물에 집착하지 않고 살고 있는 사찰이 보였다. 끊임없이 이어지는 이 거리에서는, 분홍빛 피부에 볼이 빨간 아이들의 무리를 모아놓기라도 한 듯, 일본 병풍에서 오려 낸 것 같은 어린아이들이 다리가 짧은 개들과 게으르고 어리광이 많은 꼬리 없는 누런 고양이들과 한데 어울려 놀고 있었다.

거리에는 북적이는 무리가 끊임없이 오갈 뿐이었다. 목탁을 쳐서 단조로운 음을 내며 열을 이루어 지나가는 승려, 칠기 장식을 박아 넣은 뾰족한 모자를 쓰고 허리에 칼 두 자루를 찬 세관원이나 경찰, 파란색 바탕에 흰 줄무늬가 들어간 면옷에 격발총으로 무장한 군인, 커다란 비단 저고리에 쇠사슬 갑옷을 겹겹이 입은 천황 근위병, 그 밖에 다양한 계급의 군인들이 많이 다녔다. 일본에 이렇게 군인이 많은 이유는, 중국에서 천대를 받는 것과 달리 일본에서는 군인이 상당히 존경받는 직업이기 때문이었다. 그다음으로는, 기부금을 모금하는 가톨릭 수사, 긴 옷을 입은 순례자, 일반인 들이 보였다. 이들은 윤기 나는 검정 머리에, 머리는 크고, 상체는 길고, 가느다란 다리에 키가 작았다. 피부색은 진한 구릿빛에서 유백색까지 다양했다. 하지만 절대 중국 사람처럼 노란색은 아니었다. 거기에서 중국 사람과 근본적인 차이가 났다. 마지막으로 마차, 가마, 말, 짐꾼, 장막을 친 손수레, 칠기로 된 〈노리몬〉, 대나무로 된 침대라 할 만한 푹신한 〈칸고〉 등이 지나다니는 사이로, 몇몇 여자들이 헝겊신이나 짚신 혹은 나막신을 신은 작은 발로 종종거리며 걷는 모습이 보였다.

별로 예쁜 얼굴은 아니었다. 눈이 째지고, 가슴이 납작하고, 유행에 따라 치아도 검게 물들였다. 하지만 전통 의상인 〈기모노〉를 입은 모습은 우아했다. 실크 스카프를 교차한 뒤, 넓은 끈으로 허리를 감아 뒤에서 어마어마하게 큰 매듭을 지어 만든 이 실내복 같은 기모노가 아마도 현대적인 파리 여성 사이에서 유행하는 매듭에 영감을 준 것 같았다.

파스파르투는 이 잡다한 군중 사이를 몇 시간 동안 돌아다니며, 신기하고 화려한 가게나 번쩍거리는 온갖 일본 금은 세공품을 쌓아 놓은 시장, 글이 적힌 커다란 천과 깃발로 꾸민 〈요릿집〉을 구경했는데, 요릿집은 들어갈 수가 없었다. 찻집에서는 사람들이 찻잔에 가득 부은 따뜻한 차와 쌀을 발효해 만든 청주를 마셨다. 편안하게 담배를 피우는 곳도 있었는데, 여기서는 고급 담배를 피우지 아편은 피우지 않았다. 일본에는 아편이 거의 알려져 있지 않았다.

그렇게 계속 걷다가 파스파르투는 넓은 논으로 둘러싸인 들판에 다다랐다. 거기에서는 마지막 색깔과 향기를 발산하는 꽃들과 더불어 여러 꽃들이 만개해 있었다. 터질 듯한 동백꽃은 이제 관목이 아닌 나무에 매달려 있고, 대나무 울타리 안에는 벚나무, 자두나무, 사과나무가 자라고 있었다. 일본인들은 열매보다 꽃을 감상하려고 이런 나무를 심는다. 얼굴을 찡그린 허수아비와 요란스러운 바람개비가 참새와 비둘기와 까마귀를 비롯해 여러 탐욕스러운 새들에게서 나무를 보호해 주었다. 위풍당당한 삼나무에는 어김없이 커다란 독수리가 둥지를 틀고 있었고, 수양버들 그늘에는 어김없이 우수에 잠긴 듯 왜가리가 한쪽 다리에 지탱해 서 있었다. 어디든 까마귀며 오리, 새매, 기러기가 있었고, 장수와 행복을 상징한다고 믿어 일본인들이 영주처럼 소중히 여기는 두루미들이 엄청나게 많았다.

파스파르투는 그렇게 정처 없이 돌아다니다가 풀숲에 핀 제비꽃 몇 송이를 보았다.

「좋아! 이걸 저녁으로 먹자.」

하지만 냄새를 맡아 보니, 아무 냄새도 나지 않았다.

〈운도 없지!〉 그는 생각했다.

분명 이 성실한 청년은 카르나티크호를 떠나기 전에 먹을 수 있는 만큼 양껏 점심을 먹었지만, 오랫동안 걷다 보니 위장이 텅 비어 버린 느낌이었다. 일본 정육점의 진열대에서는 양고기나 염소고기나 돼지고기를 찾을 수 없다는 것을 눈으로 똑똑히 확인했다. 농사짓는 데만 쓰는 소를 죽이는 일이 신성 모독이라는 것을 알고 있었기에, 파스파르투는 일본에 고기가 귀하다고 결론 내렸다. 그의 생각은 틀리지 않았다. 하지만 정육점에 고기가 없으니, 멧돼지나 사슴이나 자고새나 메추라기, 가금류 혹은 일본인이 쌀과 곁들여 거의 빼먹지 않고 먹는 생선이라도 구할 수 있다면, 그의 위장은 얼마든지 환영했을 것이다. 하지만 불운에 굴하지 말아야 했다. 그는 식량 구하는 일을 내일로 미뤘다.

밤이 되었다. 파스파르투는 일본인 구역으로 되돌아와 알록달록한 등이 늘어선 거리를 돌아다니며, 무용수들이 멋진 묘기를 선보이는 모습과 점성술사들이 밖에서 망원경을 놓고 사람들을 끌어모으는 모습을 구경했다. 그리고 다시 정박지로 돌아왔다. 어부들이 밝힌 불이 주변을 수놓았다. 송진을 태워 붙이는 불이 고기 떼를 유인했다.

드디어 거리가 한산해졌다. 사람들이 떠난 뒤 순찰대가 모습을 보였다. 순찰대 장교들은 멋진 유니폼을 입고 부하의 수행을 받아 대사처럼 보였다. 파스파르투는 화려한 순찰대를 볼 때마다 농담 삼아 말했다.

「그래! 또 일본 사절이 유럽으로 떠나시는군!」

23
파스파르투의 코가
걷잡을 수 없이 길어지다

다음 날 파스파르투는 기운이 빠지고 배가 고파, 무슨 수를 쓰든 먹어야 하고, 그것도 빨리 나설수록 좋다고 생각했다. 시계를 팔면 돈을 구할 수 있지만, 그럴 바엔 차라리 굶어 죽는 게 나았다. 지금은 이 선량한 남자가 천성적으로 타고난 우렁차면서도, 어찌 들으면 감미로운 목소리를 사용할 절호의 기회였다.

프랑스와 영국 노래를 몇 곡 알고 있으니, 그걸 부르기로 마음먹었다. 일본 사람들은 분명 음악을 즐길 것이다. 무엇을 하든 심벌즈나 징, 북을 곁들이는 사람들이니, 유럽에서 온 명인의 재능을 높이 평가할 것이다.

하지만 음악회를 열기에는 너무 이른 시각이 아닐까? 아무리 음악 애호가라 해도 느닷없는 노랫소리에 잠에서 깨면 천황의 초상이 새겨진 돈을 주지 않을지도 몰랐다.

파스파르투는 몇 시간 더 기다리기로 했다. 그런데 거리를 배회하다가, 유랑 가수치고는 너무 옷을 잘 차려입었다는 생각이 들었다. 그래서 입고 있는 옷을 가수 신분에 더 잘 어울리는 허름한 옷으로 바꿔 입기로 마음먹었다. 그렇게 하면, 옷을 바꾸고도 돈이 남아 당장 허기를 채울 수 있을 것이었다.

결심했으니 실행에 옮겨야 했다. 파스파르투는 오랫동안 물색한 끝에 일본인이 운영하는 고물상을 발견하고, 옷을 보여 주었다. 유럽 옷은 고물상의 마음에 들었다. 곧 파스파르투는 낡은 일본 옷을 괴상하게 차려입고, 머리에는 오래돼서 색이 바랜 줄무늬가 있는 터번 같은 것을 쓰고 나왔다. 그리고 주머니에서는 은화 몇 닢이 쨍그랑거렸다.

「좋아, 사육제에 왔다고 생각하자고!」

일본 사람처럼 변신한 파스파르투가 처음으로 한 일은 수수한 〈찻집〉에 들어간 것이었다. 거기에서, 남아 있는 닭고기와 밥 몇 줌으로 점심을 때웠다. 하지만 저녁은 또다시 해결해야 할 문제였다. 파스파르투는 배부르게 식사를 마치자 이렇게 중얼거렸다.

「지금부터 정신을 바짝 차려야 돼. 이런 낡은 옷을 가지고 더 일본 옷 같은 걸 살 수는 없어. 그러니까 최대한 빨리 이 태양의 나라를 떠날 수 있는 방법을 찾아야 돼. 여기서는 비참한 추억만 갖게 될 거야!」

파스파르투는 미국으로 떠나는 배를 찾아가기로 했다. 배를 태워 주고 먹을 것만 준다면, 요리사든 하인이든 멋진 실력을 보일 수 있다고 말할 생각이었다. 일단 샌프란시스코에 간 뒤 방법을 찾으면 될 것이었다. 중요한 것은 일본과 미 신대륙 사이에 펼쳐진 4천7백 마일의 태평양을 건너는 일이었다.

파스파르투는 한 가지 생각만 하고 질질 끄는 성격이 아니었기에 요코하마 항구 쪽으로 방향을 잡았다. 하지만 독에 가까워질수록, 머리로 생각할 때는 그렇게 쉬워 보였던 계획이 점점 실행에 옮기기 힘들어 보였다. 미국 여객선에서 새로운 요리사나 하인이 왜 필요하겠으며, 괴상한 옷차림을 하고 나타난 사람을 어떻게 신뢰할 수 있겠는가? 실력을 입증할 추천서는? 보여 줄 신원 보증서는?

그런 생각을 하고 있는데, 순간 커다란 포스터에 눈길이 닿았다. 광대 같은 사람이 요코하마 거리를 다니며 선전하는 포스터였다. 영어로 된 포스터의 내용은 다음과 같았다.

명망 있는 윌리엄 배털카 단장이 이끄는
일본 서커스단이
미국으로 출발하기 전에 선보이는
마지막 공연
텐구[54]신의 가호를 받는
코배기, 코배기들 대공연!

「미국이라니!」 파스파르투가 소리쳤다. 「나한테 딱 맞는 일이네!」

그는 포스터를 몸에 걸고 다니는 남자를 따라, 곧 일본인

54 天狗. 산속에 살며 초능력을 부린다는 일본 전설의 괴물로, 얼굴이 붉고 코가 큰 것이 특징이다.

구역으로 돌아왔다. 15분 후, 여러 깃발로 장식된 커다란 전통 건물 앞에 멈춰 섰다. 바깥벽에는 원근법은 무시한 채 강렬한 색으로 온갖 곡예사들이 소개되어 있었다.

이 건물은 명망 있는 윌리엄 배털카의 극장이었다. 미국의 유명한 서커스 단장이었던 바넘과 같은 윌리엄 배털카는 재주넘는 곡예사, 물건 돌리는 곡예사, 광대, 공중 묘기 곡예사, 줄타기 곡예사, 체조 묘기 곡예사를 거느리고, 포스터에 소개된 것처럼 태양의 제국 일본을 떠나 미국으로 가기 전에 마지막 서커스 공연을 올리고 있었다.

파스파르투는 극장 입구의 줄기둥을 따라 들어가 배털카 씨를 찾았다. 그런데 물어본 상대가 바로 배털카 씨였다.

「무슨 일이오?」 배털카 씨는 파스파르투를 일본인으로 착각하고 물었다.

「하인이 필요하십니까?」 파스파르투가 물었다.

「하인이라면,」 배털카 씨가 턱 아래로 덥수룩하게 자란 희끗희끗한 수염을 쓰다듬으며 큰 소리로 말했다. 「한 명도 아니고, 두 명이나 있소. 말 잘 듣고 충직해서 늘 나를 따라다니고, 먹여 주기만 하면 공짜로 일을 하지…….」

그러고 나서 콘트라베이스의 줄처럼 두꺼운 정맥이 여러 갈래로 튀어나온 튼튼한 팔로 두 남자를 가리키며 덧붙였다.

「저 녀석들이오.」

「그렇다면 제가 할 수 있는 일이 없을까요?」

「없소.」

「이런! 단장님과 떠날 수 있다면, 정말 다행일 텐데요.」

「이것 보게! 당신이 일본인이라면, 나는 원숭이라고 하겠군! 왜 그런 옷을 입고 있는 거요?」

「사정이 되는 대로 입는 거죠!」

「맞는 말이야. 프랑스 사람이오?」

「네, 파리 토박이입니다.」

「그럼, 인상 쓰는 건 할 수 있겠군.」

미국 사람이 이런 말을 하는 데 화가 난 파스파르투가 대답했다.

「물론이죠. 우리 프랑스 사람들이 인상 쓰는 건 잘합니다, 맞아요. 하지만 미국 사람만은 못하다고요!」

「맞는 말이야. 그렇다면 하인이 아니라 광대로 쓸 수는 있는데. 내 말 알아들을 거요, 젊은이. 프랑스에서는 외국에서 온 광대를 내세우지만, 외국에서는 프랑스 광대를 내세우거든!」

「아!」

「그런데 힘은 센가?」

「배가 든든하면 특히 세지요.」

「그럼 노래는 부를 줄 알고?」

「네.」 파스파르투는 예전에 길거리에서 노래를 부른 적이 있었기 때문에 그렇게 대답했다.

「그런데 물구나무를 서서, 왼쪽 발바닥에 팽이를 돌리고, 오른쪽 발바닥에 칼을 세운 상태로 노래를 할 수 있겠나?」

「당연하죠!」 파스파르투는 왕년에 선보였던 묘기를 떠올리며 대답했다.

「그럼, 다 할 수 있는 거로군!」명망 있는 배털카 씨가 대답했다.

계약은 당장 성사되었다.

마침내 파스파르투는 일자리를 찾았다. 유명한 일본 서커스단에서 모든 재주를 보이기로 했다. 그리 점잖은 일은 아니었지만, 일주일 안에 샌프란시스코행 배를 탈 수 있게 되었다.

명망 있는 배털카 씨가 요란하게 선전한 공연은 3시에 시작될 예정이었다. 곧 북과 징을 비롯한 일본 악단의 멋진 악기들이 입구에서 천둥처럼 우렁차게 울렸다. 파스파르투는 배역을 연구할 시간이 없었지만, 텐구신의 코배기들이 선보이는 〈인간 피라미드〉라는 대규모 묘기에서 자신의 튼튼한 어깨를 버팀목으로 내주어야 했다. 이 〈대공연〉이 모든 공연의 대미를 장식할 것이었다.

3시가 되기 전, 관객들이 커다란 극장을 채웠다. 유럽인, 현지인, 중국인, 일본인 등 남녀노소를 막론한 사람들이 좁은 좌석과 무대 건너편에 있는 특별석에 서둘러 앉았다. 연주자들은 극장 안으로 들어왔다. 바라, 징, 딱따기, 피리, 탬버린, 큰북을 갖춘 악단이 자리를 잡고 웅장한 소리를 내며 연주했다.

이 공연에서는 온갖 종류의 곡예를 선보였다. 하지만 일본인이 세계에서 줄타기를 제일 잘한다는 사실은 인정해야 한다. 한 사람이 부채와 작은 종잇조각을 가지고 우아한 나비와 꽃을 형상하는 묘기를 펼치고, 다른 사람은 파이프에서

향긋한 연기를 뿜어내며 재빨리 허공에 푸르스름한 색의 글씨를 그려 내 관객에게 인사말을 전달했다. 그다음 사람은 불이 붙은 초를 돌리며 묘기를 선보였는데, 초가 입술 앞을 지나갈 때마다 불을 끈 다음, 곧 그 뒤에 이어지는 초로 불을 붙여 잠시도 흐름이 끊기지 않게 멋진 묘기를 선보였다. 또 다른 사람은 팽이를 쉴 새 없이 돌리며 믿기지 않는 묘기를 선보였다. 그의 손 아래서 쌩쌩 도는 팽이들은 한없이 돌아 마치 살아 움직이는 생명체 같았다. 팽이는 담뱃대 위나 칼날 위나, 무대를 가로지르게 놓인 머리카락처럼 가느다란 철사 위로도 쉴 새 없이 돌았다. 커다란 유리병 주위도 돌고, 대나무 사다리 위도 오르고, 구석구석으로 흩어져 다양한 음색을 내며 어우러져 기이한 조화를 이루었다. 곡예사들이 팽이 돌리기 묘기를 보이는 동안 팽이는 공중에서 계속 돌았다. 배드민턴을 치듯 나무 채로 던져도 팽이는 여전히 돌았다. 곡예사들이 주머니에 쑤셔 넣었다가 다시 꺼냈을 때도 팽이는 계속해서 돌았다. 용수철이 풀려 팽이가 조명탄처럼 피어오를 때까지!

서커스단의 놀라운 곡예와 묘기를 여기서 일일이 설명할 필요는 없을 것이다. 사다리, 장대, 공, 큰 통 등을 이용해 놀랍도록 정확한 묘기가 소개되었다. 하지만 가장 큰 관심을 끈 공연은, 유럽에서는 찾아볼 수 없는 놀라운 줄타기를 선보이는 코배기들의 곡예였다.

이 코배기들은 텐구신의 가호를 직접 받는 특별한 집합이었다. 중세를 알리는 전령답게 어깨에 화려한 날개를 달고 있었다. 하지만 무엇보다 이들을 특별해 보이게 만드는 것은 얼굴을 장식하는 긴 코와, 특히 코의 용도였다. 코는 길이가 다섯 자, 여섯 자, 열 자 되는 대나무였고, 모양은 곧거나 구부러지거나 매끈하거나 울퉁불퉁했다. 그런데 얼굴에 단단하게 붙인 바로 이 코 위에서 온갖 균형 잡기 묘기가 펼쳐졌다. 이 텐구신의 신봉자 열두 명이 바닥에 등을 대고 누우면, 다른 동료들이 피뢰침처럼 뾰족하게 솟아 있는 코 위로 와서 뛰어놀았다. 솟아오르고, 이 코에서 저 코로 옮겨 다니고, 눈을 의심케 하는 놀라운 묘기를 선보였다.

마지막 공연으로 관중석에 특별히 소개된 인간 피라미드는, 50여 명의 코배기들이 〈크리슈나신의 가마〉처럼 만드는 곡예였다. 하지만 차례차례 어깨를 타고 올라 피라미드를 만드는 대신, 명망 있는 배털카의 예술가들은 코를 타고 올라 버티고 있어야 했다. 그런데 이 피라미드의 바닥을 만드는 단원 중 한 명이 서커스단을 떠나 파스파르투는 힘세고 솜씨만 좋으면 대체할 수 있는 이 자리에 뽑힌 것이었다.

중세 옷을 걸치고, 알록달록한 날개를 달고, 얼굴에는 여섯 자나 되는 코를 붙이자, 이 훌륭한 청년은 예전의 슬픈 기억이 떠올라 너무나 서글펐다. 하지만 결국 이 코가 돈벌이 수단이었기에 감내하기로 했다.

파스파르투는 무대로 올라가 〈크리슈나신의 가마〉 바닥을 만들 동료와 열을 맞췄다. 모두 등을 바닥에 대고 눕고, 코는 하늘을 향해 솟아올랐다. 두 번째 층을 만들 곡예사들이 와서 이 긴 코 위에 자리를 잡았고, 세 번째 층이 그 위에 자리를 잡고, 다음으로 네 번째 층이 올랐다. 코끝으로만 연결된 인간 건축물은 곧 극장의 천장까지 솟아올랐다.

관중의 박수 소리가 더욱 커졌고, 악단의 연주 소리가 천둥소리처럼 울려 퍼질 때였다. 피라미드가 흔들리더니, 중심이 무너졌다. 피라미드 바닥을 지탱하던 코 하나가 빠져서, 인간 건축물이 카드로 만든 성처럼 무너졌던 것이다……

파스파르투 탓이었다. 그는 자기 자리에서 벗어나, 날갯짓도 하지 않고 무대 가장자리의 조명 장치를 뛰어넘어, 오른쪽 관람석으로 기어 올라가, 어떤 관객의 발아래 쓰러지며 소리쳤다.

「아! 주인님! 주인님!」

「당신은?」

「저예요!」

「아니! 그럼, 여객선으로 가세!」

포그 씨와 동행한 아우다 부인과 파스파르투는 복도를 거쳐 극장 밖으로 서둘러 나갔다. 하지만 거기에 명망 있는 배털카 씨가 버티고 서서 길길이 화를 내며 〈소동〉에 대한 배상을 요구했다. 필리어스 포그는 그에게 은행권 한 줌을 던져 주며 분노를 가라앉게 했다. 그리고 출발 시간인 6시 30분에 포그 씨와 아우다 부인은 미국 여객선에 발을 들였고, 그 뒤를 파스파르투가 등에 날개를 달고, 아직 얼굴에서 떼지 못한 여섯 자짜리 긴 코를 붙인 채 올라탔다!

24
태평양 횡단을 마치다

상하이가 보이는 곳에 도달했을 때 일어난 일은 다음과 같다. 탕카데르호가 보낸 신호를 요코하마행 여객선이 감지했다. 여객선의 선장은 반기 상태의 깃발을 보고 작은 스쿠너 쪽으로 방향을 돌렸다. 잠시 후, 필리어스 포그는 뱃삯으로 약속했던 돈을 계산해 550파운드를 선장 존 번스비의 주머니에 넣어 주었다. 그러고 나서 이 친애하는 신사와 아우다 부인과 픽스는 증기 여객선에 올랐다. 여객선은 곧 나가사키와 요코하마를 향해 출발했다.

예정대로 11월 14일 아침 요코하마에 도착한 필리어스 포그는 일을 보러 간 픽스를 뒤로하고 카르나티크호를 찾아갔다. 거기에서 프랑스인 파스파르투가 전날 요코하마에 확실히 도착했다는 사실을 알게 되었다. 이 말을 들은 아우다 부인은 뛸 듯이 기뻐했다. 포그 씨도 기뻐했겠지만 그런 표정은 절대 내보이지 않았다.

필리어스 포그는 그날 저녁 샌프란시스코로 출발해야 했기에, 곧장 하인을 찾아 나섰다. 프랑스 영사관과 영국 영사관에 알아봤지만 허사였다. 요코하마 거리를 돌아다녀도 소용이 없자, 파스파르투를 되찾으리라는 희망을 버렸다. 바로 그때 행운이, 아니 어쩌면 직관이 그를 명망 있는 배털카 씨의 극장으로 인도했다. 포그 씨는 괴상한 전령의 옷을 입고 있는 하인을 알아보지 못했지만, 무대에 누워 있던 하인은 위쪽 관람석에 있는 주인을 알아보았다. 그 순간 코가 자기도 모르게 움직였다. 그러자 인간 피라미드의 균형이 깨졌고, 앞에서 본 일이 생긴 것이다.

파스파르투는 아우다 부인의 입을 통해, 홍콩에서 상하이까지 픽스라는 사람과 함께 소형 배 탕카데르호를 타고 오게 된 경위를 들었다.

픽스라는 이름을 듣고도 파스파르투는 눈썹 하나 까딱하지 않았다. 아직은 픽스와 있었던 일을 주인에게 얘기할 때가 아니라고 생각했다. 그 때문에 파스파르투는 자기가 겪었던 일들을 얘기하며, 홍콩에서 아편에 취해 당혹스러웠던 일에 대해 자기 잘못이라고 탓하며 용서를 구했다.

포그 씨는 냉정하게 얘기를 듣고, 한마디도 하지 않았다. 그리고 하인에게 선상에서 좀 더 점잖은 옷을 사 입을 수 있게 넉넉한 예산을 허락했다. 마침내 한 시간도 되지 않아 이 정직한 청년은 코를 잘라 내고 날개를 끊어 내, 텐구신의 전령을 일깨울 만한 건 하나도 걸치지 않게 되었다.

요코하마에서 샌프란시스코로 가는 여객선은 〈태평양 우편 증기선〉 회사 소속의 〈제너럴 그랜트〉호였다. 양옆에 물레바퀴처럼 생긴 외륜이 달린 증기선으로, 총중량이 2천5백 톤이고, 장비가 잘 갖추어져 빠른 속도를 낼 수 있었다. 거대한 지렛대가 갑판 위에서 쉴 새 없이 오르락내리락했다. 한쪽 끝은 피스톤 축과 연결되었고, 다른 쪽 끝은 크랭크축과 연결되었다. 크랭크축은 직접 외륜의 축과 연결되어 왕복 직선 운동을 회전 운동으로 전환시켰다. 제너럴 그랜트호는 돛대가 세 개인 스쿠너로, 돛의 크기가 커서 증기를 힘차게 돌릴 수 있었다. 시속 12마일로 달리면, 태평양을 횡단하는 데 21일 이상 걸리지 않을 것이므로 필리어스 포그는 12월 2일 샌프란시스코에 도착하고, 11일에는 뉴욕에, 20일에는 런던에 돌아갈 수 있을 것이라 믿었다. 그렇게 되면 운명의 날로 정해진 12월 21일보다 몇 시간 앞서 도착할 수 있었다.

여객선에 탄 승객들은 아주 많았다. 영국인을 비롯해, 미국인이 아주 많았고, 미국행 동양 이민자 무리와 휴가를 이용해 세계 여행을 하는 인도 제국[55] 부대의 장교들이 몇몇 있었다.

이번 항해 중에는 선박 사고가 한 번도 생기지 않았다. 여객선은 커다란 외륜이 지지하고, 힘센 돛이 균형을 잡아 줘 흔들리는 일이 거의 없었다. 태평양은 태평한 바다라는 뜻의 이름값을 톡톡히 했다. 포그 씨는 여전히 침착하고, 평소처럼 과묵했다. 젊은 여인은 이 여행 동반자에게 감사하는 마음 이상의 감정을 차츰 느끼고 있었다. 조용하고 관대한 그의 성격에 생각보다 훨씬 강렬한 인상을 받아서, 젊은 여인

---

55 영국 정부가 1877~1947년 직접 통치한 식민지 인도의 공식적인 호칭.

은 거의 자기도 모르는 사이에 감정을 내비쳤는데, 수수께끼 같은 포그 씨는 전혀 동요하는 모습을 보이지 않았다.

또한 아우다 부인은 이 신사의 계획에 놀라울 만큼 많은 관심을 가졌다. 성공적인 여행을 위태롭게 할 만한 방해물이 나타날까 봐 노심초사했다. 파스파르투와 자주 이야기를 나누기도 했는데, 파스파르투는 아우다 부인의 속마음을 읽을 수 있었다. 이 성실한 청년은 이제 주인을 무조건 신봉했다. 필리어스 포그의 정직함과 관대함과 헌신을 침이 마르도록 찬양했다. 아우다 부인에게는 여행이 잘 마무리될 것이라고 안심시켰다. 제일 어려운 관문을 통과했고, 중국과 일본 같은 괴이한 나라에서 빠져나왔고, 문명국가로 되돌아가고 있으며, 마침내 샌프란시스코에서 뉴욕까지 기차를 타고, 뉴욕에서 런던까지 대서양을 건너면, 불가능해 보였던 이 세계 여행을 약속한 기한에 충분히 마칠 수 있을 거라 설명했다.

필리어스 포그는 요코하마를 떠난 지 9일째, 정확히 세계의 절반을 돌았다.

제너럴 그랜트호는 11월 23일 경도가 180도인 선을 지났다. 이 선을 따라 남반구로 내려가면 런던의 대척점에 있게 된다. 여행 기간으로 정해진 80일 중에서 사실 포그 씨는 52일을 소요했고, 앞으로 사용할 수 있는 기간은 28일밖에 남지 않았다. 하지만 〈경도의 차이〉만 놓고 볼 때 여행의 절반이라고 하는 것이지 실제로는 전체 여행 경로의 3분의 2 이상을 마쳤다는 사실을 알아야 한다. 런던에서 아덴, 아덴에서 뭄바이, 뭄바이에서 콜카타, 콜카타에서 싱가포르, 싱가포르에서 요코하마까지 얼마나 많이 돌아왔는가! 만약 런던에서 북위 50도 선을 따라 지구를 돌았다면, 거리는 대략 1만 2천 마일밖에 되지 않았을 것이다. 그런데 중간에 증기기관차며 증기선에 문제가 생기는 바람에, 필리어스 포그는 11월 23일까지 총 2만 6천 마일 중에서 1만 7천5백 마일을 돌아야 했다. 하지만 이제 남은 경로는 직선이었고, 여행을 방해하는 픽스도 없었다!

또한 11월 23일에, 파스파르투는 큰 기쁨을 맛보았다. 집안 대대로 내려오는 시계를 런던 시간에 계속 맞추겠다고 고집을 부려서 다른 나라에 갈 때마다 시차가 생겼는데, 이날은 시간을 앞으로 당기거나 뒤로 늦추지 않았는데도 시계가 선상의 정밀 시계와 일치했기 때문이다.

파스파르투는 의기양양했는데, 그럴 만도 했다. 만약 픽스가 있었다면 어떤 말을 했을지, 파스파르투는 너무나 알고 싶었다.

〈그 못된 작자가 자오선이니 태양이니 달이니 해가면서 온갖 얘기를 해댔지! 흥! 똑같은 소리를 하는 사람들이라니! 그 사람들 말을 들으면, 좋은 시계를 잘도 만들겠다! 언젠가 태양이 알아서 내 시계에 맞춰 움직일 줄 진작에 알고 있었다고!〉

파스파르투가 모르는 것이 있었다. 만약 그의 시계가 이탈리아 시계처럼 24시간으로 나뉘어 있었다면, 의기양양할 이유가 전혀 없었을 것이다. 왜냐하면 선상 시간은 오전 9시인데, 파스파르투가 가지고 있는 시곗바늘이 저녁 9시를 가리키고 있을 수도 있기 때문이었다. 즉, 자정에서부터 21시간째일 수도 있다는 얘기다. 런던과 경도 180도 지점 사이에서 나타나는 시차와 동일한 것이다.

하지만 픽스가 이처럼 순전히 물리적인 결과에 대해 설명했다 하더라도, 파스파르투는 알아듣지 못했거나, 아니면 받아들이려 하지 않았을 것이다. 어쨌든, 만일 픽스 형사가 지금 이 순간 느닷없이 나타난다면, 파스파르투는 그에게 앙심을 품고 있으니, 전혀 다른 얘기를 꺼내서 완전히 다른 방식으로 대할 것이다.

그런데 지금 픽스는 어디에 있을까?

사실, 픽스 형사는 요코하마에 도착해 포그 씨를 그날 다시 만나리라 생각하고 헤어진 뒤, 즉시 영국 영사관으로 향했다. 영사관에서 드디어 체포 영장을 손에 넣을 수 있었다. 뭄바이에서 픽스의 뒤를 따라온 체포 영장은 발급된 지 이미 40일이 된 상태였다. 그가 원래 타기로 했던 카르나티크호를 통해 홍콩에서 여기까지 온 것이었다. 픽스 형사의 실망이 얼마나 컸을지는 짐작할 수 있을 것이다! 체포 영장은 쓸모가 없었다! 포그 씨가 영국령을 떠났으니! 이제 포그 씨를 잡으려면 범죄인 인도 영장이 필요했다!

픽스는 버럭 화를 낸 뒤 혼잣말을 했다.

「좋아! 이 체포 영장이 여기서는 쓸모없어도, 영국에 가면 쓸모 있게 될 거야. 이 악당이 경찰의 추적을 따돌렸다고 믿고 다시 영국으로 돌아갈 테니까. 그래, 영국까지 놈을 쫓을 테다. 돈은, 제발 남아 있기를! 하지만 여행이다, 사례금이다,

소송이다, 벌금이다, 코끼리다, 이런저런 경비로 놈이 길에 뿌린 돈만 해도 5천 파운드가 넘었어. 어쨌든 은행은 돈이 많으니까 어떻게 되겠지!」

픽스는 마음을 가다듬고 곧바로 제너럴 그랜트호에 승선했다. 그가 배에 타고 있을 때, 포그 씨와 아우다 부인이 도착했다. 전령의 복장을 하고 있는 파스파르투를 알아봤을 때는 굉장히 놀랐다. 픽스는 파스파르투와 마주칠 경우 괜한 설명을 하느라 일을 그르칠까 봐 선실로 재빨리 숨었다. 배에 승객이 많았기 때문에, 눈에 띄지 않고 피할 수 있으리라 생각했는데, 정확히 바로 그날 갑판 앞쪽에서 정면으로 부딪치고 말았다.

파스파르투는 다짜고짜 픽스의 목덜미를 잡아챘다. 즉시 파스파르투의 승리에 내기를 건 몇몇 미국 사람들에게는 너무도 반갑게, 파스파르투는 이 불운한 형사를 멋지게 때려눕혔다. 프랑스 권투가 영국 권투보다 한 수 위임을 보여 준 것이다.

공격이 끝나자, 파스파르투는 한결 침착해지고 마음도 홀가분해졌다. 픽스가 다시 일어섰을 때는 꼴이 말이 아니었다. 그는 상대를 바라보고 침착하게 말했다.

「끝났나?」

「그렇다, 일단은.」

「그럼 얘기를…….」

「내가…….」

「당신 주인을 위해서.」

파스파르투는 이처럼 침착한 상대방의 모습에 굴복되어 픽스 형사의 뒤를 따랐고, 두 사람은 갑판 앞쪽에 앉았다.

「당신이 나를 때려눕혔으니,」 픽스가 말했다. 「이번에는 내 말을 듣지. 나는 지금까지 포그 씨의 적이었지만, 이제는 모험에 동참하겠소.」

「드디어!」 파스파르투가 소리쳤다. 「주인님이 정직한 사람이란 걸 믿는 거로군?」

「아니,」 픽스가 차갑게 말했다. 「악당이라고 믿소…… 쉿! 그대로 내 말을 마저 들으시오. 포그 씨가 영국령 땅에 있는 동안에는 붙잡아 두고 체포 영장이 오기를 기다리는 쪽이 이득이었소. 그러려고 모든 수단을 썼지. 뭄바이의 사제들을 법정에 보내고, 홍콩에서 당신을 취하게 만들어 주인과 떼어 놓고, 요코하마행 배도 못 타게 하고…….」

파스파르투는 주먹을 불끈 쥐고서 얘기를 들었다.

「이제는,」 픽스가 다시 말을 이었다. 「포그 씨가 영국으로 돌아가는 것 같은데? 그렇다면 뒤를 따라야지. 하지만 이제부터는 지금까지 포그 씨의 길을 막느라 쏟아부었던 정성과 열정을 그대로 쏟아부어 포그 씨의 길에 있는 장애물을 걷어내도록 할 거요. 보다시피, 내 게임이 바뀌었소. 내 이익을 따라야 하니까 바뀐 거지. 당신의 이익도 내 이익과 같다는 말을 덧붙이겠소. 영국에 도착하기만 하면, 당신이 범인의 시중을 드는지, 정직한 남자의 시중을 드는지 알게 될 테니까!」

파스파르투는 픽스의 말을 집중해 듣고, 픽스가 아주 솔직하게 말한다고 확신했다.

「이제 친구 할까?」픽스가 물었다.

「친구는 아니고,」파스파르투가 대답했다. 「동맹자는 맞소. 나중에 확인한다는 조건부로. 조금이라도 배신의 기미가 보였다가는, 당신 목을 졸라 버릴 테요.」

「그렇게 하지.」픽스 형사가 조용히 말했다.

11일 후인 12월 3일, 제너럴 그랜트호는 골든게이트만에 들어서며 샌프란시스코에 도착했다.

포그 씨는 단 하루도 벌거나 잃지 않았다.

25
선거 집회가 열리던 날 둘러본
샌프란시스코

오전 7시에 필리어스 포그, 아우다 부인, 파스파르투는 미대륙에 발을 내디뎠다. 물에 둥둥 뜨는 부두에 배를 정박하고 내리는 것이었지만, 어쨌든 미국 땅이기는 했다. 밀물과 썰물에 따라 올라갔다 내려갔다 움직이는 부두는 선적하고 하적하기에 용이했다. 부두에는 크기가 제각각인 화물 수송용 쾌속 범선과 전 세계 증기선, 새크라멘토강과 지류를 오가는 여러 층으로 된 기선들이 정박해 있었다. 부두에는 또한 멕시코, 페루, 칠레, 브라질, 유럽, 아시아를 비롯해 모든 태평양 제도에서 온 무역 상품이 쌓여 있었다.

파스파르투는 마침내 미국 땅에 왔다는 사실에 들떠서, 위험하더라도 최대한 멋지게 배에서 뛰어내려야겠다고 생각했다. 하지만 벌레 먹은 나무판자 위로 뛰어내리는 바람에 하마터면 판자를 뚫고 바다에 빠질 뻔했다. 신대륙에 〈발을 내디디는〉 방법이 생각과 달라 당황한 이 성실한 청년은 비명을 내질렀고, 이 때문에 움직이는 부두를 점령하고 있는 수많은 가마우지와 펠리컨 떼가 놀라 날아올랐다.

포그 씨는 곧이어 배에서 내려, 뉴욕행 첫 기차의 출발 시간을 알아보러 갔다. 첫 기차는 저녁 6시에 있었다. 따라서 포그 씨는 캘리포니아의 주도에서 하루 종일 시간을 보낼 수 있었다. 그는 아우다 부인과 탈 수 있는 마차를 불렀다. 파스파르투는 마부 옆자리에 앉았다. 한 번 타는 데 3달러 하는 마차가 인터내셔널 호텔을 향해 출발했다.

파스파르투는 높은 자리에 앉아서 호기심에 찬 눈으로 미국 대도시를 관찰했다. 넓은 도로, 잘 정렬된 낮은 층의 집, 앵글로색슨 고딕 양식으로 된 성당과 교회, 거대한 독, 나무와 벽돌로 된 궁전 같은 창고가 보였다. 거리에는 마차가 많이 다녔고, 승합 마차와 철도 마차 등도 다녔다. 사람들로 혼잡한 인도에는 미국인과 유럽인은 물론, 중국인과 인도인도 있었다. 20만 명 넘는 인구가 살고 있는 도시다웠다.

파스파르투는 자기 눈으로 보고 있는 것들에 꽤나 놀랐다. 아직도 1849년의 전설적인 도시가 생생하게 보이는 듯했다. 금광을 찾아 몰려든 강도와 방화범과 살인마 들의 도시였고, 한 손에는 권총을 다른 한 손에는 칼을 들고 필사적으로 금가루를 찾아 나서는 온갖 사회 낙오자들이 모인 거대한 잡탕 속이었다. 하지만 〈이 아름다운 시절〉도 지나갔다. 샌프란시스코는 거대한 상업 도시의 면모를 보였다. 시청의 높은 망루는 보초가 감시하며 직각으로 교차하는 모든 도로를 내려다보고 있었다. 도로 사이에는 초목이 싱그럽게 우거진 광장이 보였고, 다음으로는 중국을 장난감 상자에 담아 온 것처럼 보이는 중국인 구역이 보였다. 이제는 솜브레로[56]도, 금맥

226

을 찾아 나선 이들 사이에서 유행했던 붉은 셔츠도, 깃털 장식을 한 인디언도 없었지만, 실크해트에 검은 연미복이 있었다. 대단히 활동적인 여러 신사들의 차림이었다. 몇몇 거리, 특히 몽고메리 스트리트는 런던의 리젠트 스트리트나 파리의 불바르 데 이탈리앙이나 뉴욕의 브로드웨이처럼, 전 세계에서 들어온 물건들을 진열한 화려한 상점들로 가득했다.

인터내셔널 호텔에 도착했을 때, 파스파르투는 마치 런던을 떠난 적이 없는 것처럼 느껴졌다.

호텔 1층은 커다란 바가 차지하고 있었다. 호텔에 들어온 사람은 누구든 공짜로 먹을 수 있는 개방 뷔페 같은 것이었다. 육포, 굴 수프, 비스킷, 체셔치즈는 지갑을 열지 않아도 얼마든지 제공되었다. 음료값만 지불하면 됐다. 에일맥주나 포트와인, 셰리주 같은 음료는 마시고 싶은 만큼 마시고 돈을 내면 됐다. 파스파르투에게는 〈무척 미국다운〉 광경이었다.

호텔의 레스토랑은 안락했다. 포그 씨와 아우다 부인이 자리에 앉자, 새카만 흑인들이 작은 접시에 담은 요리를 푸짐하게 내왔다.

점심 식사가 끝나자, 필리어스 포그는 아우다 부인과 함께 여권에 비자 날인을 받으러 영국 영사관에 가려고 호텔을 나섰다. 길에서 만난 파스파르투가 퍼시픽 철도 기차를 타기전에 엔필드 소총과 콜트 권총 수십 자루를 사는 게 안전하지 않겠는지 물었다. 수족이나 포니족 같은 인디언이 스페인

56 멕시코 등 남미 국가 사람들이 쓰는 챙이 넓고 뾰족한 모자.

강도처럼 기차를 세운다는 이야기를 들어서였다. 포그 씨는 쓸데없는 걱정이라고 대답하면서도, 필요하다고 생각되면 알아서 하라고 했다. 그러고는 영사관을 향해 갔다.

필리어스 포그가 미처 2백 보를 떼기도 전에 〈우연 중의 우연〉으로 픽스와 맞닥뜨렸다. 픽스 형사는 몹시 놀란 기색이었다. 아니! 포그 씨와 픽스 형사가 같이 태평양을 건넜을 때도 배에서 마주친 적이 없었는데! 어쨌든, 픽스는 많은 신세를 진 이 신사를 만나 영광스럽고, 일 때문에 유럽에 가야 하는데 이처럼 유쾌한 길동무와 여행할 수 있다면 더없이 기쁘겠다고 말하는 수밖에 없었다.

포그 씨는 영광스러운 쪽은 오히려 자신이라고 대답했고, 픽스는 포그 씨를 시야에서 놓치고 싶지 않아서, 같이 흥미로운 샌프란시스코 시내 구경을 해도 되겠는지 물었다. 포그 씨는 동의했다.

그래서 필리어스 포그와 아우다 부인과 픽스는 함께 거리를 산책했다. 세 사람이 곧 다다른 몽고메리 스트리트는 사람들로 몹시 붐볐다. 인도와 차도, 4인용 마차와 승합 마차가 쉴 새 없이 다니는 철도 마차 선로에도, 상점 입구에도, 모든 집들의 창문에도, 심지어는 지붕 위에도 사람들로 넘쳐났다. 광고 포스터를 멘 남자들이 사람들 사이를 누비고 다녔다. 온갖 깃발과 플래카드가 바람에 휘날렸다. 사방에서 외침 소리가 터져 나왔다.

「캐머필드 만세!」

「맨디보이 만세!」

정치 집회였다. 픽스 생각으로는 그랬다. 그는 자기 생각을 포그 씨에게 말했다.

「이런 군중 속에 섞이지 않는 게 좋을 것 같습니다. 자칫하다가는 주먹질만 받게 될 테니까요.」

「맞습니다.」 필리어스 포그가 대답했다. 「정치적인 일로 주먹질을 한다고 해도, 어차피 주먹질인 건 마찬가지니까요!」

픽스는 포그 씨의 이런 대꾸에 미소를 지어 주어야겠다고 생각했다. 아우다 부인과 필리어스 포그와 픽스는 정치 싸움에 휘말리지 않고 구경할 수 있도록, 몽고메리 스트리트 위쪽에 있는 계단 꼭대기의 테라스처럼 평평한 바닥에 자리를 잡았다. 눈앞에 보이는 도로 건너편에는, 석탄 장수의 부두와 석유 중개상의 가게 사이에 커다란 옥외 집회소가 펼쳐져 있었는데, 많은 인파가 모여들었다.

그런데 지금, 왜 이런 정치 집회가 열리는 것일까? 무슨 이유로 열리는 것일까? 필리어스 포그는 전혀 모르고 있었다. 군 장교나 고위 공무직 혹은 주지사나 국회 의원을 지명하는 집회일까? 도시 전체를 들뜨게 만드는 엄청난 열기를 보면, 그렇게 추측하는 것도 일리가 있었다.

바로 그 순간, 군중이 크게 술렁였다. 모두 손을 위로 들고 있었다. 주먹을 단단하게 쥔 손들이 함성이 울려 퍼지는 가운데 올라갔다 재빨리 내려오는 것 같았다. 힘차게 움직이는 걸로 보아, 누구에게 표를 던지는 것 같았다. 소란이 일면서 군중이 뒤로 물러났다. 깃발이 흔들리다가 잠깐 사라지더니,

누더기가 되어 다시 나타났다. 군중의 물결이 층계까지 퍼져 나갔다. 마치 바다가 별안간 돌풍에 동요하듯, 모든 사람들의 머리가 물결처럼 굽이쳤다. 검정 모자의 수가 한눈에 보기에도 줄었는데, 아마도 대부분의 모자가 찌그러져 높이가 줄어든 것 같았다.

「정치 집회가 확실하군요.」 픽스가 말했다. 「예민한 문제로 집회가 열린 것 같습니다. 앨라배마호 사건이 또 문제가 되었다고 해도 놀라지 않을 겁니다. 이미 종결된 사건이지만요.」

「그럴 수도 있죠.」 포그 씨가 간략하게 대답했다.

「어쨌든,」 픽스가 말을 이었다. 「두 챔피언이 자리하고 있네요. 친애하는 캐머필드 의원과 친애하는 맨디보이 의원이요.」

아우다 부인은 필리어스 포그의 팔을 잡고 이 소란스러운 광경을 놀란 눈으로 쳐다보았다. 픽스가 옆에 있는 사람에게 사람들이 흥분하는 이유를 물으려는 순간, 더욱 거센 소란이 일어났다. 만세 소리와 욕설이 섞여 더욱 소란스러워졌다. 깃대가 공격용 무기로 돌변했다. 펼친 손은 보이지 않고 주먹이 난무했다. 군중에 막혀 꼼짝달싹 못 하게 된 마차 위에서 주먹다짐이 오갔다. 온갖 물건들이 포탄처럼 날아다녔다. 장화와 구두가 허공에서 팽팽한 포물선을 그리며 날아갔다. 군중의 고함 소리에 섞여, 권총 몇 자루가 미국적인 폭발음을 울리는 것 같기도 했다.

사람들이 층계로 몰리다가 아래쪽 계단으로 올라왔다. 한

진영이 밀리는 것이 분명했지만, 구경꾼 눈에는 맨디보이 쪽이 이기는지 캐머필드 쪽이 이기는지 알 수 없었다.

픽스는 〈그의 남자〉가 부상을 입거나 골치 아픈 일에 말려들지 않게 하려고 말을 꺼냈다.

「자리를 뜨는 게 좋겠습니다. 만약 이 문제가 영국과 관련 있고, 사람들이 우리가 영국 사람인 걸 알아차린다면, 우리도 분명 이 소동에 휘말릴 테니까요!」

「영국 시민이…….」 필리어스 포그가 대답했다.

하지만 이 영국 신사는 말을 끝내지 못했다. 계단 꼭대기에 있는 이 테라스의 뒤쪽에서 끔찍한 아우성이 밀려왔기 때문이다. 사람들은 〈만세! 만만세! 맨디보이!〉라고 외쳤다. 한 무리의 맨디보이 유권자가 캐머필드 진영의 측면을 파고들며 지원했다.

포그 씨와 아우다 부인과 픽스는 두 진영 사이에 끼여 버렸다. 빠져나가기에는 너무 늦었다. 납으로 봉한 지팡이와 곤봉으로 무장한 사람들의 물결을 막기는 역부족이었다. 필리어스 포그와 픽스는 젊은 부인을 보호하느라 마구잡이로 떠밀렸다. 포그 씨는 평소와 다름없이 차분하게, 자연이 모든 영국인의 팔 끝에 달아 준 자연 무기로 방어하려고 했지만 소용없었다. 혈색 좋고 붉은 수염을 기르고 어깨가 떡 벌어진 우락부락한 사내가 — 아마도 무리의 대장인 듯했는데 — 포그 씨에게 무시무시한 주먹을 치켜들었다. 만약 픽스가 헌신적으로 그 주먹을 대신 받아 내지 않았더라면, 포그 씨는 몸이 성치 않았을 것이다. 납작하게 찌그러진 픽스 형사의 실크해트 아래로 순식간에 커다란 혹이 부풀어 올랐다.

「양키!」 포그 씨가 경멸에 찬 눈길을 던지며 상대에게 말했다.

「영국 족속!」 상대가 말했다. 「두고 봅시다!」

「언제든지. 그쪽 이름은?」

「필리어스 포그요. 그쪽은?」

「스탬프 W. 프록터 대령이오.」

말이 끝나자, 인파도 지나갔다. 픽스는 고꾸라졌다가 다시 일어났다. 옷은 갈기갈기 찢겼지만 심각한 부상은 입지 않았다. 여행용 외투가 비뚤비뚤 두 쪽으로 찢겨 떨어져 나갔고, 바지는 일부 인디언들이 유행처럼 엉덩이 부분을 잘라내고 입는 반바지 꼴이 되었다. 하지만 아우다 부인은 무사했고, 픽스만 주먹에 맞았다.

「고맙소.」 군중 속에서 빠져나오자 포그 씨가 픽스에게 말했다.

「고맙긴요.」 픽스가 대답했다. 「갑시다.」

「어디로요?」

「양복점으로요.」

사실, 양복점에 가야 하긴 했다. 필리어스 포그와 픽스의 옷은 너덜너덜했다. 두 사람은 마치 친애하는 캐머필드와 맨디보이를 위해 서로 싸운 것 같았다.

한 시간 후, 그들은 옷과 모자를 말쑥하게 갖추었다. 그리고 인터내셔널 호텔로 돌아갔다.

호텔에서는 파스파르투가 6연발 센터 파이어[57] 권총 여섯 자루로 무장하고 주인을 기다리고 있었다. 포그 씨가 픽스와 함께 들어오자 파스파르투의 얼굴이 어두워졌다. 하지만 아우다 부인이 무슨 일이 있었는지 간추려 얘기해 주자, 파스파르투의 얼굴은 다시 평온을 되찾았다. 분명 픽스는 더 이상 적이 아니라 동맹자였다. 픽스는 약속을 지키고 있었다.

저녁 식사가 끝나자, 여행객들과 짐을 싣고 역까지 데려갈 마차가 왔다. 포그 씨는 마차에 오르면서 픽스에게 말했다.

「프록터 대령은 다시 못 봤습니까?」

「네.」픽스가 대답했다.

「나중에 미국에 다시 와서 대령을 만날 겁니다.」필리어스 포그가 냉정하게 말했다. 「영국 시민이 그런 취급을 받고 가만히 있는 건 부적절하죠.」

픽스 형사는 미소만 짓고 대답하지 않았다. 하지만 포그 씨는 확실한 영국 민족이었다. 영국에서는 결투를 용인하지 않지만, 명예를 지켜야 할 경우 외국에서 결투를 벌이는 여느 영국인과 같았다.

6시 15분 전, 여행자들은 역에 도착했고, 출발 준비가 된 기차를 찾았다.

포그 씨가 기차에 오르려다가 역무원을 발견하고는 다가가 물었다.

「오늘 샌프란시스코에 무슨 소동이 없었소?」

「정치 집회가 있었습니다.」역무원이 대답했다.

「하지만 거리에서 소란이 있었던 것 같은데요.」

57 Center fire. 탄약의 바닥 중앙에 뇌관이 붙어 있는 것.

「그저 선거 집회였을 뿐입니다.」

「총사령관을 뽑는 선거였나 보죠?」 포그 씨가 물었다.

「아뇨, 치안 판사를 뽑는 선거였습니다.」

이 대답을 듣고 나서 필리어스 포그는 기차에 올랐고, 기차는 전속력으로 출발했다.

26
퍼시픽 철도의 특급 열차를 타다

미국인들이 말하는 〈대양에서 대양까지〉라는 표현은, 미 대륙의 동서를 가로지르는 〈대간선 철도〉를 가리키는 일반적인 호칭이다. 하지만 실제로 〈퍼시픽 철도〉는 두 구간, 즉 샌프란시스코와 오그던을 잇는 〈센트럴 퍼시픽 철도〉와 오그던과 오마하를 잇는 〈유니언 퍼시픽 철도〉로 나뉜다. 그리고 오마하에서 다섯 노선이 갈리며 뉴욕을 빈번히 연결한다.

따라서 뉴욕과 샌프란시스코는 이제 3,786마일 구간이 끊기지 않는 금속 띠로 연결되었다. 태평양과 오마하 사이의 철도는 아직도 인디언과 야생 동물이 출몰하는 지방을 가로지른다. 이 지방은 모르몬교도들이 일리노이주에서 추방된 후 1845년경부터 거주하기 시작한 드넓은 땅이다.

예전에는, 사정이 제일 좋을 경우 뉴욕에서 샌프란시스코까지 가는 데 여섯 달이 걸렸지만 지금은 7일이면 된다.

1862년, 남부 국회 의원들이 철도가 좀 더 남쪽으로 지나가기를 바라며 반대했음에도 불구하고, 철도는 북위 41도와 42도 사이로 결정되었다. 애석하게 고인이 된 링컨 당시 대통령이 직접 네브래스카주의 오마하를 새로운 철도의 출발점으로 정했다. 공사는 즉시 시작되었고, 서류 절차가 복잡하거나 관료적이지 않은 미국식대로 착착 진행되었다. 작업 속도가 빠르다고 해서 부실 공사를 하지는 않았다. 초원 지대는 하루에 1천5백 마일씩 진척되었다. 기관차가 전날 깔린 철로를 따라 다음 날 공사할 레일을 날랐고, 레일을 놓는 대로 그 위를 달렸다.

퍼시픽 철도는 여러 갈래로 노선이 갈라져 아이오와주, 캔자스주, 콜로라도주, 오리건주를 연결했다. 오마하를 떠나면 플랫강의 좌안을 따라 북쪽 지류의 어귀까지 이어지다가, 남쪽으로 갈라지는 지류를 따르고, 래러미 평원과 워새치산맥을 넘어, 그레이트솔트 호수를 돌아, 모르몬교도의 수도라 할 솔트레이크시티에 다다른 뒤, 투일라 계곡으로 들어가고, 사막과 시더산과 험볼트산, 험볼트강, 시에라네바다산맥을 따라가다가 새크라멘토를 거쳐 태평양으로 내려가는데, 철로는 기울기가 1킬로미터당 20미터 정도를 넘지 않았다. 이는 로키산맥을 지날 때도 마찬가지였다.

이처럼 긴 동맥을 기차가 7일간 횡단하는데, 그러면 친애하는 필리어스 포그의 희망대로, 뉴욕에서 11일에 리버풀행 여객선을 탈 수 있게 된다.

필리어스 포그가 타고 있는 객차는, 기차의 차체를 받치는 차대(車臺) 두 개 사이에 놓인 승합 마차 같았다. 차대 하나당 바퀴가 네 개씩 달려 있었는데, 바퀴의 방향을 바꾸기가 용이해서 급커브 구간도 잘 통과했다. 객차 안은 객실 칸이 따로 나뉘어 있지 않았다. 양쪽에 긴 의자가 차축과 직각으로 나란히 놓여 있었다. 의자 사이의 통로는 화장실과 다른 객차의 통로와 연결되었다. 기차의 전 객차는 연결 통로로 이어져 있어서, 객차 끝에서 끝까지 갈 수 있었고, 필요에 따라 휴게실차, 테라스차, 식당차, 카페차에 들를 수 있었다. 부족한 시설은 극장차뿐이었다. 하지만 언젠가는 극장차도 생길 것이다.

연결 통로로 사람들이 쉴 새 없이 왔다 갔다 했다. 책과 신문을 파는 사람들이 매상 전표를 끊었고, 술과 음식물과 시가를 파는 사람들 쪽에도 손님이 끊이지 않았다.

여행객들을 실은 기차는 저녁 6시에 오클랜드역을 출발했다. 벌써 밤이 되었다. 춥고 어두운 밤이었다. 하늘은 눈을 재촉하는 구름으로 뒤덮여 있었다. 기차는 그리 빨리 달리지 않았다. 정차했던 시간을 고려하면, 시속 20마일도 넘지 않았다. 하지만 이런 속도로 달려도 정규 시간에 미국을 횡단할 수 있을 것이다.

사람들은 객차에서 거의 말을 하지 않았다. 게다가 곧 잠자리에 들 시간이기도 했다. 파스파르투는 픽스 형사 옆자리였지만 거의 말을 붙이지 않았다. 최근 있었던 일로 두 사람의 관계는 눈에 띄게 냉랭해졌다. 더 이상 호감도 없고 친근감도 없었다. 픽스는 태도가 전혀 변하지 않았지만, 파스파르투는 반대로 극도로 조심하며 의심스러운 일이 조금이라도 생기면 옛 친구의 목을 조를 준비를 하고 있었다.

기차가 출발한 지 한 시간 후 눈이 내렸다. 다행히 가느다란 눈이라 기차는 속도를 줄이지 않아도 됐다. 창문을 통해 볼 수 있는 것이라고는 거대한 흰 눈의 장막뿐이었다. 그 위로 소용돌이처럼 피어오르는 기차 연기는 잿빛으로 보였다.

8시가 되자, 승무원이 객차에 들어와 여행객들에게 취침 시간을 알리는 종을 울렸다. 이 객차는 몇 분 만에 공동 침실로 변모하는 침대차였다. 의자의 등받이를 접자, 깔끔하게 정돈된 간이침대가 기발한 장치를 통해 펼쳐졌고, 객차는 순식간에 침실로 탈바꿈했다. 여행객들은 곧 편안한 침대를 이용할 수 있었고, 두꺼운 커튼으로 바깥의 시선을 차단할 수 있었다. 침대보는 하얗고, 베개는 푹신했다. 이제 침대에 누워 잠을 청하기만 하면 됐다. 승객들은 마치 여객선의 안락한 객실에 있는 것 같았다. 승객이 잠을 자는 동안, 기차는 전속력으로 캘리포니아주를 가로질렀다.

샌프란시스코와 새크라멘토 사이에 걸쳐 있는 이 지역은 지형이 완만한 편이었다. 〈센트럴 퍼시픽 노선〉이라고 부르는 이 구간의 철도는 새크라멘토를 출발점으로 해서 동쪽으로 달려 오마하에서 출발하는 지점과 만났다. 샌프란시스코에서 캘리포니아의 주도인 새크라멘토까지 이어지는 노선은 샌패블로만으로 흘러드는 아메리카강을 따라 곧장 북동쪽으로 뻗어 있었다. 120마일 거리인 이 두 대도시는 여섯 시간이면 주파할 수 있었고, 승객들이 잠에 빠져들기 시작할 자정 무렵 새크라멘토를 통과했다. 따라서 승객들은 캘리포니아주의 행정 수도인 이 멋진 도시를 전혀 보지 못했다. 아름다운 강변도, 넓은 강기슭도, 웅장한 호텔도, 광장도, 교회도 놓쳤다.

새크라멘토를 빠져나온 기차는 정크션역, 로클린역, 오번역, 콜팩스역을 지난 뒤, 시에라네바다산맥으로 들어갔다. 아침 7시에는 시스코역을 지났다. 한 시간 뒤, 공동 침실은 보통 객차로 되돌아왔고, 승객들은 창문으로 그림처럼 아름다운 산악 지방의 풍경을 언뜻 볼 수 있었다. 철로는 험준한 시에라네바다산맥의 지형에 따라, 산등성이에 달라붙기도 하고, 낭떠러지 위에 매달리기도 하고, 급작스럽게 꺾어지는 곳은 대담한 커브로 피했으며, 더 나아갈 수 없을 것 같아 보이는 협곡으로 들어가기도 했다. 기관차는 마치 성궤처럼 빛났다. 황갈색 불빛을 쏘는 커다란 전조등과 은빛 종, 군함의 뱃머리에 적의 배를 들이받아 파괴하기 위해 단 쇠붙이처럼 기관차 앞에 단 소 퇴치용 철제 기구 때문이었다. 기관차가 내는 경적과 굉음은 급류와 폭포 소리와 뒤섞였고, 뿜어내는 연기는 까만 전나무 가지를 휘감았다.

이 구간에는 터널도 거의 없었고, 다리도 없었다. 선로는 지름길을 찾거나 자연을 훼손하지 않고 산허리를 따라 돌았다.

기차는 9시경 카슨 계곡을 지나 네바다주로 들어가, 계속 북동쪽으로 달렸다. 기차는 리노에 멈춰 20분간 승객들이 점심 식사 하기를 기다렸다가, 정오에 다시 출발했다.

이 지점부터 철로는 험볼트강을 따라 몇 마일 구간 동안 북쪽을 향해 오르막길로 이어진다. 그러다가 동쪽으로 구부러지고, 험볼트산맥까지 계속 강을 따라 이어진다. 험볼트강의 발원지인 험볼트산맥은 네바다주의 거의 끝부분에 자리 잡고 있다.

점심을 먹고 난 뒤, 포그 씨와 그 일행은 객차로 돌아와 자리를 잡았다. 필리어스 포그, 젊은 부인, 픽스, 파스파르투는 편안하게 앉아 눈앞에 펼쳐지는 다양한 풍경을 바라보았다. 드넓은 초원과 지평선에 솟아 있는 산과 거품을 일으키며 흐르는 개울. 가끔 거대한 들소 떼가 멀리서 무리를 이루며 움직이는 둑처럼 나타났다. 수많은 반추 동물의 무리들은 자주 기차가 지나가지 못하게 막는 장애물이 되었다. 수천 마리의 들소 떼가 몇 시간 동안 빽빽하게 열을 지어 철로를 건너는 일도 있었다. 그러면 기관차는 어쩔 수 없이 멈춰 서서 장애물이 사라질 때까지 기다릴 수밖에 없었다.

바로 그런 일이 지금 일어났다. 오후 3시쯤, 1만 마리에서 1만 2천 마리쯤 되는 들소 떼가 철로를 가로막았다. 기차는 속도를 늦추고 소 퇴치용 철제 기구로 거대한 행렬의 측면을 밀어내려 했지만, 뚫고 들어갈 수 없는 거대한 벽 앞에서 멈춰 서야 했다.

이 반추 동물(미국 사람들은 버펄로라는 이름으로 잘못 부르고 있다)은 느린 걸음으로, 가끔 요란한 울음소리를 내며 걸었다. 크기는 유럽 황소보다 크고, 다리와 꼬리는 짧으며, 어깨뼈 사이에는 근육으로 된 혹이 올라와 있고, 뿔은 아래쪽이 갈라지고, 머리와 목, 어깨는 긴 털의 갈기로 덮여 있었다. 무리가 이동하는 것을 막으려 하지 말아야 했다. 들소가 일단 방향을 잡아 움직이기 시작하면, 무슨 수를 써도 이동을 막거나 방향을 바꿀 수 없었다. 어떤 둑으로도 막을 수 없는 살아 있는 급류였다.

기차의 승객들은 연결 통로에 흩어져 이 흥미진진한 구경거리를 지켜보았다. 하지만 누구보다 초조할 필리어스 포그는 자기 자리에 그대로 앉아, 들소들이 길을 내주기를 초연하게 기다렸다. 파스파르투는 이 짐승 떼 때문에 기차 운행이 지체되었다며 노발대발했다. 들소 떼를 향해 권총을 쏘고 싶은 심정이었을 것이다.

〈뭐 이런 나라가 다 있어!〉 파스파르투는 분통을 터뜨렸다. 〈한낱 소 주제에 기차를 세우고, 저렇게 나란히 지나면서, 기차를 가로막든 말든 어슬렁거리고 있잖아! 맙소사! 포그 씨가 이런 일까지 생각하고 계획을 세웠는지 알고 싶군 그래! 기관사는 저 거추장스러운 짐승을 기관차로 박지 않고 뭘 하는 거야!〉

기관사는 장애물을 제치고 갈 시도조차 하지 않았는데, 그건 신중한 처사였다. 기관차 앞에 달린 소 퇴치용 기구로 앞줄에 선 들소를 박살 낼 수는 있었을 것이다. 하지만 아무리 기관차가 강력하다고 해도 곧 멈추었을 것이고, 불가피하게 탈선할 수밖에 없었을 테고, 결국 기차는 꼼짝 못 하고 서 있는 사태가 발생했을 것이다.

따라서 최선의 방법은 참을성 있게 기다리는 것이었다. 나중에 기차의 속력을 높여서 잃어버린 시간을 만회하는 한이 있더라도 말이다. 들소의 행렬은 장장 세 시간 동안 계속되었고, 선로는 해가 질 무렵에야 다시 지날 수 있었다. 들소 떼의 마지막 열이 선로를 건너는 동안, 선두의 열은 남쪽 지평선 너머로 사라지고 있었다.

기차는 8시가 되어서야 험볼트산맥의 협로를 지났고, 9시 30분에야 그레이트솔트호의 고장이요 모르몬교도들이 사는 독특한 고장인 유타주로 들어섰다.

27
파스파르투,
시속 20마일로 달리는 기차에서
모르몬교의 역사 강의를 듣다

12월 5일 밤부터 12월 6일 오전까지 기차는 남동쪽으로 50마일가량 달린 뒤, 북동쪽으로 50마일가량 다시 올라가 그레이트솔트 호수에 다다랐다.

파스파르투는 오전 9시경, 객차 연결 통로에서 바람을 쐬고 있었다. 날은 추웠고, 하늘은 흐렸지만, 눈은 더 이상 내리지 않았다. 안개로 둘러싸여 더욱 커 보이는 태양은 마치 거대한 금화처럼 보였다. 파스파르투가 커다란 태양을 파운드 금화로 환산하면 얼마나 될지 계산하느라 골몰하고 있을 때, 괴이한 인물이 나타나 이 유용한 작업을 방해했다.

엘코역에서 기차를 탄 남자였다. 남자는 큰 키에 진한 갈색 머리였고, 검은 콧수염을 길렀으며, 검은 양말, 검은 실크해트, 검은 조끼, 검은 바지에, 흰 넥타이를 매고, 개가죽으로 된 장갑을 끼고 있었다. 차림새를 보면 목사라 할 만했다. 그는 열차 끝에서 끝까지 지나가며, 모든 객차 문에 손으로 쓴 전단을 풀로 붙였다.

파스파르투는 가까이 다가가 전단을 읽었다. 친애하는 월

리엄 히치 모르몬교 장로가 48호 열차에 탄 기회를 이용해, 11시부터 12시까지 117호 객차에서 모르몬교에 대한 강연을 할 예정이니, 〈후기 성도〉의 종교인 모르몬교[58]의 신비한 교리에 대해 알고 싶은 모든 신사들은 들으러 오라고 초대하는 내용이었다.

「꼭 가야지.」 파스파르투가 중얼거렸다. 그는 모르몬교가 일부다처제를 사회 구성의 기초로 하고 있다는 사실밖에 알지 못했다.

강연 소식은 순식간에 퍼져 나가 몇몇 여행객을 들뜨게 했다. 그들 중 서른 명가량 되는 사람들이 강연이라는 미끼에 현혹되어, 11시에 117호 객차에 자리를 잡았다. 파스파르투는 독실한 신자들이 앉는 첫 번째 열에 앉았다. 그의 주인과 픽스는 강연에 올 필요를 느끼지 못했다.

예정된 강연 시간이 되자 윌리엄 히치 장로가 자리에서 일어나, 누가 먼저 반박이라도 한 것처럼 꽤 격앙된 목소리로 소리쳐 말했다.

「분명히 말씀드립니다. 조지프 스미스가 순교자고, 그의

---

58 속칭 모르몬교의 정식 명칭은, 한국어로 〈말일성도 예수 그리스도 교회〉에서 2005년 7월 〈예수 그리스도 후기 성도 교회The Church of Jesus Christ of Latter-day Saints〉로 바뀌었다. 후기 성도란 초대 교회의 성도가 아닌 현대 교회의 성도를 지칭하는 호칭이다. 1830년 조지프 스미스를 중심으로 창건되었는데, 성경 이외에 모르몬경을 공인하는 등 기존 교회의 교리와 배치되고, 특히 일부다처제를 허용하는 관습 때문에 핍박을 받았다. 초기 설립자인 조지프 스미스와 형 하이람 스미스가 투옥 중 피격되어 살해당했고, 브리검 영이 그 뒤를 이어 유타주 솔트레이크시티에 정착해 교세를 확장했다.

형 하이람이 순교자이며, 예언자들을 적대시하는 연방 정부의 박해로 브리검 영 또한 순교자가 될 것입니다! 누가 감히 이 사실을 반박하겠습니까?」

아무도 장로의 말에 반박할 엄두를 내지 못했다. 격앙된 장로의 모습은 천성적으로 타고난 평온한 외모와 대조를 이루었다. 하지만 장로가 그토록 분노하는 것은 현재 모르몬교가 모진 시련을 겪고 있다는 사실을 설명해 주는 것일지도 몰랐다. 사실 미국 정부는 이 독립적인 광신도를 최근에 겨우 진압했다. 유타주를 장악하고, 브리검 영을 반란죄와 중혼죄 혐의로 기소해 감옥에 가둔 뒤, 연방 법을 따르게 했다. 그 후, 예언자 브리검 영의 신봉자들은 모르몬교를 수호하려 더욱 노력했다. 행동보다는 말로 의회의 요구에 맞섰다. 지금 보다시피, 윌리엄 히치 장로는 열차에까지 올라와 열심히 포교 활동을 하고 있었다.

그는 이어서 목청을 높이고 과격한 몸짓을 더해 가며 이야기에 열을 올리면서, 성서 시대부터 시작된 모르몬교의 역사에 대해 말했다. 어떻게 이스라엘에서 요셉 부족 출신의 모르몬교 예언자가 신흥 종교의 연대기를 출판해 아들 모름에게 남겼는지, 어떻게 몇 세기가 지난 다음 이집트 문자로 된 이 귀중한 책을 버몬트주의 농부인 조지프 스미스 주니어가 번역해 1825년 신비스러운 예언자로 나타났는지, 어떻게 하늘에서 내려온 이가 빛으로 반짝이는 숲에서 그에게 말씀을 전했는지, 그리고 어떻게 주님의 연대기를 전했는지에 대한 얘기였다.

이때, 선교사의 역사 이야기가 지겨워진 몇몇 사람이 객차를 떠났다. 하지만 윌리엄 히치는 계속해서 이야기를 이어 갔다. 어떻게 스미스 주니어가 아버지와 두 형제와 신봉자 몇을 모아 후기 성도 종교를 창립했는지(이 종교는 미국뿐만 아니라 영국, 스칸디나비아반도, 독일에도 전파되었는데, 신도 중에는 수공업자의 수만큼이나 전문직에 종사하는 사람도 많았다고 한다), 어떻게 오하이오주에 모르몬교 집단이 정착하게 되었는지, 어떻게 20만 달러로 교회를 세우고 커클랜드에 도시를 건설했는지, 어떻게 스미스가 대담한 은행가가 되었고, 또 일개 미라 전시자가 아브라함과 다른 유명 이집트인이 손으로 쓴 이야기가 들어 있는 파피루스를 받게 되었는지를 설명했다.

이야기가 장황해지자, 청중석이 더욱 휑하게 비어서 남아 있는 사람은 고작 스무 명 정도밖에 되지 않았다.

사람들이 빠져나가는데도 장로는 개의치 않고 세세한 부분까지 이야기해 나갔다. 조지프 스미스가 1837년에 파산했고, 그로 인해 돈을 날린 주주들이 조지프 스미스의 몸에 타르를 바르고 깃털 더미로 굴려 버린 일도 있었는데, 몇 년 후 그가 미주리주의 인디펜던스에 전보다 더욱 존경스럽고 또 존경을 받는 모습으로 다시 나타나 3천 명 이상의 신도를 거느린 번성하는 종교 집단의 지도자가 되었으며, 그 결과 이방인들의 증오로 멀고 먼 미국 서부로 도망해야 했던 이야기를 나열했다.

이제 청중은 열 명이 남았고, 그중에 속한 파스파르투는 귀를 쫑긋 세우고 열심히 이야기를 들었다. 그래서 어떻게 스미스가 오랫동안 박해를 당한 뒤 일리노이주에 다시 나타나 1839년에 미시시피강 기슭에 신도 2만 5천 명이 거주하는 도시 노부를 세우게 되었는지, 어떻게 스미스가 시장 겸 최고 재판장 겸 총사령관이 되었는지, 어떻게 1843년에 미국 대통령 후보로 출마했는지, 또 어떻게 카시지에서 함정에 걸려 감옥에 갇혔다가 복면 괴한의 무리에게 살해당했는지를 배우게 되었다.

이제 객차의 청중석에는 오로지 파스파르투 혼자 남았고, 앞에 있는 장로는 파스파르투를 똑바로 쳐다보면서 넋을 잃게 만드는 유려한 언변으로, 스미스가 암살당한 지 2년 후, 그의 후계자이며 계시를 받은 예언자인 브리검 영이 노부를 버리고 솔트 호수 유역에 정착했고, 이 놀라운 고장의 비옥한 땅 한가운데, 유타주를 가로질러 캘리포니아로 가는 이주민들의 길목에 새로운 거주지를 건설해 모르몬교의 일부다처제 원칙을 지키며 확장시켜 간 이야기를 들려주었다.

윌리엄 히치가 덧붙여 말했다.

「바로 그런 이유로 의회가 우리를 시기하는 것입니다! 바로 그런 이유로 연합 군대가 유타 땅을 짓밟은 것입니다! 바로 그런 이유로 우리의 지도자이신 예언자 브리검 영이 부당하게 감옥에 갇혔습니다! 우리가 권력에 굴복할까요? 어림없는 소리! 우리는 버몬트에서 쫓겨나고, 일리노이에서 쫓겨나고, 미주리에서 쫓겨나고, 유타에서 쫓겨났지만, 우리의 천막을 칠 수 있는 독립된 영토를 다시 찾아 나설 겁니다······.」

그리고 장로는 노여운 눈길을 유일한 청중인 파스파르투에게 고정시키며 말했다.

「그리고 당신, 독실한 신도여, 당신의 천막을 우리의 깃발 아래 세우지 않겠습니까?」

「아뇨.」 파스파르투는 용감하게 대답하고서, 이 광신자가 광야에서 설교하게 내버려 두고 도망쳤다.

이렇게 설교가 진행되는 동안에도, 기차는 빠르게 달렸다. 그리고 오후 12시 30분경 그레이트솔트호의 북서쪽 끝에 닿았다. 거기에서 드넓은 지대에 펼쳐진 내해(內海)를 한눈에 볼 수 있었다. 사해(死海)[59]라고도 부르는 그레이트솔트호에는 미국의 요르단(조던)강이 흘러든다. 호수는 거칠면서도 아름다운 바위가 둘러싸고 있었고, 바위 아랫면에는 널찍하게 하얀 소금이 층층이 쌓여 껍질처럼 붙어 있었다. 호숫물은 예전에는 훨씬 넓은 곳을 뒤덮었지만, 시간이 지나면서 가장자리가 점점 위로 올라와, 이제는 깊이가 깊어지면서 넓이가 줄어들었다.

그레이트솔트호는 길이가 70마일 정도에, 너비가 35마일이고, 해발 1,158미터 높이에 자리 잡고 있다. 해수면보다 365미터 낮은 중동의 사해와 전혀 달랐다. 그레이트솔트호의 염도는 상당히 높다. 호수에 녹아 있는 소금의 양은 호숫물 무게의 4분의 1에 달한다. 증류수의 비중이 1,000인데, 이

---

59 이스라엘과 요르단에 걸쳐 있는 호수. 요르단강은 북에서 흘러들어 오지만, 물이 빠져나가는 곳이 없고 증발이 심해 염분 농도가 바닷물의 다섯 배에 달한다. 생물이 살 수 없다고 해서 〈죽은 바다(사해)〉라고 부른다.

호수의 비중은 1,170이다. 따라서 물고기는 살 수 없다. 조던 강과 웨버강을 비롯해 다른 개울에서 이 호수로 흘러들어 온 물고기들은 곧 죽고 만다. 하지만 물의 비중이 커서 사람이 가라앉지 않는다는 말은 사실이 아니다.

호수 주변에 있는 밭은 잘 경작되어 있었다. 모르몬교도들은 농사에 능숙하기 때문이다. 가축을 기르는 목장과 축사, 밀과 옥수수와 수수가 자라는 밭, 울창한 초원, 사방에 깔린 들장미 울타리, 아카시아와 버들옷 숲 등은 6개월 후에 이 지방에서 볼 수 있을 것이다. 하지만 지금은 지면이 살포시 내린 눈에 가려서 보이지 않았다.

오후 2시에 여행객들은 오그던역에 내렸다. 기차는 6시가 되어야 다시 출발할 예정이었기 때문에, 포그 씨 일행은 오그던역에서 갈라지는 노선을 따라 〈성도의 도시〉에 다녀올 시간이 있었다. 두 시간이면 지극히 미국적인 도시 솔트레이크시티를 둘러보기에 충분했다. 미합중국의 모든 도시를 본떠서 만든 솔트레이크시티는 거대한 체커 판처럼 냉랭한 긴 직선으로 이루어져 있었다. 빅토르 위고의 표현대로라면, 〈직각이 만드는 음울한 슬픔〉을 보여 주는 모습이었다. 솔트레이크시티의 건립자는 앵글로색슨의 특징인 대칭의 욕구에서 벗어나지 못했다. 분명 제도에 걸맞은 수준에 이르지 못한 사람들이 살고 있는 이 기이한 고장에서는 모든 것이 〈네모나게〉[60] 되어 있었다. 도시도, 집도, 실수까지도.

60 프랑스어 〈carrément〉은 〈네모나게〉라는 뜻 외에 〈확실히〉, 〈분명히〉, 〈단호하게〉 등 여러 뜻이 있다. 여기서는 중의적으로, 도시와 집은 〈네모나

3시에 포그 씨 일행은 조던강과 워새치산맥의 봉우리가 굽이치기 시작하는 지점 사이에 세운 도시의 거리를 산책했다. 교회는 그다지 많이 보이지 않았지만, 예언자의 집과 법원과 무기 창고 같은 건물은 보였다. 푸르스름한 벽돌집들에는 베란다와 회랑이 있고, 집을 둘러싼 정원에는 아카시아, 종려나무, 개롭나무가 무성하게 자라고 있었다. 1853년에 점토와 자갈을 섞어 만든 벽이 도시를 둘러싸고 있었다. 시장이 들어선 주요 도로에는 깃발로 장식된 여러 건물이 있었는데, 솔트레이크 의회도 그중 하나였다.

포그 씨 일행은 이 도시에 사람이 별로 없다고 생각했다. 거리는 거의 비어 있었다. 울타리로 둘러싸인 몇 구역을 건너 들어간 솔트레이크 성전에는 그나마 사람이 있었다. 이곳에는 여자들이 꽤 많았는데, 이는 모르몬교의 기이한 가족 구성 때문이다. 그렇지만 모든 모르몬교도가 일부다처제를 따른다고 믿어서는 안 된다. 선택은 자유지만, 특히 유타주의 여자들이 결혼에 집착한다고 하는 편이 적절하다. 모르몬교의 교리는, 천국이 결혼하지 않은 여자들에게 하늘나라의 완전한 행복을 허락하지 않는다고 가르치기 때문이다. 독신 여성들은 부유하지도 행복해 보이지도 않았다. 그중에서 제일 부유해 보이는 여자들은 허리춤에서 앞으로 트인 검정 실크 재킷을 입고, 꽤 수수한 두건이나 숄을 걸치고 있었다. 나머지 여자들은 날염 옥양목을 입고 있었다.

신념에 따라 독신으로 사는 남자로서, 파스파르투는 모르게〉, 실수는 〈확실히〉라는 뜻으로 사용되었다.

몬교 남자 한 명의 행복을 여럿이 분담하는 모르몬교 여자들을 공포에 찬 눈으로 쳐다보았다. 그의 상식으로는, 특히 불쌍한 쪽은 남편이었다. 그렇게 많은 부인을 인생의 온갖 부침을 겪으며 이끌어서, 모르몬교의 천국까지 데리고 가야 한다는 것이 끔찍해 보였기 때문이다. 모르몬교 남자는, 환희가 넘쳐나는 천국의 문패를 달고 주인이 되어 있을 영광스러운 스미스와 더불어, 천국에서 영원히 현세의 부인들과 함께하리라는 기대를 가지고 살아간다. 정말이지, 파스파르투는 그런 사명감을 느끼지 못했다. 아마 파스파르투의 착각이었겠지만, 솔트레이크시티의 여자들이 그에게 던지는 심상치 않은 눈길이 조금 무섭게 느껴졌다.

정말 다행스럽게도, 이 성도들의 도시에 머물 시간이 얼마 남지 않았다. 4시가 조금 안 된 시각에 역으로 돌아가 다시 객차에 자리를 잡았다.

기적 소리가 들려왔다. 그런데 기관차의 구동 바퀴가 선로 위를 구르면서 기차에 속력이 붙기 시작했을 때 외침 소리가 들렸다.

「멈춰요! 멈춰요!」

달리는 기차는 멈추지 않는다. 멈추라고 소리를 지른 신사는 분명 출발 시간에 늦은 모르몬교도였다. 그는 숨이 끊어져라 뛰었다. 그 신사에게는 다행스럽게도, 이 기차역에는 개찰구도 없고, 차단기도 없었다. 그래서 그는 선로로 돌진해, 마지막 객차의 승강구 계단에 뛰어올라, 숨을 헐떡이며 객차의 의자에 쓰러졌다.

기계 체조 같은 동작을 감탄하며 지켜보던 파스파르투는 지각 승객을 유심히 살폈다. 이 유타주의 시민이 부부 싸움을 하고 도망쳐 왔다는 사실을 알았을 때는 열렬한 관심을 보였다.

모르몬교 남자가 숨을 돌리자, 파스파르투가 용기를 내어 부인이 몇 명인지 정중하게 물어보았다. 파스파르투는 속으로, 이렇게 집을 박차고 나온 걸 보면 적어도 부인이 스무 명쯤은 될 거라고 생각했다.

「하나요, 선생!」 모르몬교도가 두 팔을 하늘로 올리며 대답했다. 「하나요, 그것도 지긋지긋했다고요!」

28
파스파르투가 현명한 말을 해도
아무도 듣지 않다

그레이트솔트호와 오그던역을 떠난 기차는 한 시간 동안 북쪽으로 웨버강까지 올라갔다. 샌프란시스코를 떠나 약 9백 마일을 달린 것이다. 웨버강부터는 다시 방향을 동쪽으로 돌려 워새치산맥의 험준한 산악 지대를 넘었다. 워새치산맥과 이름 그대로 바위가 많아 험준한 로키산맥 사이의 이 일대가 미국 토목 기사들이 가장 어려움을 겪었던 곳이다. 그 때문에 평야의 경우 1마일당 공사 보수가 1만 6천 달러인데 비해, 이 구간은 그 세 배인 4만 8천 달러에 달했다. 하지만 토목 기사들은, 앞에서도 말한 대로 자연을 훼손하지 않고 자연의 형태를 따라 험한 길은 돌아갈 수 있는 묘안을 짜냈다. 대분지에 도달하기 위해 4,267미터 길이의 터널을 하나 뚫었는데, 전 철로 구간 중 유일한 터널이었다.

그때까지 가장 높은 고도의 선로는 솔트호 지역이었다. 이 지점부터 선로는 아주 완만하게 이어지는 곡선을 긋다가 비터 계곡 쪽으로 낮아진 다음, 대서양과 태평양 사이의 분수령까지 다시 올라간다. 이 산악 지대에는 강이 많았다. 기차는 작은 다리를 통해 머디강과 그린강 이외의 여러 강을 넘어야 했다. 파스파르투는 목적지에 다가갈수록 더욱 조바심을 냈다. 하지만 픽스는 이 험준한 고장을 진작 빠져나온 상태였기를 바랐다. 시간을 지체할까 걱정됐고, 사고가 날까봐 두려웠으며, 영국 땅을 빨리 밟고 싶은 심정은 필리어스 포그보다 오히려 더했다!

밤 10시가 되자 기차가 브리저 요새역에 잠깐 멈췄다가 출발했고, 20마일을 더 달려 와이오밍주에 들어와 비터 계곡을 끝까지 따라갔다. 비터 계곡에는 콜로라도강의 물줄기를 이루는 강의 일부가 흘렀다.

다음 날인 12월 7일, 기차는 그린강역에서 15분간 정차했다. 눈이 밤새도록 꽤 많이 내렸지만, 비와 섞여서 절반은 녹아 버렸기 때문에 열차 운행에는 지장을 주지 않았다. 하지만 파스파르투는 궂은 날씨 때문에 걱정이 멈추지 않았다. 눈이 쌓이면 열차 바퀴에 눈이 끼일 것이고, 그러면 여행에 차질이 생길 것이 분명했다.

파스파르투는 혼자 중얼거렸다.

「그러니까 왜 주인님은 겨울에 여행할 생각을 했냐 이 말이야! 날씨가 좋아질 때까지 기다렸다가 여행했으면 성공 확률도 높지 않았겠어?」

하지만 이 성실한 청년이 찌푸린 하늘과 뚝뚝 떨어지는 기온만 걱정하고 있을 때, 아우다 부인은 더욱 심각한 문제로 걱정하고 있었다. 이유는 날씨가 아닌 다른 데 있었다.

몇몇 여행객이 객차에서 내려 그린강역의 플랫폼에서 기

차가 출발하기를 기다리며 서성이고 있을 때였다. 아우다 부인은 창문으로 스탬프 W. 프록터 대령을 알아보았다. 이 미국인은 샌프란시스코 정치 집회에서 필리어스 포그에게 무례하게 굴었던 사람이었다. 아우다 부인은 눈에 띄지 않도록 몸을 뒤로 뺐다.

이 일로 아우다 부인은 몹시 불안했다. 이 젊은 여인은, 겉으로는 굉장히 냉정해 보이지만 자신에게 매일 극진한 정성을 보이는 남자에게 애착을 느끼고 있었다. 어쩌면 생명의 은인인 이 남자에게 느끼는 감정이 어느 정도 깊은지 본인도 이해하지 못했을 것이다. 그런데 스스로 감사라고 부르는 이 감정이 자기도 모르게 더욱 커지고 있었다. 그 때문에, 포그 씨가 지난번 일로 단단히 벼르고 있는 이 무례한 남자를 보자, 아우다 부인은 심장이 죄어드는 것 같았다. 물론 프록터 대령이 이 기차에 탄 것은 순전히 우연이었지만, 그가 이 기차에 타고 있는 이상, 무슨 수를 쓰든 필리어스 포그가 상대를 알아보지 못하게 막아야 했다.

기차가 다시 출발하자, 아우다 부인은 포그 씨가 깜빡 잠든 틈을 이용해 픽스와 파스파르투에게 사정을 설명했다.

「그 프록터라는 작자가 기차에 있다고요!」픽스가 소리쳤다. 「하지만 안심하십시오, 부인. 놈이 포그 씨를 상대하기 전에 저부터 상대해야 할 테니까요! 지난번에 제일 큰 모욕을 당했던 사람은 바로 저니까요!」

「또 거기다가,」파스파르투가 덧붙였다. 「저도 그자를 손봐야겠어요. 아무리 대령이라고 해도요.」

「픽스 씨,」아우다 부인이 말을 이었다. 「포그 씨는 다른 사람에게 복수할 기회를 주지 않을 거예요. 포그 씨는 지난번에 말씀하셨던 것처럼, 당사자를 찾으러 미국에 다시 오겠다고까지 하신 분이잖아요. 그러니까 만일 프록터 대령이 포그 씨의 눈에 띈다면, 우리 손으로 결투를 막을 수 없을 거고, 결국 무서운 결과가 생길 거예요. 그렇기 때문에 포그 씨가 대령을 못 보게 해야 돼요.」

「옳은 말씀입니다, 부인.」픽스가 대답했다. 「결투로 모든 것을 잃을 수 있어요. 이기든 지든 포그 씨는 늦게 될 거고, 그렇게 되면……」

「그렇게 되면,」파스파르투가 끼어들었다. 「리폼 클럽 신사 양반들이 내기에 이기는 거죠. 4일 후면 뉴욕에 도착해요! 그러니까 그사이에 주인님이 객차를 떠나지 않으면, 우연히 그 망할 미국 놈과 마주칠 일도 없을 거란 말입니다. 그렇다면, 방법을 찾아야 하는데……」

대화는 거기에서 중단되었다. 포그 씨가 잠에서 깨어났기 때문이다. 포그 씨는 눈이 얼룩덜룩하게 붙어 있는 창문으로 시골 풍경을 바라보았다. 하지만 잠시 후, 파스파르투는 주인과 아우다 부인에게 들리지 않게 픽스 형사에게 속닥였다.

「정말 주인님을 위해 싸울 거요?」

「유럽에 산 채로 데려가기 위해서는 뭐든지 할 거요!」픽스는 불굴의 의지를 보여 주는 말투로 간단히 답했다.

파스파르투는 온몸에 오싹 전율이 퍼지는 것 같았지만, 주인을 향한 신념은 약해지지 않았다.

그런데 지금 당장, 포그 씨가 대령을 절대 만나지 못하게, 이 객차에 잡아 둘 방법이 있을까? 포그 씨가 워낙 움직임이나 호기심이 많은 사람이 아니니까 그리 어려운 일은 아닐 것이다. 어쨌든, 픽스 형사는 방법을 찾은 듯했다. 잠시 후 필리어스 포그에게 이런 말을 했기 때문이다.

「기차에서 이렇게 가만히 있자니 시간이 참 길고 느리군요.」

「그렇습니다.」 필리어스 포그가 대답했다. 「그래도 시간은 흐르죠.」

「여객선에서는,」 픽스 형사가 다시 말했다. 「늘 휘스트 게임을 하셨죠?」

「네.」 필리어스 포그가 대답했다. 「하지만 여기서는 어렵겠군요. 카드도, 게임 상대도 없으니까요.」

「아! 카드라면 살 수 있을 거예요. 미국 열차에서는 안 파는 게 없으니까요. 게임 상대라면, 혹시 부인이…….」

「그럼요.」 아우다 부인이 활기차게 대답했다. 「휘스트 게임 할 줄 알아요. 영국 교육의 일부였으니까요.」

「저도요.」 픽스가 대답했다. 「휘스트라면 꽤 합니다. 우리 셋에 더미[61]만 하나 세우면…….」

「좋으실 대로 하죠.」 필리어스 포그는 좋아하는 카드 게임을 열차에서도 다시 할 수 있다는 것이 반가워서 대답했다.

---

61 dummy. 카드 게임에서 인원이 모자랄 때 세우는 것으로, 다른 사람들이 보게 패를 내놓고 게임에는 참가하지 않는 사람, 혹은 들춰 놓은 패를 가리킨다. 프랑스어로는 mort라고 한다.

파스파르투는 급히 기차 승무원을 찾으러 나가서, 잠시 후 카드 두 벌, 점수표, 칩, 천으로 덮인 작은 탁자를 가지고 돌아왔다. 부족한 것은 하나도 없었다. 카드 게임이 시작되었다. 아우다 부인은 휘스트 게임을 꽤 잘해서 엄격한 필리어스 포그에게 칭찬까지 받았다. 반면 픽스 형사는 체면만 유지하는 수준이었지만, 필리어스 포그의 상대는 될 만했다.

〈이제 됐어.〉 파스파르투는 속으로 생각했다. 〈주인님을 잡아 두었으니, 꼼짝도 하지 않으실 거야!〉

오전 11시, 기차는 대서양과 태평양을 가르는 분수령에 다다랐다. 이 지점은 해발 2,310미터 높이의 브리저 협로였는데, 로키산맥을 지나는 선로 구간 중 제일 높은 곳에 속했다. 2백 마일을 더 달리면 마침내 긴 평원에 들어가게 되는데, 이 평원은 대서양까지 이어졌다. 평원 지대라 철로를 깔기에도 수월한 구간이었다.

노스플랫강에서 갈라진 지류나 부지류가 모여서 형성된 첫 물줄기가 벌써 대서양 쪽 분지의 비탈 위로 흐르고 있었다. 래러미산맥의 우뚝 솟은 봉우리를 정점으로 형성된 북부 로키산맥은 거대한 반원형 커튼처럼 북쪽과 동쪽의 지평선을 완전히 뒤덮고 있었다. 이 반원형 산맥과 선로 사이에 대평원이 촉촉한 물기를 머금고 펼쳐져 있었다. 선로 오른쪽으로는 험준한 산에 켜켜이 쌓인 비탈이 보이기 시작했다. 이 산맥은 남쪽으로 구부러지면서, 미주리강의 큰 지류 중 하나인 아칸소강의 발원지까지 이어진다.

12시 30분에 기차 승객들은 이 고장을 내려다보는 할렉 요새를 잠깐 볼 수 있었다. 다시 몇 시간 더 달리면, 로키산맥을 완전히 건널 수 있을 것이다. 따라서 이 험준한 지방을 아무 사고 없이 지날 수 있으리라 기대할 수 있었다. 눈은 이제 내리지 않았다. 날씨는 춥고 건조해졌다. 기관차를 보고 놀란 커다란 새들이 멀리 도망쳤다. 곰이나 늑대 같은 야생 동물은 평원에 한 마리도 보이지 않았다. 끝없이 넓게 펼쳐진 황량한 벌판뿐이었다.

객차에 차린 점심을 편안하게 먹은 뒤, 포그 씨 일행은 다시 그칠 줄 모르는 휘스트 게임을 시작했다. 그때 격한 기적 소리가 들려온 뒤 기차가 멈췄다.

파스파르투가 객차 문에 머리를 대고 밖을 내다봤지만 왜 기차가 멈췄는지 알 수 없었다. 기차역은 보이지 않았다.

아우다 부인과 픽스는 포그 씨가 선로로 내려가려고 하지 않을까 잠시 겁을 먹었다. 하지만 이 신사는 하인에게 명령만 내리는 데 그쳤다.

「무슨 일인지 알아보게.」

파스파르투는 객차 밖으로 몸을 날렸다. 마흔 명쯤 되는 승객들이 이미 나와 있었는데, 그중에는 스탬프 W. 프록터 대령도 있었다.

기차는 선로를 폐쇄하는 빨간등이 들어온 신호등 앞에 멈춰 서 있었다. 기관사와 차장이 내려와 선로 관리원과 꽤 열띤 토론을 벌이고 있었다. 선로 관리원은 다음 정거장인 메디신보역의 역장이 기차를 살피라고 보낸 사람이었다. 승객들은 그들에게 가까이 다가가 토론에 참가했다. 그중에서도 프록터 대령은 위압적인 말투와 강압적인 몸짓을 보였다.

파스파르투는 무리에 끼어들어 선로 관리원이 하는 말을 들었다.

「아뇨! 기차가 지날 수 있는 방법이 없다니까요! 메디신보 다리가 흔들려서, 기차의 무게를 감당할 수 없을 거라고요.」

문제가 되는 다리는, 기차가 멈춘 곳에서 1마일 거리에 있는 급류 계곡을 잇는 현수교였다. 선로 관리원 말로는, 다리의 줄이 몇 개 끊어져 무너질 위험이 있기 때문에, 기차로 다리를 건널 수 없다는 것이었다. 선로 관리원이 다리를 건널 수 없다고 확신한다는 말은 전혀 과장이 아니었다. 더군다나 늘 무사태평한 미국 사람 입에서 조심해야 한다는 말이 나올 때, 그 말을 듣지 않는 것은 미친 짓일 것이다.

파스파르투는 감히 주인에게 이 사실을 알리러 갈 생각을 하지 못하고, 이를 꽉 깨물며 동상처럼 꼼짝 않고 서 있었다.

「기가 막혀서!」 프록터 대령이 소리 질렀다. 「우리더러 이 눈 속에 뿌리를 내리고 꼼짝도 하지 말라는 소리는 아니겠지!」

「대령님.」 차장이 대답했다. 「기차를 하나 마련해 달라고 오마하역에 전보를 보냈습니다만, 6시 전에 메디신보역에 도착할 수는 없을 것 같습니다.」

「6시라니!」 파스파르투가 소리쳤다.

「아마도요.」 차장이 대답했다. 「또 역까지 걸어가려면 그 정도 시간은 필요할 겁니다.」

「걸어서!」 모든 승객이 소리쳤다.

「그런데 그 역까지 얼마나 멉니까?」 한 승객이 차장에게 물었다.

「12마일입니다, 강을 건너야 해요.」

「눈 속에서 12마일이라니!」 스탬프 W. 프록터 대령이 소리를 질렀다.

대령은 욕설을 퍼붓고, 철도 회사를 비난하고, 차장을 비난했다. 파스파르투도 화가 나 있었기에 자칫하면 대령의 욕설 공격에 가담할 뻔했다. 이번에는 주인의 은행권을 모두 쏟아붓는다고 해도 극복할 수 없는 물리적인 장애가 버티고 있었다.

또한 지체하는 시간을 계산에 넣지 않는다고 해도, 눈으로 뒤덮인 평야를 가로질러 12마일가량 걸어야 한다는 사실이 모든 승객을 낙담하게 만들었다. 그 때문에 모두 웅성거리고, 부르짖고, 노발대발 화를 냈다. 만약 필리어스 포그가 휘스트 게임에 정신이 팔려 있지 않았다면, 분명 이런 소란에 관심을 기울였을 것이다.

하지만 파스파르투는 주인에게 사실을 알려야 했다. 그는 머리를 푹 숙이고 객차 쪽으로 갔다. 그때 진정한 양키라 할, 포스터라고 하는 기관사가 목청을 높였다.

「승객 여러분, 어쩌면 건너갈 방법이 있을 겁니다.」

「다리 위로?」 한 승객이 대답했다.

「다리 위로요.」

「이 기차로?」 대령이 물었다.

「이 기차로요.」

파스파르투는 그 자리에 멈춰 기관사의 말을 빨아들이듯 들었다.

「하지만 다리가 무너지는데!」차장이 말했다.

「그건 상관없어요.」포스터가 대답했다. 「기차를 전속력으로 몰면, 건널 확률이 높을 테니까요.」

「맙소사!」파스파르투가 말했다.

하지만 몇몇 승객은 이 제안에 금세 솔깃해졌다. 특히 프록터 대령의 마음에 드는 제안이었다. 이 과격한 남자가 보기에 충분히 해볼 만한 일이었다. 그는, 어떤 엔지니어들이 튼튼하게 연결된 기차를 전속력으로 몰아서 〈다리도 없는〉 강을 건널 생각을 했었네 어쨌네 하는 얘기까지 끄집어냈다. 어쨌든, 이 의견에 관심이 있는 사람들은 모두 기관사의 편에 섰다.

「건널 확률은 50퍼센트예요.」누군가 말했다.

「60퍼센트죠.」다른 사람이 말했다.

「80퍼센트! ……90퍼센트!」

파스파르투는 어안이 벙벙해졌다. 메디신보 계곡을 넘기 위해서라면 만반의 준비가 되어 있었지만, 이런 계획은 그의 눈에 너무 〈미국적〉으로 보였다. 그는 생각했다.

〈아니, 더 쉬운 방법이 있는데, 이 사람들은 그런 생각조차 못하고 있다니!〉

파스파르투가 어느 승객에게 말했다.

「기관사가 제안한 방법은 조금 위험해 보이네요. 그렇지만…….」

「가능성 80퍼센트!」 그 승객은 파스파르투에게 등을 돌리며 말했다.

「저도 잘 알아요.」 파스파르투가 다른 신사를 향해 대답했다. 「하지만 조금만 생각해도…….」

「생각 같은 건 필요 없어요!」 파스파르투가 말을 건 미국 남자가 어깨를 으쓱거리며 대답했다. 「기관사가 건널 수 있다고 하잖아요!」

「그럴지도 모르죠.」 파스파르투가 다시 말했다. 「건널 수도 있겠지만, 더 신중한 방법은…….」

「뭐라고! 신중!」 우연히 이 말을 들은 프록터 대령이 펄쩍 뛰며 소리를 질렀다. 「전속력으로 달린다잖아! 알아듣겠나? 전속력!」

「알아요…… 알아들어요…….」 파스파르투가 대령이 말을 마치기도 전에 되받아쳤다. 「하지만 신중하다는 말이 거슬린다면, 좀 더 자연스러운 방법이…….」

「누가? 무엇을? 뭘? 저 인간이 자연스럽게 뭘 어쩌겠다는 거야?」 사방에서 사람들이 소리쳤다.

이 불쌍한 청년은 더 이상 어떻게 하면 사람들이 자기 말에 귀를 기울이게 만들지 알 수가 없었다.

「두려운 건가?」 프록터 대령이 파스파르투에게 물었다.

「제가, 두렵다니요!」 파스파르투가 소리를 질렀다. 「그래, 해봅시다! 저 사람들한테 프랑스 사람도 미국 사람만큼 미국적일 수 있다는 걸 보여 줄 테니!」

「승차! 승차!」 차장이 외쳤다.

「그래! 승차, 승차!」파스파르투가 따라 말했다. 「당장! 하지만 승객이 걸어서 다리를 먼저 건넌 다음, 기차가 다리를 건너고 그 뒤에 올라타는 게 더 자연스러울 거라는 생각은 변함이 없다 이겁니다!」

하지만 아무도 이 현명한 말을 듣지 못했고, 들었다고 해도 옳고 그름을 따지려 들지 않았을 것이다.

승객들은 다시 자기 객차로 돌아갔다. 파스파르투는 자기 자리에 다시 앉아, 무슨 일이 있었는지 아무 말도 하지 않았다. 휘스트 게임을 하는 이들은 게임에 푹 빠져 있었다.

기관차가 우렁차게 기적을 울렸다. 기관사는 증기 방향을 거꾸로 돌려 기차를 1마일가량 후진시켰다. 마치 높이뛰기를 하는 선수가 뒤로 물러났다가 앞으로 달리며 출발선에서 속력을 내는 것처럼.

그다음 두 번째 기적이 울리자, 후진했던 기차가 앞을 향해 달리기 시작했다. 기차는 속력을 높였다. 곧 무시무시하게 속력이 올랐다. 이제 기관차에서 나오는 요란한 소리밖에 들리지 않았다. 피스톤은 1초에 20회씩 왕복 운동을 했고, 차축은 기름 상자에서 연기를 뿜었다. 시속 1백 마일의 속도로 달리는 기차는 철로에 닿지 않고 통째로 떠다니는 것 같은 느낌이었다. 속도가 중력을 흡수한 것이다.

그리고 기차는 다리를 통과했다! 마치 번개가 번쩍하는 것 같았다. 다리를 구경할 사이도 없었다. 이렇게 말해도 된다면, 기차는 위로 뛰어올라 강 이편에서 저편으로 넘어갔다. 기관사는 분노의 질주를 마친 기차를, 역에서 5마일이나 지난 곳에 간신히 세울 수 있었다.

하지만 기차가 강을 건너기 무섭게, 다리는 완전히 무너져 무시무시한 소리를 내며 메디신보 급류 속으로 떨어지고 말았다.

29
미국 철로에서만 만날 수 있는
다양한 사건

바로 그날 저녁, 기차는 장애물에 막히는 일 없이 선로를 따라, 샌더스 요새를 지나고, 샤이엔산을 넘어, 에번스산에 도착했다. 이 지점은 전체 노선에서 제일 높은 곳으로, 높이가 해발 2,466미터에 이르렀다. 여기서부터 대서양까지는 계속 내리막길로, 평탄한 지형의 평원이 끝없이 펼쳐져 있다.

이 〈대간선 철도〉에, 콜로라도주의 주요 도시인 덴버시로 갈라지는 지선이 있었다. 이 지대는 금과 은 광산이 많고, 인구 5만 명 이상이 이미 정착해 살고 있었다.

이제, 샌프란시스코를 출발해 3일 동안 밤낮으로 달려 1,382마일을 왔다. 예정대로 앞으로 4일 동안 밤낮으로 달리면, 뉴욕에 충분히 도착할 수 있을 것이다. 따라서 필리어스 포그는 규정 기간을 유지하고 있었다.

기차는 밤새도록 선로 왼쪽에 있는 월바흐 기지를 지났다. 로지폴강이 와이오밍주와 콜로라도주가 만나는 직선으로 뻗은 경계선을 따라, 선로와 나란히 흘렀다. 11시에 기차는 네브래스카주로 들어섰고, 세지윅 근처를 지나 플랫강 남부 지류에 있는 줄스버그에 닿았다.

바로 이 지점에서 1867년 10월 23일 유니언 퍼시픽 철도 개통식이 열렸다. 당시 철도 공사를 감독한 기사는 J. M. 도지 장군이었다. 바로 여기에, 두 대의 강력한 기관차가 초대 손님을 태운 아홉 대의 객차를 끌고 멈춰 섰다. 초대 손님 중에는 유니언 퍼시픽 철도 회사의 부사장인 토머스 C. 듀런트 씨도 있었다. 그때 바로 여기에서, 환호성이 울려 퍼졌다. 바로 여기에서, 수족과 포니족이 소규모 인디언 전쟁을 재현한 무대를 선보였고, 바로 여기에서 불꽃놀이가 벌어졌다. 그리고 바로 여기에서, 휴대용 인쇄기로 『철도 개척자』 신문의 제 1호를 발간했다. 이 위대한 철도의 개통식은 그렇게 진행되었다. 진보와 문명의 도구로 사막을 가로지르고, 아직 존재하지도 않는 마을과 도시를 연결할 철도였다. 암피온[62]의 리라 소리보다 더 우렁찬 기관차의 기적 소리는, 곧 미국 땅에서 마을과 도시 들을 솟아오르게 만들 것이다.

오전 8시, 기차는 맥퍼슨 요새를 뒤로하고 달렸다. 여기에서 오마하까지는 357마일 거리였다. 철로는 강의 왼편으로, 굴곡이 심한 플랫강의 남부 지류를 따라 이어져 있었다. 9시에 기차는 주요 도시인 노스플랫에 도착했다. 노스플랫은 거대한 플랫강의 두 지류 사이에 세운 도시다. 이 두 지류는 노스플랫 주위에서 한 줄기 동맥을 형성해, 오마하에서 조금

---

62 Amphion. 그리스·신화에 등장하는 제우스와 안티오페의 아들로, 시인이자 음악가다. 쌍둥이 형제인 제토스와 테베의 왕이 되었는데, 암피온이 연주하는 리라 소리에 돌이 저절로 움직여 성벽이 완성되었다고 한다.

위에 있는 미주리강의 지류와 합류하는 큰 물줄기다.

이제 서경 101도선을 넘었다.

포그 씨 일행은 다시 카드 게임을 시작했다. 아무도 여행이 길다고 불평하지 않았다. 더미도 마찬가지였다. 픽스는 몇 기니를 땄지만, 다시 잃고 있었다. 하지만 카드 게임에 대한 열정은 포그 씨 못지않았다. 오늘 오전에는 행운이 특히 포그 씨 편을 들어 주었다. 점수가 제일 높은 으뜸 패와 최고 패가 그의 손안으로 쏟아져 들어왔다. 포그 씨가 대담한 공격을 준비한 뒤 스페이드를 내려고 할 때, 뒤에서 누군가 끼어들었다.

「나 같으면 다이아몬드를 내겠는데…….」

포그 씨와 아우다 부인과 픽스가 고개를 들었다. 프록터 대령이 그들 옆에 있었다.

스탬프 W. 프록터와 필리어스 포그는 곧 서로를 알아보았다.

「아! 당신이로군, 영국 양반.」 대령이 소리쳤다. 「스페이드를 내려고 하는 사람이!」

「그 사람이 맞소.」 필리어스 포그가 스페이드 10을 내놓으며 차갑게 대답했다.

「그런데 내가 보기에는 다이아몬드가 낫겠는데 말이야.」 프록터 대령이 짜증스러운 목소리로 대꾸했다.

그리고 필리어스 포그가 내놓은 카드를 집어 들려고 하면서 덧붙였다.

「이 게임을 당최 모르는군.」

「다른 게임은 더 잘할 수 있을 것 같소.」 필리어스 포그가 그렇게 말하고 자리에서 일어났다.

「해볼 테면 얼마든지 해봐, 걸핏하면 덤벼 대는 영국 놈아!」 무례한 대령이 응수했다.

아우다 부인의 얼굴이 하얗게 질렸다. 모든 피가 심장으로 쏠린 것 같았다. 아우다 부인은 필리어스 포그의 팔을 잡았지만, 그는 부인의 팔을 부드럽게 밀어냈다. 파스파르투는 최대한 모욕을 주려는 표정으로 상대를 쳐다보는 이 미국인에게 달려들 준비를 하고 있었다. 하지만 픽스가 자리에서 일어나 프록터 대령에게 다가가 말했다.

「용무가 있는 사람은 바로 나라는 걸 잊고 계시군. 나를 모욕한 것도 모자라 치기까지 해놓고!」

「픽스 씨.」 포그 씨가 말했다. 「죄송하지만, 이 일은 저 한 사람의 일입니다. 대령은 내가 스페이드를 낸 게 잘못이라며 또다시 모욕했으니, 내게 되갚을 기회를 주어야 합니다.」

「언제든, 어디서든, 좋을 대로.」 대령이 대답했다. 「그리고 무기도 알아서 선택하시지!」

아우다 부인은 포그 씨를 말리려 했지만 소용없었다. 픽스 형사는 자기가 나서서 싸움을 하려 했지만 아무 소용 없었다. 파스파르투는 대령을 문밖으로 던져 버리려 했으나, 주인이 손짓을 보내며 말렸다. 필리어스 포그는 객차에서 나갔고, 대령이 그 뒤를 따라 연결 통로로 갔다.

「대령!」 포그 씨가 상대에게 말했다. 「나는 유럽에 돌아갈 시간이 아주 촉박합니다. 지체되었다가는 엄청난 손해를 보게 됩니다.」

「그래서! 그게 나랑 무슨 상관이오?」프록터 대령이 대답했다.

「대령!」포그 씨가 아주 공손하게 다시 말했다. 「우리가 샌프란시스코에서 만났을 때, 댁을 만나러 미국에 돌아올 계획을 세웠습니다. 구대륙에서 처리할 일을 끝내는 대로요.」

「설마!」

「6개월 뒤에 만나겠소?」

「아예 6년이라고 하시지?」

「6개월이라고 하잖소.」포그 씨가 대답했다. 「정확히 약속 일에 오겠소.」

「내빼려는 수작이로군!」스탬프 W. 프록터가 소리쳤다. 「지금 당장 아니면 기회는 없어.」

「좋소.」필리어스 포그가 대답했다. 「뉴욕에 가시오?」

「아니.」

「시카고?」

「아니.」

「오마하?」

「그게 무슨 상관이야! 플럼 크리크라고 아나?」

「아뇨.」필리어스 포그가 대답했다.

「다음 역이지. 한 시간 후면 도착할 거야. 기차가 거기서 10분간 정차하지. 10분이면, 총알 몇 발은 주고받을 수 있을 텐데.」

「좋소.」포그 씨가 대답했다. 「플럼 크리크에 내리겠소.」

「거기서 영영 꼼짝도 못 하게 될 텐데!」대령이 더없이 무례하게 덧붙였다.

「그건 두고 봐야겠죠.」포그 씨는 그렇게 대답하고, 평상시처럼 냉정하게 객차로 돌아갔다.

객차로 돌아간 포그 씨는 먼저 아우다 부인에게, 허풍을 떠는 자들은 절대 두려운 존재가 아니라고 말하면서 안심시켰다. 그런 다음 픽스에게는 잠시 후에 시작될 결투에 증인이 되어 달라고 부탁했다. 픽스는 거절할 수 없었다. 필리어스 포그는 침착하게 스페이드를 내면서 중단되었던 카드 게임을 다시 시작했다.

11시가 되자 기관차의 기적이 울리며 플럼 크리크역에 다가가고 있음을 알렸다. 포그 씨가 자리에서 일어났고, 픽스가 뒤를 따라 승강구로 갔다. 파스파르투는 권총 두 자루를 들고 픽스의 뒤를 따랐다. 아우다 부인은 객차에 죽은 사람처럼 창백한 얼굴로 남아 있었다.

바로 그때, 다른 객차의 문이 열리더니 프록터 대령이 비슷하게 생긴 양키를 증인으로 동반하고 승강구에 나타났다. 하지만 두 적수가 플랫폼으로 내려가려는 찰나, 차장이 달려와 소리쳤다.

「여기서 하차하지 않습니다.」

「왜요?」대령이 물었다.

「20분이 지체되어서, 열차가 정차하지 않습니다.」

「나는 이 양반과 결투를 해야 하는데.」

「죄송합니다.」차장이 대답했다. 「하지만 즉시 출발할 겁니다. 출발 종이 울리고 있잖아요!」

그의 말대로 종이 울렸고, 기차는 다시 출발했다.

「정말 죄송합니다.」그때 차장이 말했다. 「다른 경우라면, 사정을 봐드릴 수 있었을 겁니다. 하지만, 어쨌든, 여기서 결투할 시간이 없으시니까, 달리는 기차에서 결투하셔도 되지 않겠습니까?」

「이 신사분은 꺼릴 수도 있지!」프록터 대령이 빈정대며 말했다.

「아무 문제 없습니다.」필리어스 포그가 대답했다.

〈정말이지, 여기가 미국은 미국이야!〉파스파르투는 생각했다. 〈기차 차장이 세상에서 제일 훌륭한 신사로군!〉

두 적수와 두 증인은 차장을 앞세우고 여러 객차를 건너 기차의 마지막 칸에 다다랐다. 마지막 객차에는 승객이 열 명 남짓 있었다. 차장은 승객들에게, 두 신사가 명예를 걸고 해결해야 할 일을 마칠 수 있게 잠시 자리를 비워 달라고 부탁했다.

그건 어림없는 소리였다! 하지만 모든 승객은 두 신사를 도울 수 있다는 사실에 매우 흡족해하며 승강구 쪽으로 나갔다.

길이가 약 15미터인 객차는 결투 장소로 아주 적합했다. 두 적수는 좌석 사이로 마주 보고 걸으면서 마음껏 총을 쏠 수 있었다. 이렇게 쉽게 해결할 수 있는 결투도 없었다. 포그 씨와 프록터 대령은 6연발 권총을 두 자루씩 들고서 객차로 들어갔다. 증인들은 객차 통로로 나가 객차 문을 닫고 남아 있었다. 기관차의 첫 기적이 울리면 총을 쏘도록 했다……. 2분이 경과한 뒤, 두 신사 중 그대로 객차에 남아 있는 사람을 치우게 될 것이었다.

사실 이보다 간단한 것도 없었다. 너무나 간단히 끝나는 것이라서, 픽스와 파스파르투의 가슴은 부서져 내릴 듯 쿵쾅 뛰었다.

모두들 신호로 약속된 기적 소리를 기다리고 있는데, 별안간 야성이 울려 퍼졌다. 총소리가 외침 소리와 함께 울렸지만, 두 결투자가 있는 객차에서 나온 소리는 아니었다. 반대로 총소리는 기차 앞에서 시작해 기차 전체로 퍼져 나가고 있었다. 객차 안에서 공포에 찬 비명 소리가 터져 나왔다.

프록터 대령과 포그 씨는 권총을 움켜쥐고 곧바로 객차에서 나와, 총소리와 비명 소리가 더욱 커지는 앞쪽으로 서둘러 갔다.

두 사람은 기차가 수족의 습격을 받았음을 알아차렸다.

이 대담한 인디언들은 처음으로 기차 습격을 한 것이 아니었다. 이미 여러 번 열차를 세웠다. 인디언들은 습관대로, 기차가 멈춰 서기를 기다리지 않고 승강구 계단으로 1백여 명이 뛰어올라, 곡예사가 달리는 말에 올라타듯 객차로 넘어 들어왔다.

수족은 총으로 무장하고 있었다. 총성은 여기에서 났던 것이다. 승객들은 대부분 총을 가지고 있었기 때문에, 인디언에게 권총을 쏘며 대항했다. 인디언들은 제일 먼저 기관실로 달려갔다. 기관사와 화부(火夫)가 인디언들이 휘두르는 몽둥이에 맞아 죽어 나갈 지경이었다. 수족 추장이 기차를 세우려 했지만 속도 조절기의 조작 방법을 몰라 증기 출구를 닫는 대신 활짝 열어 놓는 바람에, 잔뜩 힘을 받은 기관차는 미친 듯이 달려 나갔다.

동시에 수족 인디언들은 객차를 점령해, 성난 원숭이들처럼 지붕 위를 뛰어다니고, 기차 문을 부수고 들어와 승객들과 육탄전을 벌였다. 약탈당한 화물칸 밖으로 꾸러미들이 쏟아져 나와 선로 위에 떨어졌다. 비명 소리와 총소리가 끊이지 않았다.

하지만 승객들은 용감하게 방어했다. 어떤 객차에서는 차단벽을 만들어, 시속 1백 마일로 달리는 이동 요새처럼 진지를 지켰다.

인디언의 습격이 시작되었을 때부터 아우다 부인은 용감하게 행동했다. 손에 총을 들고 야만인이 나타날 때마다 창문 너머로 총을 쏘며 영웅적으로 맞서 싸웠다. 스무 명 남짓한 수족이 치명상을 입고 선로 위로 떨어졌고, 객차의 바퀴는 승강구 위에서 선로로 떨어진 인디언들을 벌레처럼 으깨고 지나갔다.

여러 승객들이 총에 맞거나 몽둥이에 맞아 중상을 입고 의자에 누워 있었다.

하지만 사태를 해결해야 했다. 전투는 10분째 계속되었고, 기차가 멈추지 않는다면, 수족의 승리로 끝날 수밖에 없었다. 사실 커니 요새역은 2마일밖에 남지 않았다. 거기에는 미국 수비대가 있지만, 이 초소를 지나쳐 버리면 커니 요새와 다음 역 사이에서 수족이 기차를 탈취할 것이었다.

차장이 포그 씨 옆에서 싸우다가 총에 맞아 고꾸라졌다. 차장은 쓰러지면서 소리쳤다.

「기차가 5분 안에 서지 않으면, 우리는 지고 맙니다!」

「기차를 세우겠습니다.」 필리어스 포그가 객차 밖으로 달려 나가려 하면서 말했다.

「여기 계세요, 주인님.」 파스파르투가 포그 씨에게 외쳤다. 「이건 제가 할 일입니다!」

필리어스 포그가 말릴 새도 없이 이 용감한 청년은 인디언의 눈에 띄지 않게 문을 열고 객차 밑으로 미끄러져 들어가는 데 성공했다. 전투가 계속되고, 총알이 머리 위로 이리저리 날아다니는 동안, 파스파르투는 예전의 민첩한 몸놀림과 곡예사의 유연함을 되찾아, 객차 아래로 교묘하게 비집고 들어가 쇠사슬에 매달려 놀랄 정도로 능숙하게 객차 사이를 건너가 마침내 기차의 선두까지 갔다. 누구의 눈에도 띄지 않았고, 눈에 띌 수도 없었다.

거기서 한 손으로는 화물차와 그 뒤에 석탄과 물을 실은 탄수차 사이에 매달렸고, 다른 손으로는 안전 사슬을 풀었다. 하지만 기차의 견인력 때문에 객차를 분리할 수 없었다. 만약 열차가 흔들려 객차의 연결봉을 튀어 오르게 만들지 않았다면, 안전 사슬을 풀었다고 해도 객차를 분리하지 못했을 것이다. 분리된 객차는 점점 뒤로 처졌고, 기관차는 다시 속력을 내어 쏜살같이 달렸다.

객차는 달리던 힘 때문에 선로 위를 몇 분간 굴렀지만, 객차 안에서 제동 장치가 걸려 마침내 커니 요새역에서 1백 걸음도 떨어지지 않은 곳에 멈췄다.

이곳 요새에 있던 군인들이 총소리를 듣고 서둘러 달려왔다. 수족은 군인들을 기다리지 않고, 열차가 완전히 멈추기 전에 모두 도망쳐 버렸다.

하지만 역 플랫폼에서 승객 수를 점검했을 때, 호명에 대답하지 않은 승객이 몇 명 있었다. 그중에 헌신적으로 승객을 구한 프랑스 청년도 끼여 있었다.

30
필리어스 포그가 오직 의무를 다하다

파스파르투를 포함해 승객 세 명이 사라졌다. 전투 중 사망한 것일까? 수족의 포로가 된 것일까? 아직은 알 수 없었다.

승객 중 부상자가 꽤 많았지만, 생명이 위태로울 정도로 큰 부상을 입은 사람은 없었다. 큰 부상을 입은 사람 중에는 프록터 대령도 있었다. 대령은 용감하게 싸우다가, 아랫배와 허벅다리 사이에 총을 맞고 쓰러졌다. 다른 부상 승객과 함께 역으로 옮겼지만, 즉각 치료를 받아야 할 상태였다.

아우다 부인은 무사했다. 필리어스 포그도 몸을 아끼지 않고 싸웠지만 찰과상조차 입지 않았다. 하지만 파스파르투가 사라졌기 때문에, 아우다 부인의 눈에서는 눈물이 계속 흘러내렸다.

모든 승객이 기차에서 내렸다. 기차 바퀴는 피로 얼룩져 있었다. 차축과 바큇살에 형체를 알 수 없는 살점들이 붙어 있었다. 눈으로 덮인 평원에 길게 줄지어 떨어진 핏방울이 끝도 없이 보였다. 마지막 인디언 무리가 남쪽의 리퍼블리컨 강 쪽으로 사라지고 있었다.

포그 씨는 팔짱을 긴 채 꼼짝도 하지 않았다. 중대한 결정을 내려야 했다. 아우다 부인은 옆에서 아무 말도 없이 바라보고만 있었다……. 포그 씨는 이 눈길의 의미를 알고 있었다. 만약에 하인이 포로로 잡혀 있다면, 인디언의 손에서 구출하기 위해 어떤 위험이라도 감수해야 하지 않을까?

「죽었든 살았든 찾을 겁니다.」 포그 씨가 아우다 부인에게 간단히 말했다.

「아…… 포그 씨!」 아우다 부인은 포그 씨의 두 손을 잡고, 그 손에 눈물을 쏟으며 소리쳤다.

「살아 있다면,」 포그 씨가 덧붙였다. 「한시도 지체할 수 없습니다!」

이렇게 결심하며, 필리어스 포그는 모든 것을 희생했다. 막 파산을 선고한 셈이었다. 하루만 늦어도 뉴욕에서 배를 탈 수 없었다. 그렇게 되면 어쩔 수 없이 내기에 지고 말 것이었다. 하지만 〈이건 내 의무다!〉라는 생각 앞에서, 그는 머뭇거리지 않았다.

커니 요새를 지휘하는 대위가 거기에 있었다. 1백 명쯤 되는 부하들이 혹시라도 수족이 역을 직접 습격할 것에 대비해 방어 태세를 갖추고 있었다.

「대위님!」 포그 씨가 대위에게 말했다. 「승객 세 명이 사라졌습니다.」

「죽었습니까?」 대위가 물었다.

「죽었거나 포로로 잡혔겠죠.」 필리어스 포그가 대답했다. 「확실히 찾아내야 합니다. 수족을 추격할 생각이십니까?」

「그건 심각하게 생각할 문제입니다.」대위가 말했다. 「그 인디언들이 아칸소강 너머까지도 달아날 수 있지 않습니까? 제 관할인 요새를 내버려 두고 갈 수는 없습니다.」

「대위님!」필리어스 포그가 다시 말했다. 「세 명의 목숨이 달린 문제입니다.」

「물론이죠……. 하지만 세 명을 구하자고 쉰 명의 목숨을 위태롭게 할 수 있을까요?」

「그렇게 하실 수 있는지는 모르겠지만, 그렇게 하셔야 합니다.」

「선생님!」대위가 대답했다. 「여기에 있는 그 누구도 내게 이래라저래라 할 수는 없습니다.」

「좋소.」필리어스 포그가 차갑게 말했다. 「혼자 가겠소!」

「당신이,」픽스가 다가와 소리쳤다. 「혼자서 인디언을 쫓 겠다고요?」

「그럼 그 불쌍한 청년을 죽게 내버려 두란 말입니까? 여기 있는 사람의 목숨을 구하다 그렇게 됐는데요! 전 가겠습니다.」

「안 돼요, 혼자서는 못 갑니다!」대위가 자기도 모르게 감 동해 소리쳤다. 「안 됩니다! 정말 용감한 분이시군요! 지원자 서른 명은 앞으로!」그가 뒤로 돌아 부하들에게 말했다.

모든 병사가 한꺼번에 앞으로 나왔다. 대위는 그중에서 고르기만 하면 됐다. 병사 서른 명이 결정되었고, 나이 든 중사가 선두에 섰다.

「고맙소, 대위!」포그 씨가 말했다.

「같이 가도 되겠습니까?」픽스가 포그 씨에게 물었다.

「좋도록 하십시오.」필리어스 포그가 대답했다. 「하지만 저를 도와주시려거든 아우다 부인 곁에 있어 주십시오. 혹시 무슨 일이 생기면…….」

갑자기 픽스 형사의 얼굴이 창백해졌다. 인내심을 발휘하며 이 남자가 가는 곳마다 뒤쫓았는데 이제 떨어져야 하다니! 이 허허벌판에서 놈이 활개치고 다니게 내버려 둬야 하다니! 픽스는 조심스럽게 이 신사를 쳐다보았다. 하지만 픽스는, 부득이, 포그에 대한 반감에도 불구하고, 내면의 갈등에도 불구하고, 이처럼 침착하고 정직한 눈 앞에 두 눈을 내리깔고 말았다.

「남겠소.」픽스가 말했다.

포그 씨는 아우다 부인의 손을 꼭 잡았다. 그리고 소중한 여행 가방을 건네고 중사가 이끄는 부대와 함께 떠났다.

하지만 포그 씨는 떠나기 전 병사들에게 이렇게 말했다.

「여러분, 잡혀간 사람들을 구해 내면 1천 파운드를 드리겠소!」

시간은 정오에서 몇 분 지나 있었다.

아우다 부인은 역에 있는 방에 들어가 꼼짝도 하지 않고 필리어스 포그를 생각하고, 그의 고결한 희생정신과 과묵한 용기를 생각하며 기다렸다. 포그 씨는 자신의 재산을 희생했고, 이제는 자기 목숨을 걸었다. 주저하지 않고, 의무감으로, 어떤 말도 덧붙이지 않고서. 필리어스 포그는 아우다 부인의 눈에 영웅이었다.

픽스 형사는 그렇게 생각하지 않았다. 그는 불안한 마음을 억누를 수 없었다. 역 플랫폼에서 초조하게 서성거렸다. 잠시 굴복했지만, 이제 본래의 모습으로 되돌아왔다. 포그 씨가 떠나고 나자, 그렇게 떠나게 내버려 둔 게 얼마나 어리석은 짓인지 깨달았다. 아뿔싸! 세계를 돌아 뒤쫓아온 남자가 떠나겠다는데 그렇게 하라고 하다니! 픽스는 본성을 되찾아 자신을 탓하고, 마치 어리바리한 경찰을 훈계하는 런던 경찰 청장이라도 된 듯이 자신을 나무랐다.

〈내가 어리석었어! 파스파르투가 포그 씨한테 내 정체를 알릴 텐데! 포그 씨는 떠나 버렸고, 돌아오지 않을 거야! 이제 어디서 녀석을 잡을 수 있을까? 어떻게 내가 그렇게 깜빡 넘어갔지? 나 픽스가, 체포 영장도 주머니에 넣어 가지고 있었는데! 난 정말 멍청이야!〉

픽스 형사가 그렇게 생각을 곱씹는 동안, 시간은 너무 늦게 흐르는 것만 같았다. 그는 어떻게 해야 할지 몰랐다. 아우다 부인에게 모든 얘기를 하고 싶다는 생각이 들 때도 있었다. 하지만 이 젊은 부인이 그 말을 듣고 자기를 어떻게 받아들일지 알 수 없었다. 어느 쪽을 택해야 하지? 그는 포그 씨를 쫓아서 길게 펼쳐진 설원으로 가고 싶은 욕망에 흔들리기도 했다. 포그 씨를 되찾는 것이 불가능해 보이지 않았다. 아직 눈 위에 발자국이 남아 있지 않은가! 하지만 금방 그 위로 내리는 눈에 덮여 모든 흔적이 사라질 것이다.

그런 생각에 이르자 픽스는 절망했다. 게임을 포기하고 싶은 마음이 굴뚝같았다. 그런데 마침, 다 그만두고 커니역을

떠나 난관이 많았던 이 여행을 계속 이어 갈 수 있는 기회가
찾아왔다.

오후 2시경, 굵은 눈발이 떨어지는 동안, 동쪽에서 긴 기적
소리가 들려왔다. 다갈색의 불빛 뒤로 거대한 그림자가 천천
히 다가왔다. 안개 때문에 더욱 커 보이는 그림자는 환상적
인 분위기까지 자아냈다.

하지만 아직 동쪽에서 기차가 올 시간이 아니었다. 다른
열차를 보내 달라고 전보를 보낸 상태지만, 아무리 빨리 온
다고 해도, 오마하에서 떠난 샌프란시스코행 기차는 내일이
나 도착할 것이었다. 하지만 의문은 곧 풀렸다.

연기를 폴폴 날리며 우렁찬 기적 소리를 울리면서 달려온
기차는 객차와 분리된 뒤 무시무시한 속도로, 기절한 화부와
기관사를 싣고 질주하던 기관차였다. 기관차는 철로 위를 몇
마일 달리다가, 연료가 부족해 화력이 낮아지면서 증기가 줄
었고, 한 시간 뒤에는 속도가 점점 느려지다가 마침내 커니
역에서 20마일 떨어진 곳에 멈추었다.

기관사도 화부도 죽지 않았다. 꽤 오랫동안 기절해 있다가
의식이 돌아왔다. 그들이 깨어났을 때 기차는 멈춰 있었다.
기관사는 뒤에 따라오는 객차도 없이 달랑 기관차 하나만 허
허벌판에 남겨진 것을 보고 무슨 일이 있었던 것인지 깨달았
다. 어떻게 기관차가 객차와 분리되었는지는 짐작할 수 없
지만, 뒤로 처진 객차가 꼼짝 못 하고 서 있는 건 의심의 여지
가 없었다.

기관사는 자기가 해야 할 일을 깨닫고 즉시 실행했다. 오

마하 방향의 노선을 계속 따라간 것은 신중한 결정이었다. 인디언들이 여전히 약탈하고 있을 객차 쪽으로 되돌아가는 일은 위험했다…… 하지만 그건 상관없었다! 석탄과 나무를 삽으로 폭폭 퍼서 보일러에 쏟아붓자 불길이 되살아났고 증기 압력도 다시 높아져 오후 2시경 기관차는 커니역 쪽으로 후진하기 시작했다. 안개 속에서 기적을 울린 것은 바로 이 기관차였다.

기관차가 객차 앞에 자리를 잡자, 승객들은 너무나 기뻐했다. 그래서 불행하게 중단된 여행을 계속할 수 있게 되었다.

기관차가 도착하자, 아우다 부인이 역에서 나와 차장에게 다가가 물었다.

「떠날 건가요?」

「곧 떠납니다, 부인.」

「하지만 잡혀간 사람들은…… 불쌍한 우리 일행은…….」

「운행 업무를 중단할 수는 없습니다.」 차장이 대답했다. 「벌써 세 시간이나 지체되었어요.」

「그럼 샌프란시스코에서 출발한 다른 기차는 언제 오나요?」

「내일 저녁입니다, 부인.」

「내일 저녁! 하지만 그건 너무 늦어요. 그렇다면 기다리셔야…….」

「그럴 수 없습니다.」 차장이 대답했다. 「만약 떠나시려거든 기차에 타십시오.」

「전 떠나지 않을 겁니다.」 아우다 부인이 대답했다.

픽스는 이 대화를 듣고 있었다. 조금 전 이동 수단이 하나도 없을 때는 커니역을 떠날 결심이었는데, 질주할 준비를 하는 기차에 올라가 자기 자리에 앉기만 하면 되는 지금, 거역할 수 없는 힘이 그를 땅에 붙들어 두었다. 플랫폼에 닿은 발이 불에 덴 것 같은 느낌이었지만, 발을 뺄 수가 없었다. 마음속에서 다시 갈등이 일어났다. 실패할지도 모른다는 생각에 화가 나서 숨이 막힐 지경이었다. 픽스는 끝까지 겨루고 싶었다.

하지만 다른 승객들과 부상자들은 객차로 올라가 자리를 잡았다. 부상자 중에는 프록터 대령도 있었는데 부상이 심각했다. 열이 펄펄 나는 보일러에서 부르르 떨리는 소리가 났고, 증기가 배출구를 통해 나왔다. 기관사가 기적을 울리자 기차는 달리기 시작했고, 곧 흰 연기와 눈보라가 뒤섞인 가운데 사라졌다.

픽스 형사는 그 자리에 있었다.

몇 시간이 흘렀다. 날씨는 몹시 흐렸고, 추위는 매서웠다. 픽스는 역에 있는 긴 의자에 앉아 꼼짝도 하지 않았다. 자고 있다고 믿을 정도였다. 아우다 부인은 눈보라가 몰아치는데도 계속 쉬고 있던 방에서 나왔다. 플랫폼의 맨 끝까지 가서, 눈보라 속을 살피면서 주변의 지평선을 가리고 있는 안개를 꿰뚫어 볼 수 있기를 바라며, 무슨 소리라도 들리나 싶어 귀를 기울였다. 하지만 헛수고였다. 아우다 부인은 몸이 꽁꽁 얼어붙은 채 돌아왔지만, 잠시 후 다시 플랫폼으로 나갔다. 여전히 헛수고였다.

해가 저물었다. 그러나 파견 부대는 돌아오지 않았다. 지금 어디에 있을까? 인디언을 찾지 못했을까? 전투 중일까, 아니면 병사들이 안개 속에서 길을 잃고 헤매고 있을까? 커니 요새의 대위는 겉으로는 애써 태연한 척했지만 몹시 걱정하고 있었다.

밤이 되어 눈발이 조금 약해지기는 했지만, 추위는 더 심해졌다. 아무리 대담한 사람이라고 해도, 이처럼 막막한 어둠의 공간을 보며 두려움을 느끼지 않을 수는 없을 것이다. 완벽한 고요가 평원에 감돌았다. 날아가는 새도 없었고, 지나가는 짐승도 없었다. 무한한 고요를 깨뜨리는 것은 아무것도 없었다.

아우다 부인은 밤새도록, 머리는 불안한 생각으로 가득 차고, 가슴은 걱정으로 가득 차 초원의 가장자리를 서성였다. 상상은 먼 곳으로 부인을 데려가 갖가지 위험을 보여 주었다. 이렇게 오랜 시간 동안 받은 고통은 이루 표현할 수 없을 정도였다.

픽스는 여전히 같은 장소에서 꼼짝도 하지 않았지만, 그역시 잠을 잘 수 없었다. 잠시 어떤 남자가 다가와 말을 걸었으나, 남자가 묻는 말에 거절하는 손짓을 보이며 돌려보냈다.

밤은 그렇게 깊어 갔다. 새벽이 되자, 반쯤 가려진 태양이 안개 낀 지평선 위로 떠올랐다. 하지만 가시거리는 2마일 정도밖에 되지 않았다. 필리어스 포그와 파견 부대는 남쪽을 향해 갔다. 그런데 남쪽은 인기척이라고는 없는 허허벌판이었다. 시간은 오전 7시였다.

극도로 초조해하던 대위는 어느 쪽을 택해야 할지 몰랐다. 첫 파견 부대를 지원하러 두 번째 파견 부대를 보내야 할까? 먼저 희생된 병사들을 구할 확률이 희박한데도 새로운 병사들을 희생시켜야 할까? 하지만 망설임은 오래가지 않았다. 대위는 손짓으로 보좌관을 한 명 불러 남쪽으로 정찰대를 보내라고 명령했다. 그때 총소리가 울려 퍼졌다. 이것이 신호였을까? 병사들이 요새 밖으로 나왔다. 반 마일 앞에, 열을 지어 돌아오는 소규모 부대가 눈에 띄었다.

포그 씨가 앞장서서 걸었고, 그 옆에 수족의 손에서 구해 낸 파스파르투와 다른 두 승객이 있었다.

전투는 커니역에서 남쪽으로 10마일 떨어진 곳에서 벌어졌다. 파견 부대가 도착하기 조금 전, 파스파르투와 두 승객은 이미 그들을 끌고 온 인디언들과 싸우고 있었다. 파스파르투가 주먹을 날려 적을 세 명 쓰러뜨렸을 때, 그의 주인과 병사들이 가세했다.

목숨을 구해 준 사람이나 도움을 받은 사람이나 할 것 없이 기쁨에 찬 환호성으로 마중을 받았다. 필리어스 포그가 약속했던 사례금을 주는 동안, 파스파르투는 혼잣말을 했는데, 일리가 있는 말이었다.

「정말이지 나는 주인님께 돈이 많이 드는 하인이야!」

픽스는 아무 말도 하지 않고 포그 씨를 바라보았다. 그때 픽스의 마음속에 어떤 느낌들이 서로 다투었을지 알아내기는 어려울 것이다. 아우다 부인은 아무 말도 하지 못한 채 두 손으로 포그 씨의 손을 꽉 잡고 있었다!

하지만 파스파르투는 돌아오자마자 역에서 기차를 찾았다. 오마하를 향해 달릴 준비가 되어 있는 기차가 있을 거라 생각했고, 잃어버린 시간을 만회할 수 있으리라 기대했던 것이다.

「기차, 기차!」 파스파르투가 소리쳤다.

「떠났소.」 픽스가 대답했다.

「다음 기차는 언제 옵니까?」 필리어스 포그가 물었다.

「오늘 저녁이나 되어야 와요.」

「아!」 침착한 신사는 이렇게만 대답했다.

31
픽스 형사가 진지하게
필리어스 포그 편에 서다

필리어스 포그는 스무 시간을 지체한 상태였다. 본의 아니게 지체 원인이 된 파스파르투는 절망했다. 정말이지 그의 주인을 파산시키고 만 것이다!

그때 픽스 형사가 포그 씨에게 다가가 똑바로 쳐다보며 물었다.

「정말 진심으로, 급하시긴 한 겁니까?」

「정말 진심입니다.」 필리어스 포그가 대답했다.

「확실히 묻겠습니다. 정말로 11일 저녁 9시 전, 리버풀행 여객선 출발 시간에 뉴욕에 있어야 할 이유가 있습니까?」

「중대한 이유가 있습니다.」

「만약 인디언의 습격으로 여행이 중단되지 않았다면, 11일 아침에 뉴욕에 도착할 수 있었겠죠?」

「네, 여객선 출발보다 열두 시간 앞서서요.」

「좋습니다. 지금은 예정보다 스무 시간 지체되었습니다. 스무 시간에서 열두 시간을 빼면, 실제로 늦은 시간은 여덟 시간이 됩니다. 그러니까 여덟 시간을 벌면 됩니다. 도전해 보시겠습니까?」

「걸어서요?」 포그 씨가 물었다.

「아뇨, 썰매로요.」 픽스가 대답했다. 「돛썰매요. 어떤 남자가 썰매를 이용하겠는지 묻더군요.」

지난밤에 픽스 형사에게 말을 건넨 남자가 그 사람이었고, 픽스는 당시 제안을 거절했었다.

필리어스 포그는 대답하지 않았다. 하지만 픽스는 역 앞에서 왔다 갔다 하는 문제의 남자를 가리켰고, 포그 씨가 그 남자에게 다가갔다. 잠시 후, 필리어스 포그와 머지라는 이름의 그 미국 남자는 커니 요새 아래쪽에 지은 오두막집으로 들어갔다.

거기에서 포그 씨는 긴 나무판 두 개 위에 덮개 틀을 얹은 것처럼 만든 괴상한 탈것을 살펴보았다. 앞은 썰매판처럼 앞으로 약간 휘었고, 그 위에 대여섯 명이 탈 수 있었다. 나무판의 앞쪽에서 3분의 1 지점에 굉장히 높은 돛대가 박혀 있고 돛대 위에는 거대한 마름모꼴 돛이 매달려 있었다. 굵게 꼰 철사로 단단하게 고정시킨 돛대는 거대한 삼각돛을 세우는 데 쓰는 쇠줄과 팽팽하게 연결되어 있었다. 뒤에 있는 노처럼 생긴 방향키는 썰매의 방향을 조절하는 것이었다.

작은 범선처럼 장비를 갖춘 썰매였다. 겨우내 얼어붙은 평원에서 기차가 눈 때문에 묶여 운행을 멈출 때, 이런 썰매가 두 기차역 사이를 엄청난 속도로 횡단했다. 돛이 놀랄 만큼 컸는데, 뒤집힐 위험을 무릅쓰고 활짝 돛을 펴고 달리는 경주용 소형 쾌속정보다 더 컸다. 돛썰매는 뒤에서 바람을 받으면 급행열차와 맞먹는 속도로, 혹은 그보다 더 빨리 초원 위를 미끄러져 달릴 수 있었다.

잠시 후, 이 육상 소형 보트 주인과 포그 씨는 거래를 마쳤다. 바람의 상태는 좋았다. 서쪽에서 센바람이 불어왔다. 눈이 단단해진 상태여서, 머지는 몇 시간 안에 포그 씨를 오마하역까지 실어 나를 수 있다고 장담했다. 오마하역에는 기차도 자주 있고, 시카고와 뉴욕까지 연결되는 노선도 많았다. 지체된 시간을 만회할 일이 불가능하지는 않았다. 따라서 이 모험의 감행을 머뭇거릴 수 없었다.

포그 씨는 아우다 부인이 덮개도 없는 탈것에 올라, 달리는 속도 때문에 더욱 살을 에는 듯한 추위에 고통을 받을까 염려스러워, 커니역에 파스파르투와 함께 남으라고 권했다. 이 성실한 청년이 젊은 부인을 유럽까지 더 나은 교통편으로, 훨씬 좋은 환경에서 모시고 갈 임무를 맡게 되었다.

그러나 아우다 부인은 포그 씨와 떨어지지 않겠다고 했고, 파스파르투는 그런 결정에 한결 마음이 놓였다. 픽스가 포그 씨와 동행하는 이상, 무슨 일이 있어도 주인 곁을 떠나고 싶지 않았기 때문이다.

픽스 형사가 무슨 생각을 하고 있는지 말하기는 힘들 것이다. 필리어스 포그가 돌아옴으로써 자신의 신념이 흔들렸을까, 아니면 세계 여행을 마치면 영국에 안심하고 머물 수 있을 거라 믿을 만큼 영악한 악당이라고 더욱 확신하게 되었을까? 어쩌면 필리어스 포그에 대해 품고 있는 생각이 바뀌었을지도 모른다. 하지만 그래도 자신의 의무를 다하고, 누구보다 초조하게 모든 능력을 동원해 영국에 빨리 돌아갈 수 있게 하리라 결심했다.

8시에 썰매는 출발 준비를 했다. 기차 승객들은, 아니 썰매 승객들은 자리를 잡고 앉아 여행용 담요로 몸을 꽁꽁 쌌다. 거대한 돛 두 개가 올라갔고, 썰매는 바람을 받아 단단해진 눈 위를 시속 40마일로 달렸다.

커니 요새와 오마하는 직선 거리로, 즉 미국인의 표현으로 꿀벌이 다니는 거리로, 아무리 길어야 2백 마일이었다. 바람이 이대로만 불어 준다면, 다섯 시간 안에 갈 수 있는 거리였다. 만약 문제가 생긴다고 해도, 오후 1시면 썰매가 오마하에 도착할 수 있었다.

대단한 주행이었다! 서로 몸을 꼭 붙이고 앉은 승객들은 얘기를 나눌 수도 없었다. 속도 때문에 더 매서워진 추위가 혀를 베어 버릴 것 같았다. 썰매는 물 위를 달리는 배처럼 평원 위로 경쾌하게 미끄러져 갔다. 눈으로 된 파도도 덜 일었다. 바람이 땅을 스치며 불 때는, 썰매가 거대한 날개 같은 돛 때문에 땅 위로 떠오를 것만 같았다. 방향키를 잡은 머지는 직선을 유지했고, 썰매가 갑작스럽게 흔들릴 때면 노를 저어 방향을 바로잡았다. 두 돛이 모두 활짝 펼쳐져 있었다. 삼각 돛이 팽팽하게 펴졌고, 마름모꼴 돛 때문에 바람을 덜 받는 일도 없었다. 윗돛대를 올리자, 바람을 받아 팽팽해진 윗돛이 다른 돛에 더욱 추진력을 보태 주었다. 수학적으로는 가늠할 수 없었지만, 분명 썰매의 속도가 40마일 이하는 아닐 것이었다.

「어디가 부러지지만 않으면, 제시간에 도착할 수 있어요!」
머지가 말했다.

머지는 약속된 시간에 도착하면 돈을 더 챙길 수 있었다.
포그 씨가 늘 그랬던 것처럼 제시간에 갈 경우 두둑한 사례
금을 주기로 약속했기 때문이다.

썰매가 직선으로 가르며 지나는 초원은 바다처럼 평평했
다. 꽁꽁 언 거대한 연못이라 할 만했다. 이 지역을 지나는 철
로는 남서쪽에서 북서쪽으로 다시 올라가는데, 그랜드아일
랜드와 네브래스카주의 주요 도시인 콜럼버스, 슈일러, 프리
몬트를 거쳐 오마하에 닿는다. 이렇게 지나는 동안 철로는
계속 플랫강의 오른쪽을 따라갔다. 썰매는 이 선로가 그린
선을 따라감으로써 거리를 단축할 수 있었다. 머지는 플랫강
이 프리몬트 앞에서 휘어지며 흐르는 굽이 때문에 멈출 걱정
을 하지 않아도 됐다. 강물이 꽁꽁 얼어 있었기 때문이다. 따
라서 길을 막고 있는 장애물은 하나도 없었다. 필리어스 포
그가 걱정할 상황은 두 가지뿐이었다. 첫째는 썰매 고장이었
고, 둘째는 바람의 방향이 바뀌거나 바람이 잦아드는 것이
었다.

하지만 바람은 약해지지 않았다. 오히려 그 반대였다. 돛
대가 휘어질 정도로 바람이 몰아쳤다. 돛대는 꼭대기에서 썰
매 양옆까지 이어진 쇠줄이 단단히 지탱하고 있었다. 현악기
줄과 비슷한 이 강철 밧줄은 악기에 활을 그어 진동하게 만
든 것처럼 울리는 소리가 났다. 썰매는 엄청난 크기로 구슬
피 울려 퍼지는 화음 속에서 날아가듯 달려갔다.

「쇠줄이 5도 화음과 8도 화음을 내는군.」 포그 씨가 말했다.

썰매를 타고 가는 중에 포그 씨가 내뱉은 유일한 말이었다. 아우다 부인은 모피와 여행용 담요로 몸을 꽁꽁 감싸고서 되도록 바람을 받지 않으려고 했다.

파스파르투는 안개 속으로 사라지는 태양처럼 빨갛게 변한 얼굴로 따가운 공기를 들이마셨다. 그는 흔들리지 않는 자신감으로, 다시 희망을 품기 시작했다. 아침이 아니라 저녁에 뉴욕에 도착하겠지만, 리버풀행 여객선의 출발 시간 전에 도착할 가능성은 아직 있었다.

파스파르투는 동맹자 픽스와 악수하고 싶은 강렬한 욕구마저 느꼈다. 돛썰매를 구한 장본인이 바로 픽스 형사라는 걸 잊지 않았다. 오마하까지 제시간에 갈 수 있는 수단은 사실 이 썰매가 유일했다. 하지만 왠지 모를 불안감 때문에, 예전처럼 경계를 늦추지 않았다.

어쨌든 파스파르투가 절대 잊을 수 없는 것은, 포그 씨가 수족의 손에서 하인을 구해 내기 위해 망설이지 않고 자신을 희생했다는 사실이었다. 이 때문에 포그 씨의 재산과 목숨까지 잃을 위험이 있었다⋯⋯. 그렇다! 하인은 주인의 희생을 절대 잊지 않을 것이다!

여행객들이 각자 여러 가지 상념에 빠져 있는 동안, 썰매는 눈으로 덮인 거대한 양탄자를 타고 날았다. 개울과 리틀블루강의 지류나 부지류를 지났으나 아무도 강을 건너는지 알아차리지 못했다. 모든 들판과 물줄기가 온통 흰색 밑으로 사라져 버렸다. 평원은 휑하기만 했다. 평원은 유니언 퍼시픽 철도와 커니와 세인트조지프를 연결하는 지선 사이에 거대한 무인도처럼 자리 잡고 있었다. 마을도 없고, 기차역도 없고, 요새조차 없었다. 이따금 인상을 찌푸린 나무들이 섬광처럼 휙휙 지나가는 모습이 보였다. 나무들은 눈으로 덮인 앙상한 몰골로 바람을 맞아 휘어져 있었다. 어떤 때는 야생 조류 무리가 썰매와 똑같은 속도로 날았다. 또 어떤 때는 떼를 지어 벌판에 나타난 늑대들이 비쩍 마른 몸에 굶주림에 지쳐서 사나운 본능을 앞세워 썰매와 속도를 겨루며 달려왔다. 그때 파스파르투는 손에 권총을 들고 늑대가 더 가까이 다가오면 쏠 준비를 하고 있었다. 만약 그때 사고로 썰매가 멈췄다면, 여행객들은 사나운 늑대에게 공격을 당해 심각한 위험에 직면했을 것이다. 하지만 썰매는 꿋꿋이 달렸고, 잠시 후 앞서 달려 으르렁거리며 달려들던 늑대 떼는 뒤로 처지고 말았다.

정오가 되자, 머지가 얼어붙은 플랫강을 건너고 있다는 몇 가지 표시를 알아보았다. 그는 아무 말도 하지 않았지만, 오마하역까지 20마일밖에 남지 않았음을 확신했다.

마침내 1시가 되기 전, 능숙한 안내인은 노를 버리고 서둘러 돛을 당기고 있는 밧줄을 푼 뒤 닻을 끌어 내렸다. 그동안 썰매는 엄청난 속력으로 거의 반 마일을 돛 없이 달렸다. 드디어 썰매가 멈췄고, 머지는 눈으로 덮인 지붕이 옹기종기 모여 있는 곳을 가리키며 말했다.

「도착했습니다!」

도착이라니! 드디어 이 역에, 여러 열차가 미 동부를 매일 연결하는 이 역에 도착했다!

파스파르투와 픽스는 썰매에서 내려 얼얼하게 굳은 다리
를 흔들었다. 두 사람은 포그 씨와 아우다 부인이 썰매에서
내릴 수 있게 도와주었다. 필리어스 포그는 머지에게 넉넉하
게 사례를 했고, 파스파르투는 친구에게 악수하듯 머지와 악
수했다. 그리고 네 사람은 서둘러 오마하역으로 갔다.

네브래스카주의 주요 도시인 바로 이 오마하에서 미시시
피 분지와 태평양을 연결하는 퍼시픽 철도 노선이 끝난다.
오마하에서 시카고에 가려면 〈시카고 록아일랜드 노선〉이라
는 철로를 이용하는데, 이 노선은 곧바로 동부에 있는 50개
의 역을 연결한다.

직행 열차가 떠날 준비를 하고 있었다. 필리어스 포그 일
행은 서둘러 객차에 오를 시간밖에 없었다. 오마하에서 아무
것도 보지 못했지만, 파스파르투는 구경을 못 했다고 서운할
곳이 아니고, 또 구경하려고 온 것도 아니라며 자신을 다독
였다.

기차는 엄청난 속도로 아이오와주로 들어가 카운실블러
프스, 디모인, 아이오와시를 지났다. 밤새도록 대번포트에
있는 미시시피강을 건너, 록아일랜드를 거쳐 일리노이주에
들어갔다. 다음 날인 10일 오후 4시에 시카고에 도착했다. 이
미 폐허를 딛고 일어선 시카고[63]는 아름다운 미시간 호수 주
변에 더욱 당당한 모습으로 자리 잡고 있었다.

63 시카고는 1871년 대화재로 상당 부분이 소실되었고, 이후 공업 도시
로 거듭났다.

시카고에서 뉴욕까지는 9백 마일 거리였다. 시카고에는 뉴욕으로 가는 기차가 많았다. 포그 씨는 즉시 다른 기차로 옮겨 탔다. 〈피츠버그-포트웨인-시카고 철도〉의 씩씩한 기관차는 마치 이 친애하는 신사가 허비할 시간이 없다는 사실을 알기라도 하는 듯 전속력으로 출발했다. 기차는 번개와 같은 속도로 인디애나주, 오하이오주, 펜실베이니아주, 뉴저지주를 지났다. 중간에 고대 이름이 붙은 도시를 지났고, 몇몇 도시에는 도로도 있고 마차 철도도 있었지만, 아직 집은 하나도 보이지 않았다. 마침내 허드슨강이 모습을 드러냈고, 기차는 12월 11일 밤 11시 15분에 허드슨강 오른편에 있는 역에 멈췄다. 바로 앞에 있는 부두에 큐너드 선박, 즉 〈영국과 북미 왕립 우편 증기 수송 회사〉의 증기선들이 있었다.

그러나 리버풀행 〈차이나〉호는 45분 전에 떠나고 없었다!

32
필리어스 포그가 불운에 맞서 싸우다

떠나 버린 차이나호는 필리어스 포그의 마지막 희망도 싣
고 가버린 것 같았다.

이 신사의 계획을 실현시켜 줄 배는 아무것도 없었다. 미
국과 유럽을 연결하는 여객선도, 대서양을 횡단하는 프랑스
배도, 〈화이트스타 해운〉의 여객선도, 〈임만 해운〉의 증기선
도, 〈함부르크 해운〉의 배도, 그 어떤 배도 찾을 수 없었다.

사실 〈프랑스 대서양 횡단 해운〉의 선박인 〈페레르〉가 있
기는 했다. 다른 선박과 동일한 속도에 시설은 월등히 좋은
훌륭한 배였다. 하지만 12월 14일에나 출발하는 배였다. 게
다가 함부르크 해운의 배처럼 리버풀이나 런던으로 곧장 가
는 것이 아니라, 르아브르를 거치는 노선이었다. 프랑스 북
서부의 르아브르에서 영국 남부의 사우샘프턴을 거쳐 가면
시간이 지체될 수밖에 없으므로, 필리어스 포그의 마지막 노
력도 물거품이 될 것이 틀림없었다.

임만 해운의 여객선 중 〈시티 오브 파리〉호는 내일 출항할
예정이었는데, 기대할 수 있는 여건이 아니었다. 이 회사의

배들은 특히 이민자를 많이 실어 나르는데, 기계 성능이 약해서 돛과 증기를 반반씩 써서 항해해 속도가 형편없었다. 이 배를 타고 뉴욕에서 영국까지 가면, 포그 씨가 내기에 이기기 위해 쓸 수 있는 시간보다 더 오래 걸릴 것이었다.

이런 정보는 포그 씨가 브래드쇼의 안내서를 확인했기에 완벽히 알 수 있었다. 브래드쇼의 안내서는 매일매일 대서양을 횡단하는 배의 동향을 보고했다.

파스파르투는 정신을 차릴 수가 없었다. 45분 차이로 여객선을 놓쳤다는 사실에 미칠 지경이었다. 주인을 돕기는커녕 계속 여행길에 장애가 된 자기 잘못 때문이었다! 머릿속으로 여행 중에 일어났던 모든 사건을 돌이켜 보고, 자기를 구하기 위해서 주인이 날려 버린 액수를 따져 보고, 큰돈이 걸린 내기 때문에 엄청난 경비를 쓰면서 지금까지 한 여행이 아무런 소용도 없이 포그 씨를 완전한 파산 상태로 만들어 버릴지 모른다는 생각에 이르자, 파스파르투는 자기 자신을 저주하지 않을 수 없었다.

하지만 포그 씨는 파스파르투에게 어떤 질책도 하지 않고, 대서양 여객선이 정박해 있는 부두를 떠나며 일행에게 이렇게만 말했다.

「내일 방법을 찾아보죠. 갑시다.」

포그 씨와 아우다 부인, 픽스, 파스파르투는 〈저지시티 페리 보트〉를 타고 허드슨강을 건너, 삯마차를 타고 브로드웨이에 있는 세인트니컬러스 호텔로 갔다. 각자 방을 정했고, 밤이 되었다. 필리어스 포그는 아주 잘 잤기 때문에 밤이 짧았지만, 아우다 부인과 다른 일행은 걱정으로 잠을 잘 수가 없어 길기만 했다.

다음 날은 12월 12일이었다. 12일 오전 7시부터 21일 저녁 8시 45분까지, 이제 남은 시간은 9일 하고도 13시간 45분뿐이었다. 만약 전날 필리어스 포그가 큐너드 선박 회사의 배 중 제일 성능이 좋은 편인 차이나호에 탔다면, 리버풀에 이어 런던까지 원하는 기한에 도착할 수 있었을 것이다!

포그 씨는 혼자 호텔을 떠나면서, 하인에게 자기가 올 때까지 기다리라 이르고, 아우다 부인에게는 언제든 떠날 준비를 해놓으라고 전하라 했다.

포그 씨는 허드슨 유역으로 가서, 부두에 밧줄을 묶고 있는 배나 강에 닻을 내린 배 중에서 떠날 준비가 된 배를 꼼꼼히 찾아다녔다. 대형 선박 여러 채가 출발을 알리는 깃발을 달고, 아침 밀물 시간에 출항할 준비를 하고 있었다. 이 거대하고 멋진 뉴욕항에서는 매일 수많은 배들이 세계 곳곳으로 항해를 떠나지만, 대부분 대형 범선이었고, 범선은 필리어스 포그가 찾는 배가 아니었다.

이 신사의 마지막 시도가 실패로 돌아가려던 순간, 배터리 공원 앞에, 기껏해야 2백 미터도 안 되는 거리에 정박 중인 배가 눈에 띄었다. 프로펠러가 달린 길쭉한 모양의 상선이었는데, 굴뚝에서는 연기가 뭉게뭉게 솟아올라 곧 출항할 준비를 하고 있음을 알렸다.

필리어스 포그는 소리쳐 작은 배를 한 대 불러 탄 뒤 몇 번 노를 저어 〈헨리에타〉호가 있는 선착장에 닿았다. 헨리에타호는 선체는 쇠로 되어 있고, 윗부분은 목재로 된 증기선이었다. 필리어스 포그는 갑판에 올라가 선장을 찾았다. 선장이 잠시 후 나타났다. 선장은 50대의 노련한 뱃사람처럼 보였고, 습관적으로 투덜거리는 걸로 봐서 상대하기가 쉽지 않을 듯했다. 눈은 부리부리하고 녹슨 구릿빛 같은 얼굴에 붉은 머리털과 굵은 목덜미까지, 어디를 봐도 사교계 사람 같지는 않았다.

「선장이오?」 필리어스 포그가 물었다.

「맞소.」

「나는 필리어스 포그라고 합니다, 런던 출신이죠.」

「나는 앤드루 스피디요, 카디프 출신이고.」

「출발할 겁니까?」

「한 시간 후에.」

「어디로 가시는지……?」

「보르도.」

「화물은요?」

「바닥에 실은 돌멩이뿐이오. 화물은 없어요. 바닥짐[64]만 싣고 떠나요.」

「승객은 있습니까?」

「없어요. 승객은 안 실어요. 자리만 차지하고 이것저것 따지는 화물이니까.」

「배는 빠릅니까?」

---

64 배의 균형을 잡기 위해 바닥에 싣는 돌, 모래, 쇠 따위로, 밸러스트라고도 한다.

「11에서 12노트[65] 사이요. 헨리에타호 하면 꽤 유명하지.」

「저와 일행 세 명을 리버풀까지 태워 주실 수 있습니까?」

「리버풀? 왜, 중국으로 가자고 하지?」

「리버풀이라니까요.」

「안 가요!」

「안 가요?」

「나는 보르도로 떠나니까 보르도로 간다 이 말이오.」

「아무리 돈을 많이 내도요?」

「아무리 돈을 많이 내도.」

선장은 말대답을 듣지 않겠다는 투로 말했다.

「하지만 헨리에타호의 선주들은……」 필리어스 포그가 다시 말을 꺼냈다.

「선주는 나요.」 선장이 대답했다. 「이 배는 내 소유란 말이오.」

「배를 빌리겠습니다.」

「안 돼요.」

「배를 사겠습니다.」

「안 돼요.」

필리어스 포그는 눈썹 하나 까딱하지 않았다. 하지만 상황은 심각했다. 뉴욕의 상황은 홍콩과 달랐고, 헨리에타호의 선장은 탕카데르호의 선장 같지 않았다. 지금까지는 돈을 지불하면 얼마든지 장애를 극복할 수 있었는데 이번에는 돈으

---

65 배의 속도를 나타내는 단위. 1노트는 1시간에 1해리(1,852미터)를 달리는 속도다.

로도 어쩔 수 없었다.

하지만 배로 대서양을 건널 방법을 찾아야 했다. 아니면 풍선을 타고라도 건너야 했지만, 만일 구한다 하더라도 엄청난 모험이었고, 또 실현 가능성도 없었다.

필리어스 포그는 무슨 수가 있는지 선장에게 이렇게 말했다.

「그럼, 저를 보르도까지 태워 주시겠습니까?」

「아니, 2백 달러를 준대도 안 돼!」

「2천 달러를 드리겠습니다.」

「한 사람당?」

「한 사람당.」

「네 명이라고 했소?」

「네 명입니다.」

스피디 선장은 살을 벗겨 내기라도 하려는 것처럼 이마를 심하게 긁적였다. 예정대로 가면서 8천 달러를 벌 수 있는 기회였다. 어떤 승객이든지 질색이라고 했지만, 혐오감을 옆으로 슬쩍 밀어 두고 해볼 만한 일이었다. 한 사람당 2천 달러라면, 그건 승객이 아니라 값비싼 상품이었다.

「9시에 떠납니다.」 스피디 선장이 간단히 말했다. 「당신이랑 일행이 그 시간에 온다면.」

「9시에 배에 타겠습니다!」 포그 씨가 선장 못지않게 간단히 말했다.

벌써 8시 30분이었다. 포그 씨는 헨리에타호에서 내려, 다른 마차에 올라타 세인트니컬러스 호텔로 가서, 아우다 부인과 파스파르투, 그리고 관대하게 뱃삯을 제공하겠다고 해두었기에 떼어 버릴 수 없는 픽스도 데리고 가는 일을, 어떤 상황에서도 침착함을 잃지 않는 신사답게 해냈다.

헨리에타호가 출항하려는 순간, 네 사람은 배에 탔다.

이번 항해에 든 돈이 얼마인지 알았을 때, 파스파르투는 〈오!〉라는 감탄사를 반음계씩 내려가며 길게 내뱉었다!

반면 픽스 형사는 영국 은행이 이번 사건으로 손해를 안 볼 수는 없을 것이라고 생각했다. 영국에 도착해, 포그 씨가 또다시 바다에 돈을 뭉치로 던지지 않는다고 해도, 7천 파운드 이상이 은행권을 넣은 가방에서 빠져나왔을 것이기 때문이었다!

33
필리어스 포그는 어떤 상황에도
초연한 모습을 보이다

한 시간 후, 증기선 헨리에타호는 허드슨강의 입구를 표시하는 등대선을 지나고, 샌디훅곶을 돌아 바다로 나갔다. 낮 동안에는 롱아일랜드의 해안을 따라 항해하다가, 파이어아일랜드 등대가 있는 바다를 지나 동쪽으로 쏜살같이 달렸다.

다음 날인 12월 13일 정오, 한 남자가 상황을 살피러 선교에 올라갔다. 분명 그 사람은 스피디 선장일 터였다! 그런데 전혀 아니었다. 그 남자는 필리어스 포그였다.

스피디 선장은 그저 선실에 갇혀서 노여움에 찬 고함을 내지르고 있었다. 상황을 고려하면 그러고도 남을 일이긴 했지만, 노여움은 극에 달해 있었다.

사정은 아주 간단했다. 필리어스 포그는 리버풀에 가고 싶었지만, 선장은 포그 씨를 리버풀로 데려가려 하지 않았다. 그래서 필리어스 포그는 보르도로 가는 데 합의했고, 배에 오르고 난 뒤 서른 시간 동안 선장과 그다지 사이가 좋지 않은 미심쩍은 선원과 화부를 은행권으로 구워삶아 자기편으로 만들었다. 그렇게 해서 필리어스 포그는 스피디 선장을 적기에 진압해 선실에 가두었고, 헨리에타호는 리버풀로 향하게 되었다. 그런데 포그 씨가 배를 조종하는 모습을 보면 예전에 선원이었음이 분명했다.

지금 상태로는, 이 모험이 어떻게 끝날지 시간이 지나 봐야 알 수 있을 것이다. 어쨌든 아우다 부인은 계속 걱정되었지만, 아무 말도 하지 않았다. 픽스는 우선 너무 놀랐다. 반면, 파스파르투는 지금 벌어지고 있는 일이 그저 신기할 뿐이었다.

선장이 〈11에서 12노트 사이〉라고 한 대로, 헨리에타호는 이 평균 속도를 유지했다.

만약에(만약이라는 소리가 얼마나 나오는지!) 바다가 너무 험하지 않고, 만약에 바람이 동풍으로 급변하지 않고, 만약에 선박이 손상을 입거나 기계에 고장이 생기지 않는다면, 헨리에타호는 12월 12일에서 9일 후인 21일까지 뉴욕과 리버풀을 가르는 3천 마일을 건널 수 있게 된다. 일단 리버풀에 도착하면, 은행 절도 사건에 이어 헨리에타호 점거 사건까지 겹쳐 필리어스 포그를 생각보다 훨씬 먼 곳으로 데리고 갈 수도 있었다.

처음 며칠 동안 항해는 나무랄 데 없는 환경에서 진행되었다. 바다는 그리 거칠지 않았고, 바람은 북동쪽으로 계속 불었으며, 큰 돛이 제대로 자리를 잡았고, 삼각돛도 가세해 헨리에타호는 진짜 대서양 횡단선처럼 앞으로 나아갔다.

파스파르투에게는 반가운 일이었다. 주인의 마지막 활약이, 결과야 어떻게 되든 파스파르투의 마음을 뜨겁게 달구었다. 헨리에타호의 선원들은 파스파르투만큼 쾌활하고 민첩한 청년을 본 적이 없었다. 선원들에게 더할 나위 없이 친절하고, 온갖 곡예로 보는 사람을 깜짝 놀라게 만들었다. 듣기 좋은 말로 귀를 즐겁게 하고, 맛 좋은 술로 입을 즐겁게 했다. 파스파르투의 눈에, 선원들은 신사처럼 우아하게 작업을 했고, 화부들은 영웅처럼 불을 지폈다. 사람들과 잘 어울리는 파스파르투의 서글서글한 기운이 모든 이들에게 스며들었다. 파스파르투는 과거를 잊고, 고민을 잊고, 위험을 잊었다. 거의 달성 직전에 와 있는 목적만 생각했고, 가끔 헨리에타호의 화롯불에 몸이 달아오른 것처럼 초조함에 부글부글 끓었을 뿐이다. 또한 이 성실한 청년은 픽스 주위를 자주 맴돌았다. 〈많은 것을 알고 있다!〉는 눈으로 픽스를 흘겨보았지만, 아무 말도 하지 않았다. 친구 같은 친밀감은 이제 사라졌기 때문이다.

그런데 픽스는 일이 어떻게 돌아가는지 종잡을 수가 없었다! 포그 씨가 헨리에타호를 점거하고, 선원을 매수하고, 능숙한 선원처럼 배를 조작하는 등 모든 일들이 그를 어리둥절하게 만들었다. 어떻게 생각해야 할지도 알 수 없었다! 하지만 따지고 보면, 5만 5천 파운드를 훔쳤던 신사이니 선박 하나 훔치는 것도 얼마든지 가능했다. 그렇게 생각하니, 포그 씨가 조종하는 헨리에타호가 절대로 리버풀로 가는 게 아니라, 해적이 된 이 도둑이 안심하고 편안하게 살 수 있는 이 세상 어딘가로 가고 있다고 믿기에 이르렀다! 이런 가설은 그 어떤 추측보다 신빙성이 있었기에, 픽스 형사는 이번 사건에 발을 들여놓은 일을 깊이 후회하기 시작했다.

반면 스피디 선장은 선실에서 계속 소리를 질러 댔다. 파스파르투는 선장에게 음식을 나르는 임무를 맡고 있었는데, 아무리 힘이 센 파스파르투라고 해도 음식을 나를 때면 극도로 조심했다. 포그 씨는 이 배에 선장이 있었다는 사실조차 모르고 있다는 표정이었다.

13일, 배는 뉴편들랜드 연안의 끝자락에 이르렀다. 이곳은 항해하기가 힘든 구역이었다. 특히 겨울 내내 안개가 자주 끼고, 바람도 무섭게 휘몰아친다. 압력계가 어제부터 뚝 떨어져 곧 대기에 심상치 않은 변화가 생길 것임을 예고했다. 사실, 밤새도록 기온이 변해 추위가 더욱 매서워졌고, 그와 함께 바람이 남동풍으로 방향을 바꾸었다.

계제가 좋지 않았다. 포그 씨는 진로 방향에서 벗어나지 않으려고 돛을 촘촘하게 당기고 증기를 더욱 세게 냈다. 하지만 배의 속력은 바다 상태 때문에 점점 느려졌다. 긴 파도가 뱃머리를 내리쳤다. 그 때문에 배가 앞뒤로 몹시 흔들려 속도를 떨어뜨렸다. 미풍은 점점 태풍으로 변했고, 배에 탄 사람들은 헨리에타호가 거센 파도에 버티지 못할 상황을 이미 예견했다. 하지만 도망쳐야 한다고 해도, 이 모든 불운과 함께 어떤 일이 벌어질지 알 수 없었다.

파스파르투의 얼굴이 어두워지는 하늘과 동시에 어두워졌다. 이틀 동안 이 정직한 청년은 죽을 것 같은 공포를 느꼈다. 하지만 필리어스 포그는 바다에 맞서 싸울 줄 아는 대담한 선원이어서, 항상 정해진 길을 따라 증기를 줄이는 법 없이 앞으로 나아갔다. 헨리에타호가 파도를 뛰어넘을 수 없을 때는 옆으로 비껴갔다. 그 때문에 파도가 갑판을 휩쓸고 갔지만, 배는 앞으로 나아갔다. 또 어떤 때는 산더미처럼 몰아치는 파도에 배가 들리는 바람에 프로펠러가 물 위로 올라와 허공에서 미친 듯이 공회전을 했지만, 배는 그대로 앞으로 계속해서 나아갔다.

바람은 걱정했던 것만큼 거세게 일지 않았다. 시속 90마일의 속도로 지나가는 태풍이 아니었다. 바람은 여전히 세게 불었지만, 안타깝게도 고집스레 남동쪽에서 불어와 돛을 펼 수 없었다. 하지만 앞으로 보게 되겠지만, 증기의 도움을 받았다면 아주 유용했을 것이다!

12월 16일, 런던을 출발한 지 75일째가 되었다. 요컨대, 헨리에타호는 아직까지 걱정스러울 만큼 늦지 않았다. 항로의 절반가량을 지났고, 최악의 항해 지대는 벗어난 상태였다. 여름이라면, 성공을 장담할 수 있었을 것이다. 그런데 겨울에는 변덕스러운 항해 상황에 따라 결정될 수밖에 없었다. 파스파르투는 입 밖으로 아무 말도 내뱉지 않았지만 마음속으로는 희망을 품고 있었다. 만약 바람이 충분히 불지 않는다면 적어도 증기에 의지할 수 있었기 때문이다.

그런데 바로 그날, 기관사가 갑판으로 올라와 포그 씨와 열띠게 얘기를 나누었다. 이유는 알 수 없었지만, 아마도 예감 때문인지, 파스파르투는 막연한 불안 같은 것을 느꼈다. 기관사와 포그 씨가 나누는 얘기를 들을 수만 있다면 귀 한쪽이라도 내주고 싶은 심정이었다. 하지만 몇몇 단어는 알아들을 수 있었다. 주인은 이런 말을 했다.

「지금 한 말이 확실한가?」

「확실합니다.」기관사가 대답했다. 「출발할 때부터 화로에 불을 최대한 피워 올렸다는 사실을 생각하셔야 합니다. 뉴욕에서 보르도까지 저속으로 가기에는 석탄이 충분하지만, 뉴욕에서 리버풀까지 전속력으로 가기에는 충분하지 않다고요!」

「방법을 찾아보겠소.」포그 씨가 대답했다.

파스파르투는 상황을 파악했다. 그러자 죽을 것 같은 불안감에 사로잡혔다.

석탄이 모자란다!

「아! 주인님이 이번 일을 해결한다면, 정말이지 대단한 분이실 거야!」

파스파르투는 픽스와 마주쳤을 때, 지금 상황이 어떻게 돌아가는지 말하지 않을 수 없었다.

「그렇다면,」픽스 형사가 이를 꽉 깨물며 대답했다. 「당신은 우리가 리버풀로 가고 있다고 믿는 건가?」

「그렇고말고!」

「멍청하긴!」픽스 형사는 이렇게 대답하고 어깨를 으쓱거렸다.

파스파르투는 무슨 뜻인지도 모르는 거친 말을 입에 올리려다가 픽스가 어설프게 헛다리를 짚어 세계 일주까지 했는데 운이 따르지 않아 크게 낙담해서 자존심에 엄청난 상처를 입었을 것이고, 그래서 자책하고 있는 거라 생각하고 말았다.

이제 필리어스 포그는 어느 쪽을 택해야 할까? 상상하기 힘든 일이었다. 하지만 이 침착한 신사는 선택을 한 것 같았다. 그날 저녁에 기관사를 불러 이런 말을 했으니 말이다.

「석탄이 완전히 떨어질 때까지 불을 피우고 노선을 따라가시오.」

잠시 후, 헨리에타호의 굴뚝은 엄청난 증기를 토해 냈다.

배는 전속력으로 계속 나아갔다. 하지만 이틀 후인 18일, 기관사는 미리 얘기한 대로, 그날 중으로 석탄이 완전히 떨어질 것이라고 말했다.

「불길이 잦아들게 하지 마십시오.」 포그 씨가 대답했다. 「그 반대입니다. 밸브에 증기를 가득 채우십시오.」

그날 정오경, 필리어스 포그는 방위각을 재서 선박의 위치를 계산한 뒤 파스파르투를 불러 스피디 선장을 데려오라고 명령했다. 그 명령은 마치 이 용감한 청년에게 호랑이 사슬을 풀어 주라고 말한 것이나 다름없었다. 파스파르투는 배 뒤쪽으로 내려가 혼잣말을 했다.

「선장이 길길이 날뛸 텐데!」

걱정한 대로, 몇 분 후 고함과 욕설을 내뱉으며 폭탄 하나가 배 뒤쪽에 나타났다. 바로 스피디 선장이었다. 분명 폭탄은 터지기 일보 직전이었다.

「여기가 어디야?」 화가 나서 숨이 막힐 지경이었던 선장이 제일 먼저 내뱉은 말이었다. 이 우락부락한 남자가 뇌졸중에 걸릴 위험이 조금이라도 있는 사람이었다면, 이미 이 세상 사람이 아니었을 것이다.

「여기가 어디냐니까?」 선장은 얼굴이 시뻘겋게 달아올라 똑같은 말을 했다.

「리버풀에서 770마일 떨어진 곳입니다.」 포그 씨가 전혀 흔들리지 않고 침착하게 대답했다.

「해적 놈!」 앤드루 스피디 선장이 소리쳤다.

「여기로 오시게 한 이유는…….」

「모리배 해적 녀석!」

「……선장님.」 필리어스 포그가 다시 말을 이었다. 「선장님 배를 제게 파십시오.」

「안 팔아! 무슨 일이 있어도, 안 돼!」

「배를 태워야 해서 그럽니다.」

「내 배를 태운다고!」

「네, 윗부분만요. 연료가 부족합니다.」

「내 배를 태우다니!」 스피디 선장은, 제대로 말도 못 하며 소리쳤다. 「5만 달러나 되는 배인데.」

「6만 달러를 드리겠습니다!」 필리어스 포그가 선장에게 은행권 다발을 내놓으며 대답했다.

은행권을 내밀자 앤드루 스피디의 태도가 급변했다. 6만 달러를 보고도 마음이 흔들리지 않는다면 미국 사람이 아니다. 선장은 화가 난 것도, 선실에 갇혔던 것도, 이 무례한 승객에게 품었던 모든 불평도 순식간에 잊어버렸다. 배는 20년이나 된 것이었다. 그러니까 이 거래는 금쪽같은 수확이나 다름없었다! 폭탄은 더 이상 터질 염려가 없어졌다. 포그 씨가 폭탄의 도화선을 뽑아 버렸기 때문이다.

「쇠로 된 선체는 내가 갖겠소.」선장이 유난히 부드러운 어투로 말했다.

「쇠로 된 선체랑 기계는 가지십시오. 그럼 합의한 겁니까?」

「합의합니다.」

앤드루 스피디는 은행권 다발을 부여잡고 액수를 확인한 뒤 주머니에 넣었다.

협상 장면을 본 파스파르투는 하얗게 질려 있었다. 한편 픽스는 피가 거꾸로 솟는 것 같았다. 지금까지 2만 파운드 가까이를 썼는데도, 이 포그라는 자는 뱃값이나 마찬가지인 선체와 기계를, 배를 판 선장에게 넘기겠다고 했다! 분명 은행에서 훔친 돈은 5만 5천 파운드인데!

앤드루 스피디가 돈을 주머니에 마저 집어넣을 때였다.

「선장님,」포그 씨가 그에게 말했다.「이 모든 일에 놀라지 마십시오. 제가 만약 12월 21일 저녁 8시 45분까지 런던에 가지 못하면, 2만 파운드를 잃게 됩니다. 그런데 뉴욕에서 여객선을 놓쳤고, 선장님은 리버풀까지 데려다 줄 수 없다고 하셔서…….」

「내가 잘한 일이지. 아무리 그 난리를 쳤어도.」앤드루 스피디가 소리쳤다.「적어도 4만 달러는 번 셈이니까.」

그러고 나서 조금 점잖은 투로 말했다.

「이거 아시오, 선장 성함이?」

「포그입니다.」

「포그 선장, 그러니까 당신 안에는 양키 기질이 있구려.」

스피디 선장이 칭찬이라 생각하고 포그 씨에게 그렇게 말한 뒤 가려는데, 필리어스 포그가 말했다.

「이제 이 배는 제 것이죠?」

「물론. 용골에서 돛대 꼭대기 사과 장식까지 〈목재로〉 된건 전부 다. 당연하지!」

「좋습니다. 내부 설비를 뜯어서 쪼개 불에 태우도록.」

증기를 충분한 압력으로 유지하기 위해 이 목재를 태워야하는 것이리라. 그날 배 뒤쪽, 갑판실, 승객 선실, 선원실, 중갑판의 목재 모두가 불 속으로 들어갔다.

다음 날인 12월 19일에는 돛대와 배 갑판 위에 둔 갖가지예비 부품, 둥근 재목이 불 속으로 들어갔다. 돛대를 쳐서 떨어뜨리고, 도끼로 쪼갰다. 선원 전체가 그 일에 믿을 수 없을만큼 열성을 다했다. 파스파르투는 베고, 자르고, 썰고, 열 사람 몫의 일을 해냈다. 파괴욕이 폭발한 듯한 모습이었다.

20일에는 상갑판의 난간, 선체를 보호하기 위해 뱃전에 설치한 방패, 선체 위로 튀어나온 부분, 갑판의 대부분이 불길속에 재물로 들어갔다. 헨리에타호는 이제 평평한 선체만 남은 헐벗은 선박이 되었다.

그러나 그날 아일랜드 해안과 패스닛 등대에 도달했다. 그렇지만 밤 10시에도 배는 여전히 퀸스타운 옆을 지날 뿐이었다. 필리어스 포그가 런던에 도착하기로 한 시간까지 24시간도 남지 않았다! 그런데 24시간은, 헨리에타호가 전속력으로달려야 리버풀에 도착할 수 있는 시간이었다. 그리고 마침내증기가 바닥을 보이려 하고 있었다!

「선생,」 마침내 필리어스 포그의 계획에 흥미를 갖게 된 스피디 선장이 말했다. 「정말 유감입니다. 모든 사정이 불리해요! 이제 겨우 퀸스타운에 와 있는데.」

「아!」 포그 씨가 말했다. 「퀸스타운이면, 불빛이 보이는 저 도시가 맞죠?」

「네.」

「항구에 들어갈 수 있을까요?」

「세 시간 전에는 안 돼요. 만조가 되어야 갈 수 있어요.」

「기다립시다!」 필리어스 포그는 다시 한번 불운을 극복할 멋진 계획을 실행하려 생각하고 있었지만, 얼굴에는 그런 표정을 나타내지 않고 조용히 대답했다.

사실 아일랜드 해안의 항구 도시인 퀸스타운은 미국에서 오는 대서양 횡단 선박이 우편물을 내려놓으러 들르는 곳이었다. 이 우편물은 늘 대기 상태인 급행열차로 더블린까지 수송된다. 더블린에서 출발한 우편물은 쾌속 증기선으로 리버풀에 오는데, 이 노선을 이용하면 선박 회사에서 제일 빠른 배를 이용하는 것보다 열두 시간을 절약할 수 있었다.

필리어스 포그는 미국 우편선이 열두 시간을 버는 것처럼 해볼 생각이었다. 미국 우편선을 이용하면 헨리에타호로 내일 저녁에 리버풀에 도착하는 대신, 정오면 도착할 수 있을 것이고, 그 결과 런던에 저녁 8시 45분 전에 도착할 수 있을 것이었다.

밤 1시 무렵, 헨리에타호는 만조를 이용해 퀸스타운 항구에 들어갔고, 필리어스 포그는 스피디 선장과 힘차게 악수를 나눈 뒤 선장을 골격만 남은 헐벗은 선박에 남겨 두고 떠났다. 선장은 선박의 골격만 가지고도 배를 판 가격의 절반은 더 건질 수 있었다!

승객들은 곧장 배에서 내렸다. 이때 픽스는 포그 씨를 체포하고 싶은 맹렬한 욕망을 느꼈다. 그런데 그렇게 하지 않았다! 왜일까? 픽스 형사의 마음속에서 어떤 갈등이 생긴 것일까? 포그 씨 편으로 돌아온 것일까? 자기가 오해했다는 사실을 깨달은 것일까? 어쨌든, 픽스는 포그 씨를 포기하지 않았다. 포그 씨와 아우다 부인과 숨 돌릴 틈도 없는 파스파르투와 함께 1시 30분에 퀸스타운에서 출발하는 기차를 타고 같은 날 더블린에 도착했고, 곧바로 증기선에 올라탔다. 진짜 강철 방추처럼 생긴 기계 덩어리 증기선이 씩씩하게 계속해서 파도를 헤치고 나아갔다.

12월 21일 오전 11시 40분, 필리어스 포그는 마침내 리버풀 부두에 내렸다. 런던까지는 여섯 시간 거리밖에 되지 않았다.

그런데 바로 이때, 픽스가 포그 씨에게 다가가더니 포그 씨의 어깨에 손을 얹고 체포 영장을 내보였다.

「필리어스 포그 씨가 맞죠?」 픽스가 말했다.

「그렇습니다.」

「여왕의 이름으로, 당신을 체포합니다!」

34
파스파르투가 신랄하지만
신선한 말장난을 할 기회를 얻다

필리어스 포그는 감옥에 갇혔다. 리버풀 세관원에 있는 감옥이었는데, 런던으로 호송될 때까지 하룻밤을 여기서 보내야 했다.

필리어스 포그가 체포되는 순간, 파스파르투는 픽스 형사에게 달려들려고 했다. 하지만 경찰이 그를 제지했다. 아우다 부인은 갑작스러운 일에 놀라서 어리둥절했고, 어떻게 된 일인지 전혀 이해할 수가 없었다. 파스파르투가 아우다 부인에게 상황을 설명해 주었다. 생명의 은인인 이 정직하고 용감한 신사 포그 씨가 도둑으로 체포되다니. 아우다 부인은 그런 얘기를 믿을 수 없었다. 분노로 가슴이 뛰었고, 생명의 은인을 구하기 위해 아무것도 할 수 없고, 시도해 볼 수도 없다는 사실에 눈에서는 눈물이 하염없이 흘러내렸다.

반면 픽스는, 포그 씨가 죄인이든 아니든 체포하는 것이 자신의 임무였기 때문에 그를 체포했다. 나머지 일은 법이 알아서 판단할 것이었다.

하지만 파스파르투의 머리에 어떤 생각이 떠올랐다. 이 모든 불행의 원인이 바로 자기 자신이라는, 견디기 힘든 생각이었다! 왜 픽스와 관련된 일을 포그 씨에게 숨겼을까? 픽스가 비밀을 털어놓고 자신이 경찰이며 어떤 임무를 띠고 있는지 얘기했을 때, 왜 주인님에게 알려야 하는 책임을 회피했을까? 만약 주인님이 그 사실을 알았다면 픽스에게 자신의 무고함을 밝혔을 텐데. 픽스의 잘못을 낱낱이 밝혔을 텐데. 어쨌든 영국 땅에 발을 내딛는 순간 제일 먼저 주인님을 체포할 생각만 했던 이 불쾌한 형사를 여비까지 대가며 데려오지는 않았을 텐데. 자신의 실수와 경솔함을 생각하니, 이 불쌍한 청년은 억제할 수 없는 회환에 사로잡혔다. 파스파르투는 보기 딱할 정도로 울기만 했다. 자기 머리라도 쪼개고 싶은 심정이었다!

아우다 부인과 파스파르투는 추운데도 세관 건물 앞에 남아 있었다. 두 사람 중 누구도 자리를 떠나려 하지 않았다. 한 번이라도 더 포그 씨를 보려고 했다.

반면 포그 씨는 정식으로 파산하고 말았다. 그것도 목적지에 도달하려는 순간에. 이번에 체포됨으로써 돌이킬 수 없이 내기에 패하고 말았다. 그는 리버풀에 12월 21일 오전 11시 40분에 도착했고, 리폼 클럽에 저녁 8시 45분까지, 그러니까 9시간 5분 안에 모습을 보이면 된다. 리버풀에서 런던까지 가는 데는 여섯 시간밖에 걸리지 않았다.

이 순간 누군가 세관에 들어왔더라면, 꼼짝 않고 나무 의자에 앉아서 화도 내지 않고 침착하게 있는 포그 씨를 발견했을 것이다. 포그 씨가 체념했다고 말할 수는 없을 것이다.

이 마지막 일격에도 포그 씨는 동요하지 않았다. 적어도 겉으로 보기에는 그랬다. 만약에, 억눌려 있기 때문에 무서운 비밀스러운 분노가, 마지막 순간에 저항할 수 없는 힘으로 폭발하고야 마는 그런 분노가 그의 마음속에서 생겨났다면? 그건 알 수 없는 일이다. 하지만 필리어스 포그는 여기에서 침착하게 기다렸다. 그런데 무엇을 기다리는 것일까? 어떤 희망을 품고 있는 것일까? 감옥에 갇혀 있는데도 또다시 성공할 수 있으리라 믿는 것일까?

사정이야 어찌 되었든, 포그 씨는 탁자 위에 얌전히 시계를 얹어 놓고 시곗바늘이 움직이는 모습을 지켜보았다. 어떤 말도 그의 입에서 새어 나오지 않았지만, 시선은 고정되어 있었다.

어쨌든 끔찍한 상황이었다. 그의 속마음을 읽을 수 없는 사람들은 이렇게 요약할 수 있을 것이다.

〈정직한 남자, 필리어스 포그는 파산했다.〉

〈부정직한 남자, 필리어스 포그는 체포되었다.〉

그때 그는 자기 자신을 구출할 생각을 하고 있었을까? 이 세관 건물에 빠져나갈 구멍이 있을 거라 생각하고 찾으려 했을까? 도망칠 생각을 했을까? 그렇게 생각하고 있을지도 모르는 일이었다. 왜냐하면 어느 순간 포그 씨가 방을 한 바퀴 돌아보았기 때문이다. 하지만 문은 단단하게 잠겨 있었고, 창문은 쇠창살로 막혀 있었다. 그래서 그는 다시 자리에 앉아 지갑에서 여행 기록 수첩을 꺼냈다. 그리고 〈12월 21일 토요일 리버풀〉이라고 적힌 줄 위에 〈80일째, 오전 11시 40분〉

이라고 적었다. 그리고 기다렸다.

세관의 괘종시계가 오후 1시를 알렸다. 포그 씨는 자기 시계가 괘종시계보다 2분 빠르다는 것을 알게 되었다.

2시가 되었다! 지금이라도 급행열차를 탄다면, 런던에 도착해 리폼 클럽에 저녁 8시 45분 전에 갈 가능성이 있었다. 그의 이마에 약간 주름이 잡혔다……

2시 33분, 밖에서 무슨 소음이 들리더니, 문들이 우당탕 열리는 소리가 들렸다. 파스파르투의 목소리가 들리고, 픽스의 목소리가 뒤따랐다.

필리어스 포그의 눈빛이 한순간 번득였다.

세관의 문이 열리고, 아우다 부인과 파스파르투와 픽스가 보였다. 픽스가 급하게 포그 씨 쪽으로 다가왔다.

픽스는 숨을 헐떡였다. 머리는 엉망으로 헝클어져 있었다. 그는 말을 제대로 할 수 없는 상태였다.

「포그 씨…… 포그 씨…… 죄송합니다……. 너무나 닮아서 그만……. 3일 전에 도둑이 잡혔답니다……. 당신은…… 자유입니다!」

필리어스 포그는 자유의 몸이 되었다! 그가 픽스 형사에게 다가갔다. 그리고 픽스를 정면에서 똑바로 노려보고, 아마 지금까지 그런 적이 없었고, 앞으로도 평생 그렇게 할 수 없을 단 한 번의 날렵한 동작을 선보였다. 두 팔을 뒤로 빼더니 자동인형처럼 정확하게 양쪽 주먹으로 이 불운한 형사를 때려눕힌 것이다.

「명중!」 파스파르투가 소리쳤다.

파스파르투는 프랑스 사람답게 신랄한 말장난을 했다. 「그래! 이거야말로 아름다운 영국 주먹 기술[66]인걸!」

뒤로 벌렁 나자빠진 픽스는 끽소리도 내지 못했다. 그는 죗값을 치른 것뿐이었다. 포그 씨와 아우다 부인과 파스파르투는 곧바로 세관을 떠났다. 그리고 마차에 올라타 몇 분 만에 리버풀 기차역에 도착했다.

필리어스 포그는 바로 출발할 런던행 급행열차가 있는지 물었다.

시간은 2시 40분이었다. 급행열차는 35분 전에 떠나고 없었다.

필리어스 포그는 특별 열차를 주문했다.

증기 압력이 충분한 고속 기관차가 여러 대 있었지만, 열차 운행 시간이 정해져 있기 때문에 특별 열차는 3시 전에 역을 떠날 수 없었다.

3시에 필리어스 포그는 기관사에게 모종의 사례금을 약속한 뒤 젊은 여인과 충직한 하인과 함께 런던행 열차에 올라탔다.

리버풀에서 런던까지 다섯 시간 반 안에 가야 했다. 이 구간의 선로가 비어 있다면 가능한 일이었다. 하지만 시간이 지체되는 바람에, 이 신사가 런던역에 도착했을 때는, 모든 런던 시계가 저녁 8시 50분을 가리키고 있었다.

66 동일한 발음을 이용해 〈아름다운 영국 레이스 기법belle application de point d'Angleterre〉에서 〈레이스 뜨기point〉를 〈주먹poings〉으로 살짝 비틀어 〈아름다운 영국 주먹 기술belle application de poings d'Angleterre〉로 표현한 말장난.

필리어스 포그는 세계 일주를 마쳤지만, 예정보다 5분 늦게 도착했다……!

그는 내기에 지고 말았다.

35
파스파르투, 주인이 명령을
두 번 내리지 않게 처신하다

다음 날, 누군가 새빌로 주민에게 포그 씨가 집에 돌아온 사실을 알렸다면 무척이나 놀랐을 것이다. 포그 씨 집의 문이며 창문이 모두 닫혀 있었기 때문이다. 밖에서 보기에는 이 집에 어떤 변화도 없었다.

사실, 필리어스 포그는 역을 떠난 뒤 파스파르투에게 생필품을 조금 사라고 명령하고 집으로 들어갔다.

이 신사는 충격적인 결말을, 늘 그랬던 것처럼 침착하게 받아들였다. 파산했는데도! 잘못은 어리숙한 형사에게 있는데도! 이 긴 여정 동안 확신에 찬 걸음을 내딛고, 수많은 장애물을 물리치고, 수많은 위험에 용감히 맞서고, 여행 도중에 선행을 하려 시간을 내기도 했는데, 예상할 수도 없었고 대항할 수도 없는 상황에서 벌어진 급작스러운 일 때문에 항구에서 좌초하고 말다니! 끔찍한 일이었다! 떠날 때 가져간 막대한 금액은 이제 거의 없는 거나 다름없는 푼돈밖에 남지 않았다. 베어링 형제 은행에 예치한 2만 파운드가 전 재산인데, 이 2만 파운드는 리폼 클럽의 동료들에게 주어야 할 돈이었다. 여행 중에 많은 돈을 썼기 때문에, 설사 이 내기에 이기더라도 재산은 그다지 늘지 않았을 것이다. 리폼 클럽의 신사들이 명예를 걸고 내기를 한 만큼, 포그 씨가 재산을 늘리자고 내기를 하지는 않았겠지만, 내기에 졌으니 완전히 파산하고 말았다. 어쨌든 이 신사는 결정을 내렸다. 앞으로 어떤 일을 해야 할지 알고 있었다.

새빌로 집의 방 하나는 아우다 부인이 쓰도록 해두었다. 이 젊은 여인은 낙담하고 있었다. 그녀는 포그 씨가 꺼낸 몇 마디만 듣고서도, 이 신사가 불길한 계획을 구상 중이라는 걸 알아챘다.

편집광적인 영국인들이 고정 관념에 짓눌렸을 때 얼마나 극단적인 자포자기 상태로 치닫는지는 잘 알려져 있는 사실이다. 그래서 파스파르투는 겉으로 내색하지 않고 주인을 감시했다.

하지만 무엇보다 먼저, 이 성실한 청년은 자기 방으로 올라가 80일 전부터 활활 타고 있는 가스등을 껐다. 파스파르투는 우편함에서 가스 회사에서 보낸 청구서를 발견하고는 자기가 책임져야 할 가스비가 새는 것부터 막는 일이 급선무라고 생각했기 때문이다.

밤이 지나갔다. 포그 씨는 잠자리에 들었지만, 잠을 자기는 했을까? 한편 아우다 부인은 단 한 순간도 잠을 이루지 못했다. 파스파르투는 주인의 방문 앞에서 충직한 개처럼 불침번을 섰다.

다음 날, 포그 씨는 파스파르투를 불러 아주 간단한 말로,

아우다 부인의 아침 식사를 챙기라고 시켰다. 포그 씨는 차 한 잔과 토스트 한 장이면 된다고 했다. 아우다 부인에게는 점심 식사와 저녁 식사를 함께 할 수 없으니 양해를 구한다고 전하라고 했다. 하루 종일 챙겨야 할 일이 있었기 때문이다. 그는 아래층으로 내려오지 않을 것이라고 했다. 단지 저녁에 아우다 부인과 잠깐 얘기를 나눌 수 있는지 청하라고 했을 뿐이다.

파스파르투는 그날 할 일을 지시받았기 때문에, 지시대로 따를 수밖에 없었다. 그의 주인은 여전히 침착한 모습이었지만, 파스파르투는 주인의 방에서 나올 결심이 서지 않았다. 그의 마음은 무거웠고, 밀려오는 회환 때문에 양심의 가책을 느꼈다. 그는 어느 때보다 더욱 돌이킬 수 없는 재난이 자기 탓이라며 자책했다. 그렇다! 만약 포그 씨한테 미리 알렸더라면, 픽스의 계획을 발설했더라면, 포그 씨는 분명 픽스 형사를 리버풀까지 데려오지 않았을 테고, 그랬더라면…….

파스파르투는 더 이상 참을 수가 없었다.

「주인님! 포그 주인님!」그가 소리쳤다. 「제게 저주를 내리십시오. 제 잘못 때문에…….」

「아무도 비난하지 않네.」필리어스 포그가 어느 때보다 침착한 어조로 대답했다.

파스파르투는 방을 나와 젊은 여인에게 가서 주인의 말을 그대로 전했다.

「부인,」그가 덧붙였다. 「제가 할 수 있는 일이 아무것도 없습니다, 아무것도! 주인님의 생각을 바꾸게 할 힘이 없어요.

부인이라면 아마도……」

「제게 무슨 힘이 있겠어요.」 아우다 부인이 대답했다. 「포그 씨는 그 누구의 영향도 받지 않는 분이에요! 내가 그분께 감사하는 마음이 넘쳐흐르는데도 전혀 눈치채지 못하신 분이에요! 절대 내 마음을 읽으려고도 하지 않으세요! 파스파르투 씨, 절대 포그 씨 곁을 떠나지 말아야 해요, 단 한 순간도요. 오늘 저녁에 그분이 저와 얘기를 나누고 싶다고 하셨죠?」

「네, 부인. 아마도 부인이 영국에 무사히 계실 수 있게 돌봐 드릴 일인 것 같습니다.」

「기다려 보죠.」 젊은 여인은 그렇게 대답하고 생각에 잠겼다.

그렇게 일요일 내내, 새빌로의 집은 사람이 살지 않는 것 같았다. 필리어스 포그는 이 집에 살기 시작한 이후 처음으로, 영국 의사당 탑에서 11시 30분 종이 울리는데도 클럽에 가지 않았다.

하기야 이 신사가 왜 리폼 클럽에 모습을 나타내겠는가? 동료들도 더 이상 그가 나타나기를 기대하지 않을 것이다. 전날 저녁, 그러니까 운명의 날인 12월 21일 토요일, 저녁 8시 45분에 필리어스 포그는 리폼 클럽의 휴게실에 모습을 보이지 않았다. 결국 내기에 졌으니까 말이다. 2만 파운드를 찾으러 은행에 갈 필요조차 없었다. 내기 상대자들의 손에 포그 씨가 서명한 수표가 있으니, 베어링 형제 은행에 가서 청구만 하면 2만 파운드가 그들의 계좌에 입금될 것이다.

따라서 포그 씨는 나갈 필요가 없었고, 그래서 나가지 않았다. 그는 자기 방에 머물며 서류를 정리했다. 파스파르투는 새빌로 저택의 계단을 쉴 새 없이 오르락내리락했다. 이 불쌍한 청년에게 시간은 흐르지 않았다. 그는 주인의 방문에 귀를 바짝 대고 무슨 소리가 나는지 들으면서, 이런 행동이 전혀 무례하다고 생각하지 않았다. 방 열쇠 구멍으로 안을 들여다보면서, 그렇게 할 권리가 있다고 상상했다! 파스파르투는 매 순간 어떤 끔찍한 사태가 벌어질까 두려웠다. 가끔은 픽스 생각을 했지만, 예전과 같은 감정은 전혀 없었다. 픽스 형사를 더 이상 원망하지 않았다. 픽스는 누구나 실수하듯 필리어스 포그를 오해했고, 그래서 필리어스 포그의 뒤를 쫓고 체포했는데 이 모두가 그의 의무를 다한 것뿐이었다. 그런데 파스파르투 자신은? 이런 생각을 하자 파스파르투는 마음이 무너져 내리는 듯했고, 자신이 더없이 하찮은 인간이라 생각됐다.

파스파르투는 혼자 있는 것이 못 견딜 정도로 괴로워지면 아우다 부인 방의 문을 두드린 뒤 안으로 들어가 구석에 쭈그리고 앉은 채 아무 말도 하지 않고, 여전히 생각에 잠겨 있는 젊은 여인을 쳐다보았다.

저녁 7시 30분경, 포그 씨가 아우다 부인에게 방에 들어가도 되는지 알아보게 했고, 얼마 후 아우다 부인과 포그 씨는 단둘이 방에 있게 되었다.

필리어스 포그는 의자를 들어 벽난로 쪽에 놓고 아우다 부인과 마주 앉았다. 포그 씨의 얼굴에는 어떤 감정도 드러나

지 않았다. 여행에서 돌아온 포그 씨는 여행을 떠나던 때의 포그 씨와 정확히 똑같은 모습이었다. 여전히 침착하고, 여전히 냉정했다.

그는 5분간 아무 말도 하지 않고 그렇게 있었다. 그러고 나서 아우다 부인 쪽을 올려다보며 말했다.

「부인, 영국으로 부인을 모시고 온 저를 용서해 주시겠습니까?」

「제가요, 포그 씨!」 아우다 부인은 두근거리는 가슴을 억누르며 대답했다.

「하던 말을 마저 끝내겠습니다.」 포그 씨가 다시 말을 이었다. 「너무 위험한 그곳에서 멀리 떨어진 곳으로 부인을 모시고 오려고 생각했을 때만 해도 저는 부자였기에 재산 중 일부를 부인께 드리려 했습니다. 그랬더라면 부인은 편안하고 자유롭게 살 수 있었을 겁니다. 그런데 지금은 제가 파산해 버렸습니다.」

「저도 알아요, 포그 씨.」 젊은 부인이 대답했다. 「이번에는 제가 묻겠어요. 포그 씨를 따라온 저를 용서하시겠어요? 저 때문에 시간을 지체해서 결국 파산하게 됐는지도 모르잖아요?」

「부인은 인도에 남을 수 없었습니다. 그 광신도들이 다시 부인을 붙잡을 수 없는 곳으로 멀리 떠나야만 부인의 안전이 보장될 수 있었습니다.」

「포그 씨, 그렇기 때문에,」 아우다 부인이 다시 말했다. 「저를 끔찍한 죽음의 위험에서 구한 것으로도 부족해, 외국에서

도 제 안전을 보장해 주어야 하는 의무가 있다고 생각하시는
건가요?」

「네, 부인.」포그 씨가 대답했다. 「하지만 상황은 제가 원하
는 것과 반대로 돌아갔습니다. 제게 남아 있는 돈이 얼마 되
지 않지만, 부인을 위해 쓸 수 있게 허락해 주십시오.」

「하지만, 포그 씨는 어떻게 하시려고요?」아우다 부인이
물었다.

「저는, 부인,」신사가 차갑게 대답했다. 「아무것도 필요 없
습니다.」

「포그 씨는 앞으로 어떻게 생활하시려고요?」

「어떻게 되겠죠.」포그 씨가 대답했다.

「어쨌든,」아우다 부인이 다시 말을 이었다. 「포그 씨 같은
분이 빈곤에 시달릴 수는 없어요. 친구분들이……」

「제겐 친구가 없습니다, 부인.」

「가족은……」

「가족도 없습니다.」

「정말 안됐군요, 포그 씨. 혼자라는 건 슬픈 일이니까요.
어떻게! 고통을 나눌 사람이 한 명도 없다니. 고통은 둘이 나
누면 그나마 짊어질 만하다고 하잖아요!」

「그렇게들 말하죠, 부인.」

「포그 씨,」그때 아우다 부인이 일어나 필리어스 포그의 손
을 잡았다. 「가족이자 친구인 사람을 두시겠어요? 저를 아내
로 맞이하시겠어요?」

포그 씨가 이 말을 듣고 자리에서 일어났다. 그의 눈에는

평소와 다른 광채 같은 것이 어렸고, 입술은 파르르 떨리는 듯했다. 아우다 부인은 그를 바라보았다. 생명의 은인을 구하기 위해 무슨 일이든 할 각오가 되어 있는 고상한 여인의 이 아름다운 눈빛에 서린 진실함과 강직함과 결연함이 처음에는 포그 씨를 놀라게 하고, 그다음에는 포그 씨의 마음에 스며들었다. 포그 씨는 잠시 눈을 감았다. 마치 이 여인의 눈길이 더 깊이 스며들지 못하게 회피하려는 듯이……. 포그 씨는 다시 눈을 뜨고는 간략하게 말했다.

「사랑합니다! 네, 사실입니다. 이 세상에서 제일 성스러운 것을 걸고서 맹세합니다. 당신을 사랑합니다. 저는 당신 것입니다!」

「아!」 아우다 부인이 손을 가슴에 얹으며 외쳤다.

파스파르투는 자기를 부르는 벨 소리를 들었다. 그리고 곧 나타났다. 포그 씨는 여전히 아우다 부인의 손을 꼭 잡고 있었다. 상황을 파악한 파스파르투의 넓은 얼굴에서는 마치 열대 지방에서 정오에 뜬 강렬한 태양처럼 빛이 뿜어져 나왔다.

포그 씨는 파스파르투에게 메릴본 교구의 새뮤얼 윌슨 목사에게 소식을 알리러 가기에 너무 늦지 않았는지 물었다.

파스파르투는 활짝 미소를 지으며 말했다.

「너무 늦는 일이란 절대 없죠.」

시간은 8시 5분밖에 되지 않았다.

「내일, 월요일로 하면 되겠네요!」 파스파르투가 말했다.

「내일, 월요일?」 포그 씨가 젊은 여인을 바라보며 물었다.

「내일, 월요일!」 아우다 부인이 대답했다.

파스파르투는 뛰쳐나갔다.

36
필리어스 포그가 다시
주식 시장에 화려하게 등장하다

제임스 스트랜드라고 하는 진짜 은행 절도범이 12월 17일 에든버러에서 체포되었을 때, 영국에서 여론이 어떻게 급변했는지 말할 때가 된 것 같다.

3일 전까지만 해도 필리어스 포그는 경찰이 혈안이 되어 쫓는 범인이었지만, 이제는 별난 세계 여행을 수학적으로 끝마친 가장 정직한 신사가 되었다.

그 파장과 신문의 호들갑이란! 포그 씨 편이든 반대편이든 내기에 가담했던 모든 이들은 이미 이 사건을 잊어버리고 있었는데, 마치 마법에라도 걸린 듯 다시 내기에 열을 올렸다. 필리어스 포그와 관련된 모든 거래가 재개되었다. 모든 약속이 되살아났다. 내기가 새로운 기운을 받아 다시 시작되는 풍경이었다. 필리어스 포그라는 이름이 다시 주식 시장에서 대단한 인기를 누렸다.

리폼 클럽의 동료 다섯 명은 초조하게 3일을 보냈다. 그들도 잊고 있던 필리어스 포그가 눈앞에 다시 나타났기 때문이다! 대체 필리어스 포그는 지금 어디에 있을까? 제임스 스트

랜드가 체포되던 12월 17일은 필리어스 포그가 여행을 떠난
지 76일째 되는 날인데, 그때까지 한 번도 소식이 없었다! 혹
시 숨을 거둔 것일까? 아니면 승부를 포기했거나 예정된 여
정을 따라 계속 여행을 하고 있을까? 이제 12월 21일 토요일
저녁 8시 45분에, 이 정확함의 화신이 리폼 클럽 휴게실의 문
턱에 모습을 보일까?

영국 사회의 모든 사교계 인사가 이 3일 동안 얼마나 초조
하게 지냈는지 표현할 생각은 아예 접어야 한다. 모든 이들이
필리어스 포그의 소식을 알아보려고 미국과 아시아로 전보
를 보냈다! 아침이고 저녁이고 새빌로의 필리어스 포그 집에
사람을 보내 관찰하게 했다……. 하지만 아무 변화가 없었다.
운 나쁘게 범인을 잘못 넘겨짚고 수사에 나선 픽스 형사의 동
정은 경찰도 알지 못했다. 그렇지만 사정이 이러한데도 필리
어스 포그의 성공 여부를 건 내기는 더욱 광범위하게 퍼져 나
가기만 했다. 필리어스 포그는 마치 경주마처럼 막바지에 도
달해 있었다. 이제 성공 확률은 100 대 1이 아니라, 20 대 1,
10 대 1, 5 대 1로 높아 갔고, 나이 든 중풍 환자인 앨버말 경
은 필리어스 포그의 승리를 전적으로 확신하며 1 대 1로 내
기했다.

그 때문에 토요일 저녁에는 팰맬 거리와 주변 도로로 엄청
난 인파가 모여들었다. 수많은 중개인들이 리폼 클럽 주변에
아예 눌러앉은 것처럼 보일 정도였다. 교통은 마비 상태였다.
사람들은 토론하고, 논쟁하고, 마치 영국 국채를 사고파는
것처럼 〈필리어스 포그 주식〉의 시세를 매겼다. 경찰이 인파

를 통제하느라 애를 먹었는데, 필리어스 포그가 도착해야 할 시간이 다가올수록 흥분은 걷잡을 수 없이 커져 갔다.

그날 저녁, 필리어스 포그의 다섯 동료는 리폼 클럽의 휴게실에 도착 시간 아홉 시간 전부터 모여 있었다. 두 은행가 존 설리번과 새뮤얼 폴런틴, 엔지니어 앤드루 스튜어트, 영국 은행 임원인 고티에 랠프, 맥주 양조업자인 토머스 플래너건 모두 초조하게 기다렸다.

휴게실의 괘종시계가 8시 25분을 가리키는 순간, 앤드루 스튜어트가 자리에서 일어나 말했다.

「여러분, 20분 뒤면 필리어스 포그 씨와 우리가 약속한 시간이 종료됩니다.」

「리버풀에서 오는 마지막 기차가 몇 시에 도착하죠?」토머스 플래너건이 물었다.

「7시 23분입니다.」고티에 랠프가 대답했다.「그리고 다음 기차는 밤 12시 10분이나 되어야 도착합니다.」

「그런데 여러분,」앤드루 스튜어트가 다시 말했다.「만약 필리어스 포그가 7시 23분에 도착하는 기차를 타고 왔다면, 벌써 여기에 도착했을 겁니다. 그러니 우리가 내기에 이겼다고 생각해도 될 겁니다.」

「기다립시다. 아직 단언하지 맙시다.」새뮤얼 폴런틴이 대답했다.「우리 동료는 둘째가라면 서러워할 막강한 괴짜이지 않습니까. 어떤 일이든 정확한 사람인 건 잘 알려진 사실이고요. 늦게 도착하지도 일찍 도착하지도 않는 사람이니, 이 자리에 마지막 순간에 나타난다고 해도 그리 놀랍지 않을 겁니다.」

「저는,」 앤드루 스튜어트가 평소처럼 아주 예민하게 굴며 말했다. 「그의 모습을 보더라도 믿지 않을 겁니다.」

「사실,」 토머스 플래너건이 말을 이었다. 「필리어스 포그의 계획은 터무니없어요. 아무리 정확한 사람이라도 어쩔 수 없이 지체되는 상황을 막을 수는 없었을 겁니다. 2~3일만 늦어도 여행 전체가 위태로워졌을 거고요.」

「잊지 말아야 할 건,」 존 설리번이 덧붙였다. 「아직까지 우리 동료의 소식을 받은 적이 없다는 겁니다. 여행하는 곳에 전보가 없을 리도 없는데요.」

「필리어스 포그는 졌습니다, 여러분.」 앤드루 스튜어트가 다시 말을 꺼냈다. 「백번 졌고말고요! 아시다시피, 차이나호가 어제 도착했잖습니까. 그런데 필리어스 포그가 뉴욕에서 리버풀까지 정해진 시간에 오려면 그 배를 타는 수밖에 없었을 텐데, 〈해운 소식지〉에 발표된 승객 명부에는 필리어스 포그라는 이름이 없었습니다. 아무리 운이 따랐다고 해도, 지금 우리 동료는 겨우 미국 땅에 와 있을 거라고요! 적어도 예정된 날짜보다 20일은 늦을 거고, 연로한 앨버말 경도 5천 파운드를 잃게 될 겁니다!」

「그건 분명해요.」 고티에 랠프가 대답했다. 「내일 베어링 형제 은행에 가서 포그 씨의 수표를 보이기만 하면 되겠군요.」

바로 그때 휴게실의 괘종시계가 8시 40분을 알렸다.

「아직 5분 남았습니다.」 앤드루 스튜어트가 말했다.

다섯 명의 동료는 서로의 얼굴을 쳐다보았다. 다섯 사람의 심장 박동이 조금 빨라졌다고 믿어도 좋을 것이다. 왜냐하면 승부에 연연하지 않고 내기를 한 사람들이라고 해도 내기 돈이 워낙 컸기 때문이다! 하지만 겉으로는 그런 내색을 하고 싶지 않았기 때문에, 새뮤얼 폴런틴의 제안에 따라 카드 게임을 하려고 자리를 잡았다.

　앤드루 스튜어트가 자리에 앉으며 말했다.

　「누가 3,999파운드를 주겠다고 해도, 저는 4천 파운드를 걸었던 내기를 양보하지 않을 겁니다.」

　그 순간 시곗바늘이 8시 42분을 가리켰다.

　카드 게임을 하려고 모인 사람들이었지만, 손에는 카드를 들고 있으면서도 눈은 매 순간 괘종시계에 가 있었다. 아무리 승리가 확실시된다고 해도, 단 몇 분이 이때처럼 길게 느껴진 적은 없었을 것이다!

　「8시 43분입니다.」 토머스 플래너건이 고티에 랠프가 내민 카드를 뽑으면서 말했다.

　그리고 침묵의 순간이 흘렀다. 리폼 클럽의 커다란 휴게실에 정적이 감돌았다. 하지만 밖에서 군중이 웅성거리는 소리가 들렸고, 이따금 날카로운 비명 소리가 튀어나왔다. 괘종시계의 추는 수학적인 정확성을 유지하며 1초마다 움직였다. 게임을 하던 이들은 각자 60등분으로 분할되어 전달되는 소리를 들으며 세고 있었다.

　「8시 44분!」 존 설리번이, 자기도 모르게 감정이 실린 목소리로 말했다.

1분만 지나면, 이제 내기에 이길 수 있었다. 앤드루 스튜어트와 나머지 동료들은 더 이상 카드 게임을 하지 않았다. 그들은 카드를 내팽개쳤다! 그리고 초를 세었다!

40초. 아무 일도 생기지 않았다. 50초. 여전히 아무 일도 생기지 않았다!

55초가 되자, 바깥에서 우레와 같은 소리가 들려왔다. 박수와 환호, 심지어 저주까지 섞여 끊임없이 소리가 이어지며 점점 퍼져 나갔다.

카드 탁자 둘레에 앉아 있던 이들이 일어섰다.

57초가 되자 휴게실 문이 열렸고, 괘종시계 추가 60초째 흔들리기 직전에 필리어스 포그가 나타났다. 환호에 찬 군중이 뒤를 따르며 클럽 안으로 밀려 들어왔다. 필리어스 포그가 침착한 목소리로 말했다.

「제가 왔습니다, 여러분.」

37
필리어스 포그가 세계 일주에서
돈을 벌지는 못했지만 행복을 얻다

그렇다! 바로 필리어스 포그였다.

저녁 8시 5분, 그러니까 포그 일행이 런던에 도착하고 나서 스물다섯 시간가량 후, 파스파르투가 다음 날 올릴 결혼식 소식을 새뮤얼 윌슨 목사에게 알리라는 주인의 명령을 받았다는 사실을 기억할 것이다.

파스파르투는 그 명령을 받고 기쁜 마음으로 집을 나섰다. 그리고 걸음을 재촉해 새뮤얼 윌슨 목사 저택에 갔지만, 목사는 아직 돌아오지 않은 상태였다. 당연히 파스파르투는 기다렸다. 적어도 20분은 족히 기다렸을 것이다.

어쨌든 파스파르투가 목사의 저택에서 나온 시간은 8시 35분이었다. 하지만 상태가 심상치 않았다! 머리는 제멋대로 뒤헝클어지고, 모자도 쓰지 않은 채 뛰고 또 뛰었다. 인류의 기억 속에 그렇게 열심히 달린 사람은 없었을 것이다. 파스파르투는 지나가는 사람들을 넘어뜨리며, 질풍처럼 인도를 달리고 또 달렸다!

그는 3분 만에 새빌로의 저택으로 돌아와, 포그 씨의 방에 숨이 넘어갈 듯 헐떡이며 쓰러졌다.

말을 할 수도 없는 상태였다.

「무슨 일인가?」포그 씨가 물었다.

「주인님…….」파스파르투가 더듬거렸다.「결혼은…… 불
가능합니다.」

「불가능하다고?」

「불가능합니다…… 내일은요.」

「왜지?」

「왜냐하면 내일은…… 일요일이니까요!」

「월요일이지.」포그 씨가 대답했다.

「아뇨…… 오늘은…… 토요일이에요.」

「토요일? 당치 않은 소리!」

「맞아요, 맞아요!」파스파르투가 소리쳤다.「주인님이 요
일을 착각하셨어요! 우리는 24시간 먼저 도착했어요……. 그
런데 이제 10분도 남지 않았어요!」

파스파르투는 주인의 멱살을 움켜잡고 무시무시한 힘을
발휘해 밖으로 끌고 나갔다!

필리어스 포그는 그렇게 잡힌 채 제대로 생각할 틈도 없이
방을 나오고, 집을 나오고, 마차에 올라타서, 마부에게 1백
파운드를 주기로 약속하고, 개 두 마리를 치고 마차 다섯 대
를 들이받은 뒤 리폼 클럽에 도착했다.

괘종시계가 8시 45분을 가리킬 때, 필리어스 포그는 커다
란 휴게실에 나타났다.

필리어스 포그는 80일간의 세계 일주를 달성한 것이다!

필리어스 포그는 내기에 걸었던 2만 파운드를 땄다!

그런데 그토록 정확하고, 그토록 꼼꼼한 남자가 어떻게 요일을 혼동할 수 있었을까? 출발한 지 겨우 79째인 12월 20일 금요일에 도착해 놓고, 어떻게 런던에 도착했을 때 12월 21일 토요일 저녁이라고 믿었을까?

실수가 생긴 이유는 다음과 같다. 이유는 아주 간단하다.

필리어스 포그는 〈자기도 모르는 사이에〉 여행 일정에서 하루를 벌었다. 동쪽 방향으로 세계를 돌았기 때문이다. 반대로 역방향인 서쪽으로 세계 일주를 했다면 하루를 잃었을 것이다.

결국, 필리어스 포그는 동쪽으로 태양을 향해 갔고, 그 결과 동쪽 방향으로 1도씩 지날 때마다 하루에 4분씩 줄어들었다. 지구 둘레는 360도이고, 이 360에 4분을 곱하면 정확히 24시간이 된다. 즉, 자기도 모르게 하루를 번 것이다. 다시 말하면, 필리어스 포그는 동쪽으로 가면서 태양이 자오선을 지나는 것을 〈80번〉 보았지만, 런던에 남아 있던 동료들은 〈79번〉밖에 못 보았다는 말이다. 그 때문에, 포그 씨가 일요일이라고 믿었지만 실제로는 토요일이었던 바로 그날에 리폼 클럽의 동료들이 휴게실에서 포그 씨를 기다리고 있었던 것이다.

늘 런던 시간을 고수하는 파스파르투의 그 시계가 몇 시 몇 분인지뿐만 아니라 날짜와 요일도 알려 주었다면, 도착한 날의 날짜와 요일을 제대로 알 수 있었을 것이다!

그래서 필리어스 포그는 2만 파운드를 벌었다. 하지만 여행 중에 거의 1만 9천 파운드를 써버렸기 때문에, 실제로 번 액수는 보잘것없었다. 하지만 이미 지적했듯이, 이 괴짜 신사는 돈을 벌기 위해서가 아니라 도전을 하기 위해 내기에 임했다. 그런데 남은 1천 파운드마저 충직한 파스파르투와 불행한 픽스에게 나누어 주었다. 그는 픽스 형사를 원망할 수 없었다. 다만, 규칙을 존중하는 차원에서, 파스파르투가 실수로 1,920시간 동안 쓴 가스비는 하인이 내도록 했다.

바로 그날 저녁, 여전히 냉정하고, 여전히 침착한 포그 씨가 아우다 부인에게 말했다.

「이 결혼에 지금도 응하시겠습니까, 부인?」

「포그 씨,」아우다 부인이 대답했다. 「이 질문을 할 사람은 바로 저예요. 전에는 포그 씨가 파산했지만, 이제는 부자가 되셨으니…….」

「죄송합니다, 부인. 이 재산은 부인 것입니다. 만약 부인께서 이 결혼 문제를 생각하지 않으셨다면 제 하인이 새뮤얼 윌슨 목사를 찾아가지도 않았을 것이고, 제 실수도 깨닫지 못했을 것이고, 또…….」

「사랑하는 포그 씨…….」

「사랑하는 아우다…….」

결혼식은 48시간 후에 열렸다. 파스파르투는 멋지고 눈부시도록 환한 모습으로 젊은 여인의 증인으로 나섰다. 젊은 여인을 구한 장본인이었으니, 이런 영광을 누릴 자격이 있지 않겠는가?

그런데 이튿날 새벽, 파스파르투가 주인의 방문을 시끄럽게 두드려 댔다.

「무슨 일인가, 파스파르투?」

「무슨 일이 있다마다요! 지금 막 알게 된 일인데요…….」

「어떤 일이지?」

「세계 일주를 78일 만에 할 수도 있었다는 거예요.」

「그럴지도 모르지.」 포그 씨가 대답했다. 「인도를 지나지 않았다면. 하지만 인도를 지나지 않았다면, 아우다 부인을 구하지 못했을 것이고, 그랬다면 내 아내로 맞지도 못했을 것이고, 또…….」

그러고 나서 포그 씨는 조용히 문을 닫았다.

이렇게 필리어스 포그는 내기에 이겼다. 80일간의 세계 일주를 달성했다! 그는 이 여행을 위해 온갖 종류의 운송 수단을 이용했다. 여객선, 기차, 마차, 요트, 무역선, 썰매, 코끼리까지. 이 괴짜 신사는 여행을 하는 동안 놀랄 정도로 침착하고 정확한 모습을 보여 주었다. 하지만 그다음은? 이번 여행에서 그가 번 것은 무엇일까? 이 여행에서 얻어 온 것은 무엇일까?

아무것도 없다고 할 수 있을까? 아무것도 없다고 치자. 하지만 일어날 수 없을 것 같은 일이 일어났다. 매력적인 여인이 그를 이 세상에서 제일 행복한 남자로 만들었다는 것!

사실, 사람들은 이보다 더 하찮은 이유로도 세계 일주를 하지 않을까?

역자 해설

과학 소설의 선구자 쥘 베른의
환상과 낭만이 넘치는 80일간의 모험

쥘 베른은 눈부신 과학적 발명과 발견이 이어지던 시대를 살았다. 철도가 대륙을 연결하고, 거대한 증기선이 대양을 누비고 다녔기에 모험과 탐험의 영역은 급속도로 확대되어 갔다. 경이적인 기술적 발전이라 할 전신, 전화, 전기, 자동차, 영화가 발명되었다. 〈전 분야의 백과사전이 있는 시대에 살고 있는 것을 행운으로 생각한다〉는 그는 항공학, 지리학, 고생물학, 물리학, 화학, 광학, 탄도학, 우주 공학, 암호학, 시계 제조학 등 다양한 과학 분야의 소재를 다루고 전기, 교통, 미래 도시, 영화, 음향, 자원 고갈 등 앞으로 일어날 현상이나 기술을 예견하며 방대한 지식을 생동감 있는 이야기와 결합해 작품으로 녹여 내 진정한 과학 소설의 선구자가 되었다.

전문가가 아니면서도 그가 다양한 과학 분야를 다루며 이야기를 만들 수 있었던 원천은 무엇보다 그의 근면한 작업 습관과 노력에 있었다. 1893년 65세의 쥘 베른은 인터뷰를 위해 아미앵을 찾은 기자 로버트 셰러드Robert Sherard에게, 매일 아침 5시에 일어나 곧바로 서재에서 11시까지 원고를 쓰고 수정하고, 점심 식사를 마친 뒤 서재로 돌아와 열다섯 종의 신문을 꼼꼼히 읽고, 여러 잡지, 과학 협회와 지리 협회의 정기 간행물을 읽으며 필요한 정보를 수첩에 적는다고 일상을 밝혔다. 이와 함께 자크 아라고Jacques Arago를 비롯한 여러 모험가의 글과 백과사전, 과학자와 지리학자와 교유하며 나눈 대화 등 작품에 참고할 만한 내용을 간추린 노트만 해도 2만 권이 넘었다고 하니 작품을 위해 수집한 내용이 얼마나 방대했을지 쉽게 짐작할 수 있다.

파리 이공계 그랑제콜인 에콜 폴리테크니크 출신으로 쥘 베른의 애호가인 미셸 클라망Michel Clamen은 『쥘 베른과 과학, 1백 년 후Jules Verne et les sciences — Cent ans après』 (2005)에서 과학자의 관점으로 쥘 베른의 작품을 분석한다. 『지구에서 달까지De la Terre à la Lune』는 특히 놀라울 정도로 정확하게 미래를 예견한 대표적인 예로 소개된다. 달로 쏘아 올린 포탄은 1백 년 후 로켓으로 실현되었고, 포탄의 재료로 쓰인 알루미늄은 현대 우주 공학에서 중요한 역할을 하지만 당시로서는 연구 과제였을 뿐이다. 포탄을 쏘아 올린 플로리다에는 케이프케네디(지금의 케이프커내버럴곶) 우주 기지가 들어섰고, 로키산맥에 세웠던 지름 16피트(약 4.9미터) 관측 망원경은 50년 후 캘리포니아에 위치한 팔로마산 관측소에 지름 5미터 망원경으로 자리 잡았다.

또한 쥘 베른이 모험의 공간을 획기적으로 확대시켰기에 모험에 필요한 새로운 운송 수단도 예견했음을 지적한다. 『해저 2만 리Vingt Mille Lieues sous les mers』의 해저 세계는

〈노틸러스〉호가, 『지구에서 달까지』의 달 탐험은 미셸 아르
당의 포탄이, 『정복자 로뷔르*Robur le Conquérant*』의 비행에
서는 〈알바트로스〉호가 등장한다.

클라망은 쥘 베른이 예견한 것들이 언제 어떤 방식으로 실
현되었는지를 표로 정리해 소개한다.

작품	출판 연도	베른이 예견한 것	실현된 연도
항공			
정복자 로뷔르	1886년	헬리콥터	1910년경
지구에서 달까지	1865년	알루미늄 사용	1920년경
우주			
인도 왕비의 유산	1879년	인공위성	1957년(스푸트니크호)
지구에서 달까지	1865년	우주 비행사	1961년(가가린)
달나라 여행	1870년	달 인공위성	1969년
해양			
해저 2만 리	1869년	현대적인 잠수함	1955년(핵 잠수함)
		자급식 잠수 기구	1880년경
에너지−환경			
해저 2만 리	1869년	해양 굴착	1920년경
		수소 에너지	현재 연구 중
엑토르 세르바다크	1877년	지열 난방	1970년경
인도 왕비의 유산	1879년	쓰레기 소각	1950년경
통신			
카르파티아의 성	1892년	텔레비전	1926년
		비디오 녹화기	1956년
		비디오카메라	1983년

2889년 어떤 기자의 하루	1889년	개인 전보	1949년(팩스)
인도 왕비의 유산	1879년	원격 회의	1950년경
20세기 파리	1864년		
화학			
정복자 로뷔르	1886년	플라스틱 소재	1930년경
깃발을 마주 보고	1896년	화약	1930년(TNT)
인도 왕비의 유산	1879년	독가스	1916년

쥘 베른은 항구 도시 낭트에서 태어나 늘 바다를 동경하고, 선주였던 외삼촌의 미국 모험담과 여러 모험가들의 이야기에 매료되었다. 변호사였던 아버지의 뜻에 따라 법학을 공부하고 변호사가 되어 잠시 일했지만, 문학 살롱을 드나들며 알렉상드르 뒤마 등 여러 작가와 교유하며 어릴 적부터 품었던 작가의 길을 걷기로 결심한다. 몰리에르를 비롯해 빅토르 위고, 뒤마, 비니, 뮈세 등 프랑스 작가의 작품을 탐독하고 휠덜린, 실러, 괴테 등 독일 낭만주의 작가를 비롯해 셰익스피어의 작품에 심취한다. 또한 호프만과 에드거 앨런 포의 작품을 동경하며 환상적인 작품 세계를 추구했다. 초기에는 주로 희곡과 시를 썼고, 1851년에는 당시 유행했던 월간지 『가정 박물관 *Le musée des familles*』에 『기구 여행 *Un voyage en ballon*』을 발표했다. 결혼하면서 생계를 위해 증권 거래소에서 일하며 작품 활동을 병행했고, 소설가로 확고한 입지를 굳히게 된 것은 출판업자 피에르쥘 에첼Pierre-Jules Hetzel을 만난 이후였다.

에첼은 1837년 자신의 출판사를 세운 뒤 발자크, 위고, 상드, 뮈세 등 위대한 낭만주의 작가의 작품을 보급판으로 내 대중이 쉽게 접할 수 있게 했고, P. J. 스탈P. J. Stahl이라는 필명으로 작품 활동을 하기도 했다. 공화주의자로서 나폴레옹 3세의 제2제정 시기에 망명을 떠났다가 돌아온 뒤 아동 교육에 힘쓰기로 결심한다. 과학의 진보가 사회를 보다 자유롭고 정의롭게 만들 수 있다는 신념으로 잡지『교육과 오락 Le Magasin d'éducation et de récréation』을 발간해, 당시 교회의 손안에 있던 아동 교육의 틀을 깨고 과학 발전이라는 새로운 문명을 접할 수 있게 했다.

지리와 과학에 심취해 있던 에첼과 쥘 베른의 만남은 이런 목적을 달성하는 데 이상적인 결합이었다. 또한 에첼은 작품을 책으로 출판하기 앞서 잡지에 연재함으로써 작가에게는 폭넓은 독자를 얻게 했고, 독자에게는 저렴한 비용으로 작품을 읽을 수 있게 했다.

쥘 베른은 에첼의 요구에 따라『가정 박물관』지에 발표했던 『기구 여행』을 수정해『교육과 오락』지에『기구를 타고 5주간 Cinq semaines en ballon』으로 발표해 엄청난 성공을 거두었고, 독자의 요구에 따라〈경이로운 모험Voyages extraordinaires〉시리즈로 계속 작품을 발표했다. 〈알려진 세계와 알려지지 않은 세계Mondes connus et inconnus〉라는 부제가 붙은 이 시리즈에서 쥘 베른은 동시대와 미래를 오가며 지구와 우주, 지상과 지하, 바다와 바닷속, 극지방 등 시공간을 자유롭게 누비고 방대한 자료를 바탕으로 엄청난 과학 지식과 상상력을 선보이며 다양한 모험 이야기를 들려준다. 에첼과 맺은 계약에 따라 쥘 베른은 4차 계약까지는 1년에 3편씩, 5차 계약 이후에는 1년에 2편씩 총 64편의 작품을 발표했는데, 잡지에 연재한 후에는 단행본으로, 그리고 하드커버에 삽화가 들어간 선물용으로 발간해 큰 인기를 얻었다.

과학의 발달로 인한 인류의 진보라는 낙관적인 기대를 담은 작품이 많기는 했지만, 이와 함께 잘못된 과학의 사용이 인류에 재앙이 될 수 있음을 경고하는 것도 잊지 않았다.

한편 작가로서의 명성을 향유하던 쥘 베른에게 연속적으로 몰아닥친 비극적 사건들은 그를 염세주의에 빠져들게 했다. 가장 아끼던 조카가 정신 착란을 일으켜 쏜 총에 맞아 건강을 잃고 평생 다리를 절게 되었고, 이 사건이 일어난 일주일 후 그의 문학적 동지이자 편집자였던 에첼이 사망한다. 그리고 그다음 해 어머니마저 세상을 떠나지만, 그는 장례식에도 참석하지 못할 만큼 병약한 상태였다. 또한 장남 미셸의 허황된 사업과 문란한 여자 관계로 생긴 빚을 갚기 위해 아끼던 요트도 팔아야 할 지경이 되었다. 하지만 초기 작품에서도 이미 어두운 세계관은 나타났다. 『20세기 파리*Paris Au XXe Siècle*』에서는 돈의 노예가 되고 기계 상태로 전락한 인간의 모습이 등장하는데, 에첼은 미래를 암울하게 그렸다는 이유로 출판을 거절했고, 결국 이 작품은 1세기 넘게 묻혀 있다가 1994년에야 빛을 보게 되었다.

에첼은 쥘 베른을 유명 작가의 대열에 올라서게 도움을 준 평생의 문학 동지였지만, 한편으로는 지나치게 자신의 잣대로 작품을 재단해 결국 쥘 베른에게 아동 문학 작가라는 꼬리표가 붙게 만들었다는 비판도 받는다. 두 사람은 작품의 전개를 놓고 이견을 내세워 수차례 언쟁을 벌이기도 했고, 연재 형태의 글쓰기에 대해 쥘 베른은 작품의 리듬을 끊는다며 불평하기도 했다고 한다.

쥘 베른은 지금까지 전 세계에 가장 많이 번역되는 작가로 남아 있다. 그리고 랭보, 톨스토이, 쥘리앵 그라크, 르 클레지오, 장 콕토, 블레즈 상드라르스 등 수많은 위대한 작가들에게 큰 영감을 주었다. 하지만 연구가들은 쥘 베른을 가리켜 한결같이, 세계적으로 유명하지만 제대로 알려지지 않은 작가라고 평한다. 이는 쥘 베른이 생전에 자신의 이름이 프랑스 문학사에 거론되지 않는다는 점과 아카데미 프랑세즈의 회원 심사에서 번번이 탈락했던 일을 들어 크게 상심했던 때와 그다지 사정이 달라지지 않았음을 보여 준다. 하지만 아동 문학 작가로 치부되었던 그에 대한 평가는 1960~1970년대 이후 진정한 과학 소설의 원조로 재조명되기 시작했고, 다면적인 재평가 작업이 이루어지고 있다.

기구를 타고 하늘을 날고, 지구 속을 탐험하고, 포탄을 타고 지구에서 달까지 날아가고, 잠수함으로 해저 탐험을 하며 하늘, 땅, 바다, 우주를 종횡무진하던 쥘 베른 소설의 무대는 『80일간의 세계 일주*Le Tour du monde en quatre-vingts jours*』에서 일반 사람들이 살고 있는 세계로 돌아온다. 이번에는 공간의 이동과 함께 시간이라는 요소가 여행의 성공 여부를 결정짓는 주요 변수로 등장해, 80일로 정해진 목표 시간을 지킬 수 있느냐 없느냐의 긴장 구도를 따르다가 마지막 순간 런던 시간과 여행한 사람의 시간 차이를 이용해 내기의 승패를 뒤집는다.

쥘 베른은 1870년 잡지 『마가쟁 피토레스크 *Magasin pittoresque*』에 실린 기사를 읽고 이 작품을 구상했다고 한다. 당시 과학을 비롯한 다양한 분야의 정보를 목판화로 만든 삽화를 곁들여 소개해 대중적인 백과사전 역할을 했던 이 잡지는, 1869년 수에즈 운하의 개통으로 세계 일주 기간이 3개월 단축되어 기차와 선박을 이용해 파리에서 출발해 세계를 돌고 되돌아오는 데 걸리는 시간이 80일이라는 계산과 함께 상세한 일정표를 게재했다. 세계 여행과 남극 탐험을 기록한 모험가 뒤몽 뒤르빌Dumont d'Urville과 시각 장애인이 된 후에도 세계 여행에 나서고 여행기를 남긴 모험가 아라고를 동경하고 이들의 책을 탐독했던 쥘 베른은, 이 기사를 바탕으로 자신의 인물들이 벌일 상상의 세계 일주를 구상하기 시작한다. 해운 회사의 연결망을 면밀히 검토하고, 팸플릿을 모으고, 프랑스·영국·인도·미국 등의 열차 시간표를 열람했다. 시차 때문에 내기 결과가 바뀌는 역전극은, 그가 존경하는 작가였던 에드거 앨런 포의 단편 「일요일이 세 번 있는 일주일Three Sundays in a Week」(1845)을 읽고 이미 정해 놓은 상태였다. 포의 단편에서는 런던에서 출발해 서쪽으로 여행을 떠나 되돌아오는 사람, 런던에 남아 있는 사람, 런던에서 동쪽으로 출발해 여행을 마치고 온 사람이 모여 각자의 시간 논리를 펼치고 하루 차이로 일요일이 나란히 세 번 이어진다는 사실을 지적하며 이야기를 나누는데, 쥘 베른은 여기에 착안해 결말을 이끌어 낸다.

　작품의 주인공 필리어스 포그가 하인 파스파르투와 함께 80일간의 세계 일주에 나선 이유는 느닷없는 내기 때문이었다. 런던의 고명한 신사들이 교유하는 리폼 클럽에서 필리어스 포그와 동료들이 카드 게임을 하며 영국 은행에서 일어난 절도 사건을 두고 범인의 체포 가능성에 대해 얘기를 나누던 중, 교통수단의 발전으로 〈세계가 좁아졌다〉는 대목에 이르자 설전을 벌이고, 80일 만에 세계 일주가 가능하다고 주장하는 필리어스 포그가 자기 재산의 절반인 2만 파운드를 걸고 곧바로 여행에 나선다. 재산이 많고 시계처럼 정확한 사람이라는 점만 빼면 도통 알 수 없는, 그의 이름처럼 〈안개〉 같은 인물이기에, 필리어스 포그는 독자에게 알려진 모든 패를 보이고 게임을 벌인다. 주인을 모시고 여행에 나서야 하는 파스파르투에게도 느닷없는 일이기는 마찬가지다. 사방을 헤치고 다닌다는 뜻을 가진 이름과 달리, 한곳에 정착해 조용히 살기를 희망하며 드디어 이상적인 주인을 만났다고 생각한 바로 그날 세계 여행을 떠나게 되었으니 말이다. 여기에 필리어스 포그를 은행 절도범으로 오인해 쓸데없이 세계 여행에 동행하게 된 픽스 형사까지 합류하면서 여행은 더욱 복잡해진다.

　1872년 10월 2일부터 1872년 12월 21일까지 런던-수에즈-인도-싱가포르-홍콩-일본-미국-런던으로 이어지는 주인공 필리어스 포그와 하인 파스파르투의 80일간의 세계 일주를 다룬 이 작품은 발달된 교통수단과 시차라는 문제로 과학 문제를 환기시키지만, 그 어떤 작품보다 매력적이고 독특한 인물들이 등장해 이국정서를 불러일으키며 재미를 주는 이야기로, 『르 탕Le Temps』지에 연재되는 동안 그야말로 독자들의 폭발적인 관심을 불러일으켰다.

필리어스 포그는 시간을 준수하며 규칙적인 생활을 하는 것 이외에 모험에는 전혀 관심이 없는 인물로, 모험 소설의 전형적인 주인공과 대척점에서 출발하지만, 아우다와 파스파르투를 구하기 위해 서둘러야 할 여행 일정을 늦추는 의외의 모습을 보이는가 하면, 아우다에게 애틋한 감정을 느끼는 등 차츰 인간적인 면모를 보이고, 결국 모험과 사랑을 거머쥐는 고전적인 모험 소설의 주인공으로 변모한다.

파스파르투는 〈만능열쇠〉라는 별명이 무색하게 실제로는 모든 일에 서툴고 즉흥적인 기질 탓에 주인의 여행을 돕기는커녕 오히려 방해하는 역할을 하지만, 결정적인 순간에 기지를 발휘해 아우다를 구하고 인디언의 습격에 맞서 용맹한 행동을 선보이고, 필리어스 포그를 대신해 기차나 배가 아닌 여행지 안으로 독자를 안내하며 세계 여행을 경험하게 하면서, 사방을 헤치고 다닌다는 뜻의 이름값을 톡톡히 하여 웃음을 자아낸다.

픽스는 추리 소설의 구성을 이끌며 나름대로 긴장을 불어넣지만, 애초에 잘못된 추리였기에 심각한 상황에 빠질수록 우스꽝스러워지고, 방해해야 할 필리어스 포그를 오히려 돕는 등 파스파르투와 역할이 바뀐 것 같은 상황을 만들며 이야기에 재미를 더한다.

또 다른 주요 인물은 바로 아우다이다. 쥘 베른의 작품에서는 여성이 거의 등장하지 않고, 등장한다고 해도 수동적인 역할에 머문다. 아우다 역시 위험이 닥칠 때 마음을 졸이기만 하는 수동적인 모습을 대부분 보이지만, 인디언의 습격에 맞서 총을 쏘고, 무심한 필리어스 포그에게 먼저 청혼하는 등 중요한 순간에 결단력을 보이고, 자로 잰 듯한 수학적인 세계에 갇혀 있던 필리어스 포그를 감정이 흐르는 인간적인 세계로 이끄는 데 결정적인 역할을 한다.

쥘 베른의 작품 중에서 가장 많이 읽히고 팔린 이 작품은, 작가 생전에 10만 부 이상의 경이적인 판매 부수를 올렸고, 많은 나라에서 번역되었으며, 연극으로도 상연되어 장기 공연되는 등 큰 성공을 거두었다. 또한 필리어스 포그의 자취를 따라 세계 일주에 나서 여행 기간을 단축하려는 경쟁이 일기도 했다. 1888년 엘리자베스 비슬란드Elizabeth Bisland가 79일 만에 여행을 마쳤고, 다음 해 1889~1890년 미국 기자 넬리 블라이Nellie Bly가 72일로 기록을 깼다. 넬리는 여행 도중 아미앵에서 쥘 베른을 만나기도 했다. 이 기록은 몇 달 후 조지 프랜시스 트레인George Francis Train이 67일로 단축했다. 그리고 그는 2년 후인 1892년 자신의 기록을 다시 60일로 단축했다. 수많은 필리어스 포그의 추종자 중 가장 유명한 이는 장 콕토Jean Cocteau일 것이다. 그는 1936년, 연인이었던 마르셀 킬Marcel Khill의 제안으로 쥘 베른 탄생

1백 주년을 기념해 80일간의 세계 일주에 나섰고, 『프랑스수 아르France-Soir』 신문에 여행기를 연재했다. 그 밖에도 이 작품은 수차례 영화로 제작되었다.

80일간의 세계 일주는 현재도 여전히 진행 중이다. 파리의 한 극장에서 상연되고 있는 연극은 2010년 1천 회 공연 기록 을 달성한 뒤에도 계속 인기리에 무대에 오르고, 국내와 해 외 업체는 비디오카메라와 TV, 자동차 등 다양한 상품의 마 케팅 소재로 이용하기도 했다. 장 콕토가 80일간의 세계 일 주를 게재했던 『프랑스수아르』는 2010년 다시 80일간의 세 계 일주를 테마로 리포터를 선발하는 행사도 벌였다. 몇 년 전에는 홍콩 배우 청룽(成龍)이 파스파르투로 분해 색다른 80일간의 세계 일주를 영화로 선보였다. 이 밖에도 80가지 의 세계 요리를 통해 세계를 여행하는 요리 책으로, 만화로, 게임 등으로 무한 변형되어 계속 독자와 관객과 만나고 있다.

고정아

쥘 베른 연보

1828년 출생 2월 8일 낭트의 페이도섬에서 변호사인 피에르 베른 Pierre Verne과 해운업 가문 출신의 소피 알로트 드 라 퓌Sophie Allotte de la Fuÿe의 장남으로 출생. 이후 남동생 폴Paul(1829)과 세 명의 여동생 안Anne(1837), 마틸드Mathilde(1839), 마리Marie(1842) 출생.

• 1828년 뒤몽 뒤르빌Dumont d'Urville, 태평양 여행. 1830년 7월 왕정 시작. 스탕달Stendhal『적과 흑*Le Rouge et le Noir*』출간. 1831년 마이클 패러데이Michael Faraday, 전자기 유도 발견.

1833~1846년 5~18세 마담 상방 학교Mme Sambin와 기숙 학교 생스타니슬라스Saint-Stanislas에 이어 콜레주 루아얄Collège Royal에 다님. 대학 입학 자격시험 통과.

• 1833년『가정 박물관』잡지 창간. 1837년 새뮤얼 모스Samuel Morse, 전신기 발명. 1839년 에드거 앨런 포 첫 단편집『괴기 단편집*Tales of the Grotesque and Arabesque*』. 1837~1840년 뒤몽 뒤르빌, 남극 여행. 1842년 난징 조약으로 홍콩이 영국에 이양되면서 중국 문호 개방. 1843년 피에르 쥘 에첼『새로운 아동 잡지*Le Nouveau magasin des enfants*』창설. 1844년 알렉상드르 뒤마『삼총사*Les Trois Mousquetaires*』.

1847년 19세 아버지의 뜻에 따라 법학 공부 시작. 파리에서 학업. 첫사 랑인 사촌 카롤린Caroline 결혼.

• 캘리포니아에서 금광 발견.

1847~1848년 19~20세   연정을 품은 에르민Hermine에게 시를 바치며 열렬히 구애.

1848년 20세   에르민 결혼. 파리의 문학 살롱을 드나들며 알렉상드르 뒤마Alexandre Dumas 부자를 비롯해 여러 문인을 알게 되고 문학에 심취.
• 2월 혁명에 이어 제2공화국 시작.

1849년 21세   법학사 학위 취득. 여러 희곡 집필. 알렉상드르 뒤마 피스 Alexandre Duma fils(아들)와 〈11명의 독신남Onze-sans-femme〉 클럽 조직.

1850년 22세   법학 박사 학위를 취득하고 변호사가 됨. 알렉상드르 뒤마 피스의 도움으로 역사 극장 테아트르 이스토리크Théâtre Historique 에서 단막극 「부러진 밀짚Les Pailles rompues」을 상연해 호평받음. 낭트 출신의 작곡가 이냐르Hignard와 교유하며 여러 오페레타와 샹송을 함께 만듦.

1851년 23세   잡지 『가정 박물관』에 『기구 여행』 발표.
• 허먼 멜빌Herman Melville 『모비딕*Moby Dick*』. 윤전기 발명. 푸코, 지구의 자전 증명.

1852년 24세   문학에 전념하기 위해 아버지의 변호사 업무 승계 거절. 뒤마 피스의 소개로 서정 극장 테아트르 리리크Théâtre Lyrique에서 비서로 근무하며 희곡·단편·시 집필. 『세계 여행*Voyage au tour du monde*』을 발간한 모험가 자크 아라고를 비롯해 여러 탐험가, 과학자와 교유.
• 1852~1870년 제2제정(나폴레옹 3세). 1853~1856년 크림 전쟁. 1855년 모험가 자크 아라고 사망.

1857년 29세   아미앵의 결혼식에서 만난 두 아이가 있는 젊은 과부 오노린 드 비안Honorine de Vianne과 결혼. 생계를 위해 처남의 소개로 파리의 증권 거래소에 취직.
• 1857년 샤를 피에르 보들레르Charles Pierre Baudelaire 『악의 꽃*Les*

Fleurs Du Mal』, 귀스타브 플로베르Gustave Flaubert『보바리 부인 *Madame Bovary*』. 1858년 톈진 조약으로 서구 열강의 아시아 지배 확대.

1859년 31세   이냐르와 영국, 스코틀랜드 여행. 동생 폴 결혼.
 • 1859년 찰스 다윈Charles Darwin『종의 기원*On the Origin of Species by Means of Natural Selection*』. 1860년 벨기에 출신의 에티엔 르누아르 Étienne Lenoir, 휘발유를 연료로 하는 내연 기관 발명.

1861년 33세   이냐르와 노르웨이, 스칸디나비아반도 여행 중 아들 미셸 Michel 출생.
 • 1861~1865년 미국 남북 전쟁.

1862년 34세   출판업자 피에르 쥘 에첼을 만나 첫 번째 계약. 이때부터 에첼과 평생 문학 동지가 되어 계약을 거듭하고 작품 활동을 하면서 안 정적인 수입을 얻고, 작가로서의 입지를 굳힘.
 • 빅토르 위고Victor Hugo『레 미제라블*Les Misérables*』.

1863년 35세   『기구 여행』을 수정한 작품『기구를 타고 5주간』을 발표 해 엄청난 성공을 거두고, 〈경이로운 모험〉 시리즈를 시작해 총 64편의 작품 발표.

1864년 36세   에첼이 창간한 잡지『교육과 오락』에『아트라스 선장의 모험*Aventures du capitaine Hatteras*』발표.『지구 속 여행*Voyage au centre de la Terre*』단행본 출간.『가정 박물관』에 에드거 앨런 포Edgar Allan Poe에 대한 기사를 쓰며, 자신도 가능성 있고 타당성 있는 작품을 쓰겠 노라 밝힘. 파리를 떠나 오테유에 정착.
 • 에첼, 장 마세Jean Macé와 잡지『교육과 오락』창간.

1865년 37세   『지구에서 달까지*De la Terre à la Lune*』출간.『교육과 오 락』지에『그랜트 선장의 아이들*Les Enfants du capitaine Grant*』발표. 〈지 리학회〉 회원이 됨.

1866년 38세   크로투아에 정착.『프랑스 지리 도감*Géographie illustr de France et ses colonies*』을 집필하며 지리학에 대한 지식을 쌓음. 첫 번째

선박 〈생미셸 1호〉 구입.
· 첫 대서양 해저 케이블.

1867년 39세   동생 폴과 〈그레이트이스턴〉호를 타고 대서양을 횡단해 미국 여행. 뉴욕과 나이아가라 방문.

1868년 40세   『위대한 여행과 위대한 여행자의 역사*Histoire des explorations et des explorateurs*』 집필을 시작하여 해상 교통과 육상 교통의 놀라운 발전상을 그려 내고, 〈경이로운 모험〉 시리즈를 쓰는 데 활용.

1869년 41세   『해저 2만 리』 발표. 아르튀르 랭보Arthur Rimbaud는 이 작품에서 영감을 얻어 『취한 배*Le Bateau Ivre*』(1871) 발표.
· 수에즈 운하 개통.

1870년 42세   프랑스와 프로이센 전쟁 중 크로투아에서 연안 경비 활동을 하고 가족들은 아미앵으로 피신. 레지옹 도뇌르 수상. 『달나라 여행*Autour de la Lune*』 발표.
· 1870~1871년 프랑스-프로이센 전쟁. 1870~1940년 제3공화국.

1871년 43세   11월 3일 아버지 피에르 사망. 7월 아미앵에 완전히 정착.

1872년 44세   아미앵 아카데미에 선출되고, 〈경이로운 모험〉 시리즈가 프랑스 아카데미상 수상. 『르 탕』지에 『80일간의 세계 일주』 연재.
· 1872년 발전기 발명. 1873년 아르튀르 랭보 『지옥에서의 한 철*Une saison en enfer*』.

1874년 46세   『80일간의 세계 일주』가 연극으로 상연되어 큰 성공을 거둠. 『신비의 섬*L'Île mystérieuse*』 출간

1875년 47세   『챈슬러호*Le Chancellor*』 출간.

1876년 48세   『황제의 밀사*Michel Strogoff*』 출간. 〈생미셸 2호〉 구입. 아내 오노린 건강 악화.
· 마크 트웨인Mark Twain 『톰 소여의 모험*The Adventures of Tom*

Sawyer』. 전화기 발명.

1877년 49세 〈생미셸 3호〉 구입. 문제를 일으키는 아들 미셸을 감화원에 보내 부자 관계가 더욱 악화됨.

1878년 50세 『열다섯 살의 선장*Un capitaine de quinze ans*』 발표. 『그랜트 선장의 아이들』이 연극으로 상연됨. 〈생미셸 3호〉로 지중해 항해. 10년간 집필한 『위대한 여행과 위대한 여행자의 역사』 발표 시작.

1879년 51세 〈생미셸 3호〉로 스코틀랜드와 영국으로 두 번째 항해. 『인도 왕비의 유산*Les Cinq Cents Millions de la Béqum*』 발표.

1880년 52세 아들 미셸, 여배우와 결혼.
• 1880~1882년 종교와 무관한 무상 의무 교육을 골자로 한 쥘 페리 교육법 정비.

1881년 53세 네덜란드, 독일, 코펜하겐으로 세 번째 항해.
• 1881년 전구 발명. 1882년 자동차 발명.

1883년 55세 아들 미셸이 부인을 버리고, 당시 열여섯 살로 미성년자였던 잔 르불Jeanne Reboul과 결혼하려 했으나 뜻대로 되지 않자 납치해 문제를 일으킴.
• 랭보『취한 배』, 로버트 루이스 스티븐슨Robert Louis Stevenson『보물섬*Treasure Island*』. 프랑스 식민지 확장.

1884년 56세 가족과 〈생미셸 3호〉로 마지막 항해인 지중해 여행을 떠나지만 폭풍 때문에 결국 기차로 돌아옴. 포르투갈, 알제리, 튀니지, 이탈리아 등에서 열렬한 환영을 받음.

1885년 57세 『마티아스 산도르프*Mathias Sandorf*』 출간.

1886년 58세 아들 미셸의 빚을 갚기 위해 〈생미셸 3호〉 매각. 3월 9일 정신 착란을 일으킨 조카에게 총상을 입어 평생 다리를 절게 됨. 일주일 후 17일 에첼 사망. 아들 미셸이 이혼하고 잔 르불과 재혼. 『정복자 로뷔르』 출간.

1887년 59세   어머니 소피 베른 사망.

1888년 60세   아미앵 시의회 의원에 당선. 『15 소년 표류기*Deux Ans de vacances*』 발표.
- 1889년 에펠 탑 건립.

1892년 64세   『카르파티아의 성*Le Château des Carpathes*』 발표.
- 1894년 드레퓌스 사건.

1895년 67세   알렉상드르 뒤마 페르*Alexandre Dumas père* 사망.
- H. G. 웰스H. G. Wells 『타임머신*The Time Machine*』.

1896년 68세   『깃발을 마주 보고*Face au drapeau*』 출간.

1897년 69세   동생 폴 사망. 건강이 악화됨.
- 1898년 에밀 졸라Emile Zola 『나는 고발한다*J'accuse*……!』로 드레퓌스 옹호. 쥘 베른은 반드레퓌스파였음.

1899년 71세   노르망디 지방으로 마지막 여행.
- 1900년 파리 국제 박람회. 1902년 조르주 멜리에스Georges Méliès 영화「달나라 여행 Le Voyage dans la Lune」발표. 이 작품은 최초의 극영화로 쥘 베른의 『지구에서 달까지』를 각색한 것. 이후 미국을 중심으로 여러 나라에서 쥘 베른의 작품들을 영화로 만들었고, 그 수는 1백여 편에 이름. 쥘 베른의 아들인 미셸 베른도 영화 제작과 연출에 참여해 네 편을 선보임.

1904년 76세   『세계의 지배자*Maître du monde*』 출간.

1905년 77세   3월 24일 당뇨로 인한 발작으로 의식을 잃고 다음 날인 3월 25일 77세의 나이로 사망. 28일 국장을 거행했지만, 프랑스 아카데미 회원과 정부 인사는 참석하지 않음. 아들 미셸이 쥘 베른의 미발표작을 가필하고 편집해 발표, 1925년 사망할 때까지 쥘 베른의 작품 일부를 영화화함. 1914년 아셰트 출판사가 에첼의 출판사를 인수함.

80일간의 세계 일주

옮긴이 고정아 서강대학교 불어불문학과 및 동 대학원을 졸업하고, 한국외국어대학교 통번역 대학원 한불통역과를 수료했다. 옮긴 책으로는 『나는 걷는다』, 『에코토이, 지구를 인터뷰하다』, 『베르나르 올리비에 여행』, 『How Wine — 세계 최고의 소믈리에에게 배우는 와인 맛보는 법』, 『수전노』 등이 있다.

지은이 쥘 베른 **옮긴이** 고정아 **발행인** 홍예빈·홍유진
발행처 주식회사 열린책들 **주소** 경기도 파주시 문발로 253 파주출판도시
전화 031-955-4000 **팩스** 031-955-4004 **홈페이지** www.openbooks.co.kr
Copyright (C) 주식회사 열린책들, 2010, 2024, *Printed in Korea.*
ISBN 978-89-329-2399-4 04860 **ISBN** 978-89-329-2390-1 (세트)
발행일 2010년 12월 10일 세계문학판 1쇄 2023년 10월 15일 세계문학판 19쇄 2024년 3월 25일 세계문학 모노 에디션 1쇄

OPENBOOKS
ⓂⓄⓃⓄ
EDITION

ISBN 978-89-329-2399-4 04860
ISBN 978-89-329-2390-1 *set*